Meistres y Bwa Hir

Linda Davies

Addasiad Efa Mared Edwards

atebol

Y fersiwn Saesneg

Addasiad o *Longbow Girl* gan Linda Davies
Testun © Linda Davies 2015
Clawr a dylunio gan Helen Crawford-White
Cyhoeddwyd gyntaf gan Chicken House, 2 Palmer Street, Frome,
Gwlad yr Haf BA11 1DS www.doublecluck.com

Y fersiwn Cymraeg

Addaswyd gan Efa Mared Edwards
Golygwyd gan Adran Olygyddol Cyngor Llyfrau Cymru
Dyluniwyd gan Owain Hammonds
Cyhoeddwyd gyda chymorth ariannol Cyngor Llyfrau Cymru

Cyhoeddwyd yn y Gymraeg gan Atebol Cyfyngedig, Adeiladau'r Fagwyr,
Llanfihangel Genau'r Glyn, Aberystwyth, Ceredigion SY24 5AQ
Hawlfraint y cyhoeddiad Cymraeg © Atebol Cyfyngedig 2015

www.atebol.com

ISBN 978-1-910574-40-9

Ac ar lan yr afon fe welai goeden dal,
ac yr oedd y naill hanner ohoni yn llosgi o'r gwraidd hyd ei brig
a'r hanner arall â dail ir arni.

o chwedl 'Peredur' (Y Mabinogion)

Gwelodd Mari Owen ffigwr tywyll yn neidio dros y wal hynafol oedd yn dynodi'r ffin rhwng fferm ei theulu a'r Castell Du. Yr hen elyn yn tresmasu ar ei thir unwaith eto … yn dod amdani.

Roedd hi ar ei phen ei hun ond roedd ei bwa'n gysur iddi – hen, hen arf rhyfel oedd wedi ennill brwydrau ac achub brenhinoedd ers mil o flynyddoedd. Ond roedd yn dal i fedru lladd. Yn ei meddiant hi, o leiaf. Gyda'r darn syml hwn o bren, oedd ychydig yn dalach na hi ac wedi'i baratoi gan ddegawd o ymarfer, teimlai Mari'n fwy – yn fwy pwerus, yn fwy byw, yn fwy parod …

Rhoddodd saeth ar linyn y bwa a'i dynnu'n ôl, a llygadu'r ffigwr oedd yn prysur agosáu. Roedd yn rhy bell i'w adnabod ond yn ddigon agos i'w daro. Dychmygodd ei hynafiaid i gyd – meistri'r bwa hir – mewn rhes y tu ôl iddi yn ei chefnogi.

Rhyddhaodd y saeth.

Gwibiodd drwy'r awyr a glanio'n ddwfn yng nghanol y targed gwellt.

Arhosodd y ffigwr, a sefyll yn ochelgar. Gwenodd Mari cyn saethu naw saeth arall i ganol cylchoedd lliwgar y targed.

'Beth wyt *ti*'n neud 'ma?' galwodd.

Gwenodd yr Arglwydd James de Courcy, ond roedd gofid yn ei lygaid. 'Braf dy weld di hefyd. Diolch am beidio fy saethu i.'

'Mi wnes i feddwl am y peth. Falle wna i saethu dy dad os daw i'n hochr ni o'r wal.'

Ochneidiodd James. 'Glywais i beth ddigwyddodd, Mari. Mae'n flin 'da fi.'

'Nid dy fai di oedd e,' atebodd Mari, yn dal ei bwa'n dynn wrth i'r atgofion lifo'n ôl. Roedd pythefnos wedi mynd heibio ers y digwyddiad ond ni allai anghofio'r diwrnod hwnnw.

Cofiodd weld ei cheffyl, Zulu, yn carlamu'n wyllt trwy gaeau agored ei fferm ac yn rhuthro tuag at hen wal gerrig y ffin, a chŵn yr Iarll de Courcy yn agosáu ato. Llamodd Zulu a tharo'r cerrig cadarn, cyn troi yn yr awyr a syrthio'n un pentwr ar y llawr, a sŵn y carnau'n atseinio cyn i'r cŵn gael eu gafael arno.

'Bai dy dad di yw hyn i gyd,' aeth Mari yn ei blaen. 'Wnaeth e ddim hyfforddi ei gŵn yn iawn. Nhw wnaeth ymosod ar ddefaid y Jonesiaid chwe mis yn ôl. Mae pawb yn gwybod eu bod nhw'n gŵn gwyllt, heblaw amdano fe. Fydde fe'n methu godde gweld unrhyw beth yn digwydd i'w gŵn gwerthfawr.'

Ysgydwodd James ei ben. Edrychai'n ddigalon ac yn euog, er nad oedd dim bai arno ef am hyn. Wyddai Mari ddim a gynigiodd ei dad iawndal i'w theulu, ond byddai ei thad hithau wedi bod yn rhy falch i'w dderbyn beth bynnag.

'Dwyt ti ddim i fod yn yr ysgol heddiw?' gofynnodd Mari, ar ôl saib lletchwith. 'Dyw gwyliau'r Pasg ddim wedi dechre eto.'

'Dwi wedi cael fy niarddel.'

'O …' Ceisiodd Mari ddychmygu ymateb rhieni ei ffrind.

'Paid â gofyn,' meddai James mewn llais tawel. 'Fyddai'n well gen i anghofio am y peth am sbel. Ble mae dy lyfrau di, 'te?'

'Mae cael dy ddysgu gartre'n ddefnyddiol iawn weithiau,' atebodd Mari. 'Ti'n gallu gwneud lot yn y bore os wyt ti'n dechre'n ddigon cynnar, a chael pob pnawn Gwener yn rhydd.'

'Braf ar rai,' atebodd James yn chwerw. Edrychodd ar ei bwa.

'Dim gobaith,' meddai Mari, gan ddarllen ei feddwl. 'Bydde Dad am fy ngwaed i taswn i'n gadael i ti saethu. Fydde dy deulu di ddim yn rhy hapus chwaith.'

'Ti'n iawn …'

Milwr medrus oedd Caradog Owen, tad Mari. Treuliodd wyth mlynedd yn y Lluoedd Arbennig gyda'r SAS. Dim ond ffŵl fyddai'n tynnu'n groes iddo.

'Mae gen i syniad gwell,' meddai. 'Mae 'na offer pêl-droed yn y sgubor. Does neb arall yma,' ychwanegodd.

Nodiodd James ei ben yn falch. Roedd digon o Gymraeg rhyngddo fe a rhieni Mari, ond roedd e'n un o deulu'r de Courcy, wedi'r cyfan, a doedd y digwyddiadau diweddar ddim wedi helpu'r achos.

Gwyliodd Mari e'n rhedeg at yr hen sgubor. Roedd rhywbeth yn wahanol yn ei gylch, meddyliodd. Edrychai'n hŷn ac yn dalach, ond roedd rhywbeth arall hefyd. Erbyn hyn, roedd y ddau yn bymtheg oed ac roedd eu bywydau'n newid, ond roedden nhw'n dal yn ffrindiau gorau. James oedd ei ffrind hynaf, er bod eu teuluoedd yn elynion ers bron i saith canrif.

Roedd y ddau'n ffrindiau gorau er gwaetha'r holl ddrwgdeimlad rhwng eu rhieni, er gwaethaf holl genfigen chwaer James, yr Arglwyddes Alis, ac er gwaethaf damwain Mari dair blynedd yn ôl, pan dorrodd ei bwa a tharo'i llygad chwith. Daeth yr ambiwlans awyr yn rhy hwyr i achub ei llygad. Gwisgai batshyn i guddio'r graith, ac edrychai'n debyg i fôr-leidr. Roedd hi'n ei gweld hi'n anodd ymdopi â'r peth ar y dechrau – iddi hi, roedd colli llygad yn golygu colli gafael ar ei breuddwydion. Roedd hi'n gweiddi, yn strancio ac yn gwthio ond arhosodd James yn gefn iddi. Perswadiodd hi ei bod hi'n edrych fel tywysoges ryfel. James oedd yr un a ddangosodd iddi y gallai barhau i saethu â'r bwa newydd a luniodd ei thad iddi; wedi'r cyfan, hi oedd meistres y bwa hir. Arhosodd ef gyda hi yn ystod yr oriau oer wrth iddi ymarfer ac ymarfer nes ei bod hi'n gallu saethu'n well ag un llygad nag y gallai â dwy.

Rhywbeth a ddaeth â'r ddau ynghyd oedd eu cariad tuag at y tir eang roedd eu cartrefi yn ei rannu. Roedden nhw wedi bod yn crwydro pum can erw teulu'r Oweniaid a deg mil erw'r teulu de Courcy ar droed, ar feiciau ac ar gefn ceffylau, yn ogystal â mentro i fynyddoedd rhewllyd Bannau Brycheiniog a amgylchynai eu tiroedd. Roedden nhw'n chwarae gemau oedd yn profi eu sgìl, eu nerth a'u gallu wrth geisio taro targed. Byddai'r ddau wastad yn gystadleuol, wastad yn annog ei gilydd i wella. Arwyddair eu plentyndod oedd: *does dim byd yn amhosib.*

Aeth Mari at y targed a thynnodd y saethau o'r gwellt wrth i James ddychwelyd gyda'r peli o'r sgubor. Clywodd adar yn trydar yn y coed, ac uwch eu pennau roedd aderyn ysglyfaethus yn gwneud cylchoedd yn yr awyr, gyda'r Bannau yn bapur wal prydferth y tu ôl iddo. Roedd James yn helpu Mari i anghofio am Zulu, ond eto, roedd yn ei hatgoffa hi ohono hefyd. Roedd hynny'n naturiol – roedd yn un o deulu'r de Courcy.

Gollyngodd James bum pêl-droed wrth ei hymyl. Bownsiodd y chweched bêl yn ddiymdrech ar ei ben-glin, ei draed ac yna ar ei ben. Roedd yn dal i allu edrych arni dan wenu.

'Be nesa?'

'Anela di at y targed, at y cylch aur yn y canol. O bum deg llath.'

Chwarddodd James. 'Iawn!'

Penderfynodd Mari ar fan cychwyn. Gosododd James bêl arno a'i chicio â'i holl nerth. Trawodd ochr y targed gan wneud sŵn mawr. Gwgodd a rhoi cynnig arall arni. Trawodd yr ochr arall. Rhegodd dan ei wynt a methu'r cylch aur o drwch blewyn y trydydd tro. Ond roedd y pedwerydd, y pumed a'r chweched ymgais yn werth chweil.

Cadwodd Mari wyneb syth. 'Ddim yn ffôl.'

Cododd ei bwa a cherddodd ugain llath arall. Rhyddhaodd ddwsin o saethau o'i bwa, gan anelu'n reddfol heb edrych rhyw lawer. Gwnaeth y bwa sŵn grwndi gyda phob saeth. Hoffai feddwl am y sŵn hwn fel cân marwolaeth.

'Chwech ar y targed,' galwodd James. 'Yn ôl fy symiau i, ry'n ni'n gyfartal.'

'Ti isie bet?' atebodd Mari, wrth dynnu'r saethau o'r targed unwaith eto a'u gollwng i'w cawell lledr gwyrdd, hir oedd yn hongian o'i gwregys.

'Iawn. Beth amdani?'

'Fetia i,' meddai Mari â gwen fach slei, 'dy fod di'n methu taro'r targed o gan llath.'

'Be?!' ebychodd James. 'Bydde pêl-droedwyr proffesiynol yn cael trafferth gwneud hynny!'

'Mwy o reswm dros roi cynnig arni; ti'n torri dy fol eisiau bod yn bêl-droediwr, wedi'r cyfan.'

Ochneidiodd James. 'Iawn. Mi wna i hynny a galli di drio saethu'r bêl yn yr awyr – o bum deg llath!' Syllodd Mari'n gegrwth arno. Roedd targed llonydd yn un peth, ond roedd targed symudol yn llawer anoddach. Amhosib. Byth bythoedd. Ond roedd yn rhaid iddi. Cydiodd yn y bwa a'r saethau a mesurodd bum deg llath ymlaen, yna pum deg llath i'r ochr wrth i James fynd at ei safle ef.

'Un bêl, un saeth,' gwaeddodd Mari.

Rhedodd James ymlaen, a chicio'r bêl i'r awyr gyda'i droed dde – ar yr un pryd, tynnodd Mari ei bwa yn ôl, gwyliodd y bêl a rhyddhaodd ei saeth. Clywodd James yn gweiddi wrth i'r saeth blymio i ganol y bêl, a'i tharo i'r ddaear gyda chlep.

'Bodlon, meistres y bwa?' gofynnodd, â chymysgedd o edmygedd a chenfigen wrth iddo redeg yn ôl ati.

'Ddim nes dy fod di'n dweud pam gest ti dy ddiarddel.'

'Stori hir,' meddai James a golwg boenus arno.

Gwenodd Mari. 'Dwi yma drwy'r dydd. Dere i eistedd.'

Cerddodd y ddau at y fainc oedd yn wynebu'r olygfa fryniog o'u blaenau, ac eistedd ochr yn ochr. Gallai Mari weld bod James wedi cael ysgytwad, felly arhosodd nes ei fod yn barod. Roedd gan yr olygfa hon y ddawn i'w chysuro, a gwyddai fod yr un peth yn wir am James.

Filltir i'r chwith ar waelod y cwm safai pentref Nanteos. Ganllath i'r dde roedd adeiladau cerrig y teulu Owen – y sgubor, y stablau a'r tŷ fferm deulawr lle roedd Mari a'i rhieni a'i brawd bach yn byw.

Yn bellach i'r dde ac yn uchel ar y bryn roedd bwthyn gwyn Seren Morgan, lle treuliai Mari ddwy awr bob wythnos yn ei chegin glyd yn astudio llysieueg. Seren oedd y diweddaraf mewn llinach hir o feddygon llysieuol, ac yn ôl y sôn, roedden nhw'n medru gweld i'r gorffennol a'r dyfodol, yn ogystal â darllen meddyliau. Roedd Mari'n sicr bod hyn yn wir – bu'n dyst i sawl digwyddiad rhyfedd yn ystod ei phlentyndod.

Oddi tanyn nhw, roedd caeau emrallt ac ambell dderwen ar waelod y dyffryn, ac ymlwybrai afon Nanteos o'r goedwig, trwy dir ei theulu a thrwy'r pentref. Y tu hwnt i'r afon safai'r wal a ddynodai ffin tir teulu'r de Courcy, gyda'i lawntiau twt yn arwain at y Castell Du, cartref hynafol James. Roedd ei safle ar y bryn yn golygu ei fod yn mynnu sylw pawb yn yr ardal, diolch i'w furiau castellog anferthol a'r dŵr tywyll o'i gwmpas. Roedd fel petai'n syllu'n feirniadol ar fferm teulu Mari, gan atgoffa'r teulu o orffennol gwaedlyd y rhan hon o ganolbarth Cymru.

'Pêl-droed achosodd y cyfan, wrth gwrs,' cyfaddefodd James o'r diwedd. Trodd i wynebu Mari. 'Y boi 'ma o Rwsia, Alexei – mae ei dad yn ddyn pwerus, ac mae'n cerdded o gwmpas yr ysgol yn bygwth pobl a dweud, "Os byddwch chi'n fy ypsetio i, neith Dad ddod i'ch sortio chi."' Fflachiai llygaid James yn wyllt. 'Roedden ni'n chwarae gêm o bêl-droed ac yn cystadlu am yr un bêl. Fi enillodd, a rhedeg tuag at y gôl, cyn i Alexei lithro o 'mlaen i ...'

'Be?!' gwaeddodd Mari. 'Galle fe fod wedi torri dy goes di!'

'Yn union!' cytunodd James. 'Felly wnes i roi pryd o dafod iddo fe. Wnaeth e fy mwrw i, ac mi wnes i ei fwrw fe 'nôl.'

'Da iawn ti!' meddai Mari. 'Gobeithio dy fod wedi'i fwrw e'n galetach!'

Gwenodd James. 'Do, a dweud y gwir.' Diflannodd y wên. 'Ond mi glywodd ei dad am y peth, felly wnaeth yr ysgol fy niarddel i. A bod yn deg, fe wnaethon nhw ddiarddel Alexei hefyd.'

'Am faint?'

'Tan ddechre tymor yr haf. Mi wnaethon nhw adael i fi chwarae yn y ffeinal genedlaethol – fi sgoriodd yr unig gôl, gyda llaw,' ychwanegodd gyda gwên lydan. 'Wedyn roedd rhaid i fi adael.'

'Beth maen *nhw*'n ei ddweud adref?'

Gwgodd James ar gysgod tywyll y Castell Du, yna crwydrodd ei lygaid at y coedwigoedd a'r mynyddoedd eang lle byddai'n dianc rhag ei deulu. 'Yn ôl Mam a Dad, os mai dyma sy'n digwydd pan dwi'n chwarae pêl-droed, fyddan nhw'n fy stopio i rhag chwarae. A'n rhwystro i rhag dod i fan hyn.'

'Na! Allan nhw ddim gwneud hynna!'

'Na,' cytunodd James yn dawel gan droi at Mari. 'Ti'n iawn.'

Doedd Mari ddim wedi gweld yr olwg hon ar wyneb James erioed o'r blaen. Roedd yn benderfynol, yn edrych fel rhywun na fyddai'n ildio i neb.

Edrychodd Mari arno'n ofalus. 'Be ti'n mynd i'w wneud?'

'Mi wna i roi gwybod i ti pan fydda i wedi penderfynu,' atebodd.

Roedd Mari ar fin ymateb pan welodd ei mam, Elinor, yn brasgamu dros dir y fferm, gyda dieithryn mewn welingtons yn ei dilyn.

'Pwy yw hwnna?' gofynnodd James.

Rhegodd Mari o dan ei gwynt. 'Rhywun â diddordeb mewn prynu ein caseg orau ni. Rhaid i ni ei gwerthu hi er mwyn prynu march newydd.'

''Ti'n gwybod sut dwi'n teimlo am be ddigwyddodd,' meddai James.

Gwyddai Mari fod James yn torri'i fol eisiau helpu ond gwyddai hefyd nad oedd ganddo ddim arian ei hun. Fel ffordd o'i berswadio i weithio'n galed yn yr ysgol, doedd James yn derbyn yr un geiniog oddi wrth ei rieni. Ond hyd yn oed petai arian ganddo, gwyddai'r ddau ohonyn nhw na fyddai Mari'n fodlon derbyn dim ohono.

'Eto, nid dy fai di yw hyn.' Trodd ei phen. 'Ond alla i ddim aros a gwylio hyn. Dwi'n mynd am dro ar gefn y ferlen.' Cododd o'r fainc. 'Wela i di, James.'

'Hwyl, Mari.'

'Paid â gwneud dim byd gwirion,' galwodd yn ôl arno.

'Na ti.'

Chwarddodd Mari. 'Mi dria i 'ngorau!'

*C*ododd James o'r fainc a cherdded yn araf i lawr y bryn. Gwyliodd Mari'n mynd trwy'r nant ar waelod y dyffryn ar gefn ei merlen fynydd Gymreig. Roedd y nant wedi chwyddo ar ôl glaw y gaeaf, felly cododd Mari ei bŵts yn uchel. Clywodd James hi'n chwerthin wrth i'r ferlen ysgwyd ei chôt yn ffyrnig yr ochr draw.

Doedd Mari ddim yn defnyddio cyfrwy na ffrwyn oni bai ei bod hi'n marchogaeth mewn sioe. Roedd marchogaeth hebddyn nhw'n teimlo'n fwy naturiol, medde hi, ac roedd hi wedi hyfforddi Jacintha, a holl ferlod mynydd Cymreig y fferm oedd wedi bod yn fywoliaeth i'r teulu hwn ers canrifoedd, i ymateb i bwysau ysgafn ar y ffrwyn. Doedd hi ddim yn meddwl bod ganddi ryw ddawn arbennig – roedd ganddi amynedd a dealltwriaeth, ynghyd â cheffyl da, ufudd. Ond i James, ymddangosai ei gallu fel pŵer arallfydol.

Cawsai Jacintha a Mari gryn lwyddiant yn y sioeau, yn enwedig yn y categorïau neidio a hela. Roedd gan y gaseg gôt ddu sgleiniog, gyda hosan wen am un o'i thraed ôl a seren wen ar ei phen, ac edrychai fel ceffyl mewn stori dylwyth teg. Roedd hi'n gyflym ac yn fywiog ac roedd Mari'n ei charu'n fawr. Diolch i'r drefn nad Jacintha gafodd ei lladd, meddyliodd James.

Carlamai'r gaseg ar draws y dyffryn, yn cyflymu nawr. Roedd Mari a'r ceffyl yn anelu at y ffin. Roedd y wal yn rhy uchel iddyn nhw neidio drosti, doedd bosib … ond rhoddodd Mari ei ffydd yn y ceffyl a gadawodd i Jacintha fesur y pellter. Taflodd ei hun yn wastad ar wddf y ceffyl nes eu bod nhw'n edrych fel un anifail yn carlamu oddi wrth James. Llamodd y ceffyl du'n uchel. Edrychai'r ferch a'r ceffyl fel petaen nhw'n hedfan am eiliad; yna roedden nhw dros y wal, ac wedi glanio'n ddiogel ar yr ochr arall.

Rholiodd James ei lygaid. Dyma'r math o beth y byddai Mari'n ei wneud – mwynhau ei hun, gwthio'r ffiniau a gwneud pwynt. Mynd yn erbyn y drefn oedd hyn, nid tresmasu. Pan fyddai ei rieni a'i chwaer oddi cartre, byddai Mari'n dod i'r castell yn aml. Ond y tro hwn roedd teulu'r de Courcy yno, a hon oedd neges Mari iddyn nhw.

Meddyliai James fod Mari'n edrych yn debycach i dywysoges ryfel nag erioed y foment honno, gyda'i chefn syth a'i gwallt hir melyn yn donnau y tu ôl iddi.

Cafodd fferm Nanteos ei rhoi i'r teulu Owen yn y bedwaredd ganrif ar ddeg, ar yr amod fod pob etifedd yn addo gwarchod y Goron gyda'r bwa hir. Am saith can mlynedd, roedd y teulu'n barod i wneud hynny, a Mari oedd y ferch gyntaf i fod yn etifedd. Erbyn hyn, traddodiad ydoedd – allai James ddim dychmygu pam y byddai angen gwarchodwr â bwa ar y frenhines bellach – ond doedd Mari'n ddim heb ei bwa. Efallai mai dyna pam y deallai Mari fod pêl-droed yn golygu cymaint i James – roedd yn fwy na gêm iddo. Ond, yn wahanol i Mari, doedd ei rieni ef ddim yn ei gefnogi. Doedd gyrfa fel pêl-droediwr proffesiynol ddim yn ddigon da i arglwydd y Castell Du. Ar un ochr, talent, dyhead ac uchelgais. Ac ar yr ochr arall, snobyddiaeth, confensiwn a thraddodiad. A fyddai James yn medru torri'n rhydd ryw ddydd?

Ger y wal, daeth James ar draws bedd y stalwyn, ynghyd â charreg fedd syml. Teimlodd gynddaredd a siom yn berwi y tu mewn iddo wrth iddo geisio dychmygu'r olygfa, bron fel petai'n ceisio'i gosbi ei hun. Bu Mari'n dyst i ymosodiad y cŵn, a hi oedd yr unig un oedd gartref ar y pryd. Hi oedd yr un a saethodd y stalwyn – bu'n rhaid iddi roi bwled yn ei ben er mwyn stopio'r boen. Allai James ddim dychmygu sut roedd hynny'n teimlo a meddyliodd tybed a fyddai'r teuluoedd byth yn gweld lygad yn llygad.

Neidiodd James dros y wal a rhedeg nerth ei draed i fyny'r bryn er mwyn cael gwared â'i deimladau. Cafodd defaid mynydd duon ei dad ofn o'i weld, a rhedeg oddi wrtho. Roedd yn rhaid i'r defaid fod yn ddu er mwyn iddyn nhw gyd-fynd â'r castell, dywedai ei fam wrtho weithiau, ond mewn gwirionedd roedden nhw'n frid prin, hynafol. Dangosai hen gofnodion y castell roedd ei dad mor hoff o'u hastudio fod y teulu wedi magu'r brid arbennig hwn ers dros bum can mlynedd.

Uwch ei ben roedd y Castell Du, a adeiladwyd gan ei gyndadau yn y drydedd ganrif ar ddeg. Edrychai fel gwir amddiffynfa, yn arwydd o bŵer, cyfoeth a bwriad teulu'r de Courcy. Ond cartref oedd y castell o hyd – ei gartref e. Roedd yn dwlu arno gymaint ag erioed. Byddai'n ei gweld hi'n anodd gadael.

Edrychodd tuag at ben arall y caeau hardd i weld ble roedd Mari arni, yn gobeithio ei bod hi wedi neidio'n ddiogel yn ôl i'w thir hi. Ond dal i garlamu ar ochr anghywir y ffin roedd hi, yn mynnu mynd yn groes i'r drefn. Yn chwilio am drwbl, bron fel petai hi'n gobeithio dod o hyd iddo yn aer oer y gwanwyn.

Arafodd James pan welodd gysgod tenau ei fam yn ymddangos ar y bont o flaen y castell. Roedd hi'n gwgu.

'Fedri di gredu hynny? Y ferch wyllt 'na'n tresmasu ar ein tir ni?' meddai.

'Gallaf, Mam.'

'Dwi'n dal ddim yn deall beth rwyt ti'n ei weld ynddi hi,' aeth yr iarlles yn ei blaen. 'Pam na wnei di ddod â ffrindiau o'r ysgol adref?'

'Mae 'na lot dwyt ti ddim yn ei ddeall,' atebodd James, yn gwrthod cyfrannu at ymdrechion ei fam i danio ffrae arall.

Cerddodd dros bont enfawr y castell, ac ar draws yr iard at y ddau gerflun carreg – dau ffenics, symbol teulu'r de Courcy – a safai o boptu'r porth. Tynnodd y drws derw a'i gau'n glep ar ei ôl. Atseiniodd y sŵn fel taran drwy'r castell.

3

Croesodd Mari dir teulu'r de Courcy. Gwyddai nad oedd hawl ganddi fod yno, a gallai deimlo'r Castell Du yn syllu arni o'i gorsedd uchel ar y bryn. Dychmygai'r Iarll de Courcy'n ysbïo arni a'r binocwlars yn dynn wrth ei lygaid. Efallai y byddai'n anfon y bleiddgwn i fynd ar ôl y ddau ohonyn nhw.

'Byddai'n cael modd i fyw,' sibrydodd yng nghlust Jacintha, a charlamodd am sbel eto, er mwyn sicrhau eu bod nhw'n ei gweld. Gwelodd James yn diflannu i'r castell, a'i fam yn ei ddilyn.

'Well i ni fynd o 'ma,' penderfynodd o'r diwedd, 'neu byddi di'n cael dy ladd hefyd.'

Cyrhaeddodd Mari ochr arall y wal yn ddiogel ac aeth yn ei blaen tuag at y Goedwig Ddu, coedwig hynafol oedd yn filoedd o flynyddoedd oed, yn ôl y sôn. Doedd hi ddim yn siŵr ai oherwydd trwch y coed y cafodd y goedwig ei henw – gallai'r coed droi dydd braf o haf yn nos – neu oherwydd ei bod yn agos at y Castell Du. Ymestynnai dros dir yr Oweniaid a thir teulu'r de Courcy. Doedd y goedwig ddim yn parchu unrhyw reolau na ffiniau.

Gwelodd Mari fwlch cul yn y coed, a mentrodd drwyddo, gan ddilyn llwybr naturiol, wedi'i greu gan geirw neu geffylau'n chwilio am loches. Teimlodd yr haul yn gynnes ar ei hwyneb a gallai arogleuo chwys melys ei cheffyl.

Clywodd gôr o adar – y robin, y fronfraith, y llinos. Roedd Mari'n siŵr iddi glywed cân yr eos, yr aderyn y cafodd pentref Nanteos ei enwi ar ei ôl, wrth gwrs, ond tawelu wnaeth ei nodau, fel petai'n hedfan oddi wrthi, a'i denu'n ddyfnach i'r goedwig. Wrth wasgu ystlysau'r gaseg yn ysgafn â'i choesau, arweiniodd Mari Jacintha yn ei blaen. Roedd Jacintha ar bigau'r drain; gwyddai Mari ei bod yn teimlo'n anesmwyth yng nghanol y boncyffion tywyll a'r cysgodion. Gwichiai'r coed yn annifyr wrth i'w canghennau rwbio yn erbyn ei gilydd yn yr awel, fel petaen nhw'n sgwrsio.

Crwydrodd y ceffyl a'i farchog o'r prif lwybr at lwybr llai. Roedd y canghennau'n is yma, a bron i Mari daro ei phen arnyn nhw sawl gwaith. Roedd hi'n adnabod tir ei theulu yn well na chledr ei llaw ond roedd y darn hwn yn gymharol ddieithr iddi. Yn ôl y sôn, roedd ysbrydion yn y goedwig hon, a hawdd y gallai Mari gredu hynny. Roedd mwsogl fel melfed gwyrdd yn dringo dros y boncyffion, yn flanced dros y canghennau a'r ddaear, gan wneud i bob man edrych yn hen.

Tawelodd yr eos yn gyfan gwbl. Stopiodd Jacintha'n sydyn.

'Be sy'n bod?' gofynnodd Mari wrth edrych o'i chwmpas. Gweddïodd nad y bleiddgwn oedd yno, wrth i'r ofn dreiddio drwyddi. Llithrodd oddi ar gefn Jacintha, cydiodd mewn cangen gadarn a'i rhwygo o'r boncyff gyda chrac mawr a atseiniodd drwy'r goedwig.

Ond arhosodd Jacintha yn ei hunfan, felly gwyddai Mari fod y bleiddgwn yn ddigon pell i ffwrdd. Byddai hi wedi'u clywed nhw erbyn hyn, a byddai mwy o ofn ar Jacintha. Felly beth oedd yn bod? Cerddodd y ddwy'n betrusgar yn eu blaenau, gan blygu o dan gangen isel.

'A! Beth yw hyn?'

O'u blaenau safai derwen anferth ar lawr y goedwig, a'i gwreiddiau yn wynebu am i fyny. Roedd rhywbeth o'i le. Roedd y dderwen yn un iach, o leiaf bedair canrif oed.

'Be welest ti?' gofynnodd hi i'r goeden yn dawel. 'Ai gwynt y gwanwyn sy wedi dy chwythu di i'r llawr?'

Bachodd ffrwynau Jacintha dros gangen ac aeth yn nes. Roedd y goeden wedi syrthio'n gam dros dwmpath ugain troedfedd o hyd a thua deg troedfedd o uchder. Edrychai'r twmpath yn rhyfedd o daclus, fel petai wedi'i siapio â llaw ac yn debyg iawn i'r beddi a astudiodd Mari yn ei gwersi hanes. Mae'n rhaid bod y goeden wedi tyfu dros ben y twmpath.

Aeth yn agosach eto at y gwreiddiau. Roedd twll anferth yn y pridd. Edrychodd i mewn. Roedd rhywbeth yno, rhywbeth hirsgwar. Plygodd i lawr, a baeddu ei dwylo wrth iddi lithro. Siglodd ei dwylo i gael gwared ar y pridd a chodi'r gwrthrych o'r twll.

Cist fach oedd hi, maint bocs esgidiau. Brwsiodd weddill y pridd oddi arni, gan ddatgelu blwch metal addurnedig. Edrychai'n hen iawn. Oedodd am eiliad, yn poeni braidd. Ai dyma sut y teimlai Howard Carter ac Arglwydd Caernarfon wrth weld aur bedd Tutankhamen am y tro cyntaf? A gwyddai pawb fod melltith

Tutankhamen wedi lladd Arglwydd Caernarfon ychydig wythnosau'n ddiweddarach ...

Paid â bod yn wirion, dwrdiodd Mari ei hun. *Dim ond hen gist ydy hi. Yng Nghymru.*

Ie, meddai llais arall. *Ond efallai mai cist o fedd rhywun ydy hi.*

Gwelodd glo rhydlyd a garw arni. Ceisiodd Mari ei agor ond roedd yn hollol sownd. Tynnodd, pwniodd, gan dorri'i chroen. Rhegodd.

Yna, â sŵn tebyg i ochenaid, agorodd y gist. Y tu mewn iddi, gorweddai gwrthrych hirgrwn wedi'i lapio mewn defnydd carpiog yr un lliw â hen ddail. Tynnodd Mari'r defnydd, gan gnoi'i gwefus. Syrthiodd y defnydd yn bentwr wrth ei thraed.

Llyfr.

Edrychai'n hynafol, gyda'i dudalennau gwelw ag ysgrifen gymhleth, gain arnyn nhw. Roedd yn debyg i Gymraeg ond ni allai Mari ddeall llawer ohono. Hen Gymraeg, efallai. Roedd darluniau lliwgar prydferth ar rai tudalennau.

'Waw!' sibrydodd Mari dan grynu. Beth bynnag oedd y llyfr, roedd yn ymddangos fod pwy bynnag oedd wedi'i gladdu yn y twmpath – hen arglwydd Cymreig, efallai – yn ei drysori'n fawr. Lapiodd Mari'r llyfr yn y defnydd a'i ddychwelyd i'r gist. Arhosodd i feddwl am ychydig. Wedi sawl munud, aeth â'r llyfr yn ôl at Jacintha. Edrychodd ei cheffyl arni'n llawn ofn.

'Hei, paid â phoeni,' sibrydodd Mari. 'Does dim byd yma all dy frifo di.'

Mwythodd wddf cynnes, cyhyrog Jacintha i'w chysuro, yna dringodd ar ei chefn gan ddal y gist yn dynn o dan ei braich, a gadael y goedwig dywyll.

Roedd Jacintha ar bigau'r drain yr holl ffordd yn ôl, yn ofni pob sŵn. Bu bron i Mari syrthio sawl gwaith wrth iddi geisio marchogaeth a dal y gist dan ei chesail yr un pryd.

'Paid â bod ofn,' cysurodd. 'Bydd pob dim yn iawn.'

Ond doedd popeth ddim yn iawn.

Storïwr oedd Mari. Byth ers ei bod hi'n ferch fach, byddai'n dod adref yn aml wedi diwrnod llawn antur yn y goedwig neu ar dir y fferm yn llawn straeon rhyfeddol i'w hadrodd i'w rhieni.

'Mi wnes i gwrdd â milwr mewn arfwisg yn cerdded trwy'r goedwig. Roedd ganddo gleddyf a phopeth!'

Neu: *'Gredwch chi fyth, neidiodd Jacintha mor uchel nes ei bod hi'n hedfan! Chwythodd y gwynt ni'r holl ffordd i'r Bannau.'*

Byddai'r straeon hyn yn esgusodion cyfleus dros fod hanner awr yn hwyr i swper. Os oedd y stori'n un arbennig o dda, roedd ei rhieni'n maddau iddi'n syth.

Doedd Mari ddim yn siŵr o ble cafodd hi'r ddawn. Nid gan ei thad, roedd hynny'n sicr. Gwrthodai hwwnw gredu unrhyw beth os nad oedd yn gallu'i weld â'i lygaid ei hun. Meistr y Bwa Hir. Ond hoffai ei mam, oedd yn artist talentog, adrodd straeon yn ei darluniau – lluniau olew o ddreigiau, telynau a marchogion.

Roedd ei rhieni'n eistedd wrth fwrdd y gegin yn trafod cyfrifon y fferm pan gyrhaeddodd Mari adref. Gorweddai ei brawd bach, Gwern, yn ei grud yn chwerthin yn braf.

Cuddiodd y gist y tu ôl i'w chefn. 'Gredwch chi fyth beth ddigwyddodd i fi heddiw.'

Cododd ei thad ei ben ac edrych arni. Roedd golwg ddifrifol arno ond gwenodd pan ddaliodd lygad ei ferch. Caeodd y ffeil o'i flaen a'i gwthio oddi wrtho. 'Hmm, gad i fi ddyfalu.' Pwysodd yn ôl yn ei gadair a rhoi'i ddwylo y tu ôl i'w ben. 'Mi wnest ti gwympo i mewn i'r ffynnon, ac wrth i ti drio dod allan, ddest ti ar draws casgliad o geiniogau Rhufeinig?'

Ysgydwodd Mari ei phen a gwenu. 'Ddim y tro hwn, Dad.'

Edrychodd ei mam arni fel petai am ofyn mil o gwestiynau. 'Welest ti ddieithryn yn crwydro trwy'r bryniau, ac roeddet ti'n siŵr dy fod di wedi gweld adenydd o dan ei gôt. Mi wnest ti siarad ag e am ychydig, ond pan droiest ti dy ben am eiliad, roedd e wedi diflannu. Treuliaist ti oriau'n chwilio amdano, a dyna pam doeddet ti ddim yn ôl mewn pryd i gael bwyd. Wel, y storïwr bach?'

Chwarddodd Mari. 'Y storïwr bach' oedd yr enw a roddodd ei mam arni flynyddoedd yn ôl. 'Stori dda, Mam, ond na.'

Gosododd Mari'r gist ar y bwrdd.

'Ddes i o hyd i hwn,' meddai, a gwnaeth sioe o'r dadorchuddio wrth iddi dynnu'r llyfr o'r defnydd brau.

Craffodd ei rhieni ar y llyfr. Pwysodd ei thad ymlaen, a throdd ei mam yr hen dudalennau'n araf, araf gyda'i bysedd gwyn, main.

Cododd y ddau eu pennau heb yngan yr un gair – stori wir oedd gan Mari'r tro hwn.

'Ble ddest ti o hyd i hwn, cariad?' gofynnodd ei thad. Roedd ei thad yn hoff o'i galw'n 'cariad'. Ac roedd Mari'n hoff o enwau ei rhieni amdani. Roedden nhw'n gwneud iddi deimlo fel petai ganddi sawl enw gwahanol.

'Gwisgwch eich sgidiau,' meddai wrthyn nhw. 'Mi wna i ddangos i chi.'

Cariai ei thad Gwern mewn sling ar draws ei frest. Ac yntau'n chwe throedfedd a phedair modfedd, brasgamai'n gyflym fel milwr. Roedd Mari a'i mam wedi hen arfer â hyn, ac roedd cerdded yn ei gwmni yn gystal ymarfer corff â dim.

Pan gyrhaeddodd y teulu'r twmpath, disgleiriai'r chwys ar eu hwynebau. Roedd y goedwig yn fud. Dim adar yn canu. Wedi cael eu dychryn, mae'n rhaid, meddyliodd Mari.

'Dyna'r twll,' eglurodd wrth bwyntio at y llawr. 'Ac mae'r twmpath yn y golwg gan fod y goeden wedi syrthio. Mae'n rhaid mai bedd sy 'ma.'

Llygadodd ei thad y twmpath. 'Ti'n iawn, cariad. Rhyfedd 'mod i erioed wedi sylwi ar hyn. Yr holl flynyddoedd …'

'Mae fel petai'r goeden yn ei warchod,' ychwanegodd Elinor. 'Neu'n ei guddio.' Oedodd a dywedodd yn dawel, 'Efallai mai dyna pam mae pobl yn dweud bod ysbrydion yn y goedwig.'

Edrychodd Caradog arni. 'Pwy sy wedi cael ei gladdu yma?'

'Rhywun pwysig, mae'n debyg,' atebodd Mari. 'Dim ond arglwydd neu dywysog fyddai'n berchen ar lyfr fel hwn.'

'Mae'n rhaid i ni ddarganfod pwy,' meddai Elinor. 'Ac mae'n rhaid i ni benderfynu beth i'w wneud â'r llyfr. Allwn ni ddim cadw rhywbeth fel 'na o'r golwg mewn cwpwrdd.'

'Dylai hwn fod mewn amgueddfa,' cytunodd Caradog.

Edrychodd Mari ar y twmpath, a phendroni a fyddai ots gan y sawl oedd wedi'i gladdu yno ei bod hi wedi mynd â'r llyfr o'r bedd. Aeth ias i lawr ei chefn. Efallai nad oedd twrio mewn hen feddi'n syniad da wedi'r cyfan. Meddyliodd eto am Ddyffryn y Brenhinoedd a melltith Tutankhamen.

'Falle dylen ni anghofio am hyn i gyd a rhoi'r llyfr yn ôl yn y twll,' meddai'n frysiog.

Syllodd ei rhieni arni'n hurt. 'Pam?' gofynnodd y ddau ag un llais.

'Y corff yn y bedd sy'n berchen arno.'

'Mae'r person hwnnw wedi hen fynd,' meddai Caradog. 'Paid â phoeni am hynny.'

Ond roedd Mari'n dal i ofidio. 'Awn ni adre,' meddai. Doedd hi ddim am fod yng nghwmni'r esgyrn hyn rhagor.

Yn ôl yn y tŷ, cafodd ei mam air tawel â hi.

'Ti ddaeth o hyd i'r llyfr. Beth wyt ti am ei wneud ag e?' gofynnodd.

Ysgydwodd Mari ei phen. 'Dim syniad. Mae rhan ohona i eisiau rhoi'r llyfr yn ôl, ond mae rhan arall yn ysu am wybod mwy.'

''Drycha,' cysurodd Elinor ei merch drwy roi'i llaw ar ei braich. 'Mae hi'n ddydd Sadwrn. Does dim rhaid gwneud dim byd am rai dyddiau. Meddylia dros y peth. Noson dda o gwsg ac mi fyddi di'n iawn.'

A dyna wnaeth Mari. Pan aeth i'w llofft y noson honno, gwthiodd y gist yn ddwfn o dan y gwely. Ond crwydrai ei meddwl yn ôl at y twll o dan y goeden dro ar ôl tro. Pryd gafodd y gist ei chladdu? A phwy oedd piau'r tir bryd hynny, yr Oweniaid neu deulu'r de Courcy?

Aeth drwy ddigwyddiadau'r dydd yn ei phen wrth sefyll yn ei llofft glyd gyda'i dwy ffenest, un yn wynebu'r bryn tuag at fwthyn Seren, a'r llall yn edrych dros y dyffryn tuag at y Castell Du. Am ddiwrnod prysur – James yn cyrraedd adref dan gwmwl, y dyn yn dod i holi am y ceffyl, ei darganfyddiad yn y goedwig. Roedd wedi dechrau fel pob diwrnod arall. *Mae bywyd yn medru ein synnu ni weithiau, cariad,* byddai ei thad yn dweud wrthi'n aml. *Rhaid i ti fod yn barod am beth bynnag a ddaw.*

Ond beth oedd ystyr hyn? Yr unig beth roedd hi'n barod amdano oedd rhyfel na fyddai byth angen iddi ei ymladd, rhyfel yn llawn marchogion mewn arfwisgoedd, ac yn cario bwa a saeth.

Agorodd Mari'r ffenest a wynebai'r Castell Du er mwyn cael ychydig o awyr iach. Safodd yno am sbel yn anadlu aer y nos, ac yn syllu trwy'r düwch tuag at y castell, ei oleuadau'n disgleirio yn y pellter. Beth roedd James yn ei wneud, tybed? Dadlau â'i rieni unwaith eto, neu eu hosgoi drwy aros yn ei ystafell?

Ochneidiodd, caeodd ei llenni blodeuog, newidiodd i'w gŵn nos a cherdded yn droednoeth ar hyd y llawr pren. Roedd mat bach ar ganol ei hystafell ond hoffai Mari deimlo'r pren o dan ei thraed. Tynnodd ei phatshyn llygad, aeth i'w gwely a chodi'r blancedi at ei gên.

A hithau'n hanner cysgu, crwydrodd ei meddwl, gyda chymorth ei dychymyg a straeon ei thad, at y frwydr dyngedfennol honno saith canrif yn ôl, brwydr a benderfynodd pa deulu fyddai'n cael y tiroedd hyn, pan gafodd traddodiad y bwa ei sefydlu yn ei theulu hithau.

Crécy, gogledd Ffrainc, 1346: y saethwyr cyhyrog ar faes y frwydr yn tynnu eu bwâu anferthol er mwyn anfon ton ddu o saethau i'r

awyr a dod â marwolaeth i'r Ffrancwyr a buddugoliaeth i'r Saeson.
Er gwaethaf pawb a phopeth. Edward y Tywysog Du, un ar bymtheg
oed ac etifedd coron Lloegr, yn ymladd am ei fywyd, ac yn cael ei
achub, nid gan swyddogion ei fyddin na'r pedwerydd Iarll de Courcy,
oedd yn arwain y gad, ond gan un o hynafiaid Mari – un o feistri'r
bwa hir. Gydag un saeth, lladdodd hwnnw'r dyn oedd ar fin taro
bwyell trwy ganol gwddf y tywysog …

Gyda'r saeth honno, dechreuodd pethau fynd o blaid yr
Oweniaid. Cafodd y penteulu, Meistr y Bwa Hir, wobr o bum can
erw o dir a digon o aur i adeiladu bwthyn. A gyda hynny collodd
yr Iarll de Courcy bum can erw, cosb frenhinol oedd wedi parhau
hyd heddiw.

Dechreuodd yr anghydweld rhwng y ddau deulu'r diwrnod
hwnnw. Gwyddai pawb fod teulu'r de Courcy yn ysu am gael eu tir
yn ôl. Gadawodd y golled hon graith ar y teulu, craith a'u poenai
hyd y dydd heddiw.

Yn ei breuddwydion gwelodd Mari'r arglwydd yn codi o fedd y
twmpath. Gwelodd y cnawd yn ymffurfio ar ei gorff esgyrnog,
gwelodd y dillad crand amdano unwaith yn rhagor wrth iddo
orymdeithio trwy'r goedwig a thros y caeau agored er mwyn
hawlio ei lyfr yn ôl. Ond yn fwy na hynny, er mwyn cael y tir yn ôl
oddi wrth yr Oweniaid a'i ddychwelyd i deulu'r de Courcy.

*D*ydd Sadwrn oedd hi. Roedd ei thad ar ei draed yn barod, yn bwydo llwyeidiau o fanana ac afocado ffres i Gwern, gan roi cyfle i Elinor aros yn y gwely am unwaith.

'Bore da, cariad,' meddai pan welodd Mari yn ei gŵn nos a'i Uggs. 'Ti'n iawn?'

'Nadw,' atebodd Mari. 'Pen tost.' Trodd ei breuddwydion yn hunllefau, ac roedd ei phen yn powndio.

'Dere 'ma i orffen bwydo'r mwnci bach ac mi wna i goginio crempogau a banana a siocled. Be ti'n feddwl?'

'Mmmm. Ie plis,' atebodd Mari, ac eisteddodd gan ochneidio'n werthfawrogol. Bwyd melys, trwm oedd yr ateb bob tro, ac roedd ei thad yn gogydd arbennig. 'Dwi wrth fy modd yn bwyta, felly gwirion fyddai peidio gallu coginio,' oedd ei ateb i unrhyw un a ofynnai.

Ddeg munud yn ddiweddarach daeth â phlataid llawn a chwpanaid o siocled poeth iddi.

'Fyddi di'n teimlo'n well ar ôl bwyta. Wela i di tu allan mewn hanner awr.'

Nodiodd Mari a'i cheg yn llawn. Roedd dydd Sadwrn yn ddydd ymarfer bwa gyda'i thad. Allai dim byd atal yr arferiad hwn, heblaw tywydd gwael – gallai glaw ddifetha'r saethau a gwneud traed moch o'r targedau gwellt.

Roedd yr ymarfer saethu hwn yn dra gwahanol i'r hyn a wnâi gyda James, a hithau'n chwarae dwli wrth iddo ymarfer ei sgiliau pêl-droed. Ar fore Sadwrn byddai ei thad yn trosglwyddo'i allu iddi, yn ei gwthio i wella, i gryfhau ac i fod yn gywirach, nid oherwydd bod rhyfel ar ei ffordd ond oherwydd bod hyn yn rhan annatod o fod yn un o'r teulu Owen, yn fwy o ran ohonyn nhw na'r tir o dan eu traed. Bob blwyddyn, yn y Sioe Frenhinol, byddai Caradog yn arddangos ei allu o flaen Tywysog Cymru. Ymhen blwyddyn, tro Mari fyddai hi.

Roedd meistri bwa hir y gorffennol yn chwedlonol, yn filwyr ffyrnig oedd yn codi ofn ar bawb. Roedd eu bwâu yn medru pwyso hyd at 140 pwys. Gallai saethau haearn y meistri hyn wneud twll mewn arfwisg ddau gan cam i ffwrdd, a gallen nhw saethu hyd at dair saeth i'r awyr yr un pryd. Roedden nhw'n ennill brwydrau anenilladwy, yn meddiannu tiroedd ledled y wlad ac yn codi arswyd yng nghalonnau eu gelynion. Cafodd caneuon a straeon lu eu hysgrifennu amdanyn nhw; roedden nhw'n torri tir newydd – yn llythrennol.

Y cewri hanesyddol hyn roedd Mari a'i thad yn eu hanrhydeddu.

Dechreuodd Mari ymarfer ei saethu pan oedd hi'n bum mlwydd oed. Roedd degawd o gryfhau ei chyhyrau ac ymarfer ei thechneg wedi talu ar ei ganfed – cymerai'r hen feistri bwa rhyfelgar eu hunain ddegawd i berffeithio eu crefft. Er gwaethaf genedigaeth Gwern, y baban annisgwyl, hyfryd, wnaeth hynny newid dim. Mari oedd meistres y bwa hir. Fyddai ei rhieni ddim yn meiddio dwyn yr enedigaeth-fraint honno oddi arni.

Gorffennodd Mari ei brecwast, yn teimlo'n well yn barod. Golchodd y llestri, yna gwisgodd ei bŵts, a nôl yr offer – y bwa, y bres braich lledr a'r cawell saethau – a cherdded i'r cae ymarfer. Cododd y caead tarpolin oddi ar y targed gwellt a gosod y bres ar ei braich chwith. Yn yr ymarferion diwethaf, roedd hi wedi ceisio saethu heb y bres, ond gadawodd hyn hi'n llawn cleisiau cas. Gwisgai'r rhan fwyaf o saethwyr dabiau ar eu bysedd i amddiffyn eu crwyn, ond roedd hi a'i thad yn anghofio'n aml, ac yn mynd hebddyn nhw. Roedd dau o'i bysedd yn goch ac yn galed o'r herwydd, ond yn ei phrofiad hi, roedd hynny'n well na thab neu fenig. Hoffai Mari deimlo llinyn y bwa a'r saeth; roedd hyn yn ei helpu wrth anelu.

Daeth ei thad ati o'r tŷ, yn dal dau fwa.

'Mi alli di dynnu'r llinynnau o'r bwa 'na,' meddai, gan amneidio ar y bwa a orweddai ar y tarpolin a rhoi bwa hirach iddi. 'Rwyt ti wedi tyfu, cariad. Mae'n hen bryd i ti gael un newydd.'

'O, Dad!' Safodd Mari ar flaenau'i thraed a chusanu ei thad ar ei foch. Roedd ei hunfed bwa ar ddeg yn brydferth. Cawsai un newydd bob blwyddyn, ers ei bod yn bump oed, a'i thad wnaeth bob un ohonyn nhw. Roedd pob bwa newydd yn syrpréis – ac roedd pob un yn dynodi newid yn ei bywyd, fel petai ei thad yn gwybod beth oedd ar fin dod. Neu efallai fod derbyn bwa newydd yn *gwneud* i rywbeth ddigwydd.

Ei thad greodd y bwa a dorrodd. Y bwa a wnaeth ddwyn llygad Mari.

Wnaeth e erioed faddau iddo'i hun am hynny, ac roedd y wên a ddaeth gyda phob bwa newydd yn un drist, er bod Mari'n dweud bob blwyddyn nad ei fai ef oedd y ddamwain, ac mai anlwc oedd y cyfan. Roedd 'na chwedl ymysg saethwyr fod pob bwa ar fin torri pan fyddai'n cael ei dynnu'n llawn, ac mai un gwendid bychan y tu mewn i'r pren fyddai'n gwneud iddo dorri'n ddarnau – gwendid oedd yn guddiedig nes ei bod hi'n rhy hwyr. Fel pobl. Does byth wybod pryd fydd rhywun yn torri.

Pwysodd Mari'r bwa newydd yn ei llaw, un pen yn hofran uwchben y ddaear a'r llall rai modfeddi uwch ei phen. Gweddïodd y byddai'n medru ei drin.

'Perffaith,' meddai ei thad. 'Dyma'r llinyn. Wyt ti'n gallu rhoi'r llinyn yn y bwa? Mae'r pwysau tynnu'n hanner can pwys, cofia.'

Roedd Mari'n sicr y byddai ei thad wedi'i fesur eisoes, wedi gwneud y llinyn yr hyd perffaith i roi'r hyd tynnu gorau posib i'r bwa. Ei thad: y perffeithydd.

Rhoddodd Mari'r llinyn dros yr hicyn isaf, a'i dynnu'n dynn. Gwelodd ddarn meddal o dir i bwyso'r hicyn isaf arno, yna, gan roi'i phen-glin yn erbyn y bwa, tynnodd gyda'i llaw chwith nes i'r rhan uchaf blygu tuag ati. Ar yr un pryd, roedd ei llaw dde yn tynnu'r llinyn tuag at ran uchaf y bwa. Gyda'i holl nerth llithrodd y llinyn i'w le.

Hawdd. Dim trafferth, llwyddo'r tro cyntaf.

Rhoddodd ei thad nòd fach iddi. Gwenodd Mari.

Aeth drwy'r holl broses a oedd erbyn hyn mor gyfarwydd a chyffforddus iddi ag anadlu. Dywediad pwysicaf holl feistri'r bwa hir, dywediad ei thad: *Paratoi'r bwa, gosod, anelu, tynnu, rhyddhau.* Yr union eiriau fyddai'n atseinio o gwmpas meysydd brwydr yr Oesoedd Canol.

Cydiodd yn ei bwa â'i llaw chwith a throi fel bod ei hochr yn wynebu'r targed.

Paratoi'r bwa ...

Lledodd ei choesau, gyda'i throed chwith o'i blaen – osgo'r saethwr. Estynnodd ei braich yn ôl, tynnu saeth o'r cawell, a'i gosod yn y lle iawn ar linyn y bwa. Roedd y saeth yn ddau ddeg saith modfedd o hyd, o bren cedrwydd, gyda phen metel a phlu gŵydd arni, yn union fel y saethau yn Crécy.

Gosod ...

Gosododd Mari'r saeth ar y llinyn, gan wneud sŵn fel tant gitâr.

Anelu ...

Edrychodd i fyny, llygadodd y targed, dychmygodd y saeth yn gwibio drwy'r awyr ac yn glanio yn y cylch aur.

Tynnu ...

Plygodd, yna mewn un symudiad llyfn, gan ddefnyddio holl nerth ei choesau, ei stumog, ei chefn a'i breichiau, sythodd a gyda thri bys ar y llinyn tynnodd ei braich yn ôl ac i fyny mor bell ag y gallai nes bod ei llaw bron â chyffwrdd ei chlust. Gwingai cyhyrau ei chefn.

Rhyddhau.

Roedd y saeth yn rhy bell yn ôl iddi allu ei defnyddio i'w helpu i anelu, felly edrychodd ar ei tharged, rhyddhau'r saeth a gadael iddi hedfan.

Trawodd y saeth y targed. Yng nghanol y cylch aur.

Cymerodd Mari gip ar y caeau a'r goedwig, lle gorweddai'r arglwydd, fel petai ei saethau a'i hanelu perffaith yn medru ei gadw draw.

6

Treuliodd Mari weddill y penwythnos gyda'i theulu. Roedd hi'n brysur ar y fferm yn ystod yr wythnos, felly roedd amser tawel dros y Sul yn werthfawr. Roedd digon o bethau i'w gwneud o hyd, ond gwnâi Elinor yn siŵr eu bod nhw'n mynd i rywle fel teulu bob penwythnos, hyd yn oed os mai trip i Aberhonddu oedd hwnnw.

Treuliodd fore dydd Llun wrth y cyfrifiadur yn gwneud ei chyrsiau dysgu o bell. Canolbwyntiodd ar wyddoniaeth a mathemateg y diwrnod hwnnw ac erbyn amser cinio roedd hi wedi gorffen. Doedd ei thad ddim gartref – roedd e wedi pwdu. Y bore hwnnw clywodd ei lais yn gweiddi ar y ffôn, yna'r drws yn cau'n glep a sŵn olwynion y Land Rover yn sgrialu i lawr y lôn.

Roedd ei mam a Gwern yn Aberhonddu'n ymweld â'i chwaer,

felly bwytaodd Mari ei chinio ar ei phen ei hun – cawl tomato o dun, caws a dwy dafell o fara cartref Seren.

Roedd hi rhwng dau feddwl am y llyfr. Achosai iddi deimlo'n annifyr, fel petai'n ceisio dweud rhywbeth wrthi.

Clywodd *ping!* ei ffôn wrth iddi fwyta llwyaid arall o gawl. James.

Be ti'n neud?

Cinio. Ti?

Trio osgoi adolygu.

Rhieni ddim yn dy orfodi di i adolygu?

Rhieni yng Nghaerdydd. Ffansi dod draw?

Iawn. Mynd i ddefnyddio'r twnnel.

Pam wyt ti'n hoffi'r twnnel 'na gymaint?

Sai'n gwbod. Dwlu arno.

Arfer codi ofn arnat ti.

Yn union!

Ti'n od.

Gweld ti yn y selar.

Dwlu ar y selar.

Pwy sy'n od nawr?

Penderfynodd Mari ddangos y llyfr i James. Efallai y byddai'n codi ei galon.

Cliriodd y llestri o'r bwrdd, yna gadawodd, gan guddio'r llyfr a thortsh mewn bag plastig. Dringodd dros y wal, gan weddïo nad oedd bleiddgwn gerllaw, yna cerddodd at waliau'r castell lle tyfai'r eithin yn llwyni trwchus, gan guddio mynedfa'r twnnel.

Roedd twneli dianc teulu'r de Courcy yn dal yn gyfrinach, wyth can mlynedd ers eu hadeiladu. Tynnodd Mari'r tortsh o'r bag a'i oleuo, gwthiodd drwy'r eithin pigog a sleifiodd o dan y fynedfa isel. Roedd hi'n oer ac yn wlyb y tu mewn i'r twnnel. Bownsiai golau ei thortsh oddi ar y waliau du sgleiniog. Wrth iddi fynd yn ddyfnach i mewn i'r twnnel, atseiniai ei chamau, fel petai rhywun yn ei dilyn. Cymerodd gip dros ei hysgwydd sawl gwaith i wneud yn siŵr, er ei bod hi'n sicr nad oedd neb yno. Roedd y twneli'n cael yr effaith honno arni bob tro. Efallai fod gan ysbrydion y rhai a gerddodd yma yn y dyddiau a fu rywbeth i'w wneud â hynny ...

Roedd Mari'n falch bob tro o gyrraedd y drws a arweiniai at garchar y castell. Gwthiodd e'n ysgafn ac agorodd yn syth. Yno y safai James yn llygadu'i bag, yn edrych fel petai ganddo fil o gwestiynau i'w gofyn.

'Be sy yn y bag?'

'Gei di weld ...'

'Dere. Galli di ddweud popeth wrtha i yn y llofft.'

Tynnodd Mari ei hesgidiau a'i sanau budr, a'u gadael gyda'r tortsh ger y drws. Cerddodd yn droednoeth y tu ôl i James trwy'r selar a heibio i'r hen gelloedd oedd yn cael eu defnyddio bellach i gadw coed, glo a manion eraill. Gwelodd lampau, hen bram, dwy ysgol. Roedd y bariau haearn yn dal yno. Gafaelodd yn un ohonyn nhw. A deimlai rywbeth yn yr aer, rhyw symudiad o'r gorffennol, neu oedd hi'n dychmygu'r cyfan unwaith eto? Aeth ias i lawr ei chefn a chrynodd. Gollyngodd ei gafael yn y bar.

Dringodd y ddau'r grisiau troellog at y neuadd eang. Yn y golau gwan, roedd Mari'n sicr ei bod hi wedi gweld rhywun wrth ei hochr. Trodd yn sydyn.

Chwarddodd James. 'Dim ond Syr Lancelot sy 'na.'

Ochneidiodd Mari mewn rhyddhad ac astudio'r cerflun o'r marchog yn ei arfwisg haearn gyda'i helmed a'i gleddyf.

'Mae e'n digwydd i'r cŵn hefyd,' chwarddodd James. 'Maen nhw'n dal i gyfarth bob tro.'

Cerddodd y ddau ar draws yr hen lawr llechi tywyll, oedd wedi'i dreulio'n llyfn gan ganrifoedd o ôl traed, a dringo'r grisiau llydan.

Syllai portreadau cenedlaethau'r de Courcy i lawr arnyn nhw o'u safle ar y pren tywyll uwch eu pennau. Ar y gwaelod, roedd y llun mwyaf amlwg, sef portread o'r iarlles bresennol, yr unfed iarlles ar hugain, a mam James. Merch o Abertawe oedd Anne de Courcy, merch i weithiwr dur, merch brydferth a ddaliodd sylw'r iarll ifanc, Auberon de Courcy. Roedd hyn yn syndod mawr i bawb, gan ei gynnwys ef ei hun, yn ôl y sôn. Roedd gan Anne wallt tywyll, llygaid glas a chroen perffaith, ac edrychai fel cymeriad o stori dylwyth teg.

Wrth edrych ar y portreadau, gallai Mari weld bod Anne de Courcy wedi trosglwyddo'r genynnau hyn i'w mab. Roedd gan James yr un gwallt tywyll trwchus, yr un aeliau duon cryf a'r un llygaid glas sgleiniog. Ond trwyn de Courcy oedd ganddo – yn hir ac yn syth, yn union yr un fath â'i dad a'r rhan fwyaf o'r teulu, yn ôl eu lluniau ar y wal. Yn anffodus, dim ond genynnau ei thad dderbyniodd chwaer James, yr Arglwyddes Alis.

Gyda James wrth ei hochr, brysiodd Mari i fyny'r grisiau ac ar hyd y cyntedd. Aeth y ddau heibio i'r twll offeiriad, a theimlodd Mari ias unwaith eto. Roedd yn ddigon mawr i ddyn sefyll ynddo, ond nid lle i chwarae cuddio oedd hwn. Cafodd ei adeiladu yng nghyfnod y Frenhines Elizabeth y Cyntaf, pan oedd bod yn offeiriad Pabyddol yn golygu'r gosb eithaf. Tybed pa offeiriaid dienw a guddiodd yma, gyda chysgod marwolaeth yn eu dilyn?

'Ti'n dod? Neu oes angen i fi dy gloi di i mewn 'na?' galwodd James yn ôl, gan wyro'i ben i'r naill ochr fel petai'n ystyried y peth.

'Hoffwn i dy weld di'n trio!' atebodd Mari.

Chwarddodd James. 'Does dim bwa a saeth gyda ti nawr, Mari Owen. Dim ffordd o amddiffyn dy hun!'

Anwybyddodd Mari'r sylw hwn. Gwyddai James yn iawn fod ei thad yn rhoi gwersi hunanamddiffyn iddi.

Cerddodd y ddau tuag at ystafell wely James. Roedd Mari'n synnu bob tro at faint yr ystafell. Roedd ei ffenestri'n wynebu'r dyffryn i'r gorllewin tuag at ei thŷ hi, ac i'r gogledd tuag at y Bannau. Digon o le i wely dwbl, desg fawr a soffa anferth, yn ogystal ag erwau o le gwag.

'Be sy yn y bag 'te?' holodd James, gan nodio'i ben i'w gyfeiriad. 'Faset ti'n meddwl mai coron y frenhines ei hun sydd yna, y ffordd rwyt ti'n ei ddal.'

'Ti'n weddol agos ati,' atebodd Mari.

Tynnodd y gist o'r bag a'i hagor, a dechreuodd dynnu'r defnydd oddi ar y llyfr.

'Plis paid â dweud bod babi i mewn 'na,' meddai James.

'Ha ha. Ddim yn hollol.' Tynnodd Mari weddill y defnydd a gosod y llyfr ar y ddesg o flaen James. Syllodd yntau arno, yna edrychodd ar Mari. Roedd ar fin ymateb pan dorrodd llais arall ar ei draws.

'Beth yw hyn?'

Trodd Mari.

Yno y safai'r Iarll de Courcy, yn dal, main a chefnsyth ac yn gwisgo siwt ddrud, drwsiadus.

Anadlodd Mari'n ddwfn, yn ceisio peidio â dangos ei dicter tuag ato. Y dyn hwn oedd yn gyfrifol am farwolaeth ei cheffyl ac am broblemau ei theulu.

Roedd wyneb onglog yr iarll yn ddiemosiwn. Dim ond ei lygaid oedd yn symud, yn siarp ac yn oer fel dwy garreg. Roedd Mari'n meddwl weithiau ei fod ef ei hun wedi'i wneud o garreg.

'Dad! Ti i fod yng Nghaerdydd!' ebychodd James, a golwg letchwith a blin arno.

'Dwi 'nôl,' atebodd yr iarll yn swta.

Amneidiodd ar Mari. Llwyddodd hithau i amneidio'n ôl.

Cerddodd yr iarll at y ddesg. 'Beth yw hwn?' gofynnodd, ei aeliau'n codi'n chwilfrydig. Plygodd i astudio'r llyfr, yna edrychodd ar y ddau, yn aros am ateb.

Doedd dim dewis gan Mari ond egluro. 'Dwi ddim yn siŵr iawn,' meddai'n ansicr.

'Ac mae'n perthyn i ti, dwi'n cymryd?' gofynnodd yr iarll.

Nodiodd. 'Ddes i o hyd iddo fe ddydd Sadwrn yn y goedwig. Ar ein tir ni,' ychwanegodd.

Syllodd yr iarll arni, gan ddeall ei hawgrym yn iawn. 'Do wir?'

'Do,' atebodd Mari'n bendant.

'Ga i olwg arno?' gofynnodd yr iarll a'i law ar y llyfr.

Roedd ar Mari eisiau gweiddi *Na! Chei di ddim!* Ond doedd dim dewis ganddi. Ei gastell e oedd hwn. Nodiodd yn anfodlon.

Trodd y tudalennau. 'Bendigedig,' sibrydodd. 'Beth wyt ti'n meddwl yw e?'

Ochneidiodd Mari. 'Rhywbeth gwerthfawr,' meddai o'r diwedd. 'Rhywbeth hen.'

'Dwyt ti ddim wedi dangos hwn i arbenigwr?' gofynnodd yr iarll, gan sythu ac edrych arni gyda mwy o chwilfrydedd nag erioed.

'Naddo! Newydd ddod o hyd iddo fe ydw i. Dwi heb gael cyfle i benderfynu beth yw'r cam nesaf.' Celwydd oedd hyn, ond doedd dim bwriad ganddi rannu'i hofnau ofergoelus â'r iarll.

'Fel mae'n digwydd, ro'n i'n casglu gwesteion o'r orsaf drenau yng Nghaerdydd,' eglurodd yr iarll, mewn ffordd ryfedd. 'Rwyt ti wedi cyfarfod un ohonyn nhw'n barod,' meddai wrth James. 'Dr Phillipps.'

'Dy hanesydd bach di,' atebodd James. 'Yr un wnaeth ddarganfod bod Harri VIII wedi aros yma unwaith.'

'Paid â thrio bod yn ddoniol, James,' dwrdiodd ei dad. 'Mae hanes ein teulu ni'n bwysig. Mae angen i ni ei roi ar gof a chadw.' Trodd yr iarll yn ôl at Mari. 'Fel mae'n digwydd, mae Dr Phillipps yn arbenigwr ar hen lawysgrifau.'

Cododd y llyfr.

'Hoffet ti ddod i gwrdd ag e?'

Teimlodd Mari ei hun yn gwylltio eto. Edrychodd yn ymbilgar ar James, a chododd hwnnw ei ysgwyddau'n anobeithiol. Cadwodd Mari'n dawel er ei fwyn ef.

Beth hoffwn i ei wneud, meddyliodd Mari, *yw mynd â'r llyfr o dy ddwylo, syrthio trwy'r llawr i'r selar a mynd trwy'r twnnel mor gyflym â phosib.*

Ond roedd yr iarll eisoes yn cerdded trwy'r drws gyda'r llyfr yn ei ddwylo, felly doedd fawr o ddewis ganddi ond ei ddilyn.

7

Arweiniodd yr iarll nhw trwy gyfres o droeon i ran o'r castell doedd Mari erioed wedi bod ynddi cyn hyn. O'r diwedd arhosodd o flaen drws pren tywyll.

'Ystafell archifo'r castell,' cyhoeddodd. Doedd gan Mari ddim syniad beth oedd ystafell archifo. 'Mae'n cynnwys dogfennau teuluol pwysig o'r unfed ganrif ar ddeg hyd heddiw,' ychwanegodd, 'o'r cyfnod pan ddechreuon ni adeiladu'r castell.'

Teimlodd Mari ei phen yn troi wrth feddwl am yr holl flynyddoedd yn hedfan heibio. Sylwodd ar y *ni*. Roedd yr hen deulu a'r teulu newydd yn un cwlwm tyn, hyd yn oed ar ôl bron i fil o flynyddoedd. *Yn union yr un fath â'i theulu hi.*

Agorodd yr iarll y drws. 'Dere,' meddai, gan ddangos y ffordd iddi.

Eisteddai dau ddyn wrth ddesg ledr werdd gyda sgroliau a

gliniaduron amrywiol o'u cwmpas. Cododd y ddau pan ddaeth yr iarll i mewn.

'Foneddigion, mae gen i rywbeth go arbennig i chi,' meddai'r iarll yn uchel gan osod y llyfr ar y ddesg. 'Anthony Parks, Idris Phillipps, dyma Mari Owen.'

Roedd Parks yn ei dridegau, a chanddo wallt byr du. Roedd ganddo lygaid tanllyd, corff tenau ac wyneb tyn fel rhedwr marathon. Gwisgai ddillad duon o'i gorun i'w sawdl: jîns du a thop llewys hir.

'Prynhawn da, Miss Owen,' meddai'n swta.

'Prynhawn da, Mr Parks,' atebodd hithau.

'Yr *Athro* Parks.'

Ceisiodd Mari beidio â dangos ei bod hi'n casáu pobl hunanbwysig.

'A dyma fy mab, James,' meddai'r iarll.

'Helô, James,' meddai'r Athro Parks, yn llawer mwy brwdfrydig y tro hwn, gan estyn ei law at James.

'Yr Arglwydd James,' atebodd hwnnw'n sych.

Bron i Mari chwerthin yn uchel. Teimlodd ychydig o'r tensiwn yn ei gadael. Doedd James *byth* yn defnyddio'i deitl. Er ei mwyn hi y defnyddiodd ef y tro hwn.

Cochodd Parks a chaledodd ei lygaid ond daeth ato'i hun yn sydyn ac ysgwyd llaw James yn galed – ychydig yn rhy galed, efallai.

'A dyma Dr Phillipps,' aeth yr iarll yn ei flaen.

Ysgydwodd Mari ei law i'w gyfarch. Roedd ganddo fop o wallt tywyll blêr, aeliau anferth a llygaid caredig. Gwisgai bâr o fenig cotwm gwyn a rhoddodd fonocl dros ei lygaid a phlygu dros y llyfr.

Syllodd ar y clawr am sbel heb ddweud gair, nac anadlu hyd yn oed, ac yna agorodd y llyfr a throi'r tudalennau'n araf.

Cododd ei ben o'r diwedd. 'Wel,' meddai. 'Ydych chi'n sylweddoli beth sydd 'da chi fan hyn?'

'Na …' atebodd Mari, a churiad ei chalon yn cyflymu. 'Wel, dwi'n gwybod ei fod e'n hen, ac yn arbennig, ond dyna i gyd.'

'Hoffwn i ddangos hwn i 'nghyd-weithwyr yn yr Amgueddfa Genedlaethol. Bydd angen i ni ei ddyddio'n iawn, os ydy hynny'n bosib,' meddai gan rwbio ei fola mawr. 'Ac mae gen i deimlad ym mêr fy esgyrn fod posibilrwydd mai un o chwedlau coll y Mabinogion sydd yma!'

Clywodd Mari'r Athro Parks yn rhegi a chamodd yr iarll yn agosach at y llyfr, gan edrych yn ôl ac ymlaen rhwng Mari a'r llyfr, ei lygaid yn pefrio.

'Mae'r Mabinogion, fel y gwyddoch, rwy'n siŵr,' esboniodd Dr Phillipps, 'yn gasgliad o un stori ar ddeg wedi'u cymryd o wahanol lawysgrifau o'r cyfnod rhwng 1060 a 1200, yn fras. Mae rhai'n dweud mai myth yw'r cyfan, a rhai mai hanes go iawn sydd yma. Mae'r Brenin Arthur yn ymddangos yn rhai o'r straeon.'

Nodiodd Mari. Roedd hi'n cofio dysgu amdanyn nhw yn yr ysgol yn Aberhonddu cyn ei damwain, cyn iddi gael ei dysgu gan ei rhieni.

'Ond mae awgrym mewn rhai llawysgrifau fod mwy o straeon yn bodoli,' aeth Dr Phillipps yn ei flaen. 'Maen nhw'n cael eu galw'n Chwedlau Coll. Ac mae hon,' meddai, gan edrych ar Mari gyda golwg ddifrifol, 'fe dybiwn i, yn un ohonyn nhw.'

'Mawredd!' oedd yr unig beth y gallai Mari ei ddweud.

'Mae'n wyrth fod y llawysgrif wedi goroesi, ac mewn cyflwr mor dda. Mae'n wyrth eich bod wedi dod o hyd iddi ar ôl yr holl flynyddoedd.'

'Ble, yn union?' gofynnodd yr Athro Parks.

'Mewn twmpath o dir,' atebodd Mari. 'Ar fy nhir i.'

'Ble yn union?' gofynnodd yr iarll.

'Yn y Goedwig Ddu.'

'O, y goedwig ar ffin ein tir ni.'

'Roedd hyn yn bell o'r ffin,' atebodd Mari. Dechreuodd boeni, gan obeithio ei bod hi'n iawn. Roedd hi'n anodd bod yn sicr gan ei bod hi mor dywyll yn y goedwig, a gwyddai ei bod wedi crwydro oddi ar y prif lwybr.

'Dwi'n siŵr fod hwn yn golygu llawer i ti,' meddai'r iarll yn siwgrllyd, 'a dwi'n gallu gweld dy fod di'n amddiffynnol iawn ohono, ond ga i gadw'r llyfr am rai dyddiau? Galla i wneud copi a chael cyfieithiad ohono.'

'Mi alla i roi cynnig ar gyfieithu,' ychwanegodd Dr Phillipps. 'Dwi'n gyfarwydd â Chymraeg Canol.'

Fyddai Mari byth yn maddau i'r iarll am farwolaeth ei cheffyl a'r straen a roddodd hyn ar ei theulu. Doedd hi ddim eisiau rhoi'r llyfr iddo. Ond roedd hi'n ysu am gael cyfieithiad.

'Ymddiheuriadau,' torrodd yr Athro Parks ar draws llif ei meddwl, 'ond mi fyddwn i'n argymell eich bod yn cadw'r llyfr yn ddiogel yn y castell. Mae e'n werthfawr dros ben. Bydd yn denu gormod o sylw.'

'Peidiwch â phoeni,' meddai Mari'n ysgafn. 'Mae'r rhan hon o Gymru'n ddiogel iawn. Does neb yn cloi eu drysau yma.'

'Falle y dylen nhw,' atebodd Dr Phillipps, yn poeni braidd.

Gwnaeth hyn i Mari benderfynu'n sydyn beth i'w wneud. Trodd at yr iarll.

'A dweud y gwir, bydde'n well gen i gadw'r llyfr. Fi yw'r un ddaeth o hyd iddo fe,' ychwanegodd.

Roedd wyneb yr iarll yn gymysgedd o syndod a dicter ... Doedd hwn ddim yn ddyn oedd wedi arfer cael ei wrthod.

'Wrth gwrs,' atebodd yn oeraidd. 'Dy ddewis di yw hyn.'

'Wnewch chi adael i mi dynnu lluniau ohono ar fy ffôn?' gofynnodd Dr Phillipps.

Nodiodd Mari. 'Ie, iawn.'

Gwyliodd e'n troi'r tudalennau'n ofalus. Arhosodd ar yr un dudalen a ddaliodd ei llygad hi: pwll llonydd tywyll yn adlewyrchu'r cymylau uwchben; pelydryn haul yn saethu trwy'r dŵr; llwyn o ddrain; eos ar frig derwen, yn llygad-dyst i ryw olygfa ar dudalen arall ... roedd yn brydferth ac yn fygythiol yr un pryd.

Ond roedd yn ei denu i fod eisiau gwybod mwy.

'Dwi wir eisiau gwybod beth sydd ar y dudalen hon,' sibrydodd.

Edrychodd Dr Phillipps arni gyda'i lygaid clyfar, chwilfrydig. 'Iawn, bach. Rhowch funud neu ddwy i mi.'

Cyrhaeddodd Mrs Baskerville, a ofalai am y tŷ, yn dal hambwrdd anferth ac arno gwpanau a thebot. Edrychodd ar Mari'n syn. Roedd hi wedi hen arfer gweld Mari yn y castell gyda James pan nad oedd y teulu'n bresennol, ond byth yn cymdeithasu gyda'r iarll a'i westeion.

Pan adawodd hi, cymerodd Dr Phillipps ddracht o de a dweud yn araf, gyda'i lygaid wedi'u hoelio ar y dudalen: *'Cei hyd i ogof lle mae'r gwyrdd yn troi'n las a llewych ar y ddaear gerllaw, a'i chyfrinachau oll ynghudd dan orchudd y llen ddŵr uwchlaw. Mae yna dwll yn y garreg lefn tu cefn i'r dŵr a'i iasau; cei fynd trwy hwn i arall fyd a chadw'r holl drysorau. Rhaid nofio eto ugain gwaith, ond mae nifer wedi trengi cyn iddynt gyrraedd pen eu taith; dim ond y cryf all groesi ...'*

Atseiniodd ei eiriau o gwmpas yr ystafell. Am ychydig, ni siaradodd neb. Teimlai Mari fel petai hi dan ryw swyn, ac roedd yn ymddangos fel petai pawb arall yn teimlo'r un fath. Roedd golwg bell yn llygaid pob un.

Neidiodd Mari ar ei thraed. 'Reit!' meddai, a'i llais yn anarferol o uchel. 'Mae angen i fi fynd adre.' Cododd y llyfr, ei lapio yn ôl yn ei wisg a'i ddychwelyd i'r gist, yna'i roi yn y bag plastig.

Roedd yn ymddangos ei bod hi wedi torri'r swyn, gan fod pawb wedi dechrau symud a siarad yr un pryd. Cerddodd James o'r ystafell gyda hi, a theimlodd lygaid yn syllu ar ei chefn wrth iddi adael. Roedd pawb yn dyheu am gael eu dwylo ar y llyfr.

'Naw!' ebychodd James.

Ochneidiodd Mari. 'Dwi'n dal i deimlo 'mod i mewn breuddwyd,' atebodd.

'Siŵr o fod.' Cerddodd y ddau mewn tawelwch tan iddyn nhw gyrraedd y neuadd fawr. 'Roedd dy wylio di a Dad yn siarad yn werth ei weld, heb sôn am bopeth arall ddigwyddodd.'

'Dwi'n beio'r llyfr am hynny,' meddai Mari.

'Mae'r llyfr yna'n gallu gwneud gwyrthiau. Arhosa funud ac mi wna i redeg i nôl dy sgidiau a'r tortsh,' ychwanegodd. 'Does dim rhaid sleifio trwy'r twnnel bellach, a thithe wedi creu cymaint o argraff ar Dad.'

Tra oedd Mari'n aros am James, ymddangosodd yr Athro Parks yn dawel wrth ei hymyl, gan wneud iddi neidio.

'Tybed fyddet ti cystal â dangos i mi ble ddest ti o hyd i'r llyfr?'

Siaradai mewn llais oeraidd, academaidd, ond roedd ei lygaid yn disgleirio, gan ddangos ei wir ddiddordeb yn y llyfr.

Dymunai Mari wrthod ond ni allai feddwl am ffordd gwrtais o ddweud hynny.

'Nawr?' gofynnodd.

'Byddai hynny'n gyfleus iawn. Diolch o galon,' ychwanegodd, fel petai ei chwestiwn hi'n gynnig.

Gwgodd Mari. Byddai angen iddi ddysgu bod yn fwy pendant ac anghwrtais os oedd am fod yn llwyddiannus gyda'r iarll a'i griw. Roedd yn llawer haws eu trin fel gelynion nag fel ffrindiau ffug.

Daeth James yn ôl gyda'r esgidiau a'r tortsh.

'A, Arglwydd James, mae Miss Owen wedi cynnig mynd â fi at y twmpath.'

'Go iawn?' gofynnodd James, gan edrych mewn syndod ar Mari. 'Mi wna i ddod gyda chi.'

'O diar,' atebodd Parks. 'Dwi'n eitha siŵr 'mod i wedi clywed dy dad yn gofyn amdanat ti. Roedd e'n swnio fel mater difrifol iawn.'

Nodiodd James yn gwrtais ac aeth yn ôl i'r ystafell archifo.

Aeth Mari i'r iard anferth, a muriau uchel y castell o'i chwmpas, gyda Parks yn dynn ar ei sodlau. Cerddodd ar draws y cerrig hynafol a thros y bont grog. Roedd hi wedi hen arfer â'r castell ond gallai weld pen Parks yn troi i geisio gweld pob cornel ohono gyda golwg awchus ar ei wyneb.

'Hanes byw,' cyhoeddodd. 'Mil o flynyddoedd ohono. Dychmyga fyw mewn lle fel hyn.' Chwarddodd. 'Hanesydd ydw i. Weithiau dwi'n rhy hoff o hanes.'

'Gwell gen i'r unfed ganrif ar hugain,' atebodd Mari. 'Antibiotics a chydraddoldeb.'

'Hm,' wfftiodd Parks. 'Mae hynny braidd yn gul, os ca i ddweud. Roedd gan y gorffennol ddigon o fanteision hefyd.'

'Wel, wnawn ni byth wybod,' anghytunodd Mari. ''Drychwch,' ychwanegodd. 'Heb ganiatâd fy nhad, alla i ddim dangos y twmpath i chi.' Celwydd oedd hynny, ond doedd dim ots ganddi raffu rhai celwyddau er mwyn dechrau'i brwydr yn erbyn y dyn hwn.

Lledaenodd ei lygaid fel petai'n gweld trwyddi. 'Beth am i ti ofyn iddo fe?' atebodd. 'Ti'n gweld, dwi'n fwy na hanesydd. Dwi'n archeolegydd hefyd. Galla i drefnu cloddio swyddogol.'

'Cloddio?' gofynnodd Mari.

'Dyna fyddai'r peth callaf i'w wneud. Gyda darganfyddiad o'r math hwn, weli di, gall yr awdurdodau gael trwydded i gloddio ar eich tir heb eich caniatâd chi. Hoffet ti wneud hyn mewn modd llai swyddogol, mwy … cyfeillgar?' Fflachiodd wên, yn ddannedd i gyd. 'Dwi'n hoff o weithio ar fy mhen fy hun. Dwi'n siŵr bydde'n well gyda chi hynny na gweld tîm mawr o bobl yn sathru ar eich tir.'

Ddywedodd Mari ddim byd wrth iddi geisio deall ystyr hyn i gyd.

'Y peth arall yw,' aeth Parks yn ei flaen yn felfedaidd, ''mod i'n gwybod yn iawn sut i archwilio'r ardal yn ofalus ac yn amyneddgar, heb ddinistrio dim byd. Gall fod eitemau gwerthfawr eraill yno. Galla i sicrhau eu bod nhw'n cael eu palu'n ddiogel fel eich bod chi'n gallu cael eich haeddiant amdanyn nhw.'

'Beth ydych chi'n feddwl?' gofynnodd Mari.

'Yn ôl y gyfraith, mae gan berchennog y tir hawl i rannu elw unrhyw ddarganfyddiad â'r un ddaeth o hyd iddo, hanner a hanner, os yw'n penderfynu gwerthu'i ddarganfyddiad. Gallai hyn ddod ag arian mawr i dy deulu, Miss Owen.'

Ac roedd Mari'n gwybod yn iawn fod arian yn brin. Roedd Parks wedi taro ar ei gwendid hi heb iddo wybod.

'Ac yn olaf,' ychwanegodd â gwên oedd bron yn gynllwyngar, 'er mwyn dilysu'r llyfr yn iawn, mae angen gwybod mwy am y man lle cafodd ei ddarganfod a cheisio gweld a oes mwy o eitemau wedi'u claddu yno. Os llwyddwn i ddilysu'r llyfr, bydd yn werth llawer mwy.'

'Ro'n i'n meddwl mai Dr Phillipps oedd yn trefnu i'w ddilysu,' dadleuodd Mari.

Edrychodd Parks arni'n siarp. 'Ie, wrth gwrs. Ond nid archeolegydd yw Dr Phillipps. Dyw e ddim yn hoff o faeddu'i ddwylo,' ychwanegodd yn falch. 'Mae e'n gweithio gyda dogfennau ac archifau. Dwi'n gweithio ar lawr gwlad, gyda hanes byw. Hanes fedri di gyffwrdd ynddo. Mae gan y ddau ohonon ni sgiliau gwahanol. Ry'n ni'n gwneud tîm da. Dyna pam mae'r iarll yn ein cyflogi ni.'

Gwnaeth hyn benderfyniad Mari'n haws. Fyddai'r iarll ddim ond yn cyflogi'r unigolion gorau y gallai arian eu prynu.

'Iawn. Dewch draw am un ar ddeg bore fory i drafod gyda Dad,' meddai wrtho. 'Dyna pryd mae'n cymryd hoe o'i waith ar y fferm.'

Brysiodd Mari ar draws tir y fferm. Roedd hyn yn troi'n fwy ac yn fwy peryglus bob dydd, ac roedd arni eisiau dianc. Roedd delio â'r llyfr, y sylw roedd yn ei ddenu ac ymdrechion yr iarll a'i arbenigwyr i ddylanwadu arni'n gwneud iddi deimlo'n annifyr. Ond roedd hi'n rhy hwyr bellach. Hi ddaeth o hyd i'r llyfr, ond nawr gwyddai'r iarll a dau arbenigwr amdano. Roedd ffawd wedi'i gorfodi i wneud penderfyniadau, a'r unig beth y gallai ei wneud bellach oedd ceisio gwneud beth oedd orau i'w theulu.

$\mathcal{R}$oedd naws annifyr yn y tŷ pan gyrhaeddodd hi adref. Eisteddai ei thad wrth y bwrdd bach yn y cyntedd yn plygu dros gyfrifon y fferm ac arno olwg boenus. Roedd ei mam yn y gegin gyda Gwern ac o glywed synau'r sosbenni'n taro'i gilydd a'i llais yn siarad â hi ei hun, roedd yn amlwg ei bod yn brysur yn paratoi swper.

Brysiodd Mari i'w hystafell, cuddiodd y gist o dan ei gwely ac yna aeth yn ôl allan i wneud ei thasgau ar y fferm – edrych ar ôl y ceffylau, yr ebolion a'r cafnau. Roedd hi wedi cael hen ddigon o siarad â phobl am heddiw. Roedd cwmni ceffylau'n llawer mwy pleserus. Aeth â Jacintha am dro, gan osgoi'r Goedwig Ddu o fwriad, a mynd i fyny i'r Bannau, i fanteisio ar yr heulwen hwyr.

Dychwelodd adref wrth i'r haul fachlud, ac roedd ei swper yn barod iddi.

Roedd Gwern yn ei wely, felly bwytaodd y tri ohonyn nhw bryd mawr o goes cig oen rhost, ffa gwyrdd a thatws wedi'u rhostio mewn saim gŵydd.

Doedd dim llawer o sgwrsio wrth y bwrdd. Roedd y bwyd yn flasus a phawb yn llwglyd ond roedd awyrgylch rhyfedd yn y gegin. Roedden nhw'n deulu siaradus fel arfer. Pan orffennodd pawb eu swper, cododd tad Mari i arllwys gwydryn o wisgi iddo'i hun a'i yfed ar ei dalcen, cyn eistedd eto.

'Fydd hyn ddim yn hawdd … ry'n ni mewn trafferthion mawr. Mi wnes i drio cadw'r cyfan oddi wrthych gyhyd â phosib ond …' Rhwbiodd ei ddwylo dros ei wyneb.

Syllodd Mari ar ei thad: ffarmwr, meistr bwa hir, milwr a gafodd ei wobrwyo sawl gwaith am ei ddewrder. Ond nawr edrychai fel petai'n wynebu gelyn oedd yn amhosib ei drechu. Daeth yr olwg yn ei lygaid â thon o ofn dros Mari. Edrychodd ar ei mam. Roedd hi'n troelli cudyn o'i gwallt du hir o gwmpas ei bys. Doedd dim bywyd yn ei llygaid.

'Ry'n ni mewn dyled o chwe deg mil o bunnoedd i'r banc,' aeth Caradog yn ei flaen. 'Mi wnes i fenthyg arian i adeiladu'r estyniad a'r stabl. Byddai popeth yn iawn petai pethau wedi gwella.' Chwarddodd yn chwerw. 'Ond fel arfer dyw pethau ddim yn gwella pan fydd angen. Yn syml, dyw'r fferm ddim wedi gwneud digon o arian i dalu'r morgais am y chwe mis diwethaf. Roedden ni'n dibynnu ar y taliadau am y stalwyn er mwyn talu'r morgais.' Oedodd a rhoi'i ddwrn ar y bwrdd. 'Roedd wyth caseg wedi'u trefnu ar ei gyfer yn ystod y chwe wythnos nesaf.'

'Beth am arian yr yswiriant?' gofynnodd Elinor gan godi'i llais. 'Bydd angen i'r cwmni dalu am ei farwolaeth … bydd?' gofynnodd i'w gŵr. Roedd ei chroen yn welw wyn.

Tywyllodd wyneb Caradog. Anadlodd yn ddwfn. 'Anghofies i adnewyddu'r yswiriant.'

Edrychodd Mari arno wedi drysu'n lân. 'Naddo ddim. Glywes i ti ar y ffôn tua mis yn ôl, yn cwyno am gost y premiwm. Dwi'n cofio'n iawn.'

Trodd ei thad ati gan ysgwyd ei ben, yn edrych fel petai'n difaru ei enaid. Teimlai Mari'n sâl. 'Dim ond ti fydde'n cofio rhywbeth fel 'na, cariad.'

'Do, dwi'n cofio!' gwaeddodd Mari'n benboeth. 'Pam dweud celwydd?'

'Wel, dyma'r gwir,' atebodd mewn llais trymach nag erioed. 'Gan mai ti saethodd y ceffyl dy hun yn hytrach na gadael iddo fe ddiodde'r boen am awr arall cyn bod y milfeddyg yn cyrraedd, dyw'r yswiriant ddim yn ddilys.'

Agorodd Elinor ei cheg i siarad, yna'i chau eto.

Claddodd Mari ei hwyneb yn ei dwylo, yn crynu mewn sioc. Teimlodd law fawr gynnes ar ei hysgwydd.

'Roeddet ti'n ddewr,' meddai ei thad i'w chysuro. 'Doedd gen ti ddim dewis. Paid â beio dy hun, cariad. Paid.'

Cododd Mari ei hwyneb ac edrych i fyw ei lygaid, a gwelodd gymysgedd o emosiynau ynddyn nhw, ond yn fwy na dim, gwelai boen aruthrol.

'Felly dyna'r sefyllfa,' meddai Caradog wrth ddychwelyd at ei sedd. 'Mae gwerthu'r ceffyl yn tynnu'r pwysau oddi arnon ni am ychydig. Ffoniodd y rheolwr banc bore 'ma: *rhaid i ni dalu'r ddyled a'r taliadau cyfredol neu fydd dim dewis ganddo ond cymryd camau. Mewn chwe wythnos.*'

Ebychodd Elinor. 'Chwe wythnos? *Chwe wythnos*? I ddod o hyd i faint o arian?'

'Chwe mil o bunnoedd,' atebodd Caradog, a'i lais yn wag.

Estynnodd Elinor ei llaw at law ei gŵr a'i gwasgu.

'Sut ddown ni o hyd i arian fel 'na?'

'Gwerthu'r ceffyl. A'r gemwaith sydd ar ôl. Falle fod yr hen gadeiriau yma'n rhai *antique*. Maen nhw'n werth arian, mae'n rhaid,' meddai wrth edrych o'i gwmpas.

'Ac os na ddown ni o hyd i'r arian,' meddai Elinor yn araf, pob gair fel trawiad morthwyl, 'fe gollwn ni'r fferm? Ei rhoi i'r banc?'

'Ie, neu werthu. Rhannau o'r fferm. Neu'r fferm i gyd.'

'Ac ry'n ni i gyd yn gwybod pwy fyddai'n ei phrynu, cyn i chi allu dweud *cyllell*,' gwaeddodd Elinor, yn llawn emosiwn bellach. Cododd ac edrych trwy'r ffenest tuag at y Castell Du. 'Mae'n gwneud i fi feddwl falle fod yr iarll wedi anfon ei gŵn ar ôl y ceffyl yn fwriadol.'

'Ddown ni byth i wybod,' atebodd Caradog, a chyhyrau ei foch yn gwingo.

'Etifeddiaeth Mari a Gwern,' sibrydodd Elinor. 'A thraddodiad y bwa hir ...'

Eisteddodd yn drwm, pwysodd ei breichiau ar y bwrdd a syllu o'i blaen.

'Dwi'n gwybod. Wrth gwrs 'mod i'n gwybod,' gwaeddodd Caradog.

Roedd Mari mewn hunllef. Syllodd o un rhiant i'r llall, wedi'i syfrdanu gan y newyddion, yn llawn gofid am eu diflastod ac wedi dychryn o wybod am y rhan a chwaraeodd hi yn y cyfan ... ond yna daeth syniad iddi'n sydyn. 'Falle fod 'na ffordd allan,' meddai'n dawel, a'i dyrnau ynghau a'i hewinedd wedi'u claddu'n ddwfn yng nghledrau ei dwylo, yn gobeithio, yn gweddïo ...

Trodd ei rhieni ati, a'u hwynebau'n llawn pryder. Doedden nhw ddim yn disgwyl ateb go iawn ganddi. Ond roedd hi'n gwybod mwy na nhw.

'Mae'n ymddangos fod y llyfr 'na'n werthfawr.' Oedodd cyn anadlu'n ddwfn. Efallai fod ffawd yn chwarae rhan wrth helpu ei theulu, pan oedd arnyn nhw ei angen yn fwy nag erioed. 'Dangoses i'r llyfr i arbenigwr. Mae e'n meddwl falle mai un o chwedlau coll y Mabinogion yw e.'

Roedd ei rhieni wedi'u syfrdanu.

'Beth ar y ddaear wyt ti wedi'i wneud, Mari Owen?' gofynnodd Elinor o'r diwedd.

Aeth Mari yn ei blaen i adrodd y stori am sut y dangosodd y llyfr i James, am yr iarll yn tarfu arnyn nhw, a phob dim a ddaeth wedyn.

Pwysodd ei rhieni ymlaen, a'u llygaid yn fawr, yn gwrando'n astud ar bob gair.

'Felly dyma sy'n digwydd nesaf,' gorffennodd Mari. 'Bydd Dr Phillipps yn trafod y llyfr â'i gyd-weithwyr ac yn dangos y lluniau ar ei ffôn. Ac mae'r Athro Parks, sy'n archeolegydd ac yn hanesydd, yn dweud bod angen cloddio yn y twmpath er mwyn helpu i ddilysu'r llyfr, a chael mwy o wybodaeth.'

Syllodd ei thad i'r pellter am ychydig, yn prosesu'r cyfan, yna trodd i wynebu Mari. Roedd gobaith newydd yn ei lygaid, ac roedd yn amlwg yn cyfrifo yn ei ben.

'Felly os bydd Parks yn dilysu'r llyfr, bydd yn werth llawer mwy?' gofynnodd.

'Dyna ddeallais i,' atebodd Mari. 'Soniodd e hefyd am y cyfreithiau trysor. Os caiff elw ei wneud, bydd hanner yr arian yn mynd i berchennog y tir a'r hanner arall i'r sawl ddaeth o hyd i'r llyfr.'

'Wel, ni sy'n cael yr holl elw o'r llyfr felly,' meddai Elinor. 'Mari ddaeth o hyd i hwnnw.' Oedodd. 'Ar ein tir *ni* oedd y llyfr, ie?' gofynnodd yn sydyn i'w gŵr. 'Mae'n amhosib dweud yn y goedwig, ac roedd y llyfr yng nghanol ... '

Roedd llygaid Caradog ymhell i ffwrdd unwaith eto, a gwyddai Mari ei fod yn mynd dros leoliad y ffiniau yn ei ben.

'Dwi'n eitha siŵr mai ar ein tir ni roedd e,' cadarnhaodd, 'ond o drwch blewyn, mae'n rhaid. Tua chanllath.' Trodd at Mari. 'Fe awn ni yno'n gynnar bore fory. Rho'r larwm am bump o'r gloch.'

Nodiodd Mari. Methai â siarad. Mae'n *rhaid* mai ar eu tir nhw roedd y llyfr ...

'Mae Parks yn meddwl falle fod pethau eraill yna hefyd, pethau gafodd eu claddu gyda'r llyfr,' ychwanegodd yn floesg, 'pethau fydd yn ei helpu i ddilysu'r llyfr, ac y gall rhain fod yn werthfawr hefyd.'

'Pwy bynnag ydy'r Athro Parks yma, mae angen ei help arnon ni,' pwysleisiodd Caradog. 'Bydd angen iddo fe ddechre cloddio ar unwaith i ddilysu'r llyfr. Wedyn gallwn ni werthu hwnnw a chael pum deg y cant o bopeth arall y daw e o hyd iddo.'

'Mae e'n dod draw am un ar ddeg fory i drafod pethau,' eglurodd Mari.

'Diolch byth am y bedd a phwy bynnag sydd ynddo fe,' meddai Caradog yn llawn rhyddhad. 'A diolch byth am ei lyfr.'

'Diolch byth,' cytunodd Elinor wrth eistedd yn ôl yn ei chadair.

Eisteddai Mari'n gefnsyth, yn syllu o'i blaen. Nid waliau'r gegin roedd hi'n eu gweld, ond y dderwen, y gist a'r llyfr cuddiedig. Roedd fel petai'r ddaear wedi'u cynnig nhw'n anrheg iddi.

Ond roedd ganddi deimlad ym mêr ei hesgyrn fod rhai o'r anrhegion yn disgwyl iddi hi a'i theulu dalu'r gymwynas yn ôl.

C yn pen dim roedd pawb yn gwybod am hanes y llyfr. Soniodd
Elinor wrth eu cymdogion, y Jonesiaid. Dywedodd Mrs Jones
wrth ei chwaer Christine, a phasiodd honno'r neges ymlaen at ei
ffrind gorau, Jemima, a ddywedodd wrth Mrs Ivy, y fenyw y tu ôl
i'r bar yn yr Eos, tafarn leol Nanteos, a soniodd honno wrth sawl
un o'r selogion. O'i ystafell yn y Castell Du, cafodd Dr Phillipps air
am y llyfr gyda'i gyd-weithwyr yn yr Amgueddfa Genedlaethol a
gydag arbenigwyr yr Amgueddfa Brydeinig, ac ebostiodd y lluniau
a dynnodd ar ei ffôn. Creodd hyn don o ddiddordeb a lifodd drwy
amgueddfeydd a phrifysgolion y wlad, a thu hwnt. Yn y cyfamser,
ffoniodd yr Iarlles de Courcy ddau o brif dai ocsiwn Llundain i sôn
am y llyfr, yn ei hawydd i ddarganfod beth fyddai ei werth ar y
farchnad agored. Anfonwyd ymholiadau at arbenigwyr a chasglwyr
ledled y byd.

Erbyn iddi dywyllu'r noson honno, roedd chwedl goll y Mabinogion ymhell o fod yn gyfrinach.

Roedd Mari yn ei hystafell, yn gwybod dim am hyn i gyd. Safai ar y carped patrymog yng nghanol ei llofft yn dal ei bwa newydd, gan feddwl efallai y byddai'n rhoi mwy o nerth iddi allu ymdopi â'r wythnosau a'r misoedd nesaf pan fyddai dyfodol fferm yr Oweniaid, a'i dyfodol hi, yn y fantol.

Byddai'r teulu fel arfer yn cadw eu bwâu a'u saethau, hen ddogfennau cyfreithiol eu tir gyda llofnod y pedwerydd Iarll de Courcy arnynt, a phopeth arall o werth oedd ganddyn nhw, mewn hen gwpwrdd mawr, saith troedfedd o uchder, a safai yn y cyntedd. Ond roedd Mari'n cadw pob bwa newydd yn ei hystafell am rai wythnosau. Dyma'r drefn ers iddi dderbyn ei bwa cyntaf.

O'r diwedd pwysodd ei bwa yn erbyn y wal a newid i'w dillad nos cynnes. Roedd hi'n dal yn oer fin nos yn y rhan hon o Gymru a hoffai gysgu gyda'r ffenest ar agor er mwyn cael awyr iach. Ond hyd yn oed yn ei dillad gwely cynnes, crynodd yn sydyn, nid oherwydd yr aer oer, ond oherwydd ei bod hi'n dechrau amau fod rhywbeth o'i le.

Efallai y teimlai rywfaint o'r cyffro roedd y llyfr wedi'i greu, oherwydd cofiodd Mari'n sydyn am rybudd Dr Phillipps.

Cadwai'r llyfr dan glo yn y gist o dan ei gwely, ond hwyrach nad oedd hynny'n ddigon. Gorweddodd ar y llawr pren a thynnu'r gist tuag ati.

Roedd darn o un ystyllen yn rhydd o dan y gist. Doedd hi ddim wedi'i chodi ers amser maith. O dan hon y byddai'n cuddio siocledi, cerrig llyfn roedd hi a James wedi dod o hyd iddyn nhw yn yr afon, a hoff drysorau ei phlentyndod. Cofiodd hynny a gwenodd, cyn i gwmwl o lwch gosi ei thrwyn.

Roedd y bwlch yn rhy fach i guddio'r gist, ond roedd hen ddigon o le i'r llyfr o'i roi mewn bag plastig.

Cuddiodd y llyfr, rhoi'r ystyllen yn ôl a'r gist wag ar ei phen. Teimlai Mari'n well yn syth.

Diffoddodd ei lamp, aeth i'r gwely gan dynnu'r flanced yn uchel at ei gên, ac o fewn dim, syrthiodd i gysgu.

Lithrai golau'r lleuad lawn trwy fwlch yn y llenni gan oleuo bwa newydd Mari, a thaflu cysgod hir a ymestynnai o dan y gwely. Roedd fel petai'n cropian at y gist, yn codi'r ystyllen, yn tynnu'r llyfr o'r guddfan ac yn cael cip bach trwy'i gynnwys, oherwydd roedd breuddwydion Mari'n gymysgedd gwallgof o'r llyfr a'r bwa. Roedd fel petai swyn y ddau beth yn uno ac yn troi'n rym pwerus. A hithau'n hanner cysgu, atseiniai'r geiriau a ddarllenodd Dr Phillipps trwy'i phen:

Cei hyd i ogof lle mae'r gwyrdd yn troi'n las ... dim ond y cryf all groesi ...

Yn ei breuddwyd aeth Mari ar gefn ei cheffyl, gyda'i bwa yn ei llaw dde, a'i llyfr yn y llall, i chwilio am yr ogof yn y stori. Sylweddolai hi ddim ar y pryd mai'r freuddwyd hon fyddai'n ei harwain at y penderfyniad pwysicaf iddi ei wneud erioed. Byddai ei bywyd hi, a bywyd y rhai roedd hi'n eu caru, yn newid am byth.

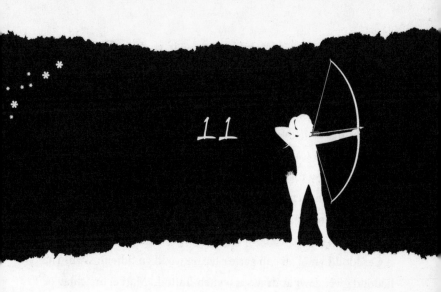

Am chwarter wedi pump fore trannoeth croesodd Mari a'i thad y caeau gwlithog a mynd i gyfeiriad y Goedwig Ddu. Ddywedodd y ddau ddim gair. Daeth Caradog â map Arolwg Ordnans a chwmpawd. Daeth Mari â'r tâp mesur roedden nhw'n ei ddefnyddio wrth ymarfer saethu. Weithiau byddai'r ddau yn amrywio'r pellteroedd – pum deg llath, saith deg, cant, sef hyd y tâp mesur cyfan. Feddyliodd y ddau erioed y byddai'r tâp yn cael ei ddefnyddio er mwyn mesur eu dyfodol.

Cyrhaeddodd y ddau dywyllwch y Goedwig Ddu. Roedd yr haul yn rhy isel i oleuo'r goedwig, a bu'n rhaid i'r tad a'i ferch fod yn ofalus ar y llwybr cul, gan osgoi brigau isel y coed mwsoglyd.

Canai'r adar ond ddywedodd Mari'r un gair. Arhosai ei thad bob nawr ac yn y man i edrych ar y map a chyfri ei gamau. Gwnaeth nodiadau ar y map â beiro. Wrth i olau'r haul gryfhau, gallai Mari weld awgrym o'r uwcholeuydd melyn oedd yn dynodi'r ffin rhwng eu tir nhw a thir teulu'r de Courcy.

Gallai weld o nodiadau ei thad eu bod nhw'n agos at y ffin … ychydig yn rhy agos.

Yna o'r diwedd, gwelson nhw'r twmpath a'r bedd, a gwreiddiau'r dderwen. Aeth Caradog ag un pen i'r tâp mesur oddi wrth Mari. Edrychodd ar y map unwaith eto, yna ar y cwmpawd; cymerodd dri deg cam ymlaen tan iddo gyrraedd y twmpath, cyn edrych ar y map am un tro olaf. Arhosodd Mari'n llonydd wrth wylio ei gefn, gan deimlo'i chalon yn curo fel gordd.

Cerddodd yn ôl ati gan gario'r tâp, ei wedd yn ddiemosiwn. Yna lledodd gwên fawr ar draws ei wyneb. Taflodd Mari ei breichiau o'i gwmpas, a theimlodd ei rai ef yn lapio'n dynn amdani. Ni symudodd yr un o'r ddau am sbel.

'Naw deg llath, dwi'n meddwl,' nododd Caradog wrth ei rhyddhau. 'Falle 'mod i ryw ugain llath allan ohoni, neu hyd yn oed bum deg neu chwe deg llath. Ond ein tir *ni* yw hwn, cariad. Yn bendant.'

Teimlodd Mari ei hun yn ymlacio a daeth ton o ryddhad drosti. Doedd eu problemau ddim wedi'u datrys o bell ffordd ond roedd hyn yn gam i'r cyfeiriad iawn.

Am un ar ddeg ar ei ben, daeth cnoc frwdfrydig ar ddrws y bwthyn. Cododd Mari a'i rhieni ar eu traed ar ôl bod yn eistedd mewn tawelwch wrth y bwrdd, ac edrych yn obeithiol ond yn betrusgar ar ei gilydd. Gorweddai Gwern yn hapus yn ei grud gyda'i goesau yn yr awyr yn ceisio bwyta'i fysedd ei hun, heb sylwi ar y tensiwn a lenwai'r ystafell.

Agorodd Caradog y drws ac astudio'r dyn a safai yno.

Ymddangosodd Mari y tu ôl i'w thad.

'Caradog Owen? Yr Athro Parks,' meddai'r dyn.

Nodiodd ei thad ac ysgwyd ei law yn gadarn. 'Dewch i mewn.'

Sylwodd Mari ar Parks yn gwingo. Roedd ysgwyd llaw tad Mari'n brofiad poenus. Doedd e ddim yn sylweddoli pa mor gryf oedd e. Neu efallai ei fod e'n gwybod yn iawn.

'Miss Owen,' meddai Parks wrthi cyn cerdded i'r tŷ.

Eisteddodd y tri wrth y bwrdd. Roedd Elinor wedi diflannu i fyny'r grisiau i roi Gwern i gysgu am y bore.

'Felly,' dechreuodd Caradog, 'ry'ch chi'n awyddus i gloddio yn ein twmpath ni.'

Nodiodd Parks. Cadwai ei wyneb yn broffesiynol heddiw, heb ddim o sglein cyffro ddoe.

'Ydw,' atebodd. 'Mae'n gwneud synnwyr bod mwy o arteffactau wedi'u claddu yno. A bydd yr eitemau hynny ddwywaith yn fwy gwerthfawr wedi i ni ddilysu'r llyfr ei hun. Bydd hyn yn rhoi cefndir i'r llyfr, ac yn ein helpu ni i'w ddyddio ac i weld pwy sydd wedi'i gladdu yno. Bydd ymchwilio i hynny'n helpu gyda'r broses ddilysu.'

Nodiodd Caradog. 'Mae'r cyfan yn gwneud synnwyr.'

'Dwi'n falch eich bod yn cytuno,' atebodd yr Athro Parks. 'Chi'n gweld, roedd eich merch chi'n hynod o lwcus i ddod ar draws y llyfr fel y gwnaeth hi, ond mae angen gwneud wythnosau o waith caled nawr.'

'Mi fyddech chi'n gwneud y gwaith yn llawer cyflymach mewn tîm,' meddai Elinor o'r drws. 'Fi yw Mrs Owen,' ychwanegodd. Edrychodd yr Athro Parks ar fam Mari. Gallai Mari ei weld yn edmygu ei phrydferthwch diymdrech, hyd yn oed yn ei jîns llawn staeniau paent.

'Byddwn, petawn i'n gallu dod o hyd i dîm o'r safon uchaf,' atebodd. 'Yn fy mhrofiad i, mae'n llawer gwell gweithio ar fy mhen fy hun yn y pen draw, er efallai ei fod yn cymryd mwy o amser.' Trodd yn ôl at Caradog. 'Felly, Mr Owen, fyddech chi'n cytuno i adael i mi gloddio ar eich tir? A wnaeth eich merch esbonio y byddai'n rhaid rhannu'r elw rhyngon ni petawn i'n dod o hyd i rywbeth?'

'Do. Soniodd hi hefyd y byddai'r cloddio'n cynyddu gwerth y llyfr.'

Nodiodd Parks. 'Cywir.'

'Oes unrhyw syniad gyda chi faint fydd gwerth y llyfr?' gofynnodd Elinor.

Oedodd Parks ac edrych i ffwrdd. 'Dwi'n siŵr fod 'na rai casglwyr preifat yn fodlon gwerthu'u plant er mwyn prynu'r fath beth,' atebodd.

Pesychodd Elinor. 'Gobeithio ddim.'

'Bydde'n well 'da ni weld y llyfr mewn amgueddfa Gymreig nag yn nwylo casglwr preifat,' nododd Caradog. 'Dyna ble mae e i fod.'

'Mi fyddech chi'n cael llawer llai o arian amdano fe, ond swm go fawr serch hynny, yn enwedig os cân nhw gyfle i godi digon o arian.'

'Dros chwe deg mil?' gofynnodd Caradog.

'Posib iawn.'

'Da iawn,' atebodd Caradog. 'A faint o amser fydd hyn yn ei gymryd?'

Edrychodd Parks arno'n hurt. 'Ydych chi ar frys? Mae cloddio'n cymryd amser. Mae'r broses ddilysu'n cymryd amser hefyd.'

'Well i chi ddechre arni, 'te,' torrodd Elinor ar ei draws.

'Dwi'n cymryd eich bod chi'n fodlon i mi fynd ymlaen â'r cyfan ar y telerau a awgrymwyd?' mentrodd Parks.

Edrychodd Elinor, ei gŵr, a Mari ar ei gilydd. Roedd un genhedlaeth ar hugain wedi byw ar fferm Nanteos ers bron i saith can mlynedd. Doedd colli'r cyfan ddim yn ddewis. Os mai gweithio gyda Parks oedd yr unig ateb, roedden nhw'n ddigon hapus i wneud hynny.

'Ydyn,' atebodd Caradog. 'Mari, fyddet ti'n fodlon dangos y bedd i'r Athro Parks?'

*C*erddodd Mari a Parks at ei gar. Agorodd y drws a daeth â bag anferth ohono. Rhoddodd y bag ar ei ysgwydd, tynhau'r strapiau, ac edrych yn ddisgwylgar ar Mari.

'Awn ni?'

Llygadodd hithau ei fag wrth iddyn nhw gerdded at y goedwig, ar ail ymweliad Mari'r bore hwnnw. 'Be sy yn y bag?' gofynnodd.

'Offer cloddio. Bocsys priodol i ddal yr arteffactau. Gwisg arbennig fel 'mod i'n cadw'r safle'n lân.'

Deallodd Mari'n iawn fod y sylw diwethaf wedi'i anelu ati hi. Beth arall allai hi fod wedi'i wneud? Gadael y gist yn y pridd a ffonio am gymorth?

'Am ba mor hir fyddwch chi'n cloddio?' gofynnodd, gan feddwl na allai ddioddef cwmni'r dyn am lawer mwy, er bod ei bresenoldeb yn hollbwysig – a dechreuodd feddwl pa mor fuan y gallen nhw werthu'r llyfr.

'Ga i asesu'r sefyllfa'n drwyadl yn gyntaf, cyn rhoi ateb i ti'n syth?' gofynnodd.

Cododd Mari ei hysgwyddau, cuddiodd ei chasineb tuag ato a cherdded yn gynt.

Doedd dim sôn am ddiferyn o chwys ar dalcen Parks, er gwaethaf holl bwysau ei fag. 'Ble fyddet ti'n awgrymu y dylwn i aros yn yr ardal?' gofynnodd, heb sylwi ar ei hannifyrrwch. 'Ro'n i i fod i adael y Castell Du neithiwr ond ar ôl yr holl ddrama wnes i aros noson ychwanegol. Bydd angen i mi symud heno.'

'Tafarn yr Eos yn Nanteos,' atebodd Mari. 'Mae 'na lofftydd yno ac mae'r bwyd yn dda.'

'Bendigedig. Wna i gysylltu â nhw wedyn,' atebodd Parks. 'Diolch, Mari,' ychwanegodd gan wenu'n llydan arni.

Chafodd Mari ddim ei swyno gan ei wên. 'Hm,' atebodd.

Cerddodd y ddau mewn tawelwch am weddill y daith.

Arafodd Mari wrth iddyn nhw agosáu at y bedd. Edrychai'r dderwen fel milwr wedi marw ar faes y gad.

Stopiodd wrth ochr y goeden ac edrych yn y twll yn y ddaear lle gwelodd y gist. Daeth awel oer dros ei boch. *Helô, arglwydd,* meddyliodd. *Maddau i fi.*

'Yn y twll weles i'r gist,' eglurodd. 'Chi'n gyfarwydd â gweddill y stori.'

'Ydw wir,' atebodd Parks, heb dynnu ei lygaid oddi ar y safle. 'Diolch, Miss Owen.'

'Un peth arall,' ychwanegodd Mari.

'Ie?'

'Beth am y person sydd wedi'i gladdu yma?'

'Beth amdano?' Edrychodd Parks arni'n ddiamynedd.

'Be fyddwch chi'n neud ag e?'

'Ei godi, wrth gwrs!'

'A'i gladdu eto?'

Culhaodd llygaid Parks. 'Wyt ti'n meddwl ei fod e'n perthyn i ti? Wyt ti'n poeni y bydd e'n dy erlid er mwyn talu'r pwyth yn ôl am darfu ar ei fedd a mynd â'r trysor?'

'Pwy a ŵyr,' atebodd Mari.

'Gad i fi roi gair o gyngor i ti,' atebodd Parks yn nawddoglyd. 'Mae'r person sydd wedi'i gladdu yn y fan hon yn … yn ddyn pwysig, yn arglwydd. Roedd dy deulu di, os dwi'n deall yn iawn, yn ffermwyr tlawd. Ie, teulu sy'n dda iawn am drin bwa, ond pobl dlawd a lwyddodd trwy'u saethu i gael fferm fach i'w meddiant. Dyw'r person yn y bedd *ddim* yn rhan o dy deulu di.'

'Diolch o galon am hynny,' atebodd Mari, a'i choegni'n llithro dros groen trwchus Parks.

'Falch 'mod i'n medru helpu i dawelu dy feddwl.' Tynnodd y bag oddi ar ei ysgwyddau cul. 'Miss Owen, hoffwn i gael ychydig o lonydd nawr. Mae cael cynulleidfa'n effeithio ar fy ngwaith i.'

Yn anfoddog, cerddodd Mari yn ôl at y tŷ. Roedd Parks yn anghywir. Doedd ei eiriau ddim wedi tawelu ei meddwl. Bellach roedd hi wedi lleisio'i hofnau, wedi'u tynnu o'i breuddwydion i olau dydd. Roedd ganddi deimlad y byddai'n rhaid iddi dalu am darfu ar fedd yr arglwydd.

Cyflymodd, gan feddwl am bopeth oedd wedi digwydd o'i hachos hi. Byddai popeth yn iawn. Roedd dyfodol y fferm yn y fantol – roedd rhaid i bopeth fod yn iawn.

*P*an gyrhaeddodd Mari adref daeth â'r llyfr o'i guddfan o dan ei gwely i'w chysuro'i hun ei bod hi'n gwneud y peth iawn. Agorodd y llyfr i'r dudalen gyda'r llun hwnnw a hoeliodd ei sylw, ac astudiodd y geiriau. Roedd rhywbeth amdanyn nhw a wnâi i'w phen droi. Byth ers i Dr Phillipps esbonio ystyr y geiriau, roedd y pwll, ei gyfrinachau a'i drysorau wedi bod ar feddwl Mari. O wybod am drafferthion ariannol ei theulu, roedd hyd yn oed mwy o reswm ganddi i fynd i chwilio am y trysorau. Doedd y *nifer wedi trengi cyn iddynt gyrraedd pen eu taith* ddim yn ei phoeni. Meddyliodd yn hytrach am *dim ond y cryf all groesi*. Roedd hi'n gryf ac yn heini ac yn ifanc. Doedd hi ddim yn ddigon gwirion i feddwl na allai pethau drwg ddigwydd iddi. Wrth gwrs y gallen nhw, ond roedd elfen o ddewrder ynddi oedd yn cystadlu â'r gofid. Roedd Mari wrth ei bodd yn wynebu peryglon, yn byw ar adrenalin ac yn ysu am antur.

Roedd yr ochr honno'n trechu'r pryder bob amser.

Rhoddodd y llyfr yn y guddfan am y tro. Roedd yn ddiogel. Roedd yn bell o'r golwg ond ddim yn bell o'i meddwl.

Bu'n rhaid iddi aros tan yn hwyr yn y prynhawn cyn mynd i chwilio am y pwll. Cafodd y teulu ginio digon di-hwyl, yna aeth ei rhieni a Gwern i'r siop hen bethau yn Aberhonddu, yn y gobaith o werthu rhai o'r trysorau teuluol er mwyn talu morgais y mis hwnnw.

Gwyliodd Mari ei theulu'n gyrru o'r fferm. Roedd hi'n ysu am gael dianc o'r fferm a'i phoenau, felly aeth i'r caeau i geisio dod o hyd i Jacintha.

Edrychodd i fyny at gopaon y Bannau. Roedd carreg galch y mynyddoedd a'r dyffrynnoedd wedi hollti dros y canrifoedd i greu cannoedd o ogofâu a llyncdyllau. Gwyddai fod sawl rhaeadr fawr yn llifo o'r mynyddoedd. Gallai deithio ar hyd ffordd Rufeinig Sarn Helen i chwilio am y pwll, ond roedd llawer mwy o raeadrau ar y llethrau is, yn cael eu cuddio gan goedwigoedd trwchus a estynnai dros y tiroedd comin. Roedd rhai'n ei galw'n wlad y rhaeadrau. Os oedd Mari am ddarganfod y pwll o'r stori goll, dyma fyddai'r lle.

Daeth o hyd i Jacintha yn un o'r caeau pellaf. Bwydodd hi â llond llaw o geirch, crafodd tu ôl i'w chlustiau a rhoi rhaff amdani i greu ffrwyn.

'Hen bryd i ni gael antur arall,' sibrydodd. Yna, gydag un llaw ar ysgwydd y gaseg, neidiodd ar ei chefn. Arweiniodd Jacintha trwy'r gât, gan eistedd arni heb gyfrwy.

Wrth iddi grwydro trwy'r caeau dechreuodd fwrw'n drwm. Ceisiodd Mari anwybyddu'r glaw wrth iddi farchogaeth ar hyd y llwybrau cul, ac roedd angen iddi ddisgyn oddi ar gefn y ceffyl sawl gwaith lle roedd gwreiddiau trwchus hen goed yn torri ar draws y llwybr. Dan warchae'r glaw, roedd y daith yn un araf. Llwyddai Jacintha i fynd yn ei blaen yn ddigon diogel ond llithrai Mari dro ar ôl tro, gan lanio'n boenus yn y mwd. Roedd fel petai natur yn ceisio'i rhybuddio.

Daeth ar draws sawl rhaeadr a phwll, ond dim un ogof lle roedd y dŵr yn troi'n las, dim un â'r ddaear yn disgleirio, dim un ogof yn llechu y tu ôl i'r rhaeadr. Dim un a swniai'n debyg i'r disgrifiad yn y chwedl.

Penderfynodd y byddai'n mynd allan eto yfory, a chwilio'n ehangach. Byddai'n mynd ar ei phen ei hun. Am ryw reswm, doedd hi ddim eisiau rhannu hyn gyda James; wedi'r cyfan, roedd ganddo ef ei gyfrinachau ei hun.

Meddyliodd tybed ble roedd James. Estynnodd am ei ffôn a'i glawr dal dŵr, a theipio neges destun.

Be ti'n neud? Pawb allan, dere draw.

Anfonodd y neges ond ni ddaeth ping yn ôl.

Ddeg munud yn ddiweddarach, trodd y glaw yn eira, fel y gwnâi yn aml yn y mynyddoedd, hyd yn oed yn y gwanwyn, ac anghofiodd Mari am ei ffôn. Erbyn iddi gyrraedd adref awr yn ddiweddarach, roedd hi'n rhynnu, yn methu teimlo ei bysedd na'i hwyneb.

Doedd dim awydd arni roi Jacintha yn ôl yn y cae a hithau'n gynnes wedi'r ymarfer corff. Felly sychodd hi gyda thywel a gadawodd ddŵr a bwyd iddi yn un o'r hen stablau. Byddai gweddill y ceffylau'n iawn yn y glaw. Roedd merlod mynydd Cymreig yn wydn ac wedi hen arfer â thywydd garw.

Rhedodd at y tŷ. Dim sôn am y Land Rover. Roedd ei rhieni a'i brawd allan yn yr eira'n rhywle ... byddai angen iddyn nhw groesi'r ffordd uchel i gyrraedd yn ôl o Aberhonddu. Roedd y ffordd honno rhwng y copaon yn anghysbell ac yn unig, ac roedd y gwyntoedd yn arw, a'r eira'n medru lluwchio'n gyflym. Gallai un llithriad sydyn mewn car fod yn angheuol …

A hithau'n dal i fethu teimlo ei bysedd, ac yn brwydro yn erbyn y gwynt, ymdrechodd i agor drws yr ystafell esgidiau. Syrthiodd i mewn gyda chwa o wynt ac eira. Trodd i roi'i holl bwysau yn erbyn y drws i'w gau. Unwaith roedd hi yn y tŷ, gwnaeth siocled poeth, yna, gan gau ei bysedd yn dynn am y cwpan i geisio cynhesu, ffoniodd ei mam. Canodd a chanodd a chanodd y ffôn. Dim ateb. Brathodd ei gwefus a cheisio peidio â phoeni. Yna clywodd ei ffôn symudol yn canu. James.

'Haia.'

'Haia. Ble wyt ti?' gofynnodd Mari.

'Manceinion.'

'Pam ddiawl wyt ti ym Manceinion?'

Saib. Gallai Mari glywed y cyffro yn ei lais pan ddaeth ei ateb.

'Ti'n 'y nghofio i'n sôn am chwarae yn y ffeinal genedlaethol …'

'A sgorio'r gôl i ennill y gêm,' ychwanegodd Mari.

'Wel, fel mae'n digwydd, roedd sgowt Manchester United yn y gêm. Wnaeth e ffonio'r ysgol ddoe i ofyn a fyddai diddordeb gen i mewn cael treial. Ffoniodd yr hyfforddwr fi'n syth. Wnes i adael bore 'ma a gadael nodyn i Mam a Dad. Fydden nhw byth wedi gadael i fi fynd. Felly dyma fi!'

'*Manchester United?*' ebychodd Mari.

'Ie!' chwarddodd James. 'Mae unrhyw beth yn bosib! Cofio?'

'Ydw, dwi'n cofio! Waw, James. Wyt ti wedi bod yn y treial?' Allai hi ddim dychmygu sut y byddai'n teimlo – cyffro, nerfau, syndod …

'Newydd orffen.'

'A? Wel?'

Chwarddodd James eto. 'Maen nhw wedi gofyn a alla i ymarfer gyda nhw am gwpwl o wythnosau ac wedyn bydd angen trafod a ddylwn i ymuno â'r academi ieuenctid!'

'Gwych, James!' gwaeddodd Mari. Dawnsiodd o gwmpas y gegin a'r ffôn yn ei llaw. Teimlodd don o falchder a hapusrwydd yn llifo drosti. Dim ond un peth oedd yn bod. 'Beth am dy rieni?'

'Hm. Ddim yn hapus o gwbl. "Gandryll, siomedig ac wedi'u twyllo" oedd eu geiriau nhw.'

'Beth am "llongyfarchiadau"?' gofynnodd Mari'n goeglyd.

'Yn union. Diolch byth am yr eira. Methu gadael Manceinion, mae e mor wael yma.' Roedd James fel petai mewn breuddwyd. 'Mae 'na fachgen arall sy'n un ar bymtheg oed, Huw, yn y tîm. Fi'n aros gyda fe. Sdim dewis – mae pob un trên a bws wedi'u canslo. Pob ffordd ar gau hefyd.'

Clywodd Mari ffôn y tŷ'n canu. Roedd hi'n adnabod y rhif.

'Rhaid i fi fynd. Mam sy 'na. Bydd yn ofalus a joia! Da iawn! Dwi mor hapus – ti wir yn haeddu hyn.'

Diffoddodd yr alwad a chydiodd yn ffôn y tŷ. Roedd y foment i rannu ei chyfrinach am y pwll wedi diflannu, ond teimlai'r cyfan mor bitw o'i gymharu â newyddion James. Rhyw fân chwilio roedd hi wedi'i wneud.

'Mam! Ro'n i'n dechre poeni.'

'Paid â phoeni. Ni'n iawn. Ond bydd angen i ni aros yn Aberhonddu gydag Anti Jenni.'

'Ocê...'

'Dwi ddim yn hoffi dy adael di ar dy ben dy hun.'

'Bydda i'n iawn, Mam. Dwi bron yn un ar bymtheg!'

'Beth am fynd at Seren?'

Roedd Mari'n hoff iawn o Seren a'i mab, Twm, ond roedd hi'n hoffi'r syniad o gael y tŷ iddi hi ei hun am unwaith. Hefyd, roedd Seren a Twm yn ei hadnabod yn llawer rhy dda. Bydden nhw wedi clywed, fel pawb arall, am y llyfr, ac yn gofyn cwestiynau di-ri. Roedd hi'n anodd iawn cadw cyfrinachau oddi wrth y ddau.

'Fi'n gynnes glyd fan hyn. Bydda i'n iawn, Mam, wir.'

'Coginia rywbeth neis i ti dy hun. A chofia gloi'r drysau!'

'Mi wna i gloi'r drysau. Addo.'

Ond wrth iddi wneud ei swper, ac wrth feddwl am James a Manchester United, y pwll yn y chwedl, a phoeni am ymateb yr arglwydd wrth i Parks gloddio yn ei fedd, anghofiodd Mari bob dim am ei haddewid.

Swatiodd yn ei gwely, tra oedd yr eira'n torri trwy'r tywyllwch a'r gwynt yn ysgwyd y bwthyn, wedi anghofio'n llwyr fod y drysau heb eu cloi.

14

Deffrôdd Mari'n gwbl siŵr fod *rhywbeth* wedi'i deffro. Nid sŵn sgrech y gwynt na'r ffenestri'n gwichian, ond sŵn bwriadol, annaturiol. Cosai ei chroen fel petai'n teimlo rhywun gerllaw, yn cerdded heibio iddi neu'n edrych arni. Agorodd ei llygad a cheisio gweld trwy'r tywyllwch, ei chalon yn curo'n gyflym.

Estynnodd am ei thortsh, gan ofalu nad oedd hi'n taro'i gwydryn o ddŵr. Roedd hi'n cadw ei thortsh gyda hi bob amser gan fod toriadau trydan yn digwydd yn aml, ac roedd yn drwm ac yn bwerus – arf da. Yn llawn arswyd, trodd y tortsh ymlaen ...

Neb. Dim byd o'i le. Edrychai ei hystafell wely'r un fath ag arfer. Roedd ei drws yn gilagored, fel y gadawodd e neithiwr. Ond roedd rhywbeth yn wahanol. Rhywbeth yn yr aer. Rhyw sŵn yng nghefn ei meddwl, sŵn fel drâr yn agor a chau yn araf ac yn dawel.

Gan ddal ei thortsh fel tarian, cododd o'r gwely. Meddyliodd

71

wedyn y dylai fod wedi tynnu'r flanced yn dynn dros ei phen, ond nid dyna'r ffordd roedd Mari'n gwneud pethau. *Paid byth â gwrthod her,* clywai lais ei thad yn ei phen. Efallai mai ei rhieni a'i brawd oedd yno, yn dychwelyd adref wedi'r cyfan. Edrychodd ar y cloc. Hanner awr wedi pedwar. Efallai ddim.

Gan ddal ei hanadl, croesodd lawr ei hystafell wely ar flaenau'i thraed. Yn sydyn, gwichiodd y llawr pren oddi tani, a chredodd iddi glywed, drwy ruo'r gwynt, wich arall i lawr y grisiau.

Gwthiodd Mari'r drws ar agor, sleifiodd i'r cyntedd a chraffu trwy'r tywyllwch gyda chymorth ei thortsh. Roedd pob dim i'w weld yn iawn. Aeth i lawr y grisiau gam wrth gam at y ffôn ar fwrdd y gegin. *Galwa am help,* dywedai'r llais yn ei phen. Ond roedd 'na rywun yn y tŷ, roedd hi'n siŵr o hynny …

Cam arall, ac un arall, a'i hanadl yn sownd yn ei gwddf, ynghyd â'r lwmp o ofn oedd yn tyfu bob eiliad. Yna daeth chwa o aer rhewllyd a sŵn clic. Y gris olaf … Roedd y cyntedd agored o'i blaen ond eto, doedd neb yno. Dim sôn am yr un enaid byw, nac yn un o'r ystafelloedd eraill. Rhuthrodd Mari drwy bob un, gan edrych ym mhob cwpwrdd a drâr.

Dim un arwydd bod rhywun wedi bod yno, dim ond y teimlad trydanol hwnnw yn yr aer.

Ond ni sylwodd un llygad Mari ar y staeniau bychain ar garped y cyntedd ger y drws ffrynt, sef olion gwlyb y plu eira a chwythwyd drwy'r drws yn yr eiliad y bu hwnnw ar agor.

Yn olaf, edrychodd yn yr ystafell esgidiau. Dim byd. Cnodd ei gwefus ac edrych o'i chwmpas a thrwy'r ffenest ar y tywyllwch llawn eira y tu allan. Roedd hi'n siŵr iddi weld rhyw siâp mawr yn symud. Gwisgodd ei hesgidiau, ei het a'i chôt hir amdani a mentro allan.

Yng ngoleuni ei thortsh, gwelodd mai Jacintha oedd yno, yn cysgodi o dan goeden yn yr ardd ac yn ysgwyd yr eira oddi ar ei mwng. Sut ar y ddaear roedd hi yn yr ardd? Roedd Mari'n siŵr ei bod hi wedi bolltio drws y stabl cyn dychwelyd i'r tŷ. Efallai fod y gwynt wedi'i chwythu ar agor. Beth oedd y sŵn a glywodd o'i hystafell wely? Drws y stabl yn agor?

Roedd poeni am ei cheffyl yn drech na phob ofn arall, felly caeodd ddrws y tŷ a rhuthro ati.

'Hei, Jac. Ti'n geffyl clyfar yn dianc o'r stabl. Dere, awn ni 'nôl.'

Arweiniodd ei cheffyl o'r ardd, dros yr iard goncrit ac at y stabl a phwysodd yn erbyn ystlys y gaseg i'w gwarchod ei hun rhag y gwynt cryf. Daeth bang anferth a gwelodd Mari ddrws y stabl yn cau'n glep. Cerddodd y ddwy tuag ato, tynnodd Mari'r drws ar agor a gadael i'w cheffyl gysgodi.

Aeth ei bysedd yn sownd i'r metel rhewllyd am eiliad wrth iddi gau'r follt. Gwnaeth yn siŵr ei bod hi wedi'i chau'r holl ffordd y tro hwn. Roedd hi mor oer y tro diwethaf, efallai ei bod hi wedi anghofio cau'r follt yn iawn.

Crynodd eto, yn rhynnu er yr holl ddillad oedd amdani, ond yn crynu hefyd gan ofn. Trodd a rhuthro yn ôl at y tŷ. Ond roedd hi'n mynd yn rhy gyflym a chyn pen dim llithrodd ei thraed oddi tani ar y concrit rhewllyd, caled. Syrthiodd yn lletchwith, gan estyn ei breichiau o'i blaen a gollwng y tortsh ar lawr. Diffoddodd hwnnw.

Caeodd y tywyllwch a'r ofn amdani. Gwthiodd ei hun i fyny, craffodd o'i chwmpas a sychu'r eira o'i hwyneb. Dylai hi fod wedi aros nes i'w llygad gyfarwyddo â'r tywyllwch, ond roedd hi'n oer ac yn ofnus ac yn ysu am gynhesrwydd y tŷ, felly brysiodd heb edrych beth oedd o'i blaen. Trawodd yn erbyn rhywbeth, neu trawodd rhywbeth hi, a llithrodd eto, yn rhy galed ac yn rhy gyflym. Gydag ergyd drom, syrthiodd yn ôl yn erbyn y ddaear. Ei phen drawodd y ddaear gyntaf. Aeth Mari'n anymwybodol, a'r eira'n lluwchio o'i chwmpas.

Deffrôdd Mari mewn poen a'r boen honno'n danllyd ac yn rhewllyd yr un pryd. Griddfanodd a cheisio codi o'r llawr. Rhaid iddi gyrraedd y tu mewn i'r tŷ, cyrraedd cynhesrwydd. Cododd a cherdded yn araf iawn ar goesau sigledig. Roedd yr eira'n dal i gwympo a'r gwynt yn dal i ruo. Cerddodd a'i dwylo o'i blaen yn teimlo am rwystrau. Roedd y tŷ bum deg llath i ffwrdd, a gallai wneud y daith yn ei chwsg fel arfer. Ymlwybrodd drwy'r eira trwchus tan iddi weld siâp tywyll ei chartref o'i blaen.

A hithau bron â chrio gan ryddhad, gwthiodd ddrws y cefn ar agor, aeth i mewn a thynnu'r drws yn dynn ar gau.

Y tro hwn cofiodd ei gloi.

Brysiodd at y drws ffrynt a chloi hwnnw, yn dal i wisgo'i bŵts a'i dillad gwlyb, ac yn troi pob golau ymlaen wrth iddi fynd drwy'r tŷ. Dringodd y grisiau, aeth i'r ystafell ymolchi a llenwi'r bath â dŵr poeth.

Rhynnodd yn ffyrnig wrth i'r bath lenwi. Dwrdiodd ei hun. Sut allai hi fod mor dwp? Doedd neb yno. Fyddai neb call yn dewis mynd allan ar noson fel hon. Fyddai neb yn gallu. Roedd pob ffordd yn amhosib ei chroesi. Doedd dim byd yn y tŷ wedi newid. Roedd yr arian a adawodd ei thad yn dal i orwedd ar fwrdd y gegin. Safai fframiau lluniau arian heb eu cyffwrdd. *Y llyfr!* meddyliodd wedyn, a'r braw yn cydio ynddi. Taflodd ei hun ar lawr ei hystafell wely, symudodd y gist o'r neilltu, cododd yr ystyllen a chydio yn y bag plastig. Ac roedd ei llyfr ynddo, yn ddiogel a heb ei gyffwrdd. A'i bysedd yn crynu, rhoddodd bopeth yn ôl yn ei le.

Ffrwyth ei dychymyg hi oedd y cyfan. Hynny a'r ffaith iddi anghofio cau drws y stabl yn iawn. Ei bai hi i gyd. Mae'n rhaid mai chwa o wynt arbennig o gryf a'i bwriodd hi, neu frigyn yn hedfan drwy'r awyr a'i tharo i'r llawr. Gallai fod wedi marw o hypothermia yn y storm eira. Byddai ei rhieni wedi dychwelyd i weld ei chorff celain yn gorwedd yn yr oerfel. Yn galed ac yn las. Wylodd Mari eto a chadwodd bob golau ynghyn, fel petai hynny'n gallu cadw'r tywyllwch draw, yna gorweddodd yn y bath berwedig.

Teimlai'r dŵr bron yn oer yn erbyn ei chroen rhewllyd. Roedd rhaid iddi droi'i chorff yn y dŵr er mwyn teimlo'r cynhesrwydd. Gorweddodd yno nes iddi stopio crynu, gan adael y dŵr o'r bath wrth iddo oeri, a'i ail-lenwi â mwy o ddŵr poeth. Daeth Mari allan o'r bath, sychodd ei hun yn gyflym a gwisgo ei dillad nos cynhesaf. Trodd ei blanced drydan ymlaen ac aeth i'w gwely. Troellai'r un cwestiynau drosodd a throsodd yn ei meddwl dryslyd a blinedig. Ai ysbryd yr arglwydd o'r gorffennol oedd yno, neu leidr o'r presennol … neu ai ffrwyth ei dychymyg byw oedd y cyfan?

15

Y bore wedyn roedd hi'n fygythiol o dawel. Dim cân adar, dim gwynt, dim ond tawelwch llethol. Dim Gwern yn chwerthin nac yn gweiddi. Roedd fel petai'r byd yn farw ac mai Mari'n unig a oroesodd. Gwthiodd ei blanced i'r naill ochr, gwisgodd y patshyn dros ei llygad a brysio ar draws llawr pren ei hystafell. Roedd pob dim yn brifo.

Tynnodd y llenni cotwm tenau a chraffu trwy'r ffenest. Roedd pobman yn wyn. Roedd y storm wedi tawelu ond roedd yr eira'n dal i gwympo. Yn y pellter gwelai'r Bannau yn llechu dan flanced o eira, gyda llinellau o greigiau llwyd yn eu croesi, fel petai rhywun wedi mynd â phensel ar eu traws. Chwythai stormydd bychain o eira o'r copaon fel mwg o dân rhewllyd. Edrychai'r mynyddoedd yn fwy nag arfer, yn brydferth ond yn llawn bygythiad. Dyma oedd eu hwynebau oer. Gyda'r rhain deuai marwolaeth yn aml.

I ddringwyr, i ŵyn newydd-anedig a'u mamau … a bron iddi hithau, petai hi heb deffro mewn pryd.

Crynodd Mari, gwisgodd sanau trwchus a'i gŵn nos ac aeth i lawr y grisiau. Aeth drwy'r ystafell esgidiau ac at ddrws y cefn. Roedd dwy droedfedd o eira wedi cronni y tu ôl iddo a bu'n rhaid iddi ei wthio gyda'i hysgwydd i'w agor.

Brifai'r oerfel ei thrwyn. Chwythai plu eira i mewn a gwynnu blew ei hamrannau. Ysgydwodd y plu o'i hwyneb ac edrych allan dros y caeau. Roedd tua throedfedd o eira wedi disgyn dros nos. Gorweddai pentyrrau anferth yn erbyn y gwrychoedd. Teimlai fel lle gwahanol. Roedd arogl gwahanol yno hefyd. Diflannodd arogl rhedyn y Bannau a mwd a gwair y caeau, ac yn eu lle daeth arogl glân, metalig yr eira. Doedd dim sôn am olion traed. Ond wrth gwrs, hyd yn oed petai rhywun wedi gadael olion traed y noson cynt, byddai'r eira wedi'u hen guddio erbyn hyn.

Caeodd y drws cyn brysio at wres y gegin. Gwnaeth ei hun yn brysur wrth yr Aga trwy roi llaeth yn y sosban, cymysgu a thoddi llwyeidiau o bowdwr siocled ynddo, ac ychwanegu ychydig o hufen. Storm oedd y cyfan. Storm a drws stabl heb ei gloi.

Canodd y ffôn gan beri iddi neidio. Ei mam.

Anadlodd yn ddwfn a rhwbiodd ei hwyneb, cyn ei gorfodi ei hun i wenu, er na fyddai ei mam yn ei gweld dros y ffôn.

'Haia Mam!'

'Haia bach. Ti'n iawn? Popeth yn iawn neithiwr?'

'Iawn, diolch. Newydd ddeffro. Gwneud siocled poeth. Sut ydych chi i gyd?'

'O, iawn. Poeni amdanat ti braidd.'

'Does dim angen i chi boeni.' Fyddai hi ddim yn dweud wrth ei mam am y noson cynt. Doedd hi ddim yn siŵr iawn ei hun beth ddigwyddodd, a doedd hi ddim eisiau peri pryder i'w rhieni'n ddiangen.

'Gwranda, bydd hi'n cymryd o leia diwrnod iddyn nhw glirio'r holl eira o'r ffyrdd, felly byddi di ar dy ben dy hun am noson arall.'

Daeth ofn dros Mari. Edrychodd ar ddrws yr ystafell esgidiau. *Cofia gloi.*

'Sorri, bach,' ychwanegodd ei mam o glywed y tawelwch.

'Mam, wir, fi'n iawn!' gwaeddodd Mari ychydig yn rhy uchel. 'Af i draw at Seren os bydd eisiau cwmni a bwyd gwell arna i,' meddai mewn llais meddalach.

'Plis gwna,' plediodd ei mam.

'Addo. Mae'n rhaid i fi fynd i dorri'r iâ ar y cafnau a mynd â gwellt allan.'

Daeth y cynhesrwydd yn ôl i lais ei mam. 'Mari, ti'n angel. Ble fydden ni hebddot ti, dwed?'

Yn hytrach na'i chysuro, gyrrodd y geiriau ias i lawr ei chefn.

'Caru ti, Mam. Hwyl.'

Rhoddodd y ffôn yn ei grud. Rhewodd. Y cwpwrdd. Roedden nhw'n cloi'r cwpwrdd. Bob tro. Ac roedden nhw'n cadw'r allwedd yn y potyn glas. Bob amser.

Ond roedd yr allwedd yn y clo.

Daeth ton o arswyd pur dros Mari. Rhedodd at y cwpwrdd a'i gloi, a safodd a'i chefn tuag ato, yn anadlu'n ddwfn. Nid ei dychymyg hi oedd ar fai. Roedd rhywun *wedi* bod yma neithiwr.

Roedd rhywun wedi dod trwy'r tywyllwch a'r oerfel a'r eira, wedi gwthio trwy ddrws heb ei gloi a dod i mewn i'w thŷ wrth iddi gysgu. Rhuthrodd at y cwpwrdd i sicrhau bod popeth yn dal yn ei le, a'i dwylo'n crynu. Ond gadawodd y lleidr yn waglaw.

Roedd hi'n gwybod yn union beth roedd hwnnw'n chwilio amdano. Y llyfr. Roedd y ffaith iddo anwybyddu popeth arall gwerthfawr yn profi hynny.

Gwyddai un peth i sicrwydd; doedd dim ofn stormydd eira na thywydd rhewllyd ar y lleidr hwn. Doedd dim ots ganddo fod y milwr profiadol, Caradog Owen, yn byw yn y tŷ, oni bai bod y lleidr wedi gwylio'r tŷ fferm a gweld bod Caradog heb ddychwelyd adre'r diwrnod hwnnw.

Eisteddodd Mari wrth fwrdd y gegin ac yfodd ei siocled poeth, oedd wedi oeri erbyn hyn. Syllodd ar y ffwrn. Dylai hi goginio rhywbeth, gwyddai hynny, ond doedd dim chwant bwyd arni bellach. Cododd, ac eistedd yn ei hôl. Wyddai hi ddim beth i'w wneud.

Roedd hi mewn perygl. Efallai fod y lleidr yn ei gwylio o hyd, yn aros am ei gyfle. Ond roedd angen iddi ofalu am y ceffylau. Pan oedd hi'n teimlo ar goll neu'n ofnus, arferai ddychmygu llais ei thad: *Os galli di redeg, rheda. Os na alli di redeg, brwydra. Ond brwydra'n gyfrwys. Brwydra'n fudr.*

Roedd angen iddi feddwl, cynllunio a brwydro. Chwarae'n fudr, yn union fel y lleidr. Ond cyn gwneud dim, roedd angen iddi adael diogelwch y tŷ. Fyddai hi ddim yn dychwelyd galwad ei mam nac yn sôn dim am y lleidr, rhag iddi darfu ar dawelwch meddwl ei mam, neu gynnau awydd brwd ei thad i ymladd. Fyddai hi ddim yn ffonio James i ofyn am ei help. Byddai hi'n wynebu hyn ar ei phen ei hun. Fyddai hi *ddim* yn troi'n garcharor yn y tŷ.

Gwisgodd ei hesgidiau cynhesaf, côt drwchus, het a menig, a thwriodd drwy'r gist ddroriau yn yr ystafell esgidiau am yr anrheg a gafodd gan ei thad ar ei phen-blwydd yn dair ar ddeg. Cyllell fach finiog. Anrheg Caradog Owenaidd iawn: unigryw, defnyddiol a braidd yn anaddas i ferch yn ei harddegau, yn ôl rhai, mae'n siŵr. Ond ar fferm, roedd cyllell fel hon yn angenrheidiol ar gyfer sawl tasg: torri llinynnau bêls gwair, rhyddhau rhaffau, agor bagiau o fwyd i'r anifeiliaid. A dyma bwrpas arall.

Rhoddodd Mari'r gyllell yn ei phoced a meddwl tybed a allai hi byth drywanu rhywun â hi. Agorodd y drws a chamu i'r iard wen lachar gan gloi'r drws y tu ôl iddi. Gobeithiai na fyddai angen iddi drywanu neb. Daeth llais arall i'w meddwl: *Mae rheolau gwahanol yn bodoli os wyt ti eisiau goroesi.* Daeth i stop yn sydyn. O ble daeth *hynny?*

Aeth allan i'r eira oedd yn dal i gwympo. Oedd rhywun yn ei gwylio hi nawr? Edrychodd dros ei hysgwydd a throi o'i chwmpas, gan edrych ymhob clawdd a rownd pob cornel i wneud yn siŵr. Ac unwaith eto. Ond doedd neb yno, a'i holion traed hi oedd yr unig rai oedd i'w gweld yn yr eira perffaith.

Rhyddhaodd Jacintha o'i stabl. Mae'n rhaid ei bod hi wedi diflasu ar fod ar ei phen ei hun, felly penderfynodd Mari ei rhoi hi yn y cae gyda'r ceffylau eraill. Gallai ymdopi'n iawn yn yr oerfel. Wrth feddwl yn ôl, roedd Mari'n hollol siŵr iddi gloi drws y stabl yn iawn. Roedd ganddi deimlad cryf bod y lleidr wedi rhyddhau Jacintha er mwyn ei denu hi i'r oerfel. Nid y gwynt a'i trawodd i'r llawr ond y lleidr, yn gweld ei gyfle i gael amser i fynd yn ôl i'r tŷ fferm i orffen chwilio am y llyfr tra oedd hi'n gorwedd yn anymwybodol yn yr eira.

Dilynodd Jacintha Mari'n agos wrth iddi gerdded i'r sgubor, dewis belen wair a'i gosod ar gefn y gaseg. Roedd hi'n medru synhwyro cynnwrf Mari, ac am ei chysuro. Cerddodd Mari'n dynn wrth ei hochr wrth iddi fynd trwy'r eira mawr at y ceffylau eraill oedd yn swatio yn y cae.

Roedd Mari'n aros bob nawr ac yn y man ac yn troi mewn cylchoedd i wneud yn siŵr nad oedd rhywun yn ei dilyn. Neb. Gollyngodd y felen wair a gafaelodd yn ei chyllell, gan wasgu'r botwm a rhyddhau'r llafn gyda *chlic*. Torrodd y llinyn a thynnu'r gwellt yn rhydd, a'i wasgaru ar hyd y cae ar gyfer y ceffylau llwglyd. Caeodd y llafn a chydio'n dynn yng ngharn y gyllell er mwyn torri'r iâ ar y cafnau rhewllyd.

Aeth Mari'n ôl at y tŷ. Doedd neb o gwmpas, a dim golwg o unrhyw symudiadau. Ond doedd hyn ddim yn gysur iddi.

Yfodd goffi i'w chynhesu unwaith y cyrhaeddodd y tŷ. Yna glanhaodd y bwthyn o'r top i'r gwaelod. Cymerodd hoe am ginio i fwyta powlennaid o gawl a thair tafell o dost a jam cnau; yna aeth yn ôl at y glanhau. Ond roedd yr amser yn llusgo. Teimlai'n sâl. Penderfynodd wneud cacennau bach, pedwar dwsin ohonyn nhw. I mewn â nhw i'r ffwrn. Cerddodd yn ôl ac ymlaen, yn gwrando. Rhegodd. Roedd hi'n teimlo fel anifail mewn cawell. Edrychodd drwy'r ffenest ac, o'r diwedd, roedd yr eira wedi gostegu.

Os oedd rhywun yn ei gwylio, penderfynodd roi sioe iddyn nhw.

Gwisgodd sawl haen o ddillad llac, agorodd y cwpwrdd tal ac aeth allan gyda'i bwa a'i saeth.

Tynnodd y tarpolin o'r targed gwellt a chymryd saith deg cam yn ôl. Wnaeth hi ddim troi mewn cylchoedd y tro hwn, rhag iddi edrych fel petai ofn arni. Gwnaeth yn siŵr nad oedd neb yno, ond gwnaeth iddo edrych yn naturiol, fel petai hi'n cerdded yn ôl ac ymlaen er mwyn cyfarwyddo â safle'r targed.

Roedd ei chyllell fach yn ei phoced o hyd, ond y bwa hir oedd ei gwir arf.

Cafodd Mari ei thrawsnewid gan y lleidr a ddaeth i'w thŷ'r noson cynt. Trwy'r holl ofn a thwyll a gwendid, roedd teimlad o gynddaredd yn tyfu ynddi'n araf bach. Roedd y sawl a dorrodd i mewn, yr un a'i trawodd â'r gangen a'i gadael yn anymwybodol yn yr eira, wedi dechrau rhyfel yn erbyn ei chartref a'i theulu.

Rhoddodd y llinyn yn y bwa, gosododd saeth a chraffu ar y targed. Edrychodd yn fanwl ar y cylchoedd lliwgar: gwyn, du, coch, glas a'r canol, y cylch aur lleiaf. Am y tro cyntaf erioed, dychmygodd Mari wyneb ar y targed. Neu, yn hytrach, leidr diwyneb.

Tynnodd y llinyn yn ôl a gadawodd i'r saeth hedfan. Un ar ôl y llall, saethodd ddeg saeth, a phob un ohonyn nhw'n glanio ar ganol y cylch aur. Yng nghanol ei tharged newydd. Cadwodd ddwy saeth arall yn ei bag, rhag ofn …

Yna trodd mewn cylch. Nid cylch o ofn y tro hwn, ond yn hytrach gylch yn datgan nad oedd hi am ildio. Roedd ganddi sgiliau bwa a saeth a allai ladd rhywun.

Daeth un o hoff ddywediadau ei thad i'w phen. Byddai'r dywediad hwn yn cael ei adrodd pan oedd Caradog a'i gyd-filwyr ar goll neu'n ofnus. Eu haddasiad nhw o Salm 23: *Ie, pe rhodiwn ar hyd glyn cysgod angau, nid ofnaf niwed canys ni yw'r bois caletaf yn y dyffryn.* Addasodd Mari'r dywediad eto: *Nid ofnaf niwed, canys fi yw Meistres y Bwa Hir.*

Aeth yn ôl i'r tŷ a chloi'r drysau y tu ôl iddi, cyn cau'r llenni i gyd yn dynn. Treuliodd y noson yn meddwl yn ddwys. Gwyddai fod y bygythiad mor gryf ag erioed. Wrth gwrs, gallai hi amddiffyn ei hun, ac mi fyddai hi'n fodlon gwneud hynny, ond y peth gorau i'w wneud fyddai cael gwared â'r bygythiad yn gyfan gwbl. Ac roedd hynny'n golygu cael gwared â'r llyfr cyn gynted â phosib.

16

Erbyn trannoeth, roedd rhywfaint o'r eira a'r rhew wedi toddi, felly gallai James ddychwelyd o Fanceinion.

Roedd hi'n hen bryd iddo wynebu ei rieni. Allai e ddim aros ym Manceinion am byth – ddim eto, beth bynnag.

Cerddodd at yr orsaf, aeth ar y trên, yna teithiodd ar fws i Nanteos, a cherdded dros diroedd maith teulu'r de Courcy at y Castell Du. Byddai gyrru yno wedi bod yn llawer haws, meddyliodd. Yn anghyfreithlon, ond yn haws.

Fel sawl plentyn a gafodd ei fagu ar ffarm, dysgodd James yrru car yn llawer iau na'r oedran cyfreithlon. Roedd e'n ei ystyried ei hun yn yrrwr da. Dim ond y gyfraith oedd yn ei atal rhag gyrru ar y ffordd fawr. Roedd e'n edrych ymlaen yn eiddgar at gyrraedd ei ben-blwydd yn un ar bymtheg oed ymhen rhai wythnosau, heb sôn am droi'n ddwy ar bymtheg. Er mwyn cael swydd, *y* swydd …

bod yn annibynnol, medru gyrru, ennill ei arian ei hun. Ond yn y cyfamser, roedd angen iddo ddelio â'i rieni gystal ag y gallai. Aeth yn syth at ystafell archifo ei dad, lle y tybiai y byddai ei dad yn brysur gyda Parks a Phillipps yn pori dros ryw ddogfen neu'i gilydd.

Pan glywodd leisiau arhosodd y tu allan.

'Glywais i fod yr Owens mewn trafferthion ariannol mawr. Methu talu'r morgais,' clywodd ei dad yn dweud.

Rhewodd James.

'Sut wyt ti'n gwybod?' gofynnodd ei fam.

'Soniodd y rheolwr banc,' atebodd ei dad. 'Bydd rhaid gwerthu'r fferm os na allan nhw dalu.'

Camodd James yn ôl mewn sioc. Yr Oweniaid yn colli'r fferm? Doedd bosib … Oedd Mari'n gwybod? Ai oherwydd y ceffyl marw yr oedd hyn?

'Dwi'n dychmygu, felly,' daeth llais Dr Phillipps, 'y byddan nhw'n awyddus i werthu'r llyfr. Glywes i fod y fferm wedi bod gyda nhw ers saith can mlynedd,' meddai'n dawel, yn llawn cydymdeimlad.

'Ydy,' atebodd ei fam. 'Ond ddim yn *ddigon* hir!' meddai'n fuddugoliaethus.

'Be ti'n feddwl, bach?' gofynnodd ei dad. 'Beth yw dy gêm di?'

Chwarddodd ei fam. 'Wel, mae'r adeg y cawson nhw'r tir i'w meddiant yn eithaf pwysig. Dr Phillipps, o'r drydedd ganrif ar ddeg mae'r llyfr yn dod, ie?'

'Dyna fy amcangyfrif i, Iarlles de Courcy, ond hoffwn i wneud ychydig mwy o brofion yn y lab,' atebodd yr hanesydd.

'A beth yw dy farn di, Parks?' holodd ei fam.

'Bydd gen i wybodaeth bellach ar ôl i mi wneud mwy o gloddio,' atebodd hwnnw. 'Mae'r safle'n llawn eira ar hyn o bryd, a dwi'n methu parhau â'r cloddio nes iddo doddi'n llwyr.'

'Hmm,' atebodd ei fam. Nid dyma'r ateb roedd hi'n gobeithio amdano.

Caeodd James ei ddyrnau. Roedd e'n methu credu'r hyn roedd e'n ei glywed.

'Beth am aros gyda barn Dr Phillipps am y tro,' aeth ei fam yn ei blaen. 'Mae'r llyfr yn dod o ddechre'r drydedd ganrif ar ddeg. Felly, pan gafodd y llyfr ei gladdu, roedd y tir yn perthyn i ni, teulu'r de Courcy, nid yr Owens. Chawson nhw ddim eu crafangau ar y tir tan frwydr Crécy yn 1346, ganrif yn ddiweddarach. Felly, yn ôl y gyfraith, mae'r llyfr yn perthyn i ni. Ac felly, allan nhw ddim gwerthu'r llyfr i achub y fferm ... ac *felly* mi allwn ni brynu'r fferm pan fyddan nhw'n cael eu gorfodi i'w gwerthu, ac mi allwn ni gael ein tir yn ôl ... o'r diwedd!' cyhoeddodd yn falch.

'Mae'n syniad diddorol,' mentrodd ei dad.

Roedd James yn dechrau digio erbyn hyn.

'Efallai nad yw pethau lawn mor syml â hynny,' atebodd Parks. 'Er bod y llyfr yn dod o'r drydedd ganrif ar ddeg, gallai fod wedi cael ei gladdu unrhyw bryd ar ôl hynny, ar ôl Crécy ...'

'Falle, ond falle ddim.' Gwyddai James o'i llais fod yr iarlles yn dechrau colli'i thymer. 'Mae'r llyfr yn perthyn i ...'

Roedd James wedi cael llond bol. Gwthiodd y drws ar agor a rhuthro i'r ystafell. 'Gad i'r Owens fod, Mam!' mynnodd. 'Does dim lot gyda nhw – oes rhaid i ti gymryd yr hyn *sydd* gyda nhw? Y llyfr. Y *fferm*?'

Agorodd ei fam ei cheg i'w ateb, ond penderfynodd beidio, a'i chau drachefn.

'Dyma fe, y mab afradlon,' meddai ei dad yn sych gan edrych arno'n graff. Gwisgai'r iarll siwt ddrud. Gwisgai James dracsiwt a hwdi Manchester United.

Camodd ei fam tuag at James, yna stopiodd ar ôl gweld wyneb ei gŵr.

Edrychodd Parks a Phillipps ar ei gilydd, gan synhwyro'r annifyrrwch.

'Esgusodwch ni,' meddai Dr Phillipps yn frysiog. 'Amser pacio.'

Aeth y ddau o'r ystafell gan gau'r drws yn ofalus ar eu holau, a gadael James i wynebu ei rieni.

'Manchester United? Y tîm pêl-droed, James?' gofynnodd ei dad, gan edrych i lawr ei drwyn arno.

'Ai dyna'r cyfan ry'ch chi eisiau'i drafod? Gyda theulu Mari ar fin cael ei chwalu am byth?' mynnodd James, a'i waed yn berwi.

'Ti sy'n fy mhoeni i fwyaf,' atebodd ei dad. 'Fe ofynna i eto. *Manchester United*?'

'Ie,' atebodd James gan geisio rheoli ei dymer. 'Manchester United. Y clwb pêl-droed? Breuddwyd sawl un. Fy mreuddwyd i.'

'Cymdeithasu gyda'r ferch wyllt 'na, cadw'i hochr hi bob tro,' poerodd yr iarlles. 'Dyw hyn ddim yn briodol, James. Mae hi'n ddylanwad drwg arnat ti. Hi sy'n dy annog di gyda'r dwli pêl-droed 'ma, dwi'n siŵr.'

'Dyw 'mherthynas i a Mari'n ddim o dy fusnes di,' atebodd James yn flin. Syllodd ar ei fam. Oedd, roedd e'n ei charu, ond roedd y ffordd y siaradai am Mari a'i theulu'n codi cywilydd arno.

'Petawn i yn dy sefyllfa di, fyddwn i'n anghofio am Mari a'i theulu a'r llyfr, a chanolbwyntio mwy ar ymddwyn mewn ffordd addas ar gyfer arglwydd ac etifedd y Castell Du,' meddai ei dad yn uchel.

'Dyna'r pwynt,' atebodd James. 'Ddim ti ydw i.'

Trodd a cherdded at y drws.

'Gawn ni drafodaeth lawn am hyn ar ein gwyliau yn Bali,' galwodd ei dad ar ei ôl. 'Dyw hyn ddim drosodd o bell ffordd.'

Gadawodd James yr ystafell cyn iddo ddweud rhywbeth y byddai'n ei ddifaru, a rhuthrodd ar hyd y cyntedd ac i fyny'r grisiau heb edrych yn iawn i ble roedd e'n mynd. Roedd yn siŵr y byddai'n colli ei gartref – ei etifeddiaeth. Roedd y bygythiad yng ngeiriau ei dad yn glir: y castell a'r tir neu'r pêl-droed. Yn rhyfedd iawn, teimlodd bwysau'n codi oddi ar ei ysgwyddau wrth iddo benderfynu. Ac roedd yn benderfyniad hawdd yn y diwedd. Ond ar ochr arall y dyffryn, doedd gan Mari ddim dewis.

Pan gyrhaeddodd James ei ystafell, ffoniodd hi.

Atebodd hithau'n syth.

'Haia, be ti'n neud?' gofynnodd gan geisio gwthio'i deimladau i gefn ei feddwl.

'Dim lot. Aros i'r eira doddi. Ti adre?'

Wyddai Mari am drafferthion ei theulu, neu oedd hi'n ceisio cuddio'i gofid oddi wrtho?

'Ydw,' atebodd James gan ochneidio. 'A dydyn nhw ddim yn hapus.'

'Greda i,' atebodd Mari. 'Gwranda,' meddai a'i llais yn ysgafnhau. 'Dwi eisiau clywed pob dim am Man U, y treial, popeth!'

'Ie, ie, wrth gwrs. Ond nid dyna pam dwi'n ffonio.' Penderfynodd James beidio â sôn am y drafodaeth ynglŷn â'i chartref, ond teimlai y dylai sôn am ymdrechion ei fam i gael y llyfr a chael ei chrafangau ar dir y teulu Owen unwaith eto. Ei werthu'n gyflym i rywun arall fyddai'r unig ffordd i'r teulu oroesi.

Cymerodd James saib wrth iddo feddwl am y ffordd orau o godi'r pwnc. Ond doedd Mari ddim yn berson amyneddgar, felly torrodd ar ei draws.

'Ro'n i'n mynd i dy ffonio, a dweud y gwir,' meddai hi. 'Ydy Dr Phillipps a Parks yn dal yn y castell?'

'Ydyn,' atebodd James. 'Ond maen nhw'n pacio.'

'Cadwa nhw yn y castell,' meddai. 'Dwed wrthyn nhw am aros. Dwi eisiau trafod y llyfr gyda nhw.' Oedodd. 'Fydd yna groeso i fi?'

'O, bydd. Mae gen ti ffans yn y castell ar hyn o bryd, ti a'r llyfr 'na. 'Drycha, Mari. Ym, fi'n meddwl dylet ti werthu'r llyfr i Dr Phillipps.'

'Pam?' atebodd hithau, ag amheuaeth yn ei llais.

'Ym, achos gall pawb weld y llyfr wedyn, mewn amgueddfa,' eglurodd James, gan obeithio bod ei lais yn ddi-hid.

Tawelwch. Yna chwarddodd Mari. 'Dwi'n cytuno gyda ti, fel mae'n digwydd.'

Teimlodd James don o ryddhad yn llifo drosto, ond yna holodd ei hunan – beth wnaeth iddi newid ei meddwl?

17

Tynnodd Mari'r llyfr o'i guddfan. Eisteddodd a'i choesau wedi'u croesi ar y llawr, gan ei ddal yn dyner yn ei chôl. Trodd y tudalennau prydferth yn ofalus, gan ryfeddu at y darluniau manwl, yna trodd yn ôl at ei hoff dudalen – y pwll.

Y pwll tywyll yn adlewyrchu'r cymylau uwchben, goleuni'r haul yn saethu drwy'r dŵr, y llwyni trwchus, yr eos yn cadw llygad ar bob dim o'i changen ar y dderwen … Doedd dim angen y llyfr arni i ddod o hyd i'r pwll yn y stori. Roedd y llun yn hollol glir yn ei phen bellach. Wrth iddi fynd i gysgu bob nos, dyna ble roedd y pwll, mor fyw ag erioed …

Caeodd y llyfr, ei lapio yn y defnydd unwaith eto a'i roi yn ôl yn y gist.

'Hwyl fawr,' sibrydodd. 'Mae gen i deimlad mai fi oedd yr unig un oedd i fod i ddod o hyd i ti, bod rhywbeth rhwng dy dudalennau yn arbennig ar fy nghyfer i, ond mae'n rhaid i ti fynd.'

Meddyliodd am ei mam a'i brawd bach. Doedden nhw ddim yn ddiogel. A doedd hithau ddim yn ddiogel chwaith, er gwaetha'i sioe gyda'r bwa. Byddai ei thad yn chwalu unrhyw un fyddai'n bygwth ei deulu, ond roedd yn amhosib iddo fod yno bob awr o'r dydd.

Meddyliodd hefyd am yr arglwydd yn y bedd, a gobeithiodd y byddai hwnnw'n hapus â'i phenderfyniad. Ond, meddyliodd wrth iddi wasgu'r gist i fag plastig a gadael y tŷ, doedd dim dewis arall ganddi.

Cerddodd yn bwrpasol trwy'r caeau, a'r eira'n toddi'n araf bach. Doedd dim angen y twnnel arni heddiw. Dringodd dros wal y ffin, a cherdded ar hyd y tir eang yr ochr arall nes iddi gyrraedd muriau carreg enfawr y Castell Du.

Roedd James yn aros amdani ar y bont. Edrychai'n welw, meddyliodd Mari, a gallai deimlo'r tyndra ynddo. Pêl-droed, dyfalodd, a bygythiadau ei rieni.

Gwenodd y ddau ar ei gilydd.

'Haia.'

'Haia.' Rhoddodd bwniad bach iddo ar ei fraich. 'Llongyfarchiade, Mr Bale.'

'Ddim eto.'

'Fydden i'n rhoi arian ar y peth.'

'Diolch,' meddai'n dawel. 'Ond yn ôl at y presennol – maen nhw'n aros amdanat ti, ond mae hi braidd yn annifyr mewn 'na. Newydd gael bach o anghytuno, a dweud y lleia, ond wnes i dorri ar draws Parks a Dr Phillipps yn pacio. Mi wnân nhw leddfu'r tensiwn.'

'Paid â 'ngadael i ar ben fy hun gyda nhw,' sibrydodd Mari, yn nerfus erbyn hyn. Roedd rhaid iddi wneud hyn yn iawn, yn gyfrwys.

Gwenodd James ryw wên drist a ddrysodd Mari. 'Paid â phoeni. Fydda i gyda ti.'

'Beth oedd 'da *nhw* i'w ddweud am Manchester United?' gofynnodd Mari wrth iddyn nhw gerdded dros gerrig cobl yr iard.

'Dim ond y byddwn ni'n trafod y peth yn Bali. Y gwyliau blynyddol yn yr haul,' eglurodd, gan fethu cuddio'i siom. Wnaeth e ddim sôn wrthi am eu barn amdani hi. Dyna'r peth olaf y byddai arni eisiau ei glywed y funud honno.

Gallai Mari ddychmygu'r olygfa. Eli haul. Cnau coco. Geiriau cas.

'Pryd ti'n mynd?' gofynnodd.

Edrychodd James i ffwrdd. 'Fory,' atebodd yn dawel. 'Pan mae gwyliau ysgol Alis yn dechre. Ry'n ni'n ei chasglu hi o'r ysgol ar y ffordd i Heathrow. Ond falle wna i ddim mynd,' meddai, gan droi yn ôl at Mari.

'Be? Ti'n gwrthod mynd?'

'Ydw. Dwi ddim eisiau mynd. Does dim chwant arna i gael trafodaethau diddiwedd gyda nhw.'

'Beth wyt ti eisiau, 'te?'

'Symud i Fanceinion. Parhau i ymarfer. Cael contract, gobeithio.' Chwibanodd Mari. 'Waw! Pryd fyddi di'n penderfynu?'

'Heno. Rywsut neu'i gilydd, mi fydda i'n gwneud penderfyniad.'

'Ffonia fi pan fyddi di wedi'i neud e.'

Nodiodd James. 'Iawn. Cadwa dy ffôn gyda ti. Ti wastad yn anghofio mynd â fe.'

'Dwi'n addo,' atebodd Mari.

Yn yr ystafell archifo safai'r iarll a'i wraig, Mari a James, Parks a Dr Phillipps mewn cylch, yn astudio'r llyfr. Pendronodd Mari pam ar y ddaear roedd yr iarlles yno. Doedd dim diddordeb ganddi mewn llyfrau fel arfer.

Trodd Mari at Dr Phillipps. 'Dwi wedi bod yn meddwl am beth ddwedoch chi amdana i yn cadw'r llyfr, am pa mor ddiogel yw e.'

Edrychodd arni'n ymholgar.

'Ydych chi eisiau prynu'r llyfr wrtha i?' gofynnodd. 'Nawr?'

Agorodd Dr Phillipps ei lygaid led y pen. 'Wel … mawredd! Byddai'r Amgueddfa Genedlaethol wrth eu boddau'n cael y llyfr. Os ca i ddweud, mewn amgueddfa mae cartref llyfr fel hwn.'

Gwenodd Mari. 'Ie,' cytunodd, gan ddweud hanner celwydd. 'Yn union.'

'Un broblem fach.'

'Beth?'

'Arian. Neu ddiffyg arian. Chi'n gweld, os gallwch chi aros, dwedwch, chwe mis, gallwn ni ddechre ymgyrch i godi arian ar ei gyfer, rhoi pris teg i chi, ond ar hyn o bryd mae hi'n llwm iawn o ran arian, mae'n ddrwg gen i.'

'Ti'n hollol siŵr fod gen ti'r hawl i'w werthu?' gofynnodd yr iarlles i Mari.

'Mam!' gwaeddodd James, gan rythu arni.

'Mae'n iawn,' cysurodd Mari ef. Roedd angen iddi wynebu hyn ar ei phen ei hun. Trodd at yr iarlles a sythodd. Gwisgai'r iarlles

sodlau uchel ond roedd Mari'n dalach a gallai edrych i lawr arni.
'Ydw, yn hollol siŵr,' atebodd yn gadarn, ond roedd hi'n berwi y tu
mewn. 'Wnes i a Dad sicrhau bod y tir ble cafodd y llyfr ei gladdu
ar ein hochr ni i'r ffin.'

'Ond ydy e?' aeth yr iarlles yn ei blaen. 'Wrth gwrs y byddech
chi'ch dau yn dweud y fath beth.'

'Mam, ti'n —' dechreuodd James.

'A hyd yn oed petai'r llyfr ar eich tir chi nawr,' gwichiodd yr
iarlles, 'beth os cafodd y llyfr ei roi yn y bedd pan oedd y tir yn
eiddo i *ni*? *Ni* fyddai perchnogion y llyfr wedyn!'

'Allwch chi ddim profi hynny, allwch chi?' dadleuodd Mari. 'Ac
mi *allwn* ni brofi bod y tir yn eiddo i ni. Byddai unrhyw arolygwr
tir yn gallu cadarnhau'r peth!'

'Mae Miss Owen yn iawn, mae arna i ofn, Mrs de Courcy,'
meddai Parks yn llyfn. 'Does dim rhaid i ddyddiad y llyfr gyd-fynd
â'r dyddiad y cafodd ei gladdu. Dim ond damcaniaeth sydd
gennych chi. Dim ffeithiau cadarn.'

Teimlodd Mari barch tuag at Parks. Yn annisgwyl iawn roedd e
ar ei hochr hi.

'Os felly,' atebodd yr iarlles yn bwrpasol, 'efallai gall y Castell Du
brynu'r llyfr.'

Syllodd Mari arni'n syn. Roedd hon yn benderfynol o gael ei
dwylo ar y llyfr. Roedd hyn wedi troi'n frwydr, un yr oedd hi'n
bwriadu ei hennill, yn amlwg.

'Sorri,' meddai Mari gan geisio gwenu mor argyhoeddiadol â
phosib. 'Mewn amgueddfa mae lle'r llyfr.'

Gweld teulu'r de Courcy yn prynu'r llyfr oedd y peth diwethaf
roedd arni hi'i eisiau. Yn un peth, roedd hi'n teimlo fel petai

rhywbeth ynglŷn â'r llyfr; nid melltith yn union, ond lwc ddrwg. Roedd hi wedi teimlo'r peth yn syth, pan dynnodd hi'r defnydd oddi arno wrth eistedd ger bedd yr arglwydd. Doedd hi ddim eisiau i'r llyfr ddod yn agos at James. Yn ail, byddai'n gas gan ei thad y syniad fod teulu'r de Courcy yn eu hachub. Fyddai e byth yn gadael i hynny ddigwydd.

'Amgueddfa fyddai'r lle mwyaf addas ar gyfer trysor fel hwn,' cytunodd Parks.

'Hy!' wfftiodd yr iarlles wrth syllu'n filain ar Mari, cyn esgus astudio'i hewinedd coch llachar.

'Wel, dyna bopeth wedi'i drefnu, 'te,' llwyddodd Mari i'w ddweud. Arhosodd am rai eiliadau hir, poenus i weld a fyddai her arall yn cael ei thaflu ati. Ond cadwodd yr iarlles yn dawel, a'i hwyneb yn dynn ac yn ddig, a safodd yr iarll, y dyn carreg, yn llonydd, ac yn dawel, diolch byth.

Trodd Mari yn ôl at Dr Phillipps. 'Felly faint o arian sydd gyda chi?'

'Wel, bydd angen i fi siarad â'r trysorydd, ond os dwi'n cofio'n iawn, dim ond tua saith mil o bunnoedd sydd yn ein cyllideb brynu. Fel dwedais i, fe allwn ni godi mwy o arian, ond bydd hynny'n cymryd amser.'

'Does dim amser 'da fi,' meddai Mari, er mawr syndod i James.

Roedd angen talu'r morgais, ond yn bwysicach fyth, roedd angen cael gwared â'r llyfr a chadw ei theulu'n ddiogel.

'Beth am hyn?' awgrymodd Mari. 'Heddiw chi'n gadael, ie?'

'Ie ...'

Cododd Mari'r llyfr o'r bwrdd a'i wthio i ddwylo Dr Phillipps. 'Ewch â fe gyda chi. Arwyddwch ddarn o bapur yn dweud 'mod i'n ei werthu fe i Amgueddfa Genedlaethol Cymru am swm dechreuol o saith mil o bunnoedd. Pan gyrhaeddwch chi'ch swyddfa, gall eich trysorydd ysgrifennu siec ac yna wneud taliad arall o …' Gwibiodd meddwl Mari wrth iddi geisio dyfalu beth fyddai gwerth y llyfr, '… chwe deg mil o bunnoedd.' Byddai hynny'n talu'r morgais, ac yn gadael ychydig dros ben, a doedd hi ddim am fod yn farus. 'Gall hwnnw gael ei dalu dros y deuddeg mis nesaf.'

Pesychodd Dr Phillipps, ond daliodd yn dynn yn y llyfr. 'Trefniant braidd yn anarferol.'

'Gwallgo!' oedd barn yr iarlles. 'Beth fydd dy rieni'n ei ddweud am hyn? Alli di ddim gwneud y penderfyniad yma drostyn nhw. Merch ysgol wyt ti!'

'Dwi'n addo,' meddai Mari'n gelwyddog, 'y bydd fy rhieni'n hollol hapus â'r trefniant. Maen nhw'n cytuno gyda fi! Ry'n ni wedi trafod y peth.'

'Mae hynny'n wir,' ychwanegodd Parks. 'Gawson ni sgwrs am y peth rai dyddiau yn ôl. Roedd Caradog Owen yn weddol sicr. Byddai'r teulu'n hoffi gweld y llyfr yn mynd i amgueddfa.'

Ochneidiodd yr iarlles yn anfodlon.

'Grêt,' meddai James. Plygodd dros ddesg ei dad a chodi pin ysgrifennu. 'Mi alla i ysgrifennu'r cytundeb nawr,' cynigiodd, gan edrych yn ôl ac ymlaen rhwng Mari a Dr Phillipps. 'Mi alli di, *yr Athro* Parks, fod yn dyst iddo fe, a gall Dr Phillipps a Mari ei arwyddo.'

'Syniad campus,' cytunodd Mari, gan wenu ar James yn falch.

Gwenodd James yn ôl arni. Ddywedodd ei rieni ddim byd, ond gallai Mari deimlo eu hanfodlonrwydd o ochr arall y bwrdd. Roedden nhw wedi cael eu trechu'n gyhoeddus.

'Wel,' meddai Parks, 'mae pawb yn hapus, felly.'

Nodiodd Mari. Pawb ar wahân i rieni James. A'r lleidr, fyddai'n cael tipyn mwy o drafferth yn torri i mewn i Amgueddfa Genedlaethol Cymru na fferm Nanteos.

'Un amod arall,' aeth Mari yn ei blaen. Edrychodd pawb arni'n ddisgwylgar. Doedd neb wedi gweld Mari'r fenyw fusnes galed o'r blaen. Yn enwedig Mari ei hun.

'Ie?' holodd Dr Phillipps.

'Cyhoeddwch ddatganiad i'r wasg. *Nawr.* Dwi eisiau aros yn ddienw. Dyma'r geiriau: "Cafodd llyfr yn cynnwys chwedl goll o'r Mabinogion",' meddai Mari wrth i Dr Phillipps ddechrau teipio'r geiriau ar ei ffôn, '"ei werthu heddiw i Amgueddfa Genedlaethol Cymru. Mae penaethiaid yr amgueddfa wrth eu bodd fod y llyfr prydferth a hanesyddol bwysig hwn yn eu meddiant. O heddiw ..."'

'Arhoswch funud, wnewch chi, Mari? Dwi ddim yn gallu teipio mor gyflym â hynny.'

'"O heddiw ymlaen",' ychwanegodd Mari ar ôl saib byr, '"bydd y llyfr yn aros yn ddiogel yr yr Amgueddfa Genedlaethol."'

Arhosodd Mari i Dr Phillipps orffen teipio.

'Oes mwy?' gofynnodd gyda gwên.

'Na, diolch. Dyna'r cyfan.'

'Iaith anaddas ar gyfer datganiad i'r wasg, os ca i ddweud,' meddai'r iarll, gan edrych ar ei wraig, oedd yn amlwg yn cytuno.

'Mae'n ddrwg iawn gen i,' atebodd Mari, 'ond merch fferm ydw i, dim arbenigwr cysylltiadau cyhoeddus.'

Edrychodd Mari ar James. Roedd yn ceisio peidio â chwerthin. O leiaf roedd hi wedi gwella'i hwyliau.

'Dyna sut mae'n rhaid i'r iaith fod,' meddai Mari'n bendant. 'Gair am air.'

Nodiodd Dr Phillipps. 'Gair am air,' cytunodd.

Ysgrifennodd James weddill y cytundeb wrth ddesg ei dad, gan drafod gyda Mari wrth iddo wneud. 'Iawn?' gofynnodd o'r diwedd.

'Ydy. Perffaith,' cytunodd hithau.

Darllenodd Dr Phillipps a Parks y cytundeb a'i arwyddo, gyda Parks yn dyst i'r cwbl. Cerddodd James at beiriant mawr a gwneud copi ohono.

'Cadwa hwn yn ddiogel,' meddai, a'i roi i Mari. Roedd hi'n ysu i'w gofleidio i ddiolch iddo am ei helpu i wireddu ei chynllun, ond teimlai lygaid creulon rhieni James yn syllu arni. Fyddai coflaid yn gwneud dim ond ychwanegu at drafferthion James. Y cwbl y gallai ei wneud oedd cymryd y darn papur a gwenu.

Dyna bopeth wedi'i ddatrys. Cododd Dr Phillipps a'r llyfr yn ei gist o dan ei gesail.

'Allwch chi ebostio diweddariad o'r testun i fi wrth i chi fynd ymlaen?' gofynnodd Mari iddo. 'Mae gen i ddiddordeb mawr yn y llyfr, yn y straeon.'

Gwenodd ar Mari, yn amlwg wrth ei fodd bod y llyfr yn ei feddiant.

'Wrth gwrs,' cytunodd.

'Diolch,' atebodd hithau. 'O, un peth arall,' ychwanegodd, gan roi'i llaw ar ei fraich. Edrychodd arni'n syn. 'Peidiwch, am unrhyw reswm, â chael eich temtio i fynd â'r llyfr adre gyda chi. Ewch yn syth i'r amgueddfa.'

Edrychodd y dyn arni am eiliad, a'i lygaid brown yn symud yn gyflym wrth iddo geisio ei deall.

'Dramatig, braidd?' gofynnodd Parks.

'Haerllug, braidd...' meddai'r iarlles o dan ei hanadl, ond yn ddigon uchel i bawb ei chlywed.

'Wrth gwrs,' atebodd Dr Phillipps, ei lygaid wedi'u hoelio ar Mari. 'Fi, wedi'r cyfan, rybuddiodd chi rhag cadw'r llyfr yn eich tŷ chi.'

Rhewodd Mari. Ai fe oedd y lleidr? Oedd hi wedi gwerthu'r llyfr i'r un a geisiodd ei ddwyn? Dychrynodd drwyddi, ond yna newidiodd ei meddwl. Os mai fe oedd y lleidr, roedd hi'n llawer anoddach iddo ei ddwyn nawr.

'Ie,' atebodd, 'felly well i chi'i gadw fe'n saff. Petai unrhyw beth yn digwydd i'r llyfr, chi fyddai pobl yn ei amau gyntaf...' ychwanegodd gyda gwên, fel petai hi'n tynnu ei goes.

18

Gadawodd Mari'r llyfrgell gyda James. Ddywedon nhw'r un gair wrth gerdded ar hyd y cyntedd, gan aros nes eu bod nhw'n sicr nad oedd neb yn eu clywed. Stopiodd y ddau wrth glywed camau cyflym y tu ôl iddyn nhw. Parks.

'Roedd Dr Phillipps yn awyddus i ti gael hwn,' meddai wrth Mari, ac estynnodd ddarn o bapur ati. 'Mae e wedi dechre diweddaru rhai o dudalennau'r llyfr oedd ar ei ffôn.' Oedodd. 'Eitha diddorol.'

'Diolch.' Cydiodd Mari yn y papur a'i gymryd oddi wrtho. Nodiodd arni a cherddodd yn ôl at yr ystafell archifo, gan adael Mari a James ar eu pennau eu hunain unwaith eto.

Darllenodd y ddau y geiriau gyda'i gilydd, fel parti llefaru:

'Dyma hanes rhyfelwr gwrol ddaw o'r dyffryn gwyrdd drwy oerfel marwol, a welir gan wyliwr ac aderyn yn mentro'n ddewr i groesi'r

terfyn. Mewn chwedlau cudd adroddir ei hanes a thrwy sibrydion y
clywn ni'r neges. Daw eto saethwr pan glyw yr alwad i amddiffyn
enw da ei gyndad. Daw un i achub dyn a brenin â'r fodrwy aur all
gymodi pob gelyn. Gall frwydro drwy bob loes a cholled – darllenwch
y stori i wybod eu tynged ...'

'Mae 'na lot o sôn am farwolaeth yma ...' sylwodd James. 'Os
dwi'n cofio'n iawn, roedd y darn cyntaf iddo fe'i gyfieithu'n sôn am
y *nifer yn trengi cyn iddynt gyrraedd pen eu taith* ...' Edrychodd ar
Mari'n ddwys.

'Oedd,' atebodd yn amwys. 'Rhywbeth fel 'na.'

'A nawr *oerfel marwol* a *colled*.'

'Mm. Dere i ddarllen y rhan nesa,' meddai Mari'n gyflym, yn
cuddio y tu ôl i'w chwilfrydedd, a darllenodd y ddau ymhellach:
Hen lwybr yw taith y dewr ryfelwr lle cerddodd brenhines ac
ymerawdwr. Mae'i gartref a'i famwlad yn bell, a thrwy'r oerfel fe
chwilia'r rhyfelwr am diroedd dirgel. Yma cerddodd llengoedd â'u
harfau trwm dros gorsydd gwlyb a mynyddoedd llwm, gan ddilyn
trywydd y cerrig hud dan olwg craff y gwylwyr mud. A'r galarwyr yn
aros yn drist eu gwedd i'r arwr ddychwelyd o'r tu hwnt i'r bedd.

Syllodd Mari ar y geiriau a'i chalon yn curo. Yr *hen lwybr* ... *lle*
cerddodd brenhines ac ymerawdwr ... a'r *llengoedd*. Llengoedd
Rhufeinig ... y ffordd Rufeinig, Sarn Helen. Wrth gwrs!
Ymdrechodd i geisio cadw'i chyffro dan reolaeth a chadw golwg
ddifrifol ar ei hwyneb. Roedd ei chydwybod yn pigo, yn enwedig
ar ôl i James ei helpu gymaint wrth ddelio â'r iarll a'r iarlles. Ond
roedd y teimlad oedd ganddi fod y llyfr yn beryglus yn dweud
wrthi am gadw James ymhell o straeon a swynau'r llyfr. Doedd
dim dewis ganddi. Hi ddaeth o hyd iddo, ac roedd angen ei holl

drysorau ar ei theulu hi'n druenus. Wedi'r cyfan, roedd gan James ei drafferthion ei hun.

'Diddorol iawn,' meddai'n feddylgar. 'Reit, well i fi fynd 'nôl. Ac mae angen amser arnat ti i feddwl.'

Nodiodd James. Cerddodd y ddau mewn tawelwch at y drws derw anferth, y ddau'n meddwl yn ddwys am eu problemau. Agorodd James y drws iddi.

'Ffonia fi pan fyddi di wedi penderfynu,' meddai Mari.

'Iawn. Cadwa dy ffôn ymlaen!'

Chwarddodd Mari. 'Dwi byth yn torri addewid, yn enwedig ddim i ti!'

'Bydd yn ofalus,' meddai, a'i lygaid yn llawn pryder, 'beth bynnag wyt ti'n bwriadu'i wneud.'

Dyma'r tro cyntaf iddo ei rhybuddio. Fel arfer, byddai'r ddau'n annog ei gilydd i fentro ar antur. Efallai fod ganddo'r un amheuon â hithau am y llyfr.

'Paid â phoeni amdana i,' atebodd Mari, gan geisio cadw'i llais yn ysgafn. 'Fydda i'n iawn.'

*C*yrhaeddodd Mari adref bum munud o flaen ei rhieni.

'Y ffyrdd 'ma!' gwaeddodd Elinor wrth iddi dynnu Gwern o'r car. 'Twmpathau mawr o eira ar bob ochr a lôn fach denau yn y canol. Gwallgo!'

Chwarddodd Mari. 'Croeso adre!' Oedodd. 'Mae newyddion 'da fi.'

A phawb yn eistedd wrth fwrdd y gegin ddeg munud yn ddiweddarach, soniodd Mari am hanes gwerthu'r llyfr, gan ddangos y cytundeb a ysgrifennodd James.

Agorodd llygaid Caradog Owen led y pen. 'Wnest ti symud yn gyflym!'

'Wnest ti ddim meddwl trafod gyda ni, bach?' gofynnodd ei mam.

'Doedd dim amser,' eglurodd Mari. 'Roedd Dr Phillipps ar fin gadael. Roedd angen cael trefn ar bethau. Chwe deg saith mil o bunnoedd, Mam – digon i dalu'r morgais!'

'Gwych, cariad!' ebychodd Caradog, a thynnu Mari o'i chadair i mewn i'w freichiau a'i dal yn dynn.

'Ydy, *mae* e'n wych,' cytunodd Elinor yn ochelgar, 'ond dyw'r arian ddim gyda ni eto. Os ydw i'n deall yn iawn, fe allwn ni obeithio ei dderbyn yn ystod y deuddeg mis nesaf, os gall yr amgueddfa godi digon o arian.'

Nodiodd Mari. Cafodd ei chythruddo braidd gan hyn. Roedd ei mam yn iawn, ond doedd dim angen codi bwganod yn syth. Roedd gweld ei thad mor hapus yn wych, ond dim ond am amser byr roedd ei hwyliau da wedi para. Roedd ei wên yn prysur ddiflannu.

'Bydd saith mil yn rhoi amser i ni ond mae dy fam yn iawn – dyw'r trafferthion ddim drosodd eto.'

'Falle bydde rhywun arall, rhyw amgueddfa arall, wedi rhoi mwy o arian i ni. Arhosa rywfaint er mwyn gweld faint o ddiddordeb sydd,' awgrymodd Elinor. 'Falle dy fod wedi symud ychydig bach yn rhy gyflym.'

'Falle 'mod i, falle dylwn i fod wedi aros a chael mwy o arian. Ond weles i 'nghyfle, a mynd amdani!' llefodd Mari. Wedi'i brifo gan wrthwynebiad ei mam, ac yn poeni y byddai hi'n dweud gormod, rhedodd o'r gegin gan gau'r drws yn glep ar ei hôl.

Aeth heibio'r sied wair a'r stablau at y fainc yn y cae uchaf. Eisteddodd yn drwm arni ac edrych allan dros y dyffryn. Meddyliodd am y lleidr yn ei tharo a'i gadael yn yr eira. Gallai hi'n hawdd fod wedi marw o hypothermia, ac fe wyddai'r lleidr hynny, ond gadawodd hi yno i farw. Dyna pa mor greulon oedd y lleidr. Roedd e'n poeni mwy am lyfr nag am berson o gig a gwaed. Petai hi'n sôn wrth ei rhieni am hyn, mi fydden nhw'n deall ei hawydd i gael gwared â'r llyfr … ond byddai hynny'n tarfu ar dawelwch meddwl ei mam, yn achosi i'w thad gymryd pethau i'w ddwylo peryglus ei hun, ac yn rhoi taw ar ei rhyddid hi. Am ddim rheswm. Cafodd hi wared â'r llyfr. Roedd hi'n weddol siŵr na fyddai'r lleidr yn dychwelyd i fferm Nanteos.

Roedd ei mam eisiau mwy o arian a hynny ar frys. Roedd y llyfr yn sôn am drysorau. A bellach, gwyddai Mari ble i ddod o hyd iddyn nhw. Am ryw reswm, ei chyfrifoldeb hi oedd hi i amddiffyn ei theulu; yn fwy na hynny, i achub ei llinach, felly byddai hi'n aros yn dawel ac yn derbyn ei thynged.

Cododd ei phen a gweld ei thad yn cerdded tuag ati. Eisteddodd ar y fainc gyda hi. Roedd yn dawel am sbel, yna rhoddodd ei law ar ei hysgwydd a'i throi i'w wynebu.

'Mi wnest ti'n dda, cariad,' meddai'n dyner.

Nodiodd Mari.

'Pam na ei di at y ceffylau, er mwyn clirio dy feddwl?'

Gwenodd Mari. 'Iawn, Dad. Falle wna i.'

Wedi iddi gael ei hanwybyddu am rai diwrnodau, roedd Jacintha wedi'i chyffroi ac yn llawn bywyd.

Aeth Mari a Jacintha ar draws caeau ei theulu at y tiroedd comin, ar hyd ffordd darmac fer a âi â hi yn uwch i fyny'r bryn, ac at y gwastatir lle gorweddai llwybr garw Sarn Helen, yr hen ffordd Rufeinig … *lle cerddodd brenhines ac ymerawdwr.*

Roedd Mari wrth ei bodd gyda stori'r ffordd a gafodd ei hadeiladu gan yr ymerawdwr Rhufeinig a llywodraethwr Prydain, Macsen Wledig, ar gais ei wraig Elen, bron i fil saith cant o flynyddoedd yn ôl. Roedd hanes cariad Macsen tuag at Elen, a sut gwnaethon nhw gwrdd, yn un o straeon y Mabinogion.

A hithau'n blentyn, ar nosweithiau stormus, eisteddai Mari ym mreichiau ei thad yn y gadair siglo yn ei hystafell wely yn gwrando arno'n adrodd yr hanesion i gyfeiliant y gwynt yn chwibanu trwy ganghennau'r hen dderwen. Roedd e'n gystal storïwr fel y byddai'n deffro fore trannoeth yn teimlo fel petai hi wedi bod yn rhan o'r stori.

'Breuddwyd Macsen Wledig' oedd hoff chwedl Mari. Breuddwydiodd Macsen un noson am ferch hardd mewn gwlad bell. Pan ddeffrôdd, anfonodd ei ddynion dros y byd i gyd i chwilio amdani. Wedi chwilio maith, daethpwyd o hyd iddi mewn castell moethus yng Nghymru, yn ferch i arglwydd. Arweiniodd y dynion yr ymerawdwr tuag ati, ac roedd popeth yn union fel y gwelodd Macsen Wledig ef yn ei freuddwyd. Enw'r ferch oedd Elen, a syrthiodd hithau mewn cariad ag ef, a'i briodi. Adeiladodd Macsen y ffordd fel y gallai deithio i'w gweld hi a'i theulu'n llawer haws.

Teithiodd Mari ar hyd yr hen lwybr yn gyffro i gyd. Roedd hi'n methu credu bod Macsen ac Elen wedi teithio ar hyd yr un ffordd â hi yn ôl yn y flwyddyn OC 383, gan weld yr un olygfa ag a welai hi nawr. Roedd fel petai'r ffordd yn edefyn o amser a'i cysylltai hi ag Elen, gyda Macsen, gyda'r miloedd o deithwyr anhysbys nad oedd eu henwau wedi'u cofnodi yn yr un llyfr hanes.

Chwarddodd wrth feddwl am y posibilrwydd bod dreigiau wedi bod yma ar un adeg. Dreigiau Cymreig, efallai ... Wrth iddi deithio ymhellach ac ymhellach ar hyd y ffordd, teimlai fel petai hi *wedi* croesi rhyw ffin.

Roedd coedwigoedd trwchus bob ochr i'r bryniau isaf, yn arwain at wair prin y gweundir lle gorweddai eira heb doddi. Roedd yn llwybr anghysbell, anodd ei gyrraedd, ac yn ffordd gefn rhwng y bryniau serth, yn cysylltu'r dyffrynnoedd gwyrdd bob pen iddo.

Ar ôl rhai munudau daeth Mari at y maen hir, Maen Llia, a osodwyd yno gan bobl Neolithig bron i bum mil o flynyddoedd yn ôl. Roedd yn ddarn anferth o garreg, ar siâp hecsagon, tua un droedfedd ar ddeg o uchder ac o led, ond yn llai na dwy droedfedd o drwch. Hoffai ei mam beintio lluniau o'r graig, a threuliai'r teulu sawl prynhawn yn cael picnic yn y man hwn. Dywedodd Elinor wrth Mari fod rhai yn dweud bod gan y garreg ryw gynhesrwydd rhyfedd y tu mewn iddi. Arweiniodd Jacintha'n agosach at y garreg ac estyn ei llaw i'w chyffwrdd. Er ei bod yn wynebu'r gogledd, ac er gwaetha'r oerfel, roedd ochr y garreg yn gynnes o dan ei llaw, fel petai hi'n fyw.

Bu'r rhan hon o'r Bannau yn ddirgelwch i Mari erioed. Gwyddai fod ganddi lawer mwy i'w ddysgu am ei mamwlad – cyfrinachau, rhyfeddodau, a phethau y tu hwnt i wyddoniaeth a rhesymeg.

Arweiniodd Mari Jacintha ymhellach ar hyd Sarn Helen; yna crwydrodd oddi ar y llwybr gan ddod ar draws yr hollt yn y dyffryn lle byrlymai nant fas. Edrychodd i fyny, gan warchod ei llygad rhag yr haul disglair. Nant fechan oedd hi, heb ddim byd arbennig yn ei chylch. Roedd hi'n anodd dychmygu'r nant hon yn arwain at bwll digon dwfn i nofio ynddo. Ond wrth iddi graffu arni daliodd rhywbeth ei llygad – rhywbeth oedd yn disgleirio'n arian ar y gwair emrallt ar lan y dŵr. Cyflymodd curiad ei chalon.

Aeth yn agosach ato. Roedd y ddaear yn fwy garw ger y nant oherwydd y cerrig, felly disgynnodd Mari oddi ar gefn Jacintha a'i harwain gyda llinyn ffrwyn hir a llac, fel y gallai grwydro ychydig. Cerddodd y ddwy ymhellach. Oerodd yr aer. Cyfunodd sŵn byrlymus dŵr y nant, cân aderyn yn y pellter ac ochneidiau Mari a'i cheffyl yn un corws.

Diflannodd y nant i mewn i goedlan. Estynnodd Mari ei llaw i'w bag, tynnu rhaff ohono, a chlymu Jacintha wrth goeden gerllaw.

'Fydda i ddim yn hir,' cysurodd hi, gan fwytho gwddf y ceffyl. Roedd Jacintha'n gynnes ar ôl yr holl ddringo. Doedd Mari ddim eisiau ei gadael hi yno'n hir, neu fe fyddai hi'n oeri.

Trodd ac ymwthio drwy'r llwyni. Crafodd y drain hi, gan adael smotiau bychain o waed arni. Hedfanai aderyn uwch ei phen a glaniodd ar frigyn uchel, ond roedd Mari'n edrych i lawr a welodd hi mo'r eos.

Âi'r tir yn fwy serth wrth i Mari geisio cyrraedd y nant gudd. Llithrodd a glanio ar ei phen-ôl, gan adael staen brown ar ei jîns. Cododd a gwthio yn ei blaen, a chyrraedd man agored.

A dyna lle roedd y nant, yn byrlymu o'i blaen, gyda gwair corslyd, meddal bob ochr iddi. Ac ynddi roedd cylchoedd sgleiniog lliwgar. Roedd hi wedi gweld y rhain o'r blaen; dysgodd ei thad hi mai olion petrolewm oedd y cylchoedd, wedi'u creu wrth i hydrocarbonau hylifol neu nwyol ddianc o'r haenau isaf trwy graciau yn y graig, a chodi'n raddol i wyneb y dŵr. Dywedodd ei thad eu bod nhw'n medru mynd ar dân, gan losgi'n fflam dragwyddol. Ganrifoedd maith yn ôl roedd pobl o'r farn mai hud a lledrith oedd hyn; roedden nhw'n cael eu denu tuag at y cylchoedd, yna'n dychryn wrth eu gweld. Cofiodd Mari'n sydyn am y Mabinogion, am y goeden ag un ochr iddi'n llosgi, tra arhosai'r ochr arall yn wyrdd. Efallai mai olion petrolewm oedd yr esboniad am hynny ...

Dechreuodd calon Mari guro fel gordd. Estynnodd ei llaw tuag at yr hylif amryliw disglair. Edrychodd i fyny, ac i'r chwith iddi roedd rhaeadr gudd, un fach, tua phum troedfedd – dim byd anghyffredin mewn gwlad o raeadrau ysblennydd, ond syrthiai'r dŵr yn hollol syth, fel llen.

Cei hyd i ogof lle mae'r gwyrdd yn troi'n las a llewych ar y ddaear gerllaw, a'i chyfrinachau oll ynghudd dan orchudd y llen ddŵr uwchlaw.

Tawelodd Mari. Teimlodd newid yn yr aer. A'i dwylo'n crynu, heb feddwl yn iawn beth roedd hi'n ei wneud, dim ond dilyn ei greddf, tynnodd ei hesgidiau, ei jîns mwdlyd, ei helmed, y patshyn dros ei llygad, a'i siaced. Cerddodd i'r dŵr yn gwisgo'i chrys-T a'i dillad isaf.

Roedd yr oerfel yn llosgi. Dyfalbarhaodd. Aeth y dŵr yn ddwfn yn sydyn. A dwysáu wnaeth yr oerfel. Aeth y dŵr yn ddyfnach nes cyrraedd ei brest, a nofiodd hithau yn erbyn y llif at y rhaeadr. Roedd y dŵr, y *llen*, yn drwchus; roedd hi'n amhosib gweld y tu ôl iddi. A'i chalon yn curo'n gyflym, plymiodd i'r dŵr a nofio o dan y llen. A daeth at ogof.

Roedd hi'n dywyll, a'r dŵr yn las tywyll, dwfn. Roedd Mari'n dechrau difaru na ddaeth hi â thortsh, neu siwt nofio, o leiaf. Roedd hi wedi oeri drwyddi'n barod. Gwyddai nad oedd hi wedi paratoi at hyn o gwbl.

Mae yna dwll yn y garreg lefn tu cefn i'r dŵr a'i iasau; cei fynd trwy hwn i arall fyd a chadw'r holl drysorau. Rhaid nofio eto ugain gwaith, ond mae nifer wedi trengi cyn iddynt gyrraedd pen eu taith; dim ond y cryf all groesi ...

Symudai Mari ei breichiau er mwyn aros yn ei hunfan yn y dŵr gwyllt.

Brwydrai dau lais yn ei phen: un yn dweud wrthi am beidio â gwrthod her, a'r llall yn ei pherswadio i ddilyn rhybudd ei thad – *Paid Perfformio nes Paratoi Popeth* – o'i gyfnod yn y fyddin, mae'n siŵr. Allai hi ddim fforddio peidio â pherfformio yn y mynyddoedd, a'r haul yn prysur fachlud.

Roedd angen iddi ddarganfod a oedd twll yng nghefn yr ogof. Doedd dim byd uwchben lefel y dŵr. Plymiodd yn ôl o dan yr wyneb a gwthio yn ei blaen yn gadarn. Cyfarwyddodd ei llygaid â'r tywyllwch a gallai weld cefn yr ogof tua phymtheg troedfedd o'i blaen. Ciciodd ymlaen gan frwydro yn erbyn y llif a oedd yn cryfhau bob eiliad – neu efallai mai hi oedd yn gwanhau, meddyliodd. Teimlai'n oer ac yn flinedig, ond gwthiodd eto nes ei bod yn cyffwrdd â'r wal yng nghefn yr ogof. Wrth iddi godi o'r dŵr, symudodd ei dwylo ar hyd y wal, gan geisio dal yn dynn ynddi wrth i'r cerrynt lifo'n gyflym. Dim twll.

Roedd hi'n gwbl bendant mai dyma ble roedd y twll. Gollyngodd ei hun i'r dŵr unwaith yn rhagor, cymerodd anadl ddofn a phlymio. Gan ymestyn ei breichiau o'i blaen, ciciodd mor galed ag y gallai, a'i bysedd yn symud ar hyd y wal drwy'r adeg. Yna, yn sydyn, ni allai ei bysedd deimlo'r wal. Llamodd ei chalon. Roedd hi wedi dod o hyd i'r twll!

Cododd ei phen o'r dŵr, anadlodd yn ddwfn a phlymio unwaith eto, cyn cicio mor galed ag y gallai â'i dwylo o'i blaen, yn gwarchod ei phen. Daeth o hyd i'r twll eto, a'i ddilyn i waelod y pwll. Dyma fe, roedd hi'n siŵr o hynny – yn bum troedfedd o uchder a chwe throedfedd o led. Dyma'r pwll yn y chwedl goll, y pwll oedd yn arwain at fyd arall, ac at drysorau lu. Ond roedd y cerrynt yn ei gwthio yn ôl tua'r ogof, i ffwrdd o'r twll, ac roedd angen iddi anadlu. Gadawodd i'r cerrynt ei chymryd yn ôl o dan y rhaeadr at yr ochr arall. Cododd ei phen at yr aer rhewllyd yn ceisio cael ei gwynt ati.

Wrth gicio, trawodd ei thraed yn erbyn rhywbeth caled ar wely'r pwll. Gollyngodd ei hun i'r dŵr yn chwilfrydig a theimlo o'i chwmpas i chwilio amdano. Caeodd ei bysedd am wrthrych meddal, hir, a'i dynnu o'r dŵr. Ebychodd. Yn ei braw, gollyngodd y gwrthrych yn ôl i'r dŵr ... *mae nifer wedi trengi cyn iddynt gyrraedd pen eu taith* ... Roedd hi wedi gweld digon o ddiagramau o'r corff dynol yn ei gwersi bioleg i wybod mai asgwrn clun oedd hwn.

Dylsai'r asgwrn fod yn rhybudd iddi, ond roedd Mari wedi'i chyffroi gan yr hyn a welodd, ac roedd hi'n cael ei gyrru gan ofnau ei mam a'r teimlad bod amser yn mynd yn brin. Roedd gormod o bobl bellach yn gwybod am y llyfr. Wedi'r cyfan, roedd Dr Phillipps wedi diweddaru'r testun ei hun – byddai'n siŵr o ddod i chwilio am y pwll, ac anfon rhywun iau, mwy ystwyth i chwilio am yr un peth ag y chwiliai Mari amdano. Oedd, roedd Mari wedi gwerthu'r llyfr, ond teimlai'n gryf mai ei thrysorau *hi* roedd y llyfr yn cyfeirio atyn nhw. Trysorau ei theulu. Petai hi'n dod o hyd iddyn nhw, efallai y gallai sicrhau dyfodol eu fferm am byth. Os gallai hi eu cyrraedd nhw mewn pryd ...

Plymiodd Mari'n ôl i'r dŵr dwfn, nofiodd o dan y rhaeadr, a daeth at yr ogof. Anadlodd yn ddwfn, gan geisio cael cymaint o ocsigen â phosib i'w chorff. Yna aeth o dan y dŵr a gwthio'i hun i'r dyfnder du, ac i mewn i'r twll.

Estynnodd ei braich a theimlo craig uwch ei phen: twnnel oedd y twll, felly. Nofiodd yn ei blaen, gan gadw ei phen yn ddwfn o dan y dŵr er mwyn peidio â'i daro yn erbyn y to, a'r cerrynt yn ei gwasgu.

Rhaid nofio eto ugain gwaith, ond mae nifer wedi trengi ...

Pa mor bell y gallai hi nofio cyn iddi droi'n las gan oerfel? Ciciodd ei breichiau a'i choesau'n galed. *Un, dau, tri.* Roedd y cerrynt fel petai'n cryfhau gyda phob strôc. *Pedwar, pump, chwech.* Roedd angen iddi frwydro'n galetach. *Saith, wyth, naw.* Roedd hi'n oer, roedd hi'n flinedig. *Deg, un deg un, un deg dau.* Dechreuodd ofni. *Un deg tri, un deg pedwar, un deg pump.* Trodd ofn yn arswyd. *Un deg chwech, un deg saith, un deg wyth* ... Ocsigen yn diflannu. Ei golwg yn pylu, methu rheoli ei chorff ... *wedi trengi cyn iddynt gyrraedd pen eu taith* ... Mynd neu farw!

Aeth ei chorff yn wan, a gadawodd i'r cerrynt ei throi hi am yn ôl. Aeth y cerrynt gyda hi, a'i gyrru yn ei blaen, ond roedd angen iddi gadw ei phen yn isel, neu byddai'n ei daro ar y nenfwd caregog. Doedd hi ddim wedi profi cerrynt tebyg erioed o'r blaen. Ble roedd yr aer? Methu para'n llawer hirach. Pen yn troi a throi a throi ... Ai peth fel hyn oedd marw?

21

Safai James de Courcy yn ei ystafell wely yn edrych allan dros y dyffryn, tuag at fferm Nanteos. Roedd cymylau du'n ymgasglu ar y gorwel. Bydd hi'n bwrw eira heno, meddyliodd.

Byddai'n gwrthod mynd i Bali. Byddai'n gadael ei gartref, yn mynd yn ôl i Fanceinion ac yn chwilio am fflat rad. Roedd wedi bod yn cynilo'n ofalus ers ei ben-blwydd a'r Nadolig. Ei arian wrth gefn. Doedd ganddo ddim llawer, ond byddai'n ddigon i'w gynnal am rai wythnosau. Yna byddai James yn troi'n un ar bymtheg oed, a phetai Manchester United yn ei arwyddo – ac roedd yn gweddïo i'r nefoedd y bydden nhw – gallai fyw ar ei enillion ei hun.

Byddai ei rieni'n gandryll. Yn gwrthod gwneud dim ag e. Ond dyma ei unig gyfle i fod yn bêl-droediwr, tra ei fod e'n ifanc. Nid dyma'r llwybr roedd ei rieni am iddo'i ddilyn, ond ei lwybr *e* oedd hwn, ei fywyd *e*.

Gafaelodd yn ei ffôn a ffonio Mari. Ac yntau wedi gwneud ei benderfyniad, roedd angen iddo ddweud wrthi ar unwaith, fel petai dweud wrthi'n gwireddu'r cyfan. Canodd y ffôn am oes, ond atebodd Mari ddim. Aeth yr alwad i'r peiriant ateb. Diffoddodd James yr alwad, wedi'i synnu a'i gythruddo. Ffoniodd eto ddeg munud yn ddiweddarach, ond yr un hen diwn oedd i'w chlywed eto ac eto. Peiriant ateb eto fyth.

Taflodd James y teclyn ar y gwely yn ei dymer. Roedd Mari wedi addo cadw ei ffôn gyda hi.

Paid â phoeni amdana i, meddai hi wrtho. Ond roedd e *yn* poeni amdani. Yn fwy nag erioed.

Cerddodd at ei ffenest ac edrych allan eto. Roedd yr awyr yn llawn cymylau duon mawr, yn dwyn golau'r dydd. Roedd hi'n bwrw cesair yn drwm erbyn hyn hefyd; gallai weld y peli rhew yn bownsio oddi ar y gwair.

Ffoniodd y fferm. Mam Mari atebodd.

'Helô, Mrs Owen,' meddai, yn ceisio cadw ei lais dan reolaeth. 'James sy 'ma. Ga i siarad â Mari, plis?'

'Sorri, James,' atebodd Elinor. 'Aeth hi allan ar y ceffyl gwpwl o oriau 'nôl.'

'Yn y tywydd 'ma?' gofynnodd James, ei ofnau'n tyfu'n gyflym.

'Wel, does dim syniad 'da fi ble aeth hi, na chwaith a wnaeth hi feddwl am y tywydd cyn mynd. Roedd hi wedi pwdu braidd, a dweud y gwir,' eglurodd Elinor. 'Trio anghofio am bob dim, siŵr o fod.'

'Diolch, Mrs Owen,' meddai. Diffoddodd yr alwad. Yn sydyn, roedd e'n gwybod yn union ble roedd Mari: llengoedd yn cerdded, ymerawdwr a brenhines ... Aeth ias i lawr ei gefn wrth iddo sylweddoli. *Y ffordd Rufeinig ...*

Ond doedd dim rheswm pam na fyddai Mari'n ateb ei ffôn. Oni bai ei bod hi wedi brifo. Roedd ganddo deimlad bod rhywbeth mawr o'i le.

Rhedodd i lawr y grisiau at yr ystafell esgidiau yng nghefn y castell lle roedd yr holl allweddi'n cael eu cadw, a chydio yn allweddi'r Land Rover. Rhedodd at y car, tanio'r injan a sgrialu ar hyd y ffordd dros dir y castell.

Trawai'r cesair y ffenest yn galed, ac roedd James yn cael trafferth gweld trwy'r gwydr. Llithrai'r teiars ar y tarmac gwlyb bob hyn a hyn, a theimlai fel petai'n gyrru ar haen o rew. Fyddai cael damwain car ddim yn achub Mari. Tynnodd ei droed o'r sbardun dan regi. Goleuai'r car y llwyni ddigon iddo allu gweld ochrau'r ffordd gul a'r coed yn plygu yn y gwynt. Sgubodd James ei lygaid yn ôl ac ymlaen yn wyliadwrus wrth arwain y Land Rover dros y tir garw, ac wrth iddo adael y tarmac a chyrraedd y ffordd Rufeinig. Gwelodd siâp mawr y maen hir o'i flaen trwy'r tywyllwch a'r cesair. Bownsiai'r cesair oddi arno. Gwelodd rywbeth yn symud y tu ôl iddo.

Mari. Roedd hi'n gorwedd dros gefn ei chaseg gyda'i gwallt dros ei hwyneb.

'Mari!' gwaeddodd James.

Daeth i stop sydyn, swnllyd. Neidiodd o'r Land Rover a cherdded tuag at y ddwy. Roedd e'n ysu am gael rhedeg, ond byddai hynny'n codi ofn ar Jacintha. Llyncodd y swn yn ei wddf, yn hanner crio.

'Haia Mari, haia Jac, af i â chi adre'n saff. Dewch nawr, dewch,' meddai'n araf, gan gymryd llinynnau ffrwyn Jacintha a'i harwain tuag at y Land Rover. Gollyngodd y llinynnau a chodi Mari'n ofalus oddi ar ei chefn.

Clywodd hi'n sibrwd rhywbeth. 'Mae'n iawn, Mari. Dwi'n mynd i dy gadw di'n gynnes. Dere i'r car,' cysurodd James hi. Gydag un llaw, agorodd un o'r drysau cefn, yna dringodd i mewn gyda Mari yn ei freichiau. Estynnodd ymlaen a throi'r allwedd i gynnau'r injan a thwymo'r seddi, a throi botwm y gwres i'r rhif uchaf un. Arhosodd yn y sedd gefn yn dal Mari'n dynn, yn ceisio rhannu ychydig o wres ei gorff yntau ac yn rhwbio ei chefn er mwyn ei chynhesu, ac yn brwydro yn erbyn yr hypothermia y gwyddai y gallai ei lladd.

'Mae'n iawn, Mari,' meddai James eto. 'Ti'n saff nawr. Dwi 'ma.'

Ceisiodd Mari ateb ond prin y gallai hi symud ei gwefusau. Edrychodd James o'i amgylch yn ceisio penderfynu beth i'w wneud. Roedd e'n gwybod y dylai yrru'n ôl i'r castell, ond roedd e'n ofni ei cholli hi petai'n gollwng ei afael ynddi.

'Dere, Mari,' meddai, gan rwbio ei chefn yn galetach. 'Paid â mynd i gysgu, plis.'

Cydiodd yn ei ffôn a ffonio'r fferm.

Caradog Owen atebodd.

'Ewch at y Land Rover!' gorchmynnodd James, yn ceisio peidio â gweiddi. 'Rhowch y trelar ceffylau'n sownd wrtho. Mae rhywbeth wedi digwydd i Mari. Dewch i Faen Llia.'

'Dwi'n dod nawr,' atebodd Caradog. Wnaeth e ddim gofyn sut roedd James yn gwybod hyn, na holi unrhyw gwestiynau dibwys eraill. Roedd yr ofn yn llais James yn dweud y cyfan.

22

Ugain munud yn ddiweddarach, gwelodd James oleuadau car yn gwibio tuag ato.

'Mae dy dad wedi cyrraedd, Mari,' meddai wrthi.

Gwyliodd Caradog Owen yn stopio'r car ac yn neidio ohono, yna'n rhedeg tuag atyn nhw. Agorodd y drws ac edrychodd yn gyflym ar James.

'Diolch,' meddai, gan gydio yn Mari. 'Wna i ei chymryd hi nawr. Cer i roi Jacintha yn y trelar.'

Roedd llais ei thad yn dawel ond gallai James weld yr ofn yn ei lygaid. Roedd Caradog wedi hen arfer â brwydrau, ac roedd ganddo sgiliau meddygol sylfaenol, felly fe wyddai James mai fe oedd y person gorau i ofalu amdani. Er hyn, ni allai ollwng ei afael arni.

'Galli di ddod yn y car gyda ni,' meddai Caradog wedyn, gan

ailfeddwl. 'Galli di ei dal hi i'w chadw'n gynnes. Diffodd injan y car, rho Jacintha yn y trelar a dere mewn,' meddai, yna tynnodd Caradog Mari o'r car a rhedeg trwy'r cesair at ei Land Rover yntau.

Neidiodd James o'i gar a chydio yn llinynnau ffrwyn y gaseg, oedd wedi bod yn sefyll drwy gydol yr amser wrth y Land Rover, fel petai'n amddiffyn ei meistres.

'Dere, Jac.' Rhoddodd James hi yn y trelar, clodd y drws, diffoddodd injan y car, rhedodd yn ôl at Land Rover yr Oweniaid a neidio i'r sedd gefn at Mari. Gwibiodd y cerbyd i'r tywyllwch.

O'r diwedd, cyrhaeddodd y Land Rover fferm Nanteos wedi taith ddychrynllyd. Byddai gyrru'n gyflymach, neu'n arafach, wedi bod yn farwol iddyn nhw i gyd.

Rhedodd Caradog i'r tŷ gyda Mari yn ei freichiau. Dilynodd James nhw fel cysgod.

'Lan y grisiau,' gorchmynnodd Elinor, ei hwyneb yn wyn gan bryder. Safai Seren Morgan ar ei phwys. Roedd James yn falch o'i gweld yno. Gwyddai pawb fod Seren gystal ag unrhyw ddoctor wrth drin salwch. Rhuthrodd Caradog i fyny'r grisiau, gan hepgor pob yn ail ris.

Cadwodd James ei hun yn brysur trwy fynd â Jacintha o'r trelar i'r stablau. Gwnaeth yn siŵr fod ganddi fwyd a dŵr, yna aeth yn ôl i'r tŷ.

Safai yn y gegin dawel, gan edrych tua'r nenfwd bob nawr ac yn y man, fel petai'n dymuno gweld trwy frics a mortar. Roedd e'n ysu am gael mynd atyn nhw ond gwyddai na fyddai'n ddim help o gwbl, ac efallai na fyddai croeso iddo chwaith. Arhosodd yn ei unfan yn crynu, fel petai'n gallu teimlo oerfel Mari.

O'r diwedd, clywodd gamau trwm ar y grisiau, a daeth Caradog Owen i'r gegin.

'Mae Mari'n cael y gofal gorau posib gyda Seren ac Elinor,' eglurodd. 'Maen nhw'n dal i drio'i chynhesu. Mae'n dal yn effro.'

Nodiodd James a llyncu'r lwmp yn ei wddf.

Ochneidiodd Caradog, a chladdu ei wyneb yn ei ddwylo. Doedd James erioed wedi gweld Caradog dan y fath deimlad. Astudiodd James, a'i wyneb yn galed.

'Yn gynta oll,' meddai, gan agosáu ato, 'dwi eisiau diolch i ti.' Rhoddodd ei law ar fraich James a'i gadael yno. 'Yn ail, fe wna i de melys i ni, ac rwyt ti'n mynd i ddweud popeth wrtha i.'

Nodiodd James. Wedi blino'n lân, eisteddodd wrth fwrdd y gegin. Cymerodd un llwnc o de ac yna canodd ei ffôn symudol.

Ei fam. Atebodd y ffôn.

'James!' bloeddiodd ei llais yn ei glust. 'Beth ar y ddaear sy'n digwydd? Roedd dy swper di ar y bwrdd ddeg munud yn ôl. Does dim golwg ohonot ti. Fe ofynnon ni i Mrs B oedd hi wedi dy weld di ac o'r diwedd dwedodd ei bod hi wedi dy weld di'n gyrru'r Land Rover dros awr yn ôl. Ble wyt ti? Plis paid â dweud dy fod di wedi bod yn gyrru ar y ffordd fawr …'

'Do, Mam, mi wnes i. Roedd angen i fi fynd i achub Mari …'

Torrodd ei fam ar ei draws. 'Y ferch 'na eto! Fyddet ti'n fodlon cael dy arestio a chael record droseddol er ei mwyn hi? Wyt ti'n hollol wallgo?' sgrechiodd.

Roedd James wedi cael digon. Diffoddodd yr alwad ac edrych i fyny ar Caradog, a oedd wedi clywed pob gair. Gallai James weld cyhyrau ei fochau'n tynhau.

Cododd James. 'Well i fi fynd.'

Nodiodd Caradog. 'Gad i fi weld sut mae Mari'n gyntaf, wedyn wna i roi lifft i ti 'nôl i'r castell.'

'Mae angen i fi nôl y Land Rover.'

'Cei lifft i Faen Llia, 'te. Mi alli di ddweud popeth wrtha i ar y ffordd yno.'

23

Bedair awr ar ddeg yn ddiweddarach, deffrôdd Mari yng nghynhesrwydd dwy flanced drydan, un oddi tani a'r llall ar ei phen, a mynydd o flancedi eraill yn pwyso arni. Disgleiriai'r haul trwy'r llenni blodeuog. Roedd arogl garlleg yn yr aer, ac roedd ganddi deimlad mai hi oedd achos yr arogl. Gyda'r arogl daeth llif o atgofion – dŵr, oerfel, Jacintha, James. Roedd hi'n weddol sicr ei fod e wedi achub ei bywyd. Teimlodd don o deimladau'n llifo drosti – diolchgarwch, rhyw emosiwn arall roedd hi'n methu'n deg â'i enwi, ond hefyd arswyd pur, oer.

Er gwaetha'r holl flancedi, doedd hi ddim yn gallu anghofio'r oerfel llethol, na'r boddi, na'r teimlad o fod yn gaeth yn yr ogof fechan, dywyll o dan y mynydd, a'r dŵr oddi tani, uwch ei phen, yn ei thrwyn, yn ei cheg, y cerrynt cryf yn brwydro yn ei herbyn, ac yna'n ei hachub o'r diwedd.

Gwthiodd Mari'r atgof o'i phen. Doedd hi ddim eisiau meddwl am y peth, *fyddai* hi ddim yn meddwl am y peth, fel petai gwadu pob dim yn ei chadw'n ddiogel.

Trodd ei ffôn symudol ymlaen i'w chadw'i hun yn brysur.

Fflachiodd sawl neges oddi wrth James ar y sgrin, pob un yn dweud rhywbeth tebyg:

Ti'n iawn? Tecsta fi pan ti'n deffro.

Atebodd ei neges. Cofiodd am Bali, a meddyliodd tybed a oedd e wedi mynd.

Wedi deffro. Sut alla i ddiolch i ti?

Daeth ei hateb yn syth. Felly doedd e ddim ar awyren i Bali. Gwenodd Mari.

Paid â bod yn wirion.

Gwenodd hithau eto.

Prynu un bêl-droed i ti bob dydd am weddill dy fywyd?

Iawn! Beth alla i gael i ti? Siwmper? Blanced? Alla i brynu unrhyw beth ar y we …

Ha. Doniol iawn. Dim Bali?

Dim Bali.

Pwysodd Mari'r botwm er mwyn ei ffonio.

Atebodd James.

Clywodd Mari e'n chwerthin. 'Ro'n i'n meddwl bydde hynna'n gweithio.'

'James,' ochneidiodd Mari, 'o ddifri nawr, beth alla i ddweud? Hebddot ti …'

Bu tawelwch hir, lletchwith.

'Anghofiwn ni bopeth am nawr, ie?' awgrymodd James o'r diwedd. 'Ti'n iawn, 'te? Dyna'r cyfan sy'n bwysig.'

'Fi'n iawn. Fues i'n well, ond fi'n iawn. Ond beth am Bali? Ydyn nhw i gyd wedi mynd? Wyt ti adre ar dy ben dy hun?'

'Fwy neu lai. Dyw Dad ddim yn siarad 'da fi, ac mae Mam yn ochri gyda fe. Aethon nhw'n benwan oherwydd 'mod i wedi gyrru ar y ffordd fawr. Maen nhw wedi cal llond bol, medden nhw.'

Fe aethon nhw'n benwan am ei fod wedi mynd i achub Mari, o bawb, hefyd. Roedden nhw'n rhoi'r bai arni hi am bopeth, ond fyddai James byth yn dweud hynny wrthi.

'Mae 'da nhw gynllun ar fy nghyfer,' aeth yn ei flaen. 'Maen nhw eisiau i fi fynd yn ôl i'r ysgol, anghofio am y pêl-droed, a mynd i'r brifysgol i fod yn gyfreithiwr fel Dad, fel 'mod i'n gallu rheoli'r stad pan fydda i'n etifeddu'r lle. Ond alla i wneud hynny i gyd pan fydda i'n hŷn. Dyma'r amser i mi fod yn bêl-droediwr, pan dwi'n ifanc. A dwi wedi dweud hyn wrthyn nhw ganwaith, ond does dim byd yn newid. Ddim dyma'r ymddygiad maen nhw'n ei ddisgwyl gan etifedd y Castell Du. "Dyw hyn ddim yn briodol" yw eu geiriau nhw drwy'r amser. Wnân nhw ddim gadael i fi wneud hyn.'

Gwrandawodd Mari arno'n dawel, ar y siom oedd yn treiddio trwy'i eiriau, er iddo geisio cuddio'r tristwch yn ei lais, fel cyflwynydd newyddion.

'Beth yw'r pwynt mynd i Bali 'da nhw a chael yr un drafodaeth drosodd a throsodd? Wnawn ni ddim cytuno. Fydda i ddim yn newid fy meddwl, na nhw chwaith. Y cam nesaf fydd fy nhaflu i o'r tŷ a pheidio cael dim i'w wneud â fi, felly waeth i fi adael nawr.'

'O, James.' Gwyddai Mari'n iawn faint o feddwl oedd ganddo o'i gartref, ac, er gwaethaf popeth, faint o feddwl oedd ganddo o'i rieni a'i chwaer. Gwyddai beth roedd James yn ei aberthu.

'Ble wyt ti'n mynd i fyw?'

'Fflat fach ym Manceinion. Dwi wedi dod o hyd i un yn barod ar-lein. Ac ydy, cyn i ti ddweud dim, mae'n newid byd, ond ddim dyna'r pwynt. Pan fydda i'n troi'n un ar bymtheg, os dwi'n ddigon da, bydd Man U yn gofyn i fi ymuno â nhw, a bydd digon o arian gyda fi i brynu fflat fwy o faint, ac i fod yn annibynnol. Ac os na ddaw'r cynnig gan Man U, wna i ddod o hyd i glwb arall, mewn adran is. Wna i ddim rhoi'r gorau iddi.'

Clywodd Mari gryfder penderfynol yn ei lais, a'i barchu'n fwy o'r herwydd.

'Pryd fyddi di'n clywed wrth Man U?'

'Yn fuan. Mewn wythnos, falle.'

'Ti'n obeithiol?'

'Fe ddweda i gymaint â hyn: un cyfle sydd gen i. Rhaid i fi roi cant y cant.'

Teimlodd Mari'n emosiynol yn sydyn. Roedd James yn rhoi popeth i wireddu ei freuddwyd. Roedd e'n ddewr. 'Mae gen i ffydd ynddot ti, James.'

Ar ochr arall y ffôn, gallai deimlo James yn gwenu.

'Mari Owen, wyt ti'n mynd i esbonio i fi be ddiawl ddigwyddodd i ti ar y mynyddoedd? Holodd dy dad fi'n dwll ond allwn i ddim dweud llawer o ddim byd wrtho fe.'

Roedd hithau'n fodlon aberthu popeth hefyd, meddyliodd. Roedd yn rhyfedd sut roedd eu bywydau nhw'n cydredeg, er mor wahanol oedd eu magwraeth.

Un cyfle oedd ganddi hithau. 'Wnes i rywbeth gwirion, wnes i ...'

Cododd ei phen a gweld ei rhieni'n sefyll wrth y drws, gyda Gwern ym mreichiau ei thad. Roedd gwên anferth ar wyneb pob un ohonyn nhw, yn gymysgedd o hapusrwydd, rhyddhad, tynerwch – a chysgod tristwch hefyd.

'James,' meddai Mari'n dawel, 'cer amdani. Paid â rhoi'r gorau iddi. Ffonia fi wedyn. Rhaid i fi fynd, mae Mam a Dad 'ma.'

'Bydd yn ofalus, wnei di?' rhybuddiodd James. 'Byddai'n rhyfedd iawn 'ma hebddot ti.'

Bu tawelwch rhwng y ddau unwaith eto, yn llawn geiriau heb eu dweud.

'Iawn,' atebodd Mari, gan ddod â'r alwad i ben.

24

Treuliodd Mari ddeuddydd arall yn ei llofft. Roedd ei blinder yn golygu ei bod hi'n gaeth i'r gwely, a'r unig beth y gallai ei wneud oedd gorwedd yno a cheisio peidio â chlywed ei thad ar y ffôn yn dadlau â rheolwr y banc, yn pledio am fwy o amser ac yn ceisio cuddio ei anobaith a'i frys wrth werthu'r ceffyl. Clywai ei thad hefyd yn gofyn i berchennog y siop hen bethau wneud mwy o ymdrech i werthu trysorau'r teulu … Clywodd Parks yn dod i'r tŷ, a chwestiynau ymbilgar ei mam: *Wedi dod o hyd i rywbeth? Rhywbeth gwerthfawr?* Ac atebion byr Parks: *Dim byd eto. Mae'r pethau 'ma'n cymryd amser. Mae cloddio'n waith manwl ac araf.* Clywodd saib ac yna mewn tôn wahanol: *Sut mae eich merch? Dwi'n clywed ei bod hi'n wael iawn. Beth oedd hi'n ei wneud yn y mynyddoedd?* Ac ateb ei mam: *Diolch, Mr Parks. Mae hi'n gwella.*

Gwgodd Mari yn ei gwely. Roedd Parks yn amlwg yn chwilfrydig. Oedd e wedi gweld y cysylltiad rhwng y llengoedd Rhufeinig a Sarn Helen? Allai hi wneud dim ond gobeithio nad oedd e.

Ydy hi'n bosib i fi bicio i fyny i ddweud helô? gofynnodd Parks.

Rhewodd Mari ond ymlaciodd pan glywodd ateb ei mam. *O na, dwi ddim yn meddwl y bydd hynny'n bosib, Mr Parks. Mae angen iddi orffwys nawr.* Clywodd y drws cefn yn cau yn fuan wedi hynny.

Daeth Seren i'w gweld hefyd. Yn wahanol i Parks, roedd hawl ganddi hi i weld y claf. Ei chlaf hi.

Roedd Mari'n eistedd yn ei gwely'n darllen pan glywodd gnoc ar ei drws.

'Seren sy 'ma. Dy fam anfonodd fi i fyny.'

'Dewch i mewn,' galwodd Mari.

Caeodd yr hen wraig y drws y tu ôl iddi a daeth i sefyll wrth y gwely. Dynes fer oedd Seren, yn ddim talach na phum troedfedd a dwy fodfedd, ond roedd ei hosgo cefnsyth a'i grym tawel yn gwneud iddi edrych yn dalach. Gwisgai ei hiwnifform arferol – ei gwallt llwyd wedi'i glymu'n dynn y tu ôl i'w phen, sgert o frethyn cartref, siwmper gynnes ac wyneb llym.

'Sut wyt ti?' gofynnodd gan edrych i lawr arni.

'Dwi'n gwella'n ara bach,' atebodd Mari dan wenu, 'diolch i chi a Mam.'

'Dim diolch i dy dwpdra di,' wfftiodd.

Syllodd Mari arni. 'Awtsh ... bach yn gas.'

'Dim o gwbl. Beth ar y ddaear ddaeth dros dy ben di?' gofynnodd Seren yn ddig.

Edrychodd Mari i ffwrdd.

'Alli di ddim dweud celwydd wrtha i,' dwrdiodd yr hen wraig. 'Y llyfr sy tu ôl i hyn i gyd, ie?'

Edrychodd Mari yn ôl arni a meddwl tybed beth *welai* Seren.

'Dydych chi'n gwybod dim byd am y llyfr,' atebodd yn amddiffynnol. 'Dydych chi ddim wedi *gweld* y llyfr, hyd yn oed.'

'Naddo wir. Mi fyddai wedi bod yn eitha braf taset ti wedi'i ddangos i fi.'

Tynnodd Mari wyneb. 'Sorri, wnes i ...' Gadawodd y frawddeg ar ei hanner. Allai hi ddim dweud celwydd ond allai hi ddim dweud y gwir chwaith.

'Gael gwared ohono fe'n eitha cyflym ...' gorffennodd Seren y frawddeg iddi. 'Dyna'r unig beth call rwyt ti wedi'i wneud.'

'O, diolch. Falch 'mod i wedi gwneud un peth yn iawn.'

'Byddai'n well fyth taset ti erioed wedi dod ar draws y llyfr.'

'Allwch chi ddim rhoi'r bai am hyn i gyd ar lyfr!'

'O gallaf! Pam gafodd e'i gladdu yn y lle cyntaf, 'te?'

'Achos bod rhywun yn meddwl y byd ohono? Eisiau mynd ag e gydag e i'r bedd?'

'Falle. Neu falle'i fod e eisiau cadw'r llyfr yn bell o afael y rhai mae e'n eu caru.'

Crynodd Mari. Roedd rhan ohoni hi'n cytuno â Seren, ond doedd hi ddim am gyfaddef hynny. 'Dim ond llyfr yw e, Seren. Ry'ch chi'n siarad amdano fel petai ganddo ryw bŵer ofnadwy.'

'Rwyt ti'n gwybod bod hynny'n wir!' taniodd Seren, gan blygu nes bod ei hwyneb crychiog yn agos at wyneb Mari. 'Rwyt ti wedi dilyn cyfarwyddiadau'r llyfr yn barod. Dwi'n gwybod dy fod di, a 'drycha be ddigwyddodd. Bron iddo fe dy ladd di!'

Ddwywaith, meddyliodd Mari.

'Ond mi wnes i oroesi,' atebodd, dan grynu.

'Y tro hwn,' nododd Seren, 'diolch i James. Falle na fyddi di mor lwcus y tro nesaf.'

A r y trydydd diwrnod, dywedodd Elinor fod Mari'n ddigon iach i godi o'r gwely. Yn ddigon iach i'w holi.

Nos Lun oedd hi. Pastai'r bugail oedd i swper – hoff fwyd Mari. Roedd Gwern yn ei wely, felly doedd dim byd i dynnu sylw'r teulu.

'Reit,' meddai Elinor gan bwyso ei gên ar ei bysedd main. Syrthiai ei gwallt yn llenni hir tywyll yn erbyn ei chroen gwyn. Edrychai fel Eira Wen hŷn, flinedig, oedd heb brofi'r diweddglo hapus i'w stori.

'Beth ddaeth dros dy ben di'r noson o'r blaen?' gofynnodd yn dawel. 'A plis paid ag osgoi'r cwestiwn. Paid â chreu rhyw stori fawr. Wnest ti godi ofn arnon ni. Atebion, plis.'

Cymerodd Mari lwnc o'i lemonêd. Roedd hi'n barod ar gyfer y foment hon, a hithau wedi bod yn paratoi ei chelwyddau. Pa ddewis oedd ganddi? Dweud y gwir a chael gwared â'i chyfle i ddod o hyd i'r trysorau a'r cyfrinachau? Doedd dim sicrwydd y byddai'r amgueddfa'n llwyddo i godi chwe deg mil o bunnoedd am y llyfr. Doedd dim sôn am y saith mil eto. Roedd dod o hyd i'r trysorau'n hollbwysig ...

Cododd Mari ei hysgwyddau'n ddramatig. 'Y peth yw, dwi ddim yn siŵr. Dwi'n cofio mynd gyda Jacintha heibio Sarn Helen a Maen Llia, yng ngolau dydd, a dwi'n cofio mynd yn ôl yr un ffordd pan oedd hi'n dywyll ac yn oer ac yn bwrw cesair. Yna ffoniodd James fi – dwi'n hanner cofio siarad 'da fe. Dwi'n meddwl imi ollwng y ffôn ... wedyn weles i James, ac wedyn Dad.' Cymerodd ei hamser gan edrych i fyw llygaid ei mam a'i thad er mwyn osgoi cyhuddiadau o balu celwyddau. 'Mae beth ddigwyddodd yn y canol yn niwlog. Dwi'n cofio dŵr, lot o ddŵr, a'r oerfel.' Crynodd, a thawelu wrth i'r atgofion lifo'n ôl.

Gwyliodd Elinor ei merch, gan bwyso a mesur ei geiriau'n ofalus. 'Rhybuddiodd Seren ni falle byddet ti'n anghofio – rhan o effaith yr hypothermia.'

''Drychwch, ga i fynd i'r gwely?' gofynnodd Mari. Rhwbiodd ei breichiau ac roedd croen gŵydd drosti i gyd. Gallai ei rhieni weld nad perfformiad oedd hyn.

Nodiodd Elinor. 'Iawn. Lan â ti.'

Tynnodd Mari ei dillad, gwisgodd ei dillad nos cynhesaf a'i sanau trwchus a dringo i'w gwely. Er bod y cwestiynu heb bara'n hir, roedd wedi achosi i'r atgofion lenwi'i phen. Teimlai'n ddryslyd, ac am y tro cyntaf wyddai hi ddim beth i'w wneud nesaf. Dylai hi fod yn teimlo'n well erbyn hyn ac yn symud ymlaen. Roedd yr hyn ddigwyddodd yn y gorffennol. Dylai hi adael y cyfan fel yr oedd. Ond roedd y trysorau'n dal i'w galw o'u cuddfan. Ac yn waeth na dim, teimlai fel petai rhyw rym dieithr yn gwrthod gadael iddi anghofio, yn gwrthod gollwng ei afael arni. Oedd hyn fel melltith Tutankhamen? Oedd yr arglwydd yn dial arni am amharu ar ei fedd? Teimlai ei bod wedi'i heintio, a bod dŵr y pwll yn yr ogof dywyll wedi treiddio i mewn i'w gwaed.

Fore dydd Mawrth, cafodd Mari ychydig o lonydd o'r diwedd, pan aeth ei rhieni a Gwern i Aberhonddu i weld a oedd y siop hen bethau wedi llwyddo i werthu'r fframiau arian a'r cadeiriau, oedd wedi bod yno ers wythnos bellach.

Yn nhawelwch byddarol y bwthyn, meddyliodd Mari am yr hyn ddigwyddodd yn y pwll. Gwyddai pa mor lwcus oedd hi. Roedd hi wedi ceisio nofio trwy'r twll i ddarganfod pa drysorau oedd yn aros amdani ond methiant oedd y cwbl. Methiant llwyr.

Roedd ganddi ddau ddewis: rhoi'r gorau iddi, neu drio eto. Doedd y cyntaf o'r rhain ddim yn rhan o'i natur hi, felly gwyddai ei bod yn hen bryd iddi feddwl am gynllun newydd …

Cododd yn sydyn. Gwnaeth alwad ffôn, llwythodd ei bag, gwisgodd ei siaced a'i hesgidiau dal dŵr ac aeth allan o'r tŷ.

Aeth â'i chyllell. Teimlai'n fwy diogel erbyn hyn, ond roedd hi'n hoff o gael ei chyllell gyda hi. Roedd y datganiad i'r wasg am y chwedl goll wedi'i gyhoeddi. Doedd dim golwg o neb dieithr o gwmpas y fferm, a doedd hi ddim yn teimlo bod rhywun yn ei gwylio … ond allai hi byth fod yn bendant. Roedd hi'n dal i aros a throi mewn cylchoedd bob nawr ac yn y man – roedd wedi mynd i'r arfer o'i wneud erbyn hyn.

Cyrhaeddodd bont y Castell Du. Wrth groesi ffos y castell, teimlai fel petai hi'n cerdded i mewn i gyfnod gwahanol.

Atseiniai ei chamau o gwmpas yr iard. Daeth Mari i stop y tu allan i'r drws anferthol a tharo'r morthwyl metel siâp pen llew yn erbyn y pren derw caled. Dim ateb. Agorodd y drws a chamu i'r neuadd fawr.

'Mrs Baskerville? Mari sy 'ma,' galwodd, gan dorri ar draws y tawelwch byw, fel petai'r castell yn dal ei anadl.

Clywodd gamau trymion ar y grisiau pellaf a daeth Mrs Baskerville i'r golwg yn sydyn.

'Sorri, bach!' meddai, gan anadlu'n drwm. Roedd Mrs Baskerville wedi'i galw hi'n 'bach' ers ei bod hi'n fabi, ac yn dal i'w galw hi'n 'bach', er bod Mari'n llawer talach na hi erbyn hyn. Edrychodd ar Mari'n amheus. 'Pam nad wyt ti yn dy wely'n gorffwys?'

'Byddai mwy o orffwys yn fy lladd i! Dwi'n iawn!' atebodd Mari dan wenu.

Chwarddodd y lanhawraig. 'Alla i dy helpu di o gwbl?'

'Ydy hi'n bosib i fi ddefnyddio'r pwll nofio? Heddiw, ac am yr wythnosau nesa?'

'Faswn i'n meddwl dy fod di wedi cael digon ar fod mewn dŵr am sbel.'

'Ddim felly,' atebodd Mari gan wenu'n ddiniwed, heb ddatgelu dim byd.

'Does dim allwedd,' eglurodd y wraig, 'dim ond botymau. Un dau wyth dau yw'r cod. Plis paid â chael dy ddal. Gofynna i fi gynta, rhag ofn bod yr iarll a'r iarlles yn y tŷ.'

'Pryd maen nhw'n dod 'nôl?'

'Mewn deg diwrnod. Gydag Alis. Pwy a ŵyr pryd fydd James yn ei ôl,' ychwanegodd yn drist.

Edrychodd Mari arni'n llawn cydymdeimlad. Roedd Mrs Baskerville wedi bod yn lanhawraig yn y castell ers i James gael ei eni.

'Mae'r peth yn warthus, yn 'y marn i,' aeth y wraig yn ei blaen. 'Wyt ti wedi siarad ag e?'

'Bob dydd,' atebodd Mari.

'Unrhyw newyddion?'

'Ddim eto,' atebodd Mari.

Diolchodd i'r lanhawraig ac aeth allan. Meddyliodd am James. Tybed oedd e'n unig? Efallai mai heddiw fyddai'r newyddion da yn ei gyrraedd, y cynnig oddi wrth Man U roedd e wedi gweithio mor galed i'w haeddu. Croesodd ei bysedd a gweddïo drosto.

Dilynodd Mari'r llwybr caregog a arweiniai o'r castell at y goedlan binwydd a guddiai'r pwll nofio a'r tŷ gwydr. Estynnodd at y llawr a llenwi'i phocedi â dyrneidiau o gerrig.

Aeth o amgylch y goedlan, gan anadlu arogl ffres y coed pinwydd gwlyb, ac edrychodd ar yr adeilad o bren a gwydr gyda'i do crwn. Roedd yn anferth. Teipiodd y cod yn y panel a gwthio'r drws ar agor. Caeodd y drws gyda sŵn hisian tawel y tu ôl iddi.

Roedd hi'n hyfryd o gynnes y tu mewn i'r adeilad, ac arogl melys pren cedrwydd yn llenwi'r lle. Clywai sŵn y ffilter dŵr yn byrlymu'n ysgafn. Doedd yma ddim arogleuon cemegol na llwydni, na babanod mewn clytiau gwlyb yn sgrechian, fel yr oedd yn y pwll cyhoeddus.

Tynnodd Mari'i dillad yn yr ystafell newid gynnes; tynnodd y patshyn oddi ar ei llygad a'i osod ar ei phentwr dillad. Roedd y llawr carreg yn gynnes o dan ei thraed; roedd y goleuadau isel yn gwneud i'r lle ddisgleirio'n euraid a gorweddai tywelion gwyn, glân ar reilen gynnes. Gwisgodd ei siwt nofio a rhoi'i siaced drosti. Caeodd y botymau ar y pocedi rhag i'r cerrig syrthio allan, gwisgodd ei gogls a cherdded o'r ystafell newid at ochr y pwll.

Tywynnai'r heulwen drwy'r cymylau a disgleirio trwy'r nenfwd gwydr i mewn i'r pwll gan greu cylchoedd aur yn y dŵr – y dŵr mwyaf croesawgar a welodd erioed. Ond roedd Mari'n methu mynd i'r dŵr. Anadlai'n gyflym ac roedd yr adrenalin yn llifo. Nid ofn oedd hyn, ond arswyd. Roedd yr atgofion am foddi wedi treiddio'n ddwfn i'w chorff. Nid ofn meddyliol y gallai hi ei oresgyn trwy resymu mohono, ond yn hytrach ofn a deimlai ei chorff ei hun.

Safodd Mari ar ochr y pwll prydferth yn gorfodi i'w hanadl arafu. Teimlai'n ddiflas a dig fod un o'i phleserau mwyaf wedi'i droi yn ofn.

Roedd hi'n gwybod beth i'w wneud … *Wyneba dy ofnau; cer yn ôl ar gefn y ceffyl; cer yn ôl i'r dŵr* … Anadlodd yn ddwfn a neidio …

Daeth yr atgofion yn ôl. Yr ogof dywyll, y to isel, y cerrynt cryf yn ei gwthio hi wrth iddi frwydro yn ei erbyn. Cododd panig ynddi ac roedd hi'n ysu am agor ei cheg a llyncu. Brwydrodd yn erbyn yr ysfa ond tair strôc yn unig y llwyddodd hi i'w gwneud o dan y dŵr cyn iddi orfod codi i gael ei hanadl ati, a'i chalon yn curo fel gordd. Ceisiodd Mari wneud yr un peth eto, ond er ei bod yn medru ei reoli'n ddidrafferth fel arfer, anwybyddai ei chorff ei dymuniadau. Gwrthodai fynd o dan y dŵr. Felly arhosodd Mari ar yr wyneb, yn ei gorfodi ei hun i nofio. Roedd hi fel rhywun oedd yn dysgu nofio am y tro cyntaf; yn anadlu ac yn symud yn wyllt, yn cael ei blino gan banig. Nofiodd yn ei blaen, a'i chyhyrau'n llosgi.

Dywedai ei thad fod dim byd yn blino rhywun yn fwy nag ofn. Dyna pam roedd angen bod mor heini yn y fyddin. Roedd *hi'n* heini iawn. Ac roedd hi wedi blino'n lân. Gwnaeth addewid iddi hi'i hunan y byddai'n nofio hyd y pwll ugain gwaith cyn codi o'r dŵr.

Aeth yn ôl ac ymlaen yn y dŵr oedd mor gynnes â gwaed, yn cael ei thynnu tua'r gwaelod gan y siaced drom. Cyfrodd bob hyd. Ar ôl yr ugeinfed tro, camodd o'r pwll ar goesau sigledig a cherdded i'r ystafell newid, cyn sefyll o dan y gawod bwerus. Dyma'r math o ddŵr y gallai ei chorff ymdopi ag ef. Safodd yn ei hunfan am sbel hir, yn gadael i ddŵr y gawod ddileu'r atgofion.

Roedd Caradog, Elinor a Gwern yn Aberhonddu o hyd pan ddychwelodd Mari i'r fferm, diolch byth. Defnyddiodd yr amser i berffeithio set arall o gelwyddau – *Beth wyt ti wedi bod yn ei wneud? O, dim byd llawer, es i am dro* – rhywbeth digon diniwed, rhag ofn bod rhywun wedi'i gweld. Wedi'r cyfan, roedd llygaid a chegau gan y dyffryn hwn.

Golchodd Mari ei gwisg nofio, cyn gwasgu'r dŵr ohoni a'i

hongian i sychu ar handlen drws ei hystafell wely. Doedd dim awydd ganddi gael ei holi'n dwll gan ei mam unwaith eto petai hi'n gweld y wisg. Cydiodd mewn llond llaw o gacennau cri, gwnaeth gwpanaid o goffi ac eistedd wrth y cyfrifiadur.

Teipiodd '*underwater swimming*' i mewn i'r we a dewis dolen a aeth â hi at wefan cyn-aelod o'r llynges yn America. Cliciodd ar fideo YouTube o'r milwr a'i dechneg nofio dan ddŵr.

Gwers rhif un: arbed egni. Defnyddiai gyfuniad o strôc y frest a chic dolffin ar y diwedd, gan wthio i lawr yn galed gyda'r breichiau, yn hytrach na'r strôc arferol. Rhaid cael cyn lleied o strociau â phosib, yn ôl y milwr. Dylai nofio dan ddŵr fod mor hawdd â cherdded gan ddal eich anadl.

Chwarddodd Mari. Roedd ganddi lawer i'w ddysgu.

Gwers rhif dau oedd peidio ag anadlu'n gyflym cyn mynd dan ddŵr. Mae'n amhosib cynyddu lefelau ocsigen trwy anadlu'n ddwfn sawl gwaith cyn nofio dan ddŵr. Yn hytrach, rydych chi'n lleihau eich lefelau o garbon deuocsid ac felly'n cynyddu'r risg o fynd yn anymwybodol yn y dŵr. Gall gwneud ymarfer corff cyn nofio dan ddŵr gael yr un effaith, gan ei fod yn gwneud i chi anadlu'n gyflym. Dim ond anadlu i mewn, ac allan, yna i mewn eto sydd ei angen.

Cadwodd Mari hynny yng nghefn ei meddwl.

Roedd un darn arall o gyngor ar y diwedd: Peidiwch â gwneud hyn ar eich pen eich hun. Mae sawl un wedi marw wrth wneud hyn.

Dyna'r unig ran o gyngor y milwr roedd Mari'n bwriadu ei hanwybyddu.

*C*yrhaeddodd rhieni Mari a Gwern adref yn gorwynt o sŵn gyda pharseli papur yn llawn pysgod a sglodion.

'Ww, hyfryd!' ebychodd Mari. 'Dwi bron â llwgu.'

'Da iawn,' chwarddodd ei mam. 'Falch o weld bod dy fochau coch a dy chwant bwyd wedi dod yn ôl, 'te!'

Diolch i'r ymarfer corff, meddyliodd Mari.

Casglodd Caradog y post o'r mat wrth y drws ac agorodd yr amlenni ar y ffordd at fwrdd y gegin.

'Ieeeee!' rhuodd, gan wneud i'r tri ohonyn nhw neidio.

Chwifiodd ddarn o bapur yn yr awyr. 'Siec am saith mil o bunnoedd oddi wrth Amgueddfa Genedlaethol Cymru!' Tynnodd Mari i'w freichiau a'i gwasgu'n dynn.

Gwenodd Mari. 'Dechre da.'

'A diolch i ti, falle bydd popeth yn iawn,' ychwanegodd ei thad.

'Byddwn ni'n medru talu gweddill y morgais erbyn diwedd y flwyddyn!'

'*Os* bydd popeth yn mynd yn iawn,' nododd Elinor. Ceisiodd wenu ond gallai Mari weld yr ofn yn ei llygaid o hyd, ofn colli ei chartref a phob dim arall. Ac roedd hi'n dal i feirniadu brys Mari.

'Tybed sut mae Parks yn dod yn ei flaen?' gofynnodd Mari gan grychu ei thalcen.

'Ddaeth e i'r tŷ yn gofyn amdanat ti, chwarae teg iddo fe,' meddai Elinor, 'ond doedd e ddim wedi dod o hyd i ddim byd, medde fe.'

Soniodd Mari ddim ei bod hi wedi'i glywed yn y tŷ, rhag ofn i'w rhieni sylweddoli y gallai hi glywed sgyrsiau ffôn ei thad wrth iddo ddadlau â'r banc a'r gwerthwr ceffylau.

'Falle af i i gael golwg ar y cloddio ar ôl cinio,' meddai Mari.

'Bydd yn ofalus, cariad,' rhybuddiodd ei thad.

Wnaeth hi ddim meddwl gofyn beth oedd y tu ôl i'w rybudd.

Roedd y glaw wedi peidio ond roedd diferion yn dal i gwympo o ganghennau'r coed. Gorweddai'r dderwen ar y ddaear o hyd. Doedd dim golwg o Parks yn unman. Sleifiodd Mari y tu ôl i'r goeden a chraffu dros y boncyff anferthol.

Roedd y tir wedi'i orchuddio gan raffau tenau yn croesi ei gilydd, a ffon a label arni wedi'i gosod ym mhob sgwâr. Edrychai'n broffesiynol iawn. A chlinigol iawn. Trodd stumog Mari. Fyddai'r arglwydd ddim yn fodlon â hyn.

'Doeddwn i ddim yn disgwyl ymwelydd,' meddai rhyw lais y tu ôl iddi.

Rhoddodd Mari waedd fach a throi i'w wynebu. Yr Athro Parks. Bedair troedfedd yn unig oddi wrthi.

'Ges i ofn!' eglurodd.

'Well i ti beidio sleifio o gwmpas, 'te,' atebodd Parks yn sych.

'Chi roddodd fraw i mi.' Gwgodd Mari. 'Sut wnaethoch chi hynny mor dawel?'

'Cerdded ar ochr allan y droed, gan sleifio ymlaen yn ara bach.'

'Wir? Pam fyddai angen i chi wneud hynny?'

Chwarddodd Parks. 'Dwi'n hela ceirw yn yr Alban weithiau. Rhaid bod mor dawel â phosib.'

Cadwodd Mari'r wybodaeth hon yng nghefn ei meddwl. 'Ydych chi wedi dod o hyd i unrhyw beth?'

'Mae cloddio'n waith araf a manwl dros ben, a dyw goruchwylwyr fel ti ddim yn helpu pethau. 'Drycha, mae'n ddrwg gen i,' meddai, ond doedd e ddim yn ymddangos yn edifar. 'Ro'n i'n meddwl 'mod i wedi egluro. Allwn ni ddim fforddio llygru'r safle. Eto. Gyda phob parch, *Mari.*'

'Llygru? Dim safle trosedd yw hwn.'

'Dyw e ddim yn annhebyg i safle trosedd. Ry'n ni'n chwilio am dystiolaeth mewn modd fforensig.'

'Ac mae 'na gorff marw. Allwn ni fod yn siŵr o hynny.'

'Allwn ni *ddyfalu* hynny,' cywirodd Parks hi.

'Bedd sy 'ma!'

'Falle fod mwy nag un corff marw, Mari. Wnest ti ystyried hynny?'

Crynodd Mari. Roedd un arglwydd marw'n hen ddigon.

'Wna i adael i chi fynd ymlaen â'ch gwaith,' atebodd, cyn troi a cherdded i ffwrdd.

Aeth hi am adref trwy'r goedwig wlyb. Cerddodd ran o'r ffordd, gan roi cynnig ar dric Parks wrth sleifio ymlaen ar ochrau'i thraed.

Roedd yn cymryd sbel i'w berffeithio, ond roedd yn dric bach da! Defnyddiol iawn, meddyliodd, os wyt ti'n heliwr.

Roedd gwyliau Pasg Mari wedi dechrau'n swyddogol erbyn hyn, felly roedd ganddi amser i'w sbario. Byddai'n dweud wrth ei rhieni bob dydd ei bod hi'n mynd i redeg, ac yna byddai'n mynd i'r Castell Du. Roedden nhw wedi hen arfer ei gweld hi'n rhedeg ar y bryniau am oriau, felly roedd hwn yn esgus da, a châi hi ddim ei holi'n dwll bob tro. Teimlai braidd yn euog, ond roedd ei hawydd i berffeithio ei chynllun yn gryfach na'i heuogrwydd.

Diolch i wersi'r milwr, erbyn diwedd yr wythnos gallai nofio pum deg llath heb anadlu; yr un pellter â phroses dewis milwyr i'r Llynges Americanaidd. Ond ym mhwll nofio cynnes teulu'r de Courcy doedd dim cerrynt oer yn brwydro yn ei herbyn. Ac roedd hyn yn ei phoeni. Roedd hi'n awyddus i nofio gyda mwy o bwysau. Ond beth?

Daeth o hyd i'w hateb pan aeth i weld Mrs Baskerville y diwrnod canlynol.

'Maen nhw'n dod 'nôl fory,' eglurodd, 'felly mwynha dy ddiwrnod ola.'

Nodiodd Mari. 'O, reit, diolch.' Arhosodd am eiliad, a gofynnodd cyn iddi gael cyfle i newid ei meddwl, 'Ydych chi wedi clywed oddi wrth James?'

Dros y dyddiau diwethaf, doedd hi ddim wedi anfon yr un neges ato. Na'i ffonio chwaith. Er ei fwyn e, allai hi ddim gofyn dro ar ôl tro beth oedd y sefyllfa ddiweddaraf gyda Manchester United, ac oedden nhw wedi cynnig lle iddo ai peidio. Pan fyddai James yn cael newyddion da, byddai'n rhoi gwybod iddi. Roedd angen iddi fod yn amyneddgar ac yn obeithiol.

'Mae e'n tecstio bob nawr ac yn y man i ddweud ei fod e'n iawn,' meddai'r lanhawraig. 'Dyw e ddim wedi bod adref o gwbl.' Gwelodd Mari ddeigryn yn cronni yn ei llygad. 'Dwi ddim yn meddwl y daw e chwaith.'

Gwenodd Mari'n drist. 'Mae e'n dilyn ei freuddwydion. Mae hynny'n beth da.'

Trodd Mrs Baskerville gan edrych arni'n ddwys. 'Byddai dy farn yn wahanol petaet ti'n chwe deg oed, fel fi. Ry'ch chi'n ifanc.'

'Ond mae James *yn* un ar bymtheg, bron â bod!' protestiodd Mari.

'Ac ai dyna beth roeddet ti'n ei wneud pan gest ti hypothermia allan ar y mynyddoedd? Dilyn dy freuddwydion?' mynnodd Mrs Baskerville, a'i dwylo ar ei chluniau.

Brathodd Mari ei gwefus ac aros yn dawel.

'Ro'n i'n amau, ond pwy a ŵyr pa freuddwyd roeddet ti'n ei dilyn yn y mynyddoedd 'na. Mae dilyn dy freuddwydion yn medru costio'n ddrud weithiau. Ac mi wnest ti dalu'n ddrud iawn, os dwi'n deall yn iawn,' ychwanegodd, yn fwy tyner.

'Ond wnes i ddim,' atebodd Mari'r un mor dyner. 'Dwi'n dal yma, ar dir y byw.'

'Hmm. Dwi ddim yn siŵr am hyn o gwbl,' meddai wedyn. 'Bant â ti, 'te, a gwna beth bynnag rwyt ti'n ei wneud. Ti a dy gyfrinachau, wir …'

Wrth i Mari ruthro i ffwrdd a'i meddwl yn llawn pryderon, daliodd Syr Lancelot ei llygad. Safai yn y neuadd fawr yn ei bais haearn. Roedd ofnau Mrs Baskerville wedi ysgwyd Mari. Roedd angen iddi ymarfer mwy a pharatoi'n well. Roedd yr ateb gan Syr Lancelot.

Tynnodd Mari'r bais oddi ar ei gorff pren a'i gwisgo. Roedd yn llac amdani, fel y gallai symud yn ddigon hawdd, ond roedd yn *drwm* – tua 25 pwys. Cerddodd allan o'r Castell Du ac ar hyd y llwybr cerrig yn sŵn i gyd.

Yn y pwll, tynnodd Mari'r bais oddi arni. Newidiodd i'w gwisg nofio, gwisgodd ei chrys yn ôl a gosod y bais haearn dros ei ben. Byddai defnydd cotwm y crys yn atal y metel rhag torri'i chroen. Gollyngodd ei hun i'r pwll. Roedd y bais yn ei thynnu i lawr o dan y dŵr yn union fel yr oedd hi wedi gobeithio. Dechreuodd gynhyrfu ond yna atgoffodd ei hun y gallai ddringo o'r pwll unrhyw bryd. Roedd popeth yn iawn. Gallai wneud hyn.

Llwyddodd i nofio deg hyd o'r pwll, a'u cyfri'n ofalus, yna cymerodd hoe, a'i chalon yn curo a'i hanadl yn fyr. Ar ôl rhai munudau, dechreuodd ymarfer nofio o dan y dŵr. Roedd yn anodd, ond gwthiodd ei hun ymlaen. Er ei bod hi'n flinedig, aeth ati i wneud sawl hyd arall o'r pwll pan dynnodd rhywbeth ei sylw: yr aer yn aflonyddu.

Cododd i wyneb y dŵr a gweld yr Iarlles de Courcy, yn edrych yn gandryll.

Dringodd Mari o'r pwll i gyfeiliant sŵn darnau metel y bais yn taro yn erbyn ei gilydd, yn wlyb o'i chorun i'w sawdl. Tynnodd ei gogls. Doedd dim byd ganddi i guddio craith ei llygad chwaith, a gwelodd yr iarlles yn gwingo wrth ei gweld. Rhoddodd Anne de Courcy ei llaw dros ei cheg am eiliad; yna sythodd. Rhoddodd ei dwylo ar ei chluniau main a phoerodd eiriau cas tuag ati.

'Mari Owen! Beth ar y *ddaear* wyt ti'n meddwl wyt ti'n neud?'

Y peth cyntaf ddaeth i feddwl Mari oedd, *Beth ar y ddaear wyt ti'n neud adref?*

Arhosodd yn dawel, a'i chefn yn syth. Roedd angen iddi gael ei gwynt ati, ond gwrthododd adael i'r iarlles feddwl ei bod hi'n ei bychanu. Daliodd ei phen yn uchel.

'Nofio,' atebodd.

'Yn fy mhwll *i*?' Cymerodd yr iarlles saib dramatig. 'Yn fy arfwisg *i*? Ydy Mrs Baskerville yn gwybod am hyn?'

'Na'di siŵr.'

'O, James roddodd y cod i ti, felly.'

'Nage. Doedd y drws ddim ar gau'n iawn. Dim ond ei wthio oedd raid.' Deuai'r celwydd yn hawdd i Mari. Cael James a Mrs B i drwbwl oedd y peth olaf roedd hi eisiau ei wneud.

Tynnodd y bais haearn a gadael iddi syrthio i'r llawr.

'Ar ôl i ti helpu dy hun i ran o arfwisg hynafol Syr Lancelot, anghofiodd Mrs Baskerville pa ddiwrnod roedden ni'n dod yn ôl o'n gwyliau. Mae'n ymddangos fel petai hi'n anghofio am ei dyletswyddau'n gyfan gwbl.'

Estynnodd yr iarlles fys main tuag ati a'i phrocio yn ei brest. 'Roeddet ti'n ffŵl i beidio gwerthu'r llyfr 'na i fi … y ferch wirion.'

Dechreuodd calon Mari guro, ond cadwodd wyneb syth.

'Mi fyddwn i wedi ysgrifennu siec am chwe deg mil o bunnoedd yn y fan a'r lle,' aeth yn ei blaen yn ei hacen grand. 'Mae'n arian mawr i fridwyr merlod.'

Teimlodd Mari ei hun yn gwylltio. Disgleiriai llygaid Anne de Courcy; roedd hi'n mwynhau hyn, yn mwynhau grym ei chyfoeth, a'r boen y gallai ei hachosi.

Ond roedd Mari'n dalach na'r iarlles, ac yn llawer cryfach.

'Bydde'n well gen i farw na chymryd ceiniog o'ch arian chi,' meddai wrthi'n dawel.

Chwarddodd yr iarlles. 'Rwyt ti'n lwcus bod y bleiddgwn heb dy weld di'n tresmasu, neu byddai mwy na cheffyl marw yn nheulu'r Owens.'

Teimlai Mari fel petai hi'n ei gwylio ei hun. Methodd reoli ei thymer. Estynnodd ei breichiau, cydiodd yn ysgwyddau'r iarlles, a'i gwthio'n galed.

I mewn i'r pwll.

Syrthiodd yr iarlles i'r dŵr gan sgrechian, a daeth i'r wyneb yn poeri ac yn rhegi.

'Mas, Mari Owen! A phaid â dod yn agos at James!' sgrechiodd, gan ddatgelu ei hacen Cwm Tawe am unwaith. 'Rwyt ti'n ddylanwad drwg arno fe! Dwi ddim eisiau dy weld di'n agos at y teulu 'ma byth eto! Cer o 'ngolwg i!'

Cydiodd Mari yn ei dillad a rhedeg adref, gan ail-fyw sgrechfeydd yr iarlles drosodd a throsodd yn ei meddwl. Byddai ei thymer yn costio'n ddrud, ond doedd hi'n poeni dim.

Er hynny, roedd hi'n methu cysgu'r noson honno. Yr unig beth oedd ar ei meddwl oedd y dŵr du, ac oerfel milain yr ogof y tu ôl i'r rhaeadr.

Roedd hi'n barod i fynd yn ôl.

28

Roedd Mari'n hwyr yn deffro. Eisteddodd i fyny yn y gwely a'i chalon yn curo gan adrenalin. Gorchuddiodd ei llygad â'r patshyn a gwisgo'i horiawr. Gwnaeth frecwast iddi'i hun – uwd, llaeth a mêl, yna dechreuodd gael trefn ar bethau. Roedd ei thad allan ar y fferm a'i mam yn Aberhonddu mewn dosbarth babis gyda Gwern. Gan fod neb gartref i'w gwylio, llenwodd ei bag â nwyddau o'r tŷ: cacennau cri, te melys poeth mewn fflasg, tortsh i'w roi ar ei phen, rhaff i glymu Jacintha, tywel a siwmper gynnes. Syllodd ar ei ffôn symudol. Petai hi'n cymryd y ffôn, byddai pobl yn poeni pan na fyddai'n ateb. Petai hi'n ei adael gartref, ac yn mynd i drafferthion, fyddai dim modd iddi alw am help … Gwgodd, cydiodd ynddo, a'i stwffio yn ei bag. Ychwanegodd gyllell, strap coes, ei chatapwlt a'i cherrig, rhag ofn – James roddodd nhw iddi'n anrheg pan gollodd hi ei llygad. Cofiodd iddo ddewis y cerrig o'r afon yn arbennig ar ei chyfer hi, a'u galw nhw'n gerrig lwcus. Plethodd ei gwallt a'i glymu ar ei phen, rhag ofn i'w chudynnau hir fynd i'w cheg a'i thagu.

Gadawodd y tŷ. Doedd dim angen iddi gloi'r drws erbyn hyn. Roedd hi wedi sicrhau bod pawb yn gwybod bod y llyfr wedi hen fynd.

Sylwodd Jacintha ar nerfau Mari'n syth. Symudodd y gaseg ei phen a gwnaeth sŵn anfodlon wrth i Mari roi'r penffrwyn arni, ac yna troi'r rhaff yn llinyn ffrwyn. Gan gydio mewn dyrnaid o'i mwng, neidiodd ar gefn y ceffyl. Ysgydwodd Jacintha ei hysgwyddau ryw fymryn, ond fyddai hi byth wedi taflu Mari oddi ar chefn. Ceisio profi pwynt yr oedd hi: *Pam wyt ti mor nerfus? Ble ydyn ni'n mynd? Ac os wyt ti mor nerfus, pam bod angen i ni fynd o gwbl?*

'Achos,' atebodd Mari, gan arwain ei cheffyl at y gât a'i hagor, 'achos bod rhaid i ni.'

Dan olau'r haul ac yn awel ffres y mynyddoedd, reidiodd Mari'n hapus ar gefn ei cheffyl. Aeth yn weddol araf i ddechrau, yna cyflymodd ychydig, ac yna arafu pan aeth y tir yn fwy garw.

Gyda'r heulwen daeth y cerddwyr. Edrychai'r criwiau fel defaid melyn llachar wedi'u gwasgaru dros y mynyddoedd. Gallai Mari weld grwpiau ohonyn nhw'n mynd tuag at fynydd Pen y Fan. A rhedwr, hefyd, yn symud yn gyflym ar hyd ochr y bryn heb fod yn bell oddi wrthyn nhw, yn ddigon heini i gydsymud â hi a Jacintha.

Aeth y ddwy ar hyd Sarn Helen a heibio Maen Llia. Arafodd Jacintha er mwyn i Mari gyffwrdd â'r garreg. Roedd yn gynnes a gwenodd Mari. Arwydd da. Dringodd y llwybr serth, garw. Disgynnodd oddi ar gefn y ceffyl ac arweiniodd Jacintha tuag at y goedlan a thrwy'r bwlch yn y clawdd. Clymodd hi wrth foncyff cadarn – rhywle diogel, meddyliodd Mari.

Edrychodd Jacintha o'i chwmpas â llygaid llydan, a symudai ei ffroenau'n gyflym. Doedd hi ddim am dreulio mwy o amser yn y lle 'ma. Ceisiodd Mari ei chysuro. Rhwbiodd wddf ei cheffyl cyn plygu ac anadlu i mewn i'w thrwyn, ond gwelodd ofn a phryder yn ei llygaid.

'Fydda i 'nôl cyn bo hir, dwi'n addo!' sibrydodd Mari, a meddyliodd wedyn a fedrai hi wneud y fath addewid, mewn gwirionedd.

Tynnodd y patshyn o'i llygad, a thynnu pob dilledyn heblaw ei siwt nofio. Rhoddodd ei dillad mewn bag plastig yn ei bag, rhag ofn iddi fwrw. Gwisgodd y tortsh am ei phen a chlymu'i chyllell i'w choes â'r strap. Edrychodd o'i chwmpas am y tro olaf, yna gwthiodd drwy'r cloddiau.

Edrychodd Mari ar y pwll a rhuthrodd yr atgofion yn ôl. Rhewodd ei chorff yn ei unfan. Gwthiodd ei hofnau i'r naill ochr a chanolbwyntiodd ar ei hymarferion, ar ei ffydd y gallai hi wneud hyn.

Roedd y llyfr wedi'i harwain yma.

Rywsut neu'i gilydd, roedd bron â'i lladd. Ddwywaith.

Rhybuddiodd y llyfr hi'n ddigon clir: *dim ond y cryf all groesi …* Ond mi *oedd* hi'n gryf. Yn gryfach nag erioed. Roedd angen iddi ddechrau credu ei bod hi'n ddigon cryf.

Camodd Mari i'r dŵr. Roedd yn hollol ddu, gydag ambell belydryn o heulwen yn disgleirio arno trwy'r coed. Ond doedd gwres yr haul ddim wedi llwyddo i'w gyrraedd. Roedd yn oer, oer, fel petai wedi dod o grombil y mynydd, rhywle y tu hwnt i gyrraedd yr haul.

Cyflymodd curiad ei chalon. Caeodd y dŵr am ei choesau fel gefynnau haearn. Cerddodd yn ddyfnach. Goleuodd y tortsh ar ei phen, a'i thaflu ei hun ymlaen a dechrau nofio, gan gicio'n gryf yn erbyn y cerrynt. Plymiodd o dan y rhaeadr, daeth i'r wyneb yna nofiodd at ben pella'r ogof. Disgleiriai'r waliau gwlyb yng ngoleuni'r tortsh. Roedd arogl pydredd yn yr aer.

Cofiodd Mari wersi'r milwr ar y we. Anadlodd i mewn, anadlodd allan, un anadl ddofn arall, yna aeth o dan y dŵr gan symud ei dwylo ar hyd wal yr ogof nes iddi deimlo gwacter y twll.

Ciciodd yn galed gan frwydro yn erbyn y cerrynt. Gallai weld ochrau'r twnnel, yr un maint â'r twll, yn ymestyn i'r tywyllwch.

A'i chalon yn curo'n galed, cyfrodd bob strôc. *Un, dau, tri …* roedd y cerrynt yn cryfhau gyda phob un. Ymlaen â hi gan gofio am dechneg nofio'r milwr – gwthio'r breichiau i lawr yn galed ar ddiwedd pob strôc, gan gicio ei choesau fel broga i ddechrau, yna fel dolffin. *Lleihau nifer y strociau, lleihau faint o egni sy'n cael ei losgi, cadw emosiynau dan reolaeth.* Llais y milwr. Sut gallai unrhyw un reoli'i hun yn y pwll 'ma?

Deg, un deg un, un deg dau … roedd y cerrynt *mor* gryf. Wyth arall ar ôl. Gwthiodd ei hun ymlaen. Doedd goleuni'r tortsh yn dangos dim byd ond tywyllwch o'i blaen. *Un deg tri, un deg pedwar, un deg pump …* Dechreuodd ei chyhyrau losgi. Collodd ei strôc ei llyfnder. Sgrechiai ei hysgyfaint am anadl.

Bron yna! Gorfododd ei chorff i barhau i frwydro. *Un deg chwech, un deg saith, un deg wyth.* Estynnai'r tywyllwch o'i blaen. Dal i fynd neu droi yn ôl?

Rhaid iddi weld beth oedd ar ddiwedd y twnnel, pa drysorau … gwthiodd ei hun ymlaen eto, gan ddefnyddio pob diferyn o nerth a dewrder oedd ar ôl ganddi. *Un deg naw, dau ddeg* ... Dim byd, dim golau, dim aer. *Dau ddeg un, dau ddeg dau* ... Llosgai ei hysgyfaint, ac roedd ei hymennydd yn sgrechian arni i agor ei cheg ac anadlu. Anwybyddodd ei hymennydd, a brwydrodd – strôc arall ... Roedd rhywbeth o'i blaen – golau. Un strôc arall ... Roedd hi'n gwywo, a'i chryfder wedi cyrraedd y pen. *Cryfder*, meddyliodd, *cryfder* ...

Gorfododd ei chorff i wneud un strôc arall: *dau ddeg pump*. Gwelodd oleuni. Cododd ei braich. Teimlodd chwa o awyr iach.

29

Daeth Mari i'r wyneb yn anadlu'n drwm, wrth ei bodd ei bod hi wedi cyrraedd yr ochr arall. Edrychodd ar y tywyllwch o'i chwmpas.

Roedd hi mewn pwll, mewn ogof yn union yr un fath â'r un a adawodd hi.

Trodd y rhyddhad yn ddryswch. Mae'n rhaid mai'r un ogof oedd hon â'r un yr oedd hi wedi brwydro mor galed i'w gadael. Ond sut?

Nofiodd tuag at y goleuni, wedi drysu'n llwyr. Gwelodd y rhaeadr yn disgleirio yng ngheg yr ogof. Oedd ei hymennydd wedi'i thwyllo hi, oherwydd y diffyg ocsigen? Oedd hi wedi mynd yn ôl, rywsut, yn hytrach nag ymlaen? Aeth allan o'r ogof, gan gysgodi ei llygad rhag y goleuni llachar sydyn. Llithrodd ar y cerrig llyfn wrth iddi gerdded trwy'r dŵr bas, mwsoglyd.

Stopiodd ac edrych o'i chwmpas. Teimlodd y siom yn pwyso

arni. Methiant arall. Rhoddodd ei bywyd mewn perygl er mwyn cyrraedd y fan lle y dechreuodd hi. Sut roedd hynny'n *bosib*?

Ond roedd rhywbeth yn rhyfedd am y lle. Yr un lle oedd hwn, ond roedd yn wahanol rywsut. Edrychai'r llwyni ar hyd glannau'r nant yn fwy trwchus, yn anoddach i wthio drwyddyn nhw. Byddai hi'n cael crafiadau dros ei chorff petai'n ceisio mynd trwy'r llwyni yn ei gwisg nofio. Crynodd.

Roedd angen ei siwmper arni, a'r fflasg o de melys o'i bag. Gwthiodd drwy'r clawdd gan wingo mewn poen wrth i'r drain ei chrafu. Pam roedd hyn mor anodd y tro hwn, a ble roedd ei bag?

Roedd ei bag wedi diflannu. A Jacintha wedi diflannu. Edrychai'r coed yn wahanol. Roedd mwy ohonyn nhw. Roedd arogl gwahanol yn yr aer. Arogl mwy ffres. Roedd hi'n dechrau colli arni'i hun. Mae'n rhaid bod Jacintha wedi torri'n rhydd ac wedi rhedeg adref hebddi.

Cerddodd Mari i lawr y bryn, yn teimlo'n noeth yn ei gwisg nofio, a heb unrhyw beth dros graith ei llygad. Dylai hi fod wedi cyrraedd tir agored erbyn hyn. Roedd gormod o goed yma. Gormod o lwyni. Coedwig oedd hon, nid coedlan! Carlamodd ei chalon. Roedd rhywbeth mawr o'i le. Rhedodd yn ei blaen. Rhewodd.

Dri deg troedfedd o'i blaen gwelai hen wraig yn gwisgo ffrog hir a het ryfedd yn codi rhywbeth o lawr y goedwig. Sythodd y wraig. Gwgodd.

Os teimlai Mari'n noeth yn ei gwisg nofio, roedd dangos y graith i'r byd yn llawer gwaeth. Doedd hi ddim yn gadael i neb weld honno. Ddim ei mam a'i thad, hyd yn oed. Dim ond Gwern oedd wedi'i gweld, pan dynnodd y defnydd i ffwrdd wrth chwarae â'i gwallt un tro, a doedd dim ots ganddo ef o gwbl. Mewn cyfnod o bedair awr ar hugain, roedd yr iarlles a'r hen wraig ddieithr wedi gweld Mari heb y patshyn.

'Pwy wyt ti? Ble mae dy ddillad di?' mynnodd y fenyw.

Gallai Mari weld bod y wraig yn poeni mwy am ei noethni na'i llygad.

'Mae rhywun wedi'u dwyn nhw.' Tybed ble roedd Jacintha? 'A falle'u bod nhw wedi mynd â 'ngheffyl i hefyd. Mi wnes i'i chlymu hi fan hyn.'

'Mae 'na ladron ar gerdded. A llawer gwaeth,' atebodd y wraig, gan ddrysu Mari ymhellach. Ysgydwodd ei phen. 'Dere, rhag ofn y bydd yr Iarll de Courcy a'i ddynion yn dy weld di heb dy ddillad.'

'Ei *ddynion*?'

Edrychodd y wraig arni'n hurt. 'Paid â llusgo dy draed, ferch.' Cododd ei basged, a gyda'i llaw arall cydiodd ym mraich Mari. 'Dere.'

Teimlai Mari'n benysgafn, yn methu gwneud synnwyr o ddim byd, fel petai hi mewn breuddwyd. Gadawodd i'r hen wraig ei thynnu drwy'r goedwig. Roedd y goedwig fel petai'n para am byth. Edrychodd Mari o'i chwmpas, yn methu â chredu ei llygaid. O'r diwedd daeth y ddwy o'r goedwig a gwelodd geffyl du, ond nid Jacintha, wedi'i glymu wrth goeden, a hen gert wrth ei ochr.

Edrychodd Mari o'i chwmpas eto, yn cael trafferth anadlu. Dyna Sarn Helen, yn torri ar draws y tir uchel, a'r maen hir, Maen Llia. Ond lle roedd caeau eang gwyrdd yn arfer bod, gwelai glystyrau o goed. A dim polion telegraff. Dim tarmac yn torri drwy'r dyffryn fel craith ddu. Chwyrlïai'r olygfa o'i blaen. Gadawodd waedd o'i cheg wrth i'r bendro ei dallu.

Symud o un ochr i'r llall, carnau'n clicio, blanced arw drosti. Arogl perlysiau ac arogl gwlân. Teimlai Mari'n sâl pan ddeffrôdd. Gwthiodd y flanced oddi arni. Roedd hi'n gorwedd ar gefn cert oedd yn cael ei thynnu gan y ceffyl du a'i llywio gan yr hen wraig.

Eisteddodd Mari i fyny a lapio'r flanced o'i chwmpas. Pwysodd ymlaen gan geisio aros yn ei hunfan ar y gert.

'Ble ydw i?' gofynnodd i'r hen wraig, gan edrych o'i chwmpas yn wyllt.

Gwelodd y Castell Du, yn ei safle arferol. Ond roedd y llwyni llawryf a gwaith garddio gofalus mam James wedi diflannu. Edrychodd tuag at ochr arall y dyffryn. Ond yn lle gweld ei thŷ hi, gwelodd dŷ llai, mwy blêr. Roedd yr estyniad a adeiladodd ei thad wedi diflannu. Rhwbiodd ei llygaid.

'Ble ydw i? Beth yw hyn?' gwaeddodd, ei dryswch yn ei gwylltio. 'Ewch â fi adre! Nawr! Fi yw Mari Owen – ewch â fi adre!' Teimlai'r angen i ddweud pwy oedd hi, fel petai hynny'n medru esbonio beth oedd yn digwydd.

'Mari Owen?' gofynnodd y wraig. 'Un o Oweniaid Nanteos?'

'Wrth gwrs! Merch Caradog Owen.'

'Glyndwr Owen, ti'n feddwl? A Rhiannon yw dy fam?'

'Na!' sgrechiodd Mari. 'Elinor yw enw Mam. Caradog yw Dad. Gwern yw 'mrawd i!'

Ai hi oedd yn wallgo, ynte'r hen wraig? Oedd hi'n ei herwgipio hi? Oedd hi wedi rhoi cyffuriau iddi?

Dringodd y gert y bryn, i fyny at ble dylai Mari weld tŷ Seren. Ond roedd hwn yn wahanol hefyd. Rhosod a lafant a choed cwins oedd y tu allan i dŷ Seren, nid coed pinwydd. Ac roedd dau lawr iddo, nid un. A cherrig wedi'u gwyngalchu oedd ganddo, nid cerrig plaen. To llechi oedd gan dŷ Seren, nid to gwellt.

Dringodd y wraig o'r gert a chlymu'i cheffyl. 'Dere, ferch. Dere mewn cyn i ti rewi'n gorn.'

'Tŷ Seren yw hwn!' gwaeddodd Mari.

Gwgodd y wraig arni. 'Fy nhŷ *i* yw hwn, ferch, a Morfudd ydw i, nid Seren.'

Edrychodd Mari'n syn ar y fenyw. Mae'n rhaid ei bod hi'n wallgo neu'n dweud celwydd wrthi.

Torrodd sgrech rhyw gi yn y pellter ar draws y tawelwch. Crynodd Mari a thynnu'r flanced yn dynnach amdani. Ond roedd hi'n chwilfrydig ac yn oer, ac yn ysu am weld Seren, felly neidiodd o'r gert a dilyn y fenyw i'r tŷ.

Caeodd y drws. Sŵn bollt yn cau. Ac un arall.

Cwynodd Mari. 'Mae rhywbeth mawr yn bod,' meddai. 'Bwthyn Seren yw hwn – Tŷ Gwyn,' mynnodd. Dyma ble y treuliai ddwy awr bob wythnos yn eistedd wrth fwrdd y gegin yn cael gwersi botaneg gan Seren. Ond nid yr un lle oedd hwn.

Ysgydwodd y wraig ei phen. Plygodd dros gist, a thynnu bwndel ohoni. 'Rho'r rhain amdanat,' mynnodd, gan roi crys lliain golau, ffrog wlân frown a siôl yn nwylo Mari.

Edrychodd Mari ar y dillad yn syn. 'Maen nhw'n edrych fel rhywbeth o'r amgueddfa.'

Edrychodd y wraig arni'n ddiddeall. 'Maen nhw'n ddigon derbyniol a chynnes, ac yn llawer gwell na bod yn noeth!'

Gwisgodd Mari'r dillad amdani. Roedden nhw'n arw yn erbyn ei chroen, ond dechreuodd gynhesu'n syth.

Edrychodd o'i chwmpas, gan synnu at yr hyn a welai. Neu'r hyn roedd hi'n methu ei weld. Roedd y llawr wedi'i wneud o gerrig geirwon yn hytrach na'r teils teracota yr arferai Mari eu gweld ym mwthyn Seren, ac roedd y pridd oddi tanyn nhw yn y golwg. Ac yn hytrach na ffwrn, gwelai le tân agored lle llosgai darnau mawr o goed. Roedd ffwrn syml yn ochr y lle tân.

Roedd meddwl Mari'n troi. Doedd hi *ddim* yn gweld hyn. Mae'n rhaid ei bod hi wedi taro'i phen, y diffyg ocsigen wedi effeithio arni a'i gwneud hi'n wallgo. *Oedd hi wedi marw?* Dechreuodd ei phen droi unwaith eto. Estynnodd ei llaw a chydio yn y bwrdd i'w sadio'i hun. Anadlodd yn ddwfn a gwyliodd y wraig wrth ei gwaith.

Cymerodd foncyff a'i ollwng i'r tân, yna rhoddodd degell haearn mawr ar fraich haearn dros y fflamau. Cymerodd ffon a rhoi ei blaen yn y tân nes iddo gynnau, yna cyneuodd gannwyll drwchus. Cododd arogl afiach.

Crychodd Mari ei thrwyn.

Oedodd y wraig, Morfudd, rhoddodd ei dwylo ar ei chluniau, a llygadu Mari'n heriol. 'Wedi arfer â chanhwyllau cwyr gwenyn drud, wyt ti?' gofynnodd.

Ysgydwodd Mari ei phen. Doedd dim byd yn gwneud synnwyr. 'Beth mae honna wedi'i wneud ohono, 'te?' gofynnodd gan amneidio ar y gannwyll, yn benderfynol o ddeall hyd yn oed ran o'r hyn oedd yn digwydd yn y lle dieithr hwn oedd eto mor gyfarwydd iddi. 'Pam bod oglau pysgod yn pydru arni?'

'Gwêr. A glyserin,' atebodd y wraig. 'Dyw lêdis fel ti ddim wedi arfer â phethau fel hyn,' ychwanegodd yn goeglyd. Arllwysodd gawl trwchus o grochan oedd ar y tân i gwpan, a'i roi i Mari. 'Yfa.'

'Falle fod gwenwyn ynddo fe,' meddai Mari.

Culhaodd llygaid yr hen wraig. 'Falle wir. Dylai'r meddyg llysiau wybod yn union pa rai yw'r planhigion sy'n lladd yn ogystal â'r rhai sy'n gwella.'

Plygodd ymlaen at Mari a'i llygaid yn fflamio.

'Mi fyddet ti wedi hen farw petawn i eisiau dy ladd di. Petai'r iarll a'i ddynion wedi dy gyrraedd di o 'mlaen i ...'

Gadawodd y frawddeg ar ei hanner pan glywodd gyrn yn canu yn y pellter, a sŵn carnau ceffyl wedyn.

Rhoddodd Mari'r cwpan ar y bwrdd ac aeth at y ffenest. Disgwyliai weld gwydr, ond yn ei le gwelodd len denau o liain golau. Roedd yn anodd gweld llawer o ddim byd trwyddi, ond gallai weld digon.

'Beth ...'

Gwelodd griw o ddynion ac un ddynes, pob un ohonyn nhw wedi'u gwisgo'n grand, yn marchogaeth gyda haid o fleiddgwn ac yn dilyn haid o ferlod mynydd Cymreig oedd yn carlamu o'u blaenau mewn ofn. Crynodd Mari. Dyma'n union sut cafodd ei cheffyl hi ei ladd – wrth gael ei erlid gan gŵn yr iarll. *Allai hyn ddim bod yn digwydd.*

Cyrhaeddodd y merlod nant fechan. Arweiniodd y stalwyn nhw ar ei thraws, ond methodd dau o'r ebolion â'i chroesi. Roedden nhw'n fach, a'r dŵr yn ddwfn ac yn llifo'n gyflym. Cafodd y cŵn afael arnyn nhw wrth iddyn nhw straffaglu yn y cerrynt. Syrthiodd un o'r merlod. Tynnodd y dynion eu gwaywffyn yn ôl a'u taflu. Glaniodd un yn ystlys y ceffyl.

Neidiodd y merlod eraill dros wal gerrig a charlamu yn eu blaenau. Daeth dyn blin a gwyllt yr olwg gyda gwallt hir, golau allan o'r adeilad a edrychai fel ei thŷ *hi*, petai e'n fwy o faint. Rhuthrodd dynes a dau o blant ar ei ôl.

Ysgydwodd y dyn ei ddwrn a gweiddi ar yr helwyr, gan bwyntio at y merlod oedd yn dianc. Arafodd un o'r helwyr, ac anelu'i chwip tuag at y protestiwr. Gwyliodd Mari'r dyn gwallt golau yn cydio yn y chwip a thynnu'r ymosodwr oddi ar ei geffyl. Neidiodd rhai o'r helwyr eraill oddi ar eu ceffylau a dechrau curo'r dyn yn ddidrugaredd. Brwydrodd yn erbyn brath eu dyrnau, ond roedd 'na fwy ohonyn nhw, a'u dyrnau a'u hesgidiau'n ei daro'n ffyrnig.

Trodd Mari o'r ffenest a rhedeg at y drws. Tynnodd y bolltau trwm yn ôl a rhuthrodd allan, gan sgrechian ar y dynion iddyn nhw stopio. Caeodd llaw dros ei cheg.

'Bydd dawel, y ferch wirion!' hisiodd yr hen wraig. 'Wyt ti eisiau cael dy chwipio, neu waeth?'

Roedd ofn Morfudd yn amlwg, a chododd hynny ofn arni hithau. Ysgydwodd Mari ei phen a thynnodd yr hen wraig ei llaw o'i cheg. Carlamodd y merlod heibio iddyn nhw, eu cynffonnau'n hedfan yn y gwynt wrth iddyn nhw ruthro i gyrraedd man diogel.

Trodd Mari'n ôl ac edrych ar yr helwyr a'r dyn wedi'i anafu ar y llawr. Gwyliodd yr olygfa o'i blaen yn llawn arswyd, dryswch ac anghrediniaeth.

'Dyma ein brenin ni, wehilion,' gwaeddodd un o'r helwyr mewn gwisg felfed, a'i lais uchel i'w glywed gan bawb o'i gwmpas. 'Fyddwch chi'n ei yrru ef o'ch tir?'

'Y gwerinwr cyffredin hwn yw perchennog y tiroedd hyn?' gofynnodd un arall o'r criw. Roedd y dyn hwn yn fawr, a gwisgai het bluog grand, a siaced ffwr a melfed, yn gymysgedd drud o ddefnyddiau sgarlad a ryfflau. Roedd ganddo wyneb llydan a llygaid bach, treiddgar. Ei geffyl e oedd un o'r rhai hyfrytaf a welodd Mari erioed, yn ddu ac yn nobl. Ef oedd arweinydd y criw, mae'n amlwg. Roedd rhywbeth yn gyfarwydd amdano, meddyliodd Mari. Ai actorion oedden nhw?

'Bai'r Tywysog Du yw hynny, f'arglwydd,' atebodd y dyn cyntaf. 'Achubodd un o hynafiaid y dyn hwn fywyd y tywysog ym mrwydr Crécy. Cafodd y tŷ fferm a'r tir yn wobr am ei ddewrder.'

'Achub bywyd ei dywysog?' gofynnodd y dyn mawr. 'Wel, am esiampl wych i eraill, yn wir,' ychwanegodd, gan achosi chwerthin mawr ymysg y criw. Llygadodd y dyn ar y llawr a throdd ei lais yn gas. 'Mi fyddwch chi'n aros yng nghelloedd yr Iarll de Courcy tan i ni benderfynu beth fydd eich cosb. Oni bai am weithred eich hynafiad dewr, mi fyddwn i wedi pennu eich tynged eisoes.'

'Eich Mawrhydi, maddeuwch i mi,' plediodd y dyn gan godi ar ei draed a sychu'r gwaed o'i wyneb. 'Wnes i ddim eich adnabod. Y cyfan wyddwn i oedd bod y merlod ar fy nhir i, ac yn ddigon pell o'r Castell Du.'

'*Dy dir di?*' gwaeddodd y dyn mawr. 'Does dim un darn o dir y deyrnas hon na allai fod yn fy meddiant i pe dymunwn i hynny!'

'Ond, Eich Mawrhydi,' aeth y dyn yn ei flaen, 'y llw! Tyngodd y Tywysog Du ei hun ...'

'Tawelwch!' sgrechiodd y dyn cyntaf. 'Peidiwch chi â meiddio ateb Ei Fawrhydi. I'r celloedd â chi! Ac os daw gair arall o'ch genau, bydd eich gwraig a'ch plant yn ymuno â chi!'

Ddywedodd y dyn gwallt golau'r un gair arall. Gwyliodd Mari e'n cael ei lusgo i'r celloedd a'i freichiau wedi'u rhwymo, a'r rhaff wedi'i chlymu wrth un o'r ceffylau. Aeth pedwar dyn gydag ef ar gefn eu ceffylau, wrth i'r pum dyn arall a'r ddynes garlamu tuag at y merlod, oedd yn bell ar y blaen erbyn hyn.

Wylai gwraig y ffermwr a'r plant, un ohonyn nhw'n dal bwa.

Galwai'r tri ar ôl y dyn oedd wedi'i glymu, gan bledio gyda'r helwyr, oedd yn eu hanwybyddu.

Aeth Morfudd â Mari yn ôl i dywyllwch y bwthyn wrth i'r helwyr daranu heibio. Trwy fwlch yn y drws gwelodd Mari fod y ddynes oedd gyda'r helwyr yn gwisgo gwisg o felfed gwyrdd drudfawr a het bluog, ac roedd yn marchogaeth ceffyl Arab du ysblennydd.

Trodd Mari at yr hen wraig, oedd wedi gwelwi erbyn hyn. 'Pwy *oedd* y dynion a'r ddynes yna? Pam eu bod nhw'n gwisgo'r dillad 'na? Pam hela ceffylau ar fy nhir *i*? A pwy oedd y dyn stopiodd nhw? Beth yw'r holl sôn 'ma am frenin a mawrhydi? Neu ai rhyw fath o ffilm od yw hon?'

'*Ffilm*? Beth ar y ddaear ydy *ffilm*? A'r tir 'na …' Syllodd yr hen wraig arni. 'Tir Meistr y Bwa, a theulu'r Oweniaid, yw hwnna.'

'Yn union,' atebodd Mari.

Ysgydwodd yr hen wraig ei phen cyn parhau mewn llais isel ac araf, fel petai'n sgwrsio â phlentyn bach. 'A'r helwyr 'na oedd yr Iarll a'r Iarlles de Courcy a'u dynion, ac fel y gweli di, maen nhw'n gwneud gwaith ar ran y brenin, ac mae'r brenin ei hun gyda nhw.'

'Pa frenin? Pa waith?'

'Y Brenin Harri, wrth gwrs!' ebychodd y wraig, gan ddechrau colli ei hamynedd. 'Y brenin sydd newydd farchogaeth heibio! Maen nhw'n dilyn ei gyfarwyddiadau. *Lladdwch bob ceffyl gwyllt o dan bymtheg dyrnfedd o uchder.* Mae e o'r farn y bydd hyn yn gwella ei stoc o geffylau rhyfel,' ychwanegodd yn chwerw.

'Ceffylau rhyfel?' mentrodd Mari.

'Ceffylau rhyfel,' brathodd y wraig. 'Mae'r merlod Cymreig yn rhy fach, felly maen nhw'n cael eu hela, eu trywanu a'u bwydo i'r bleiddgwn erchyll 'na.'

Teimlodd Mari ei byd yn troi. Cymerodd gam yn ôl a phwyso yn erbyn y drws. Y dyn anferth ar gefn y ceffyl, ei wyneb sgwâr, ei lygaid bach awdurdodol … roedd hi wedi'i weld o'r blaen. Yn y llyfrau hanes …

O'r diwedd fe ddeallodd y pos yn y llyfr.

Roedd hi wedi mynd trwy'r twll *yn y garreg lefn tu cefn i'r dŵr a'i iasau … i arall fyd*, yn union fel roedd chwedl goll y Mabinogion wedi'i ragweld.

I Gymru'r unfed ganrif ar bymtheg.

I deyrnas greulon Harri VIII.

30

Ei byd hi oedd hwn, ond nid ei byd hi chwaith. Roedd hi bum can mlynedd i ffwrdd o'i chartref. Y cwestiwn a losgai yn ei phen, yn mynnu ateb, oedd: *Sut alla i gyrraedd adref?* Doedd dim sôn yn y llyfr am ddychwelyd, dim ond am fynd trwy'r twll i *arall fyd* … Ond y funud honno, yr unig beth oedd ar ei meddwl oedd ei chyndad yn cael ei lusgo i'r carchar.

'Beth fydd yn digwydd i Feistr y Bwa?' gofynnodd.

'Bydd yn cael ei guro a'i daflu i garchar teulu'r de Courcy a'i gyhuddo ar gam o ryw drosedd. A gobeithio nad sarhau'r brenin fydd y cyhuddiad hwnnw.'

'A beth fydd yn digwydd os caiff e'i ddyfarnu'n euog?'

'Dedfryd o fradwriaeth,' atebodd Morfudd, bron yn sibrwd. 'Ac maen nhw'n crogi bradwyr.'

'Mae'n rhaid i chi roi stop ar hyn!' llefodd Mari.

Eisteddodd yr hen wraig ar fainc wrth y bwrdd. Plethodd ei bysedd, fel petai hi'n dadlau â hi ei hun. 'Mi wna i fy ngorau,' meddai o'r diwedd. 'Mi wna i ysgrifennu llythyr at Esgob Tyddewi i ofyn am ei help. Gall e drafod â'r brenin, neu gyda'i gyfaill, Thomas Cromwell. Ac mae ar deulu'r de Courcy ddyled i fi. Achubais fywyd yr iarlles un tro, pan gafodd friw ar ei braich.'

Nodiodd Mari. Doedd dim anitbiotics yn y cyfnod hwn. Gallai briw septig fod yn angheuol.

'Fe ofynnaf am gyfarfod,' meddai Morfudd eto, 'ond mae'r iarll yn ddyn creulon sydd ddim yn or-hoff o'r Oweniaid, ac mae'n ysu am gael ei afael ar eu tir. Mae'n benderfynol o wneud yn iawn am gamgymeriadau'r gorffennol.'

'Pan gafodd rhan o'i dir ei rhoi i Feistr y Bwa Hir ym mrwydr Crécy,' ychwanegodd Mari.

Fflachiodd llygaid yr hen wraig mewn syndod. 'Sut wyt ti'n gwybod am hynny?'

Ysgydwodd Mari ei phen.

Edrychodd yr hen wraig arni am amser hir ond aeth yn ei blaen. 'Bydd yr iarll yn awyddus i fanteisio ar y cyfle hwn. Gallai drefnu carcharu Meistr y Bwa Hir yn Nhŵr Llundain.'

Oerodd Mari drwyddi. Cerddodd at y ffenest a syllu dros y dyffryn a thu hwnt at y Bannau, at y bryniau coediog lle rhedai'r afon, lle roedd y pwll dŵr, lle gallai ddianc. Wyddai hi ddim beth i'w wneud: roedd hi'n ysu am gael mynd adref, ond teimlai y dylai aros.

Roedd hi wedi nofio yn y pwll, ac wedi goroesi pan oedd sawl un arall wedi marw. Roedd ganddi nerth a gwybodaeth. Pe byddai ei chyndad yn cael ei grogi, neu'n marw yn y celloedd, yn dyst i greulondeb dynion teulu'r de Courcy, efallai na fyddai hi, Mari, byth yn cael ei geni … Pwy a ŵyr a fyddai'r llinach yn parhau? Beth am blant y teulu? Roedd hwn yn gyfnod anodd. Roedd plant yn marw'n ifanc a menywod yn marw wrth roi genedigaeth …

Ar ochr arall y dyffryn safai'r Castell Du, yn fwy llwm ac yn anoddach i'w oresgyn nag erioed.

Ond ddim os oeddech chi'n gwybod am lwybr cudd i mewn i'r castell.

Edrychodd Mari allan ar yr awyr yn duo. Byddai'r tywyllwch yn ei chuddio ond byddai'r dasg o ddychwelyd i'r ogof yn anodd ar y naw.

'Mae'n rhaid i fi fynd,' meddai, wedi penderfynu o'r diwedd.

'Aros,' mynnodd Morfudd. Aeth i'r pantri, gafaelodd mewn jar ac arllwys ychydig o'r hylif euraid tenau i mewn i gwpan.

'Dyma ti. Sudd malws a mêl. Er mwyn gwella.' Rhoddodd wên i Mari. 'Wnaiff e ddim dy ladd di.'

Eisteddodd Mari ar y fainc. Safodd yr hen wraig yn ei gwylio, gan gynhesu ei chefn wrth y tân. Edrychodd yn ôl arni dros ymyl ei chwpan.

'Dwi'n dy gredu di. Ddim achos 'mod i ddim yn credu y galli di ladd, ond achos 'mod i'n meddwl dy fod di'n dweud y gwir.'

Cymerodd Mari lwnc. Roedd y ddiod yn felys ac roedd blas gwreiddiau arni.

'Falle. Falle ddim. Ddylet ti fod yn ofalus pwy rwyt ti'n ymddiried ynddo.'

Edrychodd Mari arni'n feddylgar. 'Mi ydw i.'

Trodd y wraig oddi wrthi, aeth i'r pantri a daeth yn ôl yn dal plât.

'Well i ti gael tamaid i'w fwyta hefyd,' meddai, gan gynnig y plât i Mari.

'Diolch.' Roedd un hanner ohoni'n llwgu a'r llall yn sâl gan ofn, ond bwytaodd. Roedd angen yr egni arni.

Roedd y bara'n dywyll ac yn llawn grawn, a'r caws yn gryf.

Aeth yr hen wraig i ystafell arall cyn dychwelyd gyda thortsh, cyllell a strap coes Mari. Tynnodd y gyllell o'i gwain.

'Dyma'r peth mwya hyfryd imi ei weld erioed,' meddai gan droi'r carn nes bod golau'r tân yn disgleirio ar y dur peryglus.

'Un dda, on'd yw hi?'

'Pam bod angen cyllell ar ferch mor uchel ei thras â thi?'

'Dwi ddim yn uchel fy nhras o gwbl.'

'*Ddim wedi arfer â chanhwyllau cyffredin.* Dim ond pobl uchelwrol a'r eglwys sydd yn gyfarwydd â chwyr gwenyn. *Yn dal ac wedi dy fwydo'n dda.* Fel merch o dras uchel.' Oedodd Morfudd, rhoddodd y gyllell ar y bwrdd, a chydiodd yn llaw Mari. Trodd ei llaw, gan redeg ei bysedd ar hyd ei chledr.

'Chi'n gallu darllen dwylo?' gofynnodd Mari.

Chwarddodd y wraig. 'Does dim angen darllen dwylo i weld pethau!'

Sylweddolodd Mari o'r diwedd mai un o hynafiaid Seren oedd yr hen wraig. Iachawraig oedd yn gallu *gweld* pethau, fel pob un arall ddaeth o'i blaen.

'Na, dwi'n edrych ar y marciau coch 'ma … Sut gafodd merch fel ti farciau fel hyn? Taset ti ddim yn ferch, fyddwn i'n dyfalu mai saethwr wyt ti.'

Gwenodd Mari ond ni ddywedodd ddim.

'Y dwylo, y gyllell, y llygad goll …' Daeth golwg bell dros wyneb yr hen wraig. Yna trodd yn sydyn at Mari. 'Wyt ti'n rhyw fath o ryfelwr?'

Estynnodd Mari am ei chyllell, ei dychwelyd i'w gwain, a'i strapio i'w choes. Cuddiai ei ffrog wlân y strap, diolch byth. Gwisgodd ei thortsh ar ei phen ond wnaeth hi ddim ei droi ymlaen.

'Dim ond teithiwr ydw i,' meddai.

Yna diflannodd i'r nos.

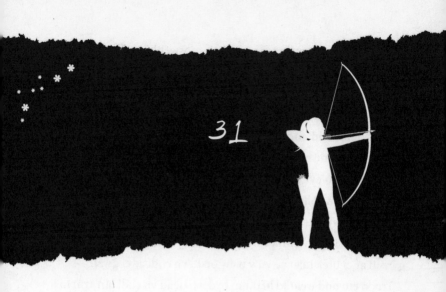

31

oedd y dyffryn wedi'i foddi yng ngolau'r lleuad. Adlewyrchai'r golau oddi ar wenithfaen du muriau'r castell, gan ddisgleirio ar wyneb y nant a syrthio'n llwybr arian ar y gwair gwlyb.

Llithrodd Mari o goedlan i goedlan yn dawel. Cadwodd ei phwysau ar ymylon ei thraed, yn union fel y dysgodd Parks hi. *Tric defnyddiol iawn os oeddet ti'n heliwr*. Roedd ganddi deimlad mai un dewis oedd y tro hwn – os nad oeddet ti'n heliwr, roeddet ti'n cael dy hela.

Edrychodd yn araf o'r chwith i'r dde.

Doedd dim golwg o neb yn unman. Dim adar yn hedfan yn swnllyd o'u nythod. Dim canghennau'n torri. Dim byd yn symud oni bai am ysgwyd y coed yn y gwynt a'r defaid yn pori ar y bryn. Dyfalai Mari mai yn eu bythynnod neu eu cestyll roedd pobl yr unfed ganrif ar bymtheg yn treulio'u nosweithiau. Pawb heblaw am yr ysglyfaethwyr, yr anifeiliaid gwyllt, y lladron a'r crwydriaid. A hi.

Yn sydyn, wrth iddi fentro allan o un goedlan a mynd i'r tir agored, teimlodd fod rhywbeth gerllaw. Teimlodd fod *rhywun* gerllaw. Tynnodd ei chyllell o'i gwain ac estyn ei breichiau o'i blaen.

Trodd mewn cylch, gan edrych i'r tywyllwch y tu ôl iddi ac ar y gwair o'i blaen. Allai hi ddim gweld neb, na chlywed dim heblaw chwyrlïo'r gwynt trwy'r dail. Allai hi ddim cael gwared â'r teimlad bod rhywun arall o gwmpas. Gallai synhwyro rhywbeth yn y croen gŵydd ar ei breichiau ac yn y blew oedd yn codi ar ei gwar.

Trodd eto ond welodd hi ddim byd. Hi oedd yn codi ofn arni hi'i hun wrth feddwl am y crwydriaid a'r bleiddiaid, siŵr o fod.

Rhuthrodd Mari yn ei blaen. Cyrhaeddodd y nant a neidio drosti'n hawdd. Aeth i guddio yn y coed. Roedd hi wedi meddwl erioed bod llygaid gan y Castell Du. Nawr, yn fwy nag erioed, roedd holltau'r saethau fel petaen nhw'n edrych arni.

Yn sydyn ymddangosodd dwy fflam, yn hofran ar un ochr i'r castell. Gwylwyr nos! Wrth gwrs, byddai'r iarll yn sicrhau bod ganddo ddynion yn cadw golwg ar y castell, yn enwedig gan fod y Brenin Harri'n aros gyda nhw. Symudodd y fflamau i lawr y bryn, tuag ati hi.

Syrthiodd Mari i'r ddaear. Un gair o gyngor roddodd ei thad iddi wrth chwarae cuddio oedd mai croen gwelw wyneb neu ddwylo, neu symudiad, fyddai'n datgelu ei chuddfan. Felly arhosodd yn hollol lonydd, gyda'i hwyneb yn gwasgu yn erbyn y tir gwlyb, yn anadlu mor dawel nes bod ei chefn braidd yn symud.

Clywodd sgwrsio'r dynion yn agosáu. Daethon nhw o fewn

canllath iddi, yna, yn araf bach, symudodd y dynion i ffwrdd eto. Arhosodd Mari yn ei hunfan, heb feiddio symud. Roedd y gwlith ar y ddaear wedi dechrau treiddio trwy ei ffrog wlân, a dechreuodd grynu. Cododd ei phen ac edrych o'i chwmpas, i'r chwith, i'r dde. Gwelodd y fflamau yn y pellter, a'u golau'n dechrau gwanhau.

Cododd Mari ar ei thraed a rhuthro dros y caeau at loches y goedwig. Roedd coed ym mhobman, llawer mwy nag yn ei hamser hi. *Galli di guddio'n well fan hyn*, meddai'r llais yn ei phen. Ond roedd hwn yn llais newydd.

Clywodd sŵn hwtian tylluan uwch ei phen, yna sŵn *wshhhh* ei hadenydd. Edrychodd i fyny a gweld ei hamlinell dywyll yn erbyn y lleuad.

Yn y goedwig, roedd y tywyllwch yn llethol. Golau'r lleuad yn cripian trwy'r dail oedd yr unig oleuni. Roedd ganddi ei thortsh, ond yna cofiodd pa mor amlwg oedd ffaglau'r gwylwyr nos yn y tywyllwch. Byddai golau gwan y tortsh i'w weld hefyd. Dysgodd y gwylwyr wers werthfawr iddi. Rhaid iddi symud yn y tywyllwch, er y byddai dod o hyd i'r ffordd yn llawer anoddach.

Gwyddai'n iawn ble roedd y twnnel yn ei hamser hi, ond roedd y goedwig a'r tywyllwch yn newid popeth. Gallai gerdded heibio'r twnnel heb sylwi, neu dreulio oriau'n troi mewn cylchoedd o gwmpas y castell, neu droi'i phigwrn ar geg gwâl llwynog, neu syrthio dros wreiddiau coeden a thorri'i choes. Roedd cerdded yn droednoeth wedi achosi i'w thraed waedu'n barod, diolch i rosod gwyllt a cherrig miniog.

Daeth i stop, a gadael i'w llygad gyfarwyddo â'r tywyllwch. Ceisiodd deimlo'r goedwig o'i chwmpas a synhwyro pa beryglon cudd oedd yno.

Teimlodd don ar ôl ton o ofn. *Mae ofn yn beth da*, meddai'r llais newydd. *Mae ofn yn dy gadw di'n fyw.*

Aeth yn ddyfnach i mewn i'r goedwig. Rhwygodd y canghennau ei siôl wlân. Crafodd un gangen yn erbyn ei boch, gan achosi iddi waedu. Gwingodd. Un llygad dda oedd ganddi. Gallai draenen rwygo honno yn y tywyllwch.

Cododd ei breichiau i amddiffyn ei hwyneb, a chwiliodd am y twmpath a'r llwyn eithin oedd yn cuddio'r twnnel yn ei hamser hi. Ond ddaeth hi ddim o hyd iddyn nhw. Cododd y panig ynddi. Ofnai ei bod hi'n mynd mewn cylchoedd. Roedd ei breichiau'n llawn crafiadau o'r llwyni mwyar duon.

Roedd angen iddi fentro. Goleuodd y tortsh ar ei phen. Taflodd oleuni ar y llwyni o'i blaen. Chwiliodd yn gyflym yng ngoleuni'r tortsh. Yna gwelodd y llwyn eithin. Roedd hyd yn oed yn fwy nag yr oedd yn ei hamser hi. Diffoddodd y tortsh, plygodd i lawr, gwrandawodd ar y nos ac aros i'w llygad ddod i arfer â'r tywyllwch unwaith eto.

Chlywodd hi ddim byd, dim ond y gwynt a sisial y coed.

Roedd hi'n siŵr nad oedd neb yn gwylio'r twneli. Dim ond aelodau'r teulu a'u gosgordd fyddai'n gwybod am eu bodolaeth. Dyna'u diben nhw. Bod yn llwybrau cudd i mewn ac allan o'r castell. Cafodd y twneli eu hadeiladu mewn cyfnod o ryfela mawr. Aeth Mari ar ei chwrcwd o dan y brigau pigog.

Llenwodd arogl blodau'r eithin ei ffroenau wrth iddi wthio trwy geg y twnnel. Sythodd ac estynnodd ei breichiau a'i bysedd i geisio dod o hyd i wal y twnnel. Gan ddefnyddio'r wal i'w helpu, aeth ar hyd y coridor cul. Cadwodd ei thortsh wedi'i ddiffodd, rhag ofn y byddai rhywun arall yn digwydd bod yn y twnnel. Y tywyllwch oedd y guddfan orau.

Daeth sŵn, yn debyg iawn i gam troed. Rhewodd, a gwrandawodd, ond chlywodd Mari ddim byd arall. Mae'n rhaid mai camau ei thraed hi'n atseinio yn erbyn y llawr carreg oedd y sŵn. Aeth yn ei blaen, yn crynu gan ofn, yn gwrando'n astud am unrhyw sŵn, er na ddaeth dim un.

Wedi rhai munudau arafodd Mari. Cafodd y teimlad bod rhywbeth yno, yn ei hatal rhag mynd ymlaen, eiliadau cyn iddi deimlo pren o dan ei bysedd. Chwiliodd am handlen y drws, cyn cydio mewn metel oer. Gweddïodd yn dawel a throdd yr handlen.

Roedd hi'n symud! Ond gwnaeth sŵn gwichian dychrynllyd, sŵn metel oedd angen olew. Oedodd, a'i chalon yn curo'n galed. Ond chlywodd hi ddim byd; dim camau'n agosáu; neb yn gweiddi ar ei hôl. Trodd yr handlen yn ofalus. Roedd yn troi'n dawel nawr, ac agorodd gyda chlic a'i harwain i waelodion y castell. I'r celloedd.

Gwelodd goed yn llosgi mewn padell dân, yn rhoi cynhesrwydd a golau gwan nad oedd prin yn torri ar y tywyllwch dudew. Doedd dim simnai, ac roedd y mwg yn llenwi'r ystafell, gan losgi llygaid Mari. Roedd hi'n ysu am gael peswch, felly llyncodd ei phoer. Edrychodd o'i chwmpas, yn chwilio, yn gwrando. Doedd hi ddim yn ymddangos bod neb arall yno. Tynnodd y drws ar gau y tu ôl iddi.

Ar flaenau'i thraed, sleifiodd drwy'r carchar, yn chwilio am Glyndwr Owen. Roedd pob un o'r wyth cell yn wag.

Efallai ei fod e'n gorwedd mewn cert yn teithio tuag at Dŵr Llundain. Efallai ei fod e wedi marw'n barod. Ar wahân i'r golled i'w wraig a'i blant, allai Mari ddim dychmygu beth roedd hyn yn ei olygu i'w theulu *hi*. Yr unig beth a wyddai oedd nad oedd hyn yn beth da.

Dechreuodd grynu, wedi'i gwylltio ac yn dechrau anobeithio. Cleciai ei dannedd yn yr oerfel. Clywodd wich metel rhydlyd. Trodd ar ei sawdl. Roedd drws y carchar yn agor unwaith eto. Roedd rhywun yn dod i mewn.

32

*E*drychodd Mari o'i chwmpas yn wyllt. Doedd dim lle i guddio, dim ffordd allan. Trodd a rhedeg i fyny'r grisiau at y castell.

Aeth rownd a rownd ar y grisiau cul, yn dynn wrth y waliau llaith. Roedd canhwyllau'n hongian ar y waliau bob nawr ac yn y man, yn torri ar draws y tywyllwch. Aeth o un i'r llall, ei chalon yn carlamu.

Pwy oedd wedi'i dilyn i'r twnnel? Oedden nhw'n ei dilyn hi nawr? Roedd angen iddi guddio yn rhywle. Rhuthrodd i fyny eto. Credai iddi glywed camau y tu ôl iddi, ond allai hi ddim bod yn sicr.

Daeth allan i ystafell y gweision, neu ystafell hyfryd Mrs Baskerville yn ei hamser hi, yn llawn oergelloedd a rhewgelloedd sgleiniog a holl drugareddau cegin fodern. Nawr roedd yn dywyll ac yn llaith. Gallai Mari glywed platiau a photiau'n taro yn erbyn ei gilydd yn yr hen gegin, a lleisiau'n dadlau. Sleifiodd heibio, a dringo grisiau'r gweision at loriau'r ystafelloedd gwely. Y twll offeiriad, cofiodd. Gallai guddio ynddo nes i bawb fynd i'w gwlâu, yna sleifio allan. Aeth ar hyd y cyntedd ar flaenau'i thraed, yna arhosodd cyn troi'r gornel, yn anadlu'n swnllyd.

Lleisiau dynion. Yn dringo'r prif risiau. Yn dod tuag ati. Rhewodd. Ble nesa?

Agorodd drws y tu ôl iddi a'i gorfodi i aros yn ei hunfan. Trodd ar ei sawdl a daeth wyneb yn wyneb â dynes mewn gwisg foethus gyda gwallt cyrliog melyn a les addurnedig dros ei phen.

'Pam wyt ti'n loetran?' mynnodd y ddynes. Agorodd Mari ei cheg i'w hateb pan dorrodd y ddynes ar ei thraws. 'Dilyna fi!' gorchmynnodd, gan grychu ei thrwyn wrth edrych ar Mari. Arhosodd ei llygaid am eiliad ar greithiau llygad Mari. Oes oedd hon pan oedd pobl wedi hen arfer gweld creithiau, marciau ac ambell nam corfforol. 'Dwi wedi bod yn aros ers oes i rywun fynd â'r pot o dan fy ngwely,' cwynodd y ddynes, gan fartsio yn ôl i'w hystafell.

Nodiodd Mari a rhuthro ar ei hôl. Yn ei chrys lliain, ei ffrog wlân, ei siôl a'i thraed noeth, mae'n rhaid ei bod hi'n edrych fel un o forynion tlotaf y castell. Yn berffaith ar gyfer gwagio potiau.

Llenwodd ffroenau Mari â drewdod amhleserus. Doedd dim rhyfedd nad oedd gan Miss Cyrliog fawr o amynedd.

'Wel? Cer â fe!' gorchmynnodd y ddynes.

Aeth Mari at wraidd y drewdod – o dan y gwely, wrth gwrs. Brysiodd ar hyd llawr pren yr ystafell a phlygodd wrth glywed mwy o gamau'n agosáu. Arhosodd wrth y drws.

'Popeth yn iawn, Foneddiges Bess?' gofynnodd y llais.

'Yn berffaith iawn, diolch, Iarll de Courcy,' atebodd y ddynes.

'Gwych. Fe welwn ni chi yn y wledd, felly. Hoff bryd Ei Fawrhydi sydd heno – alarch wedi'i sbeisio.'

'O, am hyfryd! A minnau hefyd,' meddai'r ddynes wedi'i chyffroi.

Cadwodd Mari ei phen i lawr. Roedd hi'n poeni y byddai'r iarll yn sylweddoli nad oedd hi'n un o'i forynion. Crynai ei dwylo wrth iddi gydio'n dynn yn y pot drewllyd. Teimlodd lygaid ar ei chefn ac arhosodd, ei chalon yn curo'n gyflym. Ond symudodd yr iarll a'i gyfaill yn eu blaen. Ochneidiodd Mari, ac aros nes i'w lleisiau ddiflannu. Cododd, nodiodd ar y ddynes a brysio o'r ystafell.

Caeodd y drws y tu ôl iddi. Gwrandawodd yn astud, yn llawn adrenalin. Sleifiodd ar hyd y coridor gwag. Roedd angen iddi ddod o hyd i rywle i ollwng cynnwys y pot, yna cuddio yn y twll offeiriad. Aeth heibio i'r portreadau ar y waliau a sylweddoli bod y rhai roedd hi wedi arfer eu gweld ar waliau'r castell heb eu geni eto. Roedd tapestri moethus yn hongian yn eu lle.

Arhosodd o flaen un o'r tapestrïau a'i symud i'r naill ochr er mwyn chwilio am y man lle gallai wthio'r wal a byddai drws yn ymddangos, gan ddatgelu'r lle cuddio bach. Ond doedd y man hwn ddim yn bodoli. Chwiliodd o dan y tapestrïau a'r portreadau eraill, gan frysio fwyfwy wrth i'r eiliadau fynd heibio, ond doedd y twll offeiriad ddim i'w weld. Yna sylweddolodd: wrth gwrs – fyddai'r twll ddim yn cael ei adeiladu nes i ferch Harri, Elizabeth, ddod yn frenhines. Roedd angen iddi ddod o hyd i guddfan arall, neu geisio cael ffordd allan o'r castell. Nawr.

Trodd y gornel ac aeth tuag at risiau'r gweision. Daeth i stop yn sydyn, a bron iddi ollwng cynnwys y pot drosti'i hun. Roedd rhywun yn dringo'r grisiau. Gallai glywed ei gamau a'i anadl drom.

Trodd ac aeth yn ôl yr un ffordd ag y daeth hi, yn chwilio am ystafell i guddio ynddi. Ond roedd pob un yn llawn. Gallai glywed sgwrsio ym mhob un trwy'r drysau derw trwm, rhai'n sgwrsio yn Saesneg a rhai yn Ffrangeg. Brysiodd yn ei blaen. Un ystafell oedd ar ôl, ar waelod y cyntedd.

Yr ystafell goch. Roedd James wedi'i dangos iddi un tro, pan doedd ei fam a'i dad ddim yn y tŷ. Ystafell yr iarll a'r iarlles fu hon erioed, medde fe. Arhosodd Mari a'i chlust at y drws. Allai hi glywed dim byd: dim sgwrs uchelwrol rhwng gŵr a gwraig; dim cyfarwyddiadau i was, dim sŵn morynion yn glanhau.

Agorodd Mari'r drws, aeth i mewn yn gyflym, a'i gau. Ochneidiodd ac edrych o'i chwmpas.

Roedd yr ystafell yn llawn celfi moethus, gyda llenni coch a gwely pedwar postyn addurnedig. Roedd lafant a rhosmari wedi'u taenu ar y llawr.

Cerddodd Mari dros y perlysiau, gan wasgaru eu harogl o gwmpas yr ystafell. Gwthiodd y pot yn ddwfn o dan y gwely. Wrth iddi sythu, clywodd rywun yn curo ar y drws.

'Arglwyddes?' galwodd llais.

O, na, ddim eto. Ble gallai hi guddio nawr? O dan y gwely gyda'r pot? Na, byddai'r forwyn yn ei weld petai hi'n mynd i'w nôl, ac o ystyried y drewdod, roedd hi'n siŵr o wneud. Trodd a gweld y cwpwrdd dillad. Aeth ar flaenau'i thraed ar hyd y lafant a'r rhosmari ac aeth i mewn iddo a thynnu'r drws ar gau. Agorodd drws yr ystafell wely.

Yn y tywyllwch, clywodd lais yn rhegi. Roedd crac bach yn y pren, felly pwysodd ei llygad yn ei erbyn ac edrych allan. Gwelodd forwyn yn estyn o dan y gwely am y pot. Cydiodd ynddo a rhuthro allan. Symudodd Mari ei llaw i sychu'r chwys o'i gwefus uchaf. Trawodd ei llaw yn erbyn metel, handlen efallai, oherwydd clywodd glic bach ac agorodd rhywbeth yn erbyn ei braich. Drôr, gyda melfed yn gorchuddio'r tu mewn iddo. Crwydrodd ei bysedd ar hyd y defnydd meddal. Teimlodd gasgliad o fodrwyau, rhai yn llyfn a rhai â thlysau arnynt. Cydiodd un yn ei bys. Cododd y fodrwy at y crac yn y pren, a gweld fflach euraid drwy'r tywyllwch.

Meddyliodd am y llyfr a'i addewid o drysorau. Byddai ei theulu'n werthfawrogol iawn o unrhyw drysorau y gallai hi ddod o hyd iddyn nhw. Gallai hi gymryd un fodrwy, siawns …?

Gwthiodd y fodrwy ar ei bys.

Daeth sŵn gong mawr.

Roedd hi'n amser am y wledd frenhinol.

Roedd hi wedi methu dod o hyd i'w chyndad yn y castell. Roedd angen iddi gredu y byddai e'n iawn, ac na ddylai hi ymyrryd â hanes rhagor.

Roedd hi'n bryd iddi ddianc.

33

Yn gwisgo'i thrysor Tuduraidd am ei bys, sleifiodd Mari allan o'r cwpwrdd dillad a rhoi ei chlust yn erbyn pren y drws. Clywodd gamau a sgwrsio a siffrwd sidan wrth i foneddigion a boneddigesau, a'r brenin ei hun, efallai, basio heibio iddi ar eu ffordd i'r neuadd fawr ar gyfer y wledd.

Doedd dim syniad gan Mari pwy oedd wedi'i dilyn, ac a oedden nhw'n dal i geisio ei dilyn, ond allai hi ddim cuddio mwyach. Roedd pawb, yn uchelwyr, yn forynion ac yn weision, yn brysur yn y wledd erbyn hyn. Hwn oedd ei chyfle gorau i ddianc.

Arhosodd am bum munud, gan obeithio bod pawb bellach yn y neuadd fawr. Rhuthrodd i lawr y prif risiau, heibio i'r portreadau oedd yn ei gwylio. Petai rhywun yn ei gweld, yr unig beth y gallai ei wneud oedd rhedeg. Clywodd sŵn y wledd yn dod o'r neuadd fawr – chwerthin aflafar, platiau metel yn taro yn erbyn ei gilydd, ac offeryn llinynnol, mandolin efallai, yn gyfeiliant i'r cwbl.

Sleifiodd tuag at y drws wrth y grisiau a arweiniai at y gegin – ei ffordd allan, trwy'r celloedd. Gwthiodd y drws ar agor ryw fymryn. Gwelai res o weision a morynion yn rhuthro i fyny ac i lawr y grisiau yn cario plateidiau anferthol o fwyd a jygiau o win. Caeodd Mari'r drws. Byddai rhywun yn sylweddoli nad oedd hi'n perthyn yno.

Brysiodd yn ôl i brif ran y castell, ac wrth droi'r gornel bu bron iddi daro i mewn i hen ddyn mewn melfed a ffriliau. Roedd yn pwyso yn erbyn y wal gyda golwg fel petai ar goll arno. Camodd Mari yn ôl, yn aros iddo gydio ynddi, neu weiddi, neu ymateb mewn unrhyw ffordd. Ond agor a chau ei lygaid mewn syndod wnaeth y dyn. Roedd haenen wen dros ei lygaid. Pwy bynnag oedd hwn, roedd ar goll yn ei fyd tywyll ei hun.

'Y wledd,' meddai yn Saesneg mewn llais main. 'Pam nad wyt ti yn y wledd? Wnei di fynd â fi yn ôl i'r neuadd?' Pwyntiodd fys crynedig i'r gwagle o'i flaen.

Sylweddolodd Mari na allai'r dyn weld ei dillad carpiog a'i thraed noeth. Ceisiodd siarad mor uchelwrol ag y gallai.

'Ym, gwnaf, wrth gwrs. Gadewch i mi fynd am ychydig o awyr iach yn gyntaf,' meddai, a rhuthro at y porth.

Rhaid iddi wireddu ei chynllun. Camodd yn bwrpasol at y drws a'i dynnu ar agor.

Trawodd yr oerfel hi. Goleuai'r lleuad lawn yr iard, a gwelodd stablau yn y pen pellaf. Roedd yr olygfa'n brydferth, yn iasol ac, yn well na dim, yn wag. Caeodd Mari'r drws trwm ar ei hôl, a rhuthro dros y cerrig crynion. Roedden nhw'n oer ac yn llithrig dan draed.

A dyna'r bont. Roedd hi wedi'i gostwng, diolch byth, ac roedd y gât ar agor. Rhuthrodd ymlaen. Yna agorodd drws y castell wrth iddi gyrraedd y stablau, gan wneud sŵn mawr. Trodd Mari ar ei sawdl. Daeth yr hen ddyn allan, a dwy ddynes yn ei ddilyn ac yn galw arno. Roedd eu sylw ar y dyn, ond fe wyddai Mari y bydden nhw'n ei gweld hi unrhyw eiliad, yn enwedig pe byddai'n rhedeg at y bont. Aeth i mewn i'r stabl.

Anadlodd arogl y ceffylau a'r tail a'r gwellt. Allai hi ddim gweld unrhyw un yn y stabl ond doedd hynny ddim yn golygu nad oedd gwas yn cysgu yno. Edrychodd o'i chwmpas, ac aros i'w llygad gyfarwyddo â'r tywyllwch. Sythodd. Teimlodd lygaid yn edrych arni. Clywodd sŵn.

Gwelodd wyneb tywyll uwchben hanner isaf y stâl o'i blaen – gwelodd ben hir, llygaid du deallus, chwilfrydig, ac ychydig yn wyllt. Y ceffyl Arab, yr un roedd yr iarlles yn ei farchogaeth wrth hela. Gweryrodd y ceffyl. Symudodd Mari'n agosach, ac estyn cledr ei llaw ato.

Paid â dweud wrth neb, plis, meddyliodd. Clywodd gamau ar y cerrig y tu allan, a'r ddwy ddynes yn dadlau â'r hen ddyn.

'Mae hi yma'n rhywle,' cwynodd y dyn. 'Awyr iach. Roedd angen awyr iach arni.'

'Dewch, 'Nhad,' meddai un o'r lleisiau'n garedig. 'Does neb yma. Edrychwch o'ch cwmpas.'

'Esgusodwch fi, f'arglwyddes,' meddai llais arall. 'Dwi'n meddwl ei fod e'n iawn. Mi welais i rywun yn mynd i'r stabl.'

Daeth ias o banig dros Mari. Byddai hi'n cael ei gweld. Eto. A'r tro hwn, allai hi ddim esbonio pwy oedd hi, nac esgus bod yn was stabl. Roedd angen iddi ddianc. Yn syth. Tynnodd follt drws y stâl a mynd i mewn at y ceffyl.

Ceisiodd arafu ei hanadlu, ac estynnodd ei braich i'w fwytho. Dylsai hi wneud hyn yn araf, i dawelu'r ceffyl, ond doedd dim amser. Byddai'r tri yn dod i mewn i'r stabl ymhen eiliadau. Roedd angen iddi ddianc *nawr*.

Cydiodd Mari yn y ffrwyn oedd yn hongian y tu allan i'r stâl a'i rhoi am ben y ceffyl. Wrth geisio sicrhau nad oedd y darn metel yn gwneud sŵn, sylwodd hi ddim ar y sgertiau sidan yn agosáu.

Wrth iddi gau'r ffrwyn, cydiodd llaw yn ei braich. Ebychodd a throi'n sydyn.

Yno y safai'r fenyw a welodd Mari'n hela gyda'r brenin, wedi'i gwisgo mewn melfed a thlysau moethus, ac yn culhau ei llygaid yn flin.

'Pwy wyt ti a beth wyt ti'n ei wneud yn fy stabl?' gofynnodd yn chwyrn.

Roedd Mari'n adnabod y llygaid yn iawn. Roedd hi wedi'u gweld nhw ganwaith yn ei phortread – bum can mlynedd yn ddiweddarach.

34

*C*atherine, y ddeuddegfed Iarlles de Courcy, oedd yno. Safai'r hen ddyn – ei thad, mae'n rhaid – y tu ôl iddi'n gwgu. Roedd morwyn yn sefyll wrth ei ochr, yn dal ynddo, rhag ofn iddo syrthio.

Gwibiodd meddwl Mari. Ceisiodd achub ei cham. 'Iarlles de Courcy, dymunaf ofyn am eich cennad i adael y Castell Du.' Dyna sut roedden nhw'n siarad, ie? Gobeithiai Mari ei bod hi wedi bod yn talu digon o sylw yn ei gwersi hanes.

'Fy nghaniatâd? I wneud beth? I ddwyn fy ngheffyl? Mae lladron ceffylau'n cael eu *crogi*!' poerodd yr iarlles, ei llais yn llawn gwenwyn. Cododd ei phen ac agorodd ei cheg i weiddi at y castell.

Neidiodd Mari ymlaen a rhoddodd ei llaw dros geg yr iarlles, gan ei gadael yn tagu ar ei geiriau. Gwingodd i geisio rhyddhau llaw'r iarlles o'i braich, ond roedd hi'n dal yn dynn. Roedd Mari'n dalach na'r iarlles, yn drymach ac yn fwy cyhyrog. Gallai hi ei tharo i'r llawr, ond byddai'r iarlles yn siŵr o sgrechian. Roedd yn *rhaid* iddi gadw ei llaw dros ei cheg. Diolch byth, roedd gwisg yr iarlles yn ei hatal rhag gwneud niwed nawr. Ciciodd Mari ochr ei phen-glin. Brathodd yr iarlles ei llaw a gwichiodd wrth iddi syrthio, ond syrthiodd Mari gyda hi. Dechreuodd y forwyn sgrechian wrth i Mari a'r iarlles rolio yn y gwellt.

'Help! Help! Lleidr!' Ymunodd hithau yn y frwydr gan gicio Mari'n filain wrth i'r iarlles gydio yn ei braich a dal ei gafael fel gelen.

Anwybyddodd Mari'r cicio. Roedd bygythiad mwy na'r forwyn yn y stabl.

Gwylltiodd y ceffyl wrth glywed yr holl sgrechian ac wrth weld y dieithriaid yn ei stabl. Cododd a tharo'i garnau yn erbyn y ddaear, cyn gostwng ei ben a dangos ei ddannedd iddyn nhw.

Cydiodd Mari yn llaw'r iarlles a'i thynnu'n galed, gan wneud iddi ollwng ei gafael.

'Lleidr! Lleidr! Yn y stablau!' gwaeddodd y forwyn eto. Neidiodd Mari ar ei thraed a gwthio'r forwyn yn ei brest gyda'i dwy law, gan achosi iddi daro'r llawr. Ciciodd yr iarlles yn ei phen-glin eto, a chydiodd yn llinyn ffrwyn y ceffyl a'i arwain o'r stabl, a heibio i'r hen ddyn wrth i hwnnw daflu'i fraich allan i geisio'i dal.

Arweiniodd Mari'r ceffyl blin o'r stabl i'r iard.

Wedi clywed sgrechfeydd yr iarlles, rhedai dynion o'r castell i'r iard. Gan gydio ym mwng y ceffyl, neidiodd Mari ar ei gefn a gwasgu'i ystlysau â'i choesau.

'Cer!' gorchmynnodd.

Saethodd yn ei flaen yn syth, a charlamu allan o'r iard, o dan y gât a thros y bont. Plygodd Mari ymlaen at ei wddf, a plethu'i bysedd yn ei fwng. Petai hi'n syrthio oddi ar gefn y ceffyl, mi fyddai ar ben arni. Roedd angen iddi ddefnyddio ei holl sgiliau marchogaeth, a mwy. Roedd hwn yn fwy o faint ac yn fwy pwerus na Jacintha. A doedd hi ddim yn adnabod y ceffyl hwn; wyddai hi ddim beth allai godi ofn arno.

Roedd y nos yn llawn sŵn: carnau'r ceffyl yn taro'r llawr, dynion yn gweiddi, yr iarlles a'i morwyn yn sgrechian. Yna, trodd y ddau'r gornel a gweld y gwylwyr nos a'u ffaglau'n rhedeg tuag ati.

Cododd hyn ofn ar y ceffyl, ac arafodd. Llithrodd ar y gwair gwlyb, a chafodd Mari ei thaflu i un ochr. Bron iddi syrthio. Yna cafodd ei thaflu ymlaen, a chydiodd yn dynn yng ngwddf y ceffyl. Trwy ryw wyrth, arhosodd ar gefn y ceffyl, ac arhosodd hwnnw ar ei draed. Hysiodd hi'r ceffyl yn ei flaen, i ffwrdd o'r fflamau, a chyflymodd i lawr y bryn yn llawn adrenalin. Roedd hi'n gwybod ei bod hi'n cael ei dilyn, ond nhw oedd ar y blaen, a'r Arab oedd y ceffyl cyflymaf yn y stabl, mae'n rhaid.

Pwysodd yn is ar wddf y ceffyl, yn ei annog i gyflymu, yn dal yn dynn yn ei fwng a'i ffrwyn. Yna, gwelodd wal y ffin yng ngoleuni'r lleuad.

'Araf, araf, paid â gwylltio,' meddai Mari wrtho. Roedd e'n amlwg wedi'i hyfforddi'n dda, ond roedd angen iddi dynnu llinynnau'r ffrwyn yn galed, oedd yn dipyn o gamp heb gyfrwy. Teimlodd Mari ei gyhyrau'n tynhau, yna neidiodd. Hedfanodd y ddau dros y wal, a glanio'n gadarn.

Trwy'r tywyllwch, daeth sŵn cyfarth y cŵn.

Cafodd Mari a'r ceffyl eu llenwi gan ofn. Aeth ei gamau'n hirach, a charlamai'n gynt. Arweiniodd Mari'r ceffyl ar draws y tir agored at dywyllwch y goedwig. Arafodd yn raddol wrth fynd o dan orchudd y coed, a thawelodd taranau ei garnau ar nodwyddau'r pinwydd ar lawr y goedwig. Disgleiriai goleuni'r lleuad trwy'r dail, gan oleuo'r llwybr ddigon iddyn nhw allu gweld o'u blaenau.

Gallai Mari glywed y cŵn yn cyfarth y tu ôl iddi, fel petaen nhw'n dadlau: *ffordd hyn, na, ffordd hyn!* O'r diwedd, gwelodd fwlch yn y coed a daeth at dir agored, at dir Sarn Helen. Hysiodd hi'r ceffyl i fynd yn gynt, ond gwyddai fod hyn yn beryglus. Gallai'r ceffyl syrthio i dwll cwningen ac o fewn munudau byddai'r cŵn yn eu cyrraedd, ond petaen nhw'n arafu, byddai'r cŵn yn eu dal beth bynnag …

Rasiodd y ddau yn eu blaenau, a gwelodd Mari'r plyg yn y bryn oedd yn cuddio'r pwll. Edrychodd hi ddim yn ôl, dim ond mynd at y coed, a gweddïo bod y cŵn yn ddigon pell, ond yna clywodd sŵn cyfarth, a hwnnw'n llawer rhy agos. Doedd ganddi ddim amser i feddwl.

Roedd y drain a'r brigau'n rhwygo ei dillad, yn crafu ei hwyneb ac yn cydio yn ei gwallt. Gorweddodd Mari'n isel ar wddf y ceffyl er mwyn osgoi'r crafiadau gwaethaf, ond cododd ei phen sawl gwaith er mwyn gweld ble roedd hi.

Teimlodd y tir yn mynd yn fwy serth, yna clywodd sŵn dŵr, a daeth y ddau o'r coed at y llethr werdd. Roedd y pwll o'u blaenau, a'i ddŵr du yn disgleirio yng ngoleuni'r lleuad. A'r tu ôl iddo roedd y rhaeadr.

Am y tro cyntaf, roedd y ceffyl yn ansicr, ei glustiau'n symud yn gyflym, yn ceisio deall. Roedd wedi gwneud ei waith; roedd angen i Mari ei anfon yn ôl i'r castell. Llithrodd oddi ar ei gefn a thynnu ei ffrwyn yn gyflym, rhag iddi fynd yn sownd mewn cangen.

Pwysodd tuag ato a chusanu ei wddf. 'Diolch,' sibrydodd. Drwy ruthr y rhaeadr clywodd gyfarth y cŵn. 'Nawr cer!' mynnodd.

Doedd dim angen llawer o berswâd ar y ceffyl. Neidiodd i'r nant, carlamodd ar draws y dŵr, llamodd i'r ochr arall a rhedeg i ganol y coed.

Gollyngodd Mari'r ffrwyn, camodd i'r nant a cherddodd at y rhaeadr, wrth i gi anferth neidio o'r coed, rhedeg i lawr y bryn a gwibio i'r nant i'w dilyn.

Plymiodd Mari o dan y rhaeadr, a dod at yr ogof. Anadlodd yn ddwfn, yna plymiodd i'r dŵr eto. Aeth y cerrynt â hi i'r düwch.

35

Cafodd Mari ei llusgo trwy'r twnnel gan y cerrynt cryf. Rhedai'r afon yn ddychrynllyd o gyflym o'r cyfeiriad hwn. Doedd dim angen brwydro, na nofio'n wyllt i'r ochr arall. Dim ond gadael i'r dŵr fynd â hi, ac osgoi bwrw ei phen ar y to neu'r waliau. Gydag un llaw yn estyn ymlaen, a'r llall dros ei phen, gwibiodd Mari trwy'r llif. Eiliadau'n ddiweddarach, poerodd yr afon hi i'r ochr arall, i mewn i'r ogof, a'i thynnu drwy'r rhaeadr ac i mewn i ddŵr bas y nant.

Anadlodd yn drwm, a cherdded yn sigledig i'r lan.

Oedd hi wedi cyrraedd adref? Ai'r unfed ganrif ar hugain oedd hon neu ryw gyfnod arall?

Yna, drwy ruo'r rhaeadr, clywodd udo y tu ôl iddi.

Rhewodd gan ofn.

Trodd a gweld y bleiddgi anferthol yn y dŵr, yn hanner boddi, ond yn dal i chwyrnu ac ysgwyd yn awchus am waed, yn sefyll ychydig droedfeddi oddi wrthi. Roedd ar fin neidio ati. Tynnodd ei chyllell o'i gwain a'i thaflu.

Hedfanodd y gyllell trwy'r awyr a glanio ym mrest y bleiddgi. Gan udo'n swnllyd, syrthiodd y ci i'r ddaear gan droi a throsi'n wyllt. Arhosodd Mari iddo ymlonyddu; yna tynnodd y gyllell o'i gorff.

Roedd y gwaed yn gwneud ei bysedd yn llithrig. Edrychodd i'r tywyllwch o'i chwmpas, ac aros i weld a oedd mwy o gŵn gerllaw. Dim byd. Mae'n rhaid eu bod nhw wedi boddi, neu wedi aros ar ochr arall y rhaeadr. Sychodd ei llaw yn ei ffrog, a rhoi'r gyllell yn ôl yn y wain.

Clywodd sŵn gweryru. Chwarddodd, a rhuthrodd hapusrwydd a rhyddhad drwyddi. Roedd hi'n hen gyfarwydd â'r sŵn.

Jacintha!

Roedd hi wedi cyrraedd adref.

Rhuthrodd Mari drwy'r coed at ei cheffyl. Edrychodd Jacintha arni fel petai'n dweud, *Ble yn y byd wyt ti wedi bod?* Mwythodd Mari hi ar ei thalcen gyda'i migyrnau, a mwynhaodd Jacintha'r sylw. Tybed am faint roedd hi wedi bod i ffwrdd? Twriodd yn ei bag a thynnu'i ffôn allan. Roedd y batri bron â marw. Edrychodd ar yr amser. Hanner nos. Dim ond hanner diwrnod oedd wedi mynd heibio, ond teimlai'n llawer hirach. Newidiodd Mari'n gyflym i'w dillad ei hunan, a gwasgu rhai gwlân Morfudd i'w bag. Tynnodd Jacintha'n rhydd o'r goeden, neidiodd ar ei chefn a mynd am adref.

Croesodd y tir comin gan edrych o'i chwmpas, ond doedd neb yno. Neb i weld y ferlen a'r marchog du'n symud yn dawel trwy'r dyffryn. Teithiodd y ddwy fel ysbrydion trwy'r tywyllwch.

Wrth iddi gyrraedd ei thir hi, edrychodd Mari ar y Castell Du ar ben ei fryn dan olau'r lleuad. Crynodd. Ychydig oriau yn ôl. Pum can mlynedd yn ôl.

Teimlodd yn benysgafn yn sydyn, a bu bron iddi syrthio. Cydiodd yn dynn ym mwng Jacintha wrth iddi gerdded tuag at y cae lle roedd gweddill y ceffylau'n pori. Llithrodd oddi ar gefn y gaseg a gafael yn ei gwddf am funud. Yna, aeth yn ôl at y tŷ, yn poeni beth ar y ddaear fyddai ei hesboniad i'w rhieni.

Diolchodd o weld nad oedd golau yn y tŷ fferm. Roedden nhw wedi mynd i'w gwlâu yn gynnar, siŵr o fod, gan ddyfalu bod Mari a Jacintha wedi mynd ar un o'u hanturiaethau hir. Roedden nhw wedi gadael iddi gael yr un rhyddid ag o'r blaen, cyn ei bod bron â boddi, er eu bod nhw'n poeni'n arw amdani. Anadlodd yn ddwfn a mynd i'r tŷ.

Aeth ar flaenau'i thraed i fyny'r grisiau, heibio ystafell wely ei mam a'i thad. Clywodd nhw'n anadlu'n dawel yn eu cwsg. Cymerodd gip trwy ddrws agored ystafell ei brawd bach. Roedd yn cysgu ar ei gefn, a'i freichiau wedi'u taflu i'r ochr. Teimlodd yn llawn pryder yn sydyn wrth feddwl am ei chyndad. Roedd e wedi hen farw erbyn hyn, wrth gwrs, ond a wnaeth e oroesi ei gyfnod yn y carchar? Oedd e wedi byw trwy'r oriau hir roedd hi newydd eu profi?

Wedi blino'n lân, aeth Mari i'w hystafell wely. Caeodd y drws yn ysgafn. Roedd hi'n dal i grynu oherwydd yr oerfel a'r sioc a'r arswyd. Tynnodd ei dillad a gwisgo'i dillad nos. Llwyddodd i yfed y dŵr o'r gwydr ger ei gwely a thynnu'r patshyn o'i llygad, yna dringodd i'r gwely a thynnu'r blancedi dros ei phen, fel petai'n cuddio rhag y byd.

Roedd hi wedi cyrraedd adref.

Llwyddodd i ddianc o'r unfed ganrif ar bymtheg.

Disgleiriai'r fodrwy aur ar ei bys, y fodrwy oedd yn ei chysylltu â'r gorffennol.

36

Sŵn radio uchel. Cŵn yn cyfarth yn y cefndir. Ceffylau'n gweryru. Deffrôdd Mari'n gweiddi, a'i phen yn llawn bleiddgwn, helwyr, a boddi. *Afon Amser*. Edrychodd o'i chwmpas yn wyllt, a gweld ei chwpwrdd dillad a'i llenni blodeuog. *Ei chartref*. Teimlodd ryddhad yn llifo drosti. Ac anghrediniaeth. Ai dychmygu'r cyfan wnaeth hi?

Tynnodd y blancedi oddi arni, a cheisio codi o'r gwely. Gwingodd. Roedd pob dim yn brifo. Roedd ei chrafiadau'n llosgi. Dyna'r dystiolaeth roedd ei hangen arni. Cerddodd yn gloff ar hyd y llawr pren. Roedd hi'n llwgu, ond byddai'n rhaid iddi roi sylw i'w hanafiadau cyn gwneud dim byd arall.

Roedd yr ystafell ymolchi'n wag. Rhuthrodd i mewn, tynnodd ei dillad a chamu i'r gawod. Roedd ei choesau, ei breichiau, ei thraed, ei dwylo a'i hwyneb yn batrwm prysur o grafiadau. Rhegodd wrth i'r dŵr poeth lifo drostyn nhw. Golchodd ei gwallt a cheisio tynnu darnau o frigau a drain oedd wedi ymgartrefu ynddo. Roedd digon o frigau i greu nyth digon cyfforddus i deulu o adar fyw ynddo.

Camodd allan, sychodd ei hun â thywel, rhoddodd damaid o antiseptig ar ei chrafiadau a gosod plaster ar y rhai oedd ar ei choesau a'i breichiau, ond nid ar y rhai oedd ar ei hwyneb. Byddai'r rheini'n gwella'n gynt wrth gael cyfle i anadlu.

Gwisgodd ei gŵn nos a rhuthrodd yn ôl i'w hystafell mewn trowsus meddal, llac a chrys-T llewys hir. Gwisgodd gardigan wlanog dros ei ben rhag ofn i'r plasters gael eu gweld o dan y defnydd tenau. Gwthiodd ei thraed i mewn i'w Uggs ac roedd hi ar fin mynd i lawr y grisiau pan sylwodd ar y fodrwy ar ei bys.

Trodd ei stumog. *Ti'n lleidr*, dwrdiodd ei hun. *Roedd gen ti reswm da*, atebodd y llais newydd. Tynnodd y fodrwy oddi ar ei bys a'i chuddio yn un o'r droriau ger ei gwely.

'Mari! Mae hi wedi deg! Wyt ti'n teimlo'n iawn?' gofynnodd ei mam pan gyrhaeddodd hi'r gegin. 'Dy wyneb di, Mari fach! Oes rhywun wedi ymosod arnat ti?'

Ysgydwodd Mari ei phen. Wel, oni bai am yr iarlles … 'Neb, Mam, paid â phoeni. Es i allan gyda Jacintha, a doedd gen i ddim syniad faint o'r gloch oedd hi, fel arfer … Roedd hi'n dywyll ac ro'n i yn y goedwig.'

'Ti'n lwcus – ro'n i a dy dad yn y gwely ers sbel. Mynnodd e y byddet ti'n iawn, er 'mod i eisiau mynd allan i chwilio amdanat. Glywodd e ti'n dod 'nôl, Duw a ŵyr pryd.'

'Sorri,' meddai Mari, yn gwybod nad oedd ei hymddiheuriad yn ddigon. Aeth draw at ei mam a'i chusanu ar ei boch.

Gwenodd Elinor. 'Ti siŵr o fod yn barod am frecwast.'

Nodiodd Mari. 'Dwi'n llwgu!'

Coginiodd ei mam grempogau iddi ar y stof. Eisteddai Gwern yn ei gadair uchel yn gwasgu rhyw lyfr plastig yn belen.

Llowciodd Mari dair crempogen gyda siwgr a sudd lemon, ac yfed cwpanaid o goffi drwy laeth a gwydraid o ddŵr.

Teimlai'n llawer cryfach.

Daeth ei thad i'r drws. 'Mari Seren Owen! Faint o'r gloch …?' Croesodd y gegin mewn dau gam. 'Beth ar y ddaear ddigwyddodd i dy wyneb di? Pwy frifodd di?'

'Neb.' Ysgydwodd ei phen. 'Llwyni drain, Dad.'

Edrychodd Caradog yn amheus arni. 'A'r olwg 'na yn dy lygad … o ble daeth honno?'

'Pa olwg?' gofynnodd Mari'n amheus.

'Rwyt ti'n edrych fel petaet ti wedi cael ofn, cariad. A rhywbeth arall, hefyd … ai cael a chael oedd iti gyrraedd adref neithiwr?'

Gorfododd Mari ei hun i edrych i fyw ei lygaid. 'Does neb wedi 'mrifo i.'

Fe *allai* rhywun fod wedi'i brifo. Bu *bron* i rywun ei brifo. Meddyliodd am yr helwyr, am y bleiddgwn, am y gyllell … Crynodd, a gobeithiodd nad oedd ei thad wedi'i gweld hi'n gwneud. Cododd i'w gofleidio, ei gorff llydan yn ei chysuro a'i diogelu. Ond yna meddyliodd am ei chyndad. Os cafodd ei ladd y diwrnod hwnnw, oedd crafangau amser yn gallu cyrraedd ei thad hefyd? Gwthiodd Mari'r atgofion i gefn ei meddwl, a cheisio rhesymu â nhw. Pum can mlynedd yn ôl. Roedd ei thad yn ddiogel. Roedden nhw i gyd yn ddiogel.

Felly pam nad oedd hi'n teimlo'n ddiogel?

37

Llusgodd Mari trwy'i thasgau ar y fferm am weddill y dydd. Roedd popeth yn brifo ac roedd hi wedi blino'n lân. Sioc oedd yn gyfrifol am hynny. Trodd ei meddwl yn ôl at Afon Amser, fel yr oedd hi'n ei galw, at y Castell Du, at gael ei hela, at fod yn ysglyfaeth … Cafodd ei hun yn syllu o'i blaen, yn gwasgu ei dannedd at ei gilydd, a'i dyrnau ynghau, yn gweld dim o'r hyn oedd o'i blaen, ond yn gweld bum can mlynedd i'r gorffennol. Ceisiodd osgoi'i rhieni; roedd hi'n rhy flinedig i ddweud celwydd a chuddio'r gwir, a gwenu ac esgus nad oedd dim o'i le.

Aeth i'w hystafell wely am wyth o'r gloch, yn cwyno bod ganddi gur yn ei phen. Caeodd y drws ac eistedd ar ei gwely yn y tawelwch llethol. Agorodd un o'r droriau ger ei gwely a chydio yn y fodrwy. Trodd hi drosodd yn ei dwylo i'w hastudio. Sêl-fodrwy wedi'i chreu o aur Cymreig oedd hon. Gallai weld arwyddair teulu'r de

Courcy arni: *Avis la Fin*. Ystyria dy ddiwedd. Rhyfedd … dim ond un ffenics oedd, ac roedd dau erbyn hyn. Astudiodd ochr fewnol y fodrwy. Roedd rhifau Rhufeinig wedi'u cerfio arni: MDXX. Cyfrifodd Mari yn ei phen – 1520. Chwibanodd. Roedd y fodrwy bron i bum can mlwydd oed.

Roedd yn brydferth ond doedd Mari ddim yn awyddus i'w chadw. Rhoddai'r un teimlad iddi â'r llyfr: nad hi oedd y gwir berchennog. Roedd hi wedi mynd â'r llyfr dan amgylchiadau digon diniwed, ond talodd yn ddrud amdano. Gwyddai y byddai mynd â'r fodrwy, gan wybod yn iawn nad ei lle hi oedd gwneud, yn dod â phris uwch yn ei sgil.

Cuddiodd y fodrwy eto, caeodd y llenni a llithro i mewn i'r gwely.

Gallai deimlo'r fodrwy yn gorwedd yn ei hymyl, fodfeddi oddi wrthi. Roedd yn ei chysylltu hi â'r gorffennol, yn ddolen mewn cadwyn oedd yn mynd yr holl ffordd yn ôl i'r unfed ganrif ar bymtheg. Wrth iddi orwedd yn y tywyllwch, aeth meddwl Mari dros ddigwyddiadau'r diwrnod cynt, a theimlodd gysgod o'r arswyd oedd bron â'i lladd. Ond gwaeth na hynny oedd y teimlad bod y gorffennol wedi mynd i'w gwaed rywsut, fel petai nofio yn Afon Amser wedi'i heintio. Oherwydd roedd rhan ohoni, y rhan oedd yn cael ei rheoli gan y llais newydd, y rhan ohoni oedd yn cerdded ar ymylon ei thraed, *eisiau* mynd yn ôl.

Ond doedd y Fari roedd hi wedi'i hadnabod trwy gydol ei bywyd, Mari ei phlentyndod, ddim eisiau dychwelyd. Ar unrhyw gyfri. Gwyddai'r Fari honno yn union beth i'w wneud. Cael gwared â'r fodrwy. Cael gwared â'i pherygl, yn yr un ffordd ag y cafodd wared â pherygl y llyfr. Wrth iddi syrthio i gysgu, meddyliodd am gynllun, gan fwriadu ei wireddu'r diwrnod canlynol. Yn ei chynllun, roedd hi wedi meddwl am bopeth, am ffordd i gadw ei theulu hi'n ddiogel a chael gwared â'i chysylltiad â'r gorffennol. Feddyliodd hi ddim am y canlyniadau anfwriadol, am y gyfres o ddigwyddiadau y byddai'r fodrwy a'r cynllun yn ei hachosi. Petai hi'n gwybod, byddai hi wedi mynd i gopa Pen y Fan a'i thaflu i'r gwynt.

Fore trannoeth, aeth Mari o'r tŷ ar ôl bwyta'i brecwast, gan wneud y gorau o'i gwyliau Pasg hir.

'Mynd am dro,' esboniodd i'w mam.

'Gyda bag cefn?' gofynnodd Elinor.

'Siwmper gynnes, potel o ddŵr – bod yn ymarferol,' atebodd Mari'n gelwyddog. Rhuthrodd o'r gegin cyn i'w mam holi mwy o gwestiynau.

Cerddodd at y twmpath. Gan ddefnyddio'r tric ddysgodd Parks iddi, sleifiodd tuag ato'n dawel, dawel, fel y gwnaeth yng nghyfnod y Tuduriaid. Oedodd bob nawr ac yn y man, a throi mewn cylch i weld a oedd Parks yn cuddio y tu ôl i glawdd, ond doedd dim sôn amdano.

Arhosodd Mari a gwylio'r twmpath o bell. Trodd o'i gwmpas ac edrych o bob ongl. Arhosodd a gwylio eto, ond doedd dim sôn amdano. Dydd Sadwrn oedd hi, felly doedd hi ddim yn disgwyl iddo fod yn gweithio heddiw, ond allai hi ddim bod yn siŵr.

I fod yn hollol sicr, gwaeddodd: 'Athro Parks? Mari sy 'ma. Wedi dod i ddweud helô. Well i chi ddod i'r golwg os ydych chi'n cuddio'n rhywle. Rhag ofn i fi heintio'r safle!'

Atseiniodd ei geiriau o'r coed. Arhosodd, yn hanner disgwyl i

Parks gamu o ryw glawdd yn gwgu ac yn gwneud rhyw sylw diamynedd.

Ond wrth i'r munudau fynd heibio, roedd Mari'n hollol sicr ei bod hi ar ei phen ei hun.

Cerddodd at y bedd ac astudio'r llinynnau'n croesi ei gilydd yn sgwariau bach. Tynnodd ei bag oddi ar ei chefn ac eistedd a'i choesau wedi'u croesi ar lawr y goedwig. Agorodd y bag, tynnodd siôl wlyb Morfudd ohono a rhwygo darn bach o ddefnydd ohoni, yn ddigon mawr i lapio'r fodrwy ynddo. Rhwbiodd y fodrwy yn y pridd llac. Torrodd rannau o'r defnydd â siswrn nes iddo edrych yn hen ac yn arw. Rholiodd y fodrwy yn y defnydd carpiog, cododd ar ei thraed a cherddded yn nes at y bedd.

Astudiodd y sgwariau bach taclus, yn ceisio rhagweld ble byddai Parks yn cloddio nesaf. Roedd un o'r sgwariau fel petai wedi hanner ei gloddio, felly dewisodd hwnnw. Gwthiodd y defnydd yn ddwfn i'r pridd, ond nid yn rhy ddwfn, modfedd neu ddwy, gan obeithio y byddai Parks yn dod o hyd iddo ymhen rhai dyddiau. Yna rhoddodd y pridd yn wastad ar ei ben. Eisteddodd yn ôl ac astudio'i gwaith. *Wnaiff e'r tro*, meddyliodd. Yna, edrychodd o'i chwmpas i wneud yn siŵr nad oedd Parks wedi ymddangos y tu ôl iddi, a chamu'n ôl.

'Mae'n ddrwg gen i, arglwydd,' sibrydodd Mari, rhag ofn ei fod e'n gallu ei chlywed. 'Mae'n rhaid i fi wneud hyn.'

Gobeithiai y byddai'n teimlo rhyddhad. Roedd hi wedi cael gwared â'r fodrwy. Wedi cael gwared â'r cysylltiad â'r gorffennol. Ond y noson honno yn ei gwely, teimlai ryw hiraeth rhyfedd, a'r un hen ofn y byddai angen iddi fynd yn ôl. Gwelai'r byd Tuduraidd yn fanwl o'i blaen, y byd roedd hi wedi'i adael ar ôl. Bob tro roedd hi'n cau ei llygad, gwelai'r byd hwnnw y tu mewn i'w hamrant, yn fwy byw na'r byd y tu allan i ffenest ei hystafell wely.

Ceisiodd Mari fyw ei bywyd arferol. Anfonodd neges at James, ond anfonodd yntau un yn ôl yn dweud nad oedd dim newyddion ganddo. Roedd yn ymarfer orau y gallai, yn aros …

Gyda'i chwilio wedi'i ddwyn oddi arni, a dim nofio na James i dynnu ei sylw, roedd Mari'n teimlo'n rhyfedd o ddibwrpas. Roedd yr hiraeth dwys a'i hysfa i fynd yn ôl yn dal i'w meddiannu. Teimlai fod ganddi fusnes anorffenedig yno.

Cyn pen dim, roedd hi'n teithio eto ar Sarn Helen, ar dir llyfn yr hen ffordd Rufeinig lle gallai garlamu'n rhydd. Pwysai dros wddf Jacintha a'i hannog i redeg, rhedeg fel y gwynt, ac wrth i'w cheffyl ledu ei chamau a charlamu mor gyflym ag y gallai, teimlai Mari fel petaen nhw'n hedfan dros y mynyddoedd gwyllt.

Bob tro y byddai'n mynd â Jacintha o'i stabl, cofiai am sut y carlamodd am ei bywyd ar gefn y ceffyl Arab.

Aeth i Sarn Helen ar gefn Jacintha bedwar diwrnod yn olynol, mewn glaw a hindda. A phob tro fe deimlai fel petai hi'n aros i rywbeth ddigwydd. Aros i Parks ddod o hyd i'r fodrwy a'i rhoi i'w theulu – y trysor fyddai'n achub eu fferm am byth. Ond ddaeth Parks ddim. A dechreuodd Mari boeni bod rhywbeth yn digwydd, rhywbeth doedd hi ddim yn medru ei weld, ac na fyddai'n ei weld nes ei bod hi'n rhy hwyr.

38

Tra oedd Mari allan ar gefn Jacintha, cyrhaeddodd James yn ôl yn y Castell Du. Cafodd aduniad blinedig gyda'i rieni a'i chwaer, Alis. Roedden nhw'n hapus i'w weld ond yn flin ei fod wedi'u gadael. Yna daeth y cwestiynau di-ri, yn gymysgedd o fygythiadau ac addewidion o arian. Wedi dwy awr emosiynol, cafodd ei achub gan Dr Phillipps, a ddaeth â newyddion diddorol gydag e. Roedd yn fwy awyddus nag erioed i weld Mari, felly llwyddodd James i ddianc rhag ei deulu a mynd i'w ystafell wely er mwyn anfon neges ati.

Alla i ddod draw?

Ti 'nôl?

Am gwpwl o ddyddie.

Amseru perffaith! Pawb mas. Newydd ddod 'nôl gyda Jacintha. Dere pan alli di.

Ar fy ffordd.

Pan gyrhaeddodd James ugain munud yn ddiweddarach, a'i wynt yn ei ddwrn, daeth o hyd iddi wrth y stablau yn glanhau'r cyfrwyau. Edrychodd ar ei oriawr a gwenodd.

'Bron â bod yn record. A bydden i wedi bod yn gyflymach tasen i heb ymarfer mor galed ddoe.'

'Beth oedd mor arbennig am ddoe?'

'Awn ni i eistedd ar y fainc,' atebodd. Doedd dim angen iddo orffwys, ond doedd e ddim eisiau gollwng y gath o'r cwd yn sefyll wrth y stablau.

Cerddodd y ddau ar hyd y gwair cyn eistedd ochr yn ochr.

'Fel ddwedes i,' dechreuodd James, gan droi tuag at Mari, 'roedd ddoe yn ddiwrnod caled o ymarfer. Wedyn, ar ddiwedd y dydd, dyma'r rheolwr yn fy ngalw i i'r swyddfa.' Ceisiodd James beidio â chynhyrfu, ond roedd yn ysu am weiddi'r newyddion da dros y lle. 'Maen nhw eisiau fy arwyddo i pan fydda i'n troi'n un ar bymtheg. Wedi cynnig cytundeb i fi.'

Rhoddodd Mari waedd fach a'i dynnu ar ei draed a'i gofleidio. Cofleidiodd e hi'n ôl.

'Waaaw, James! Dwi mor falch ohonot ti.' Gollyngodd Mari ei gafael ond gwelodd James fod deigryn yn ei llygad.

'O'r diwedd, Mari,' meddai'n dawel.

'O'r diwedd, James,' meddai hithau. 'Dwi mor falch ohonot ti.'

Nodiodd James, a theimlo'n swil yn sydyn. 'Diolch,' meddai, a'i fochau'n cochi. Eisteddodd y ddau yn eu holau.

'Alla i ddychmygu bod dy rieni di ddim yn rhy hapus.'

'Na, ddim o gwbl. Ond roedd rhaid i fi ddweud wrthyn nhw wyneb yn wyneb, ac mae 'mhen-blwydd i fory. Roedd angen i fi ddod adre.'

'Be sy'n mynd i ddigwydd, 'te?'

'Dwi'n mynd i arwyddo'r cytundeb, hyd yn oed os bydd Mam a Dad yn gwrthod cael dim byd i'w wneud â fi.'

'Wnân nhw ddim o hynny.'

Edrychodd James yn ddwys tuag at y Castell Du. 'Pwy a ŵyr? Ar hyn o bryd maen nhw'n mynd 'nôl a 'mlaen rhwng fy mygwth a f'annog i.'

Estynnodd James ei law allan a'i throi nes bod fflach o aur cochlyd yn disgleirio yn y golau.

'Rhoddodd Mam hon i fi fel anrheg pen-blwydd gynnar. Sêl-fodrwy teulu'r de Courcy. Fel ti'n gwybod, mae pob mab ac etifedd yn cael un pan maen nhw'n troi'n un ar bymtheg. Mae'n dangos ei fod e'n oedolyn, yn barod i fynd i ryfel a brwydro, ac yn barod i dderbyn y cyfrifoldebau sy'n dod gyda'r fraint o fod yn iarll y Castell Du.'

Cydiodd Mari yn ei law ac astudio'r fodrwy ar ei fys bach. 'Ond mae hi'n wahanol!' ebychodd. 'Ddim fel arfbais arferol dy deulu.'

'Na'di,' cytunodd James. 'Mae hon yn hen un. O 1520.'

'1520 ...' ailadroddodd Mari gan edrych i ffwrdd, ei llais yn dawel, dawel. Trodd at James. 'Ble cafodd dy fam y fodrwy?'

'Roedd hi'n osgoi ateb y cwestiwn 'na,' atebodd James. 'Ti'n gwybod sut mae hi, yn ceisio prynu darnau o hanes y castell – fel pan wnaeth hi geisio prynu dy lyfr di,' ychwanegodd gan roi hanner gwên. 'Felly roedd hi wrth ei bodd gyda'r darganfyddiad bach yma. Mae ganddi sawl siop hen bethau yn chwilota iddi. Roedd hi'n lwcus, mae'n rhaid.'

Ddywedodd Mari'r un gair. Edrychodd i ffwrdd eto, a'i hwyneb yn ddiemosiwn.

Methai James â'i deall. I ddechrau roedd hi wrth ei bodd â'r newyddion; nawr roedd hi'n ymddwyn fel petai rhywbeth ofnadwy wedi digwydd. Beth ar y ddaear oedd yn bod arni?

'Ac mae rhywbeth arall,' meddai James, gan obeithio codi ei hwyliau.

'Ti'n llawn newyddion heddiw!' chwarddodd Mari. 'Be sy wedi digwydd?'

'Wnei di byth gredu hyn. Do'n i ddim yn ei gredu ar y dechre.'

'Be?'

'Mae Dr Phillipps newydd ymweld â ni. Mae e'n …'

'Mae e wedi dod 'nôl?' torrodd Mari ar ei draws. 'Oedd Parks yna?'

Ysgydwodd James ei ben. 'Yn ddigon rhyfedd, nac oedd, ddim y tro hwn. Dwi'n credu ei fod e wedi mynd i Lundain rai dyddiau yn ôl ar gyfer rhyw gyfarfod pwysig.'

Rhegodd Mari. 'Cnoi 'ngwefus,' esboniodd.

Aeth James yn ei flaen. 'Ddaeth Dr Phillipps ar draws rhywbeth mewn rhyw hen destun Cymraeg roedd e wedi'i ddarganfod. Roedd e'n eitha cynhyrfus am bob dim.'

'A …'

'Ti'n gwybod bod Harri VIII wedi aros yma …'

'O, ydw. Gwybod yn iawn,' atebodd Mari'n chwerw.

Edrychodd James arni. Roedd hwnnw'n ymateb rhyfedd.

'Wel, yn ôl y sôn, gofynnodd y brenin i'n hynafiaid ni gynnal twrnamaint – saethyddiaeth, wrth gwrs, ac ymladd ar gefn ceffylau, a hela gyda hebogiaid. Roedden ni'n arfer rhoi hebogiaid o'r Bannau iddo. A dyma ble mae'r hanes yn dechre mynd yn rhyfedd.' Arhosodd James, a hoelio'i sylw ar Mari. 'Galwodd y brenin am dwrnamaint bwa hir. A sôn am anrhydeddu'r llw a dyngodd dy gyndad di i'r Tywysog Du – y byddai pob cenhedlaeth o'r Oweniaid yn rhoi meistr bwa hir iddo fe, petai'r brenin yn gofyn amdano. A dyna wnaeth y brenin, gofyn am feistr ar y bwa hir.'

Roedd golwg ryfedd ar wyneb Mari.

'Ond y peth yw, roedd dy gyndad di ar y pryd, ym … yn ôl y sôn, yn y carchar.' Petrusodd James, a siaradodd Mari'n syth.

'Yn eich carchar chi!' ebychodd.

'Sut wyt ti'n gwybod?'

'Dim ond dyfalu ydw i,' eglurodd Mari. 'Wedi'r cyfan, eich carchar chi yw'r unig un yr ardal, ac mae'n enwog.'

Gwgodd James. 'Wyt ti eisiau clywed y stori neu beidio?'

'Sorri. Ddim ti wnaeth ei roi e'n y carchar,' meddai Mari.

Cododd James ei aeliau. 'Nage. Roedd dy deulu di'n methu anrhydeddu'r llw, felly penderfynodd y brenin y byddai tir Nanteos yn dod yn eiddo iddo fe petai'r Oweniaid yn methu cyflwyno meistr bwa hir i gystadlu yn y twrnamaint, meistr bwa hir digon dawnus i'w amddiffyn e mewn rhyfel.'

Ebychodd Mari. 'Ti'n gwybod be ddigwyddodd? Dwi'n cymryd bod rhywun wedi cynnig ei hun.'

'Do. Rhyw aelod o'r Oweniaid doedd neb yn gwybod amdano, rhywun ddaeth 'nôl mewn pryd ar gyfer y gystadleuaeth. A dyma ble mae'n dechre mynd yn rhyfedd iawn. Menyw oedd hi! Roedden nhw'n ei galw hi'n Angel Rhyfel. Mae 'na chwedlau amdani.'

Ddywedodd Mari ddim gair. Syllodd dros y dyffryn a'i hwyneb yn welw.

'Ac mae 'na fwy i'r stori,' ychwanegodd James. 'Cafodd hyn ei ragweld yn dy lyfr di!'

'Be ti'n feddwl?' gofynnodd Mari gan droi yn ôl ato.

Tynnodd James ddarn o bapur o boced ei drowsus.

'Rhoddodd Dr Phillipps hwn i fi. Roedd e wedi cynhyrfu'n lân erbyn hyn! Diweddariad o un o'r tudalennau – gwranda …

"*Mae sôn am un rhyfelwr dewr ddaw i ymladd dros deulu a thir; daw angel rhyfel drwy lanw a thrai, er rhybuddion hen wyliwr y mur. Â llygad craff a gwallt fel aur, bwa a saeth yw ei harfau hi, i helpu'r hynafiaid i gadw eu llw, dan orsedd ein brenin ni. Ond beth yw'r gost am ei rhyddid, wrth ymladd a threchu pob gelyn? A all y Teithiwr newid ei ffawd a dychwelyd trwy'r dyfroedd diderfyn?*"'

Gwyliodd James Mari'n rhuthro i ffwrdd dan dagu. Arhosodd nes iddi lonyddu, yna cerddodd tuag ati a chyffwrdd â'i hysgwydd. Trodd Mari a rhoi gwên wan iddo.

'Wyt ti'n iawn?' gofynnodd.

'Wedi bwyta rhywbeth, mae'n rhaid.'

'Neu ddwedes i rywbeth doeddet ti ddim eisiau ei glywed.'

'Rhaid 'mod i wedi bwyta gormod o siwgr.'

'Be sy'n bod, Mari? Ti'n welw … ti'n edrych fel petaet ti wedi gweld ysbryd,' meddai, gan edrych am atebion yn ei hwyneb.

Cerddodd Mari yn ôl at y fainc ac eistedd arni'n drwm.

'Be sy'n dy boeni di?' holodd James gan eistedd wrth ei hochr a gwasgu ei braich. 'Be sy'n digwydd? Gad i fi dy helpu di! Dwi'n fodlon gwneud unrhyw beth. Ti'n gwybod hynny!'

Ond ysgwyd ei phen wnaeth Mari. 'Na,' meddai. 'All neb fy helpu i.'

39

Rywsut, roedd Mari'n gwybod ers tro fod angen iddi fynd yn ôl. Ei bod hi wedi'i heintio. Roedd hi'n dechrau ofni ei bod hi *eisiau* mynd yn ôl. Doedd hi ddim wedi meddwl am eiliad y byddai'n *rhaid* iddi fynd. Hi oedd yr unig un allai achub ei chyndadau a threftadaeth ei theulu ei hun.

Ond allai hi feiddio mynd? Beth petai'n cael ei gweld gan yr iarlles a chael ei chloi yn y carchar fel lleidr ceffylau? *Mae lladron ceffylau'n cael eu crogi …*

Wylodd, gan deimlo'n sâl yn sydyn. Rhoddodd ei dwylo ar ei chluniau ac anadlodd yn ddwfn i geisio'i sadio'i hun.

Safodd wrth ei ffenest yn gwylio James yn croesi'r erwau gwyrdd tuag at y Castell Du. Roedd hi wedi'i frifo, roedd hi'n gwybod hynny. Roedd hi'n casáu ei gadw hyd braich a chadw pob dim oddi wrtho, ond dyma'r peth olaf roedd arno'i angen. Roedd y cyfan yn rhy beryglus. Byddai hi'n ddigon bodlon marw dros yr achos, ond ni allai beryglu ei fywyd e, yn enwedig nawr, a'i freuddwydion ar fin cael eu gwireddu o'r diwedd.

Dyma oedd ei ffawd. Hi oedd i fod i ddod o hyd i'r llyfr. Dyna fyddai'n achub ei theulu, yn ôl yng nghyfnod y Tuduriaid, a heddiw.

Roedd popeth yn y llyfr wedi'i harwain at yr eiliad hon, pan fyddai'n darganfod beth roedd angen iddi ei wneud. Does dim rhyfedd ei bod hi'n teimlo'n gaeth i'r gorffennol, fel petai hi'n methu'n lân â dianc rhagddo. Roedd ei ffawd wedi'i phenderfynu bron i fil o flynyddoedd cyn iddi gael ei geni. Fyddai hi byth yn rhydd nes iddi ei gwireddu.

Mi fyddai hi'n nofio trwy Afon Amser. Unwaith eto.

Mi fyddai hi'n ateb gorchymyn y brenin.

Mi fyddai hi'n ymladd yn nhwrnamaint y bwa hir.

Ac mi fyddai'n rhaid iddi ennill.

Byddai mynd yn ôl yn costio'n ddrud iddi, roedd Mari'n hollol siŵr o hynny, ond roedd hi'n teimlo y byddai rhywbeth ofnadwy'n digwydd petai hi'n aros. Doedd hi ddim yn gwybod beth, yn union, ond byddai ei theulu'n talu'n ddrud. Doedd dim llawlyfr ar gyfer hyn. Ni allai ofyn am help neb, doedd dim canllawiau i'w dilyn.

Gwyddai fod angen iddi fynd nawr, cyn iddi newid ei meddwl, cyn i'r cyfle gilio, a chyn i'w theulu orfod talu'r pris. *Meddylia. Cynllunia.* Beth oedd ei angen arni?

Roedd hi'n ysu am fynd â'i bwa hir gyda hi, ond roedd hi'n gwybod nad oedd hynny'n bosib. Fyddai hi byth yn medru nofio yn yr afon gyda hwnnw. Byddai'n rhaid iddi ddefnyddio unrhyw fwa y gallai ddod o hyd iddo. Ond os mai bwa hir y cyfnod y byddai hi'n ei gael, byddai'n rhy drwm iddi. Y cyfan y gallai obeithio amdano oedd dod o hyd i fwa ysgafnach. Yna suddodd ei chalon wrth gofio'r hyn y soniodd ei thad amdano un tro. Roedd saethwyr Tuduraidd yn medru anfon eu saethau dros bellteroedd enfawr: dau gant ac ugain o lathenni, o leiaf. Roedd hynny'n llawer pellach na'r hyn roedd hi wedi arfer ag ef. Byddai angen bwa mwy pwerus i wneud hynny, bwa gyda phwysau roedd hi'n rhy wan i'w tynnu, er mor gryf oedd hi.

Gwibiodd ei meddwl. Mae'n rhaid bod rhyw ddatrysiad. Meddyliodd yn ôl dros wersi ei thad am y cyfnod. Bwa, saeth, llinyn, saethwr ... Yna daeth syniad iddi'n sydyn.

Allai hi ddim mynd â'i bwa a'i saethau, ond mi allai hi fynd â'i llinynnau. Roedd llinynnau modern wedi'u creu o ddefnydd arbennig. Roedden nhw'n haws eu trin na'r llinynnau cywarch a llin y byddai saethwyr Harri VIII yn eu defnyddio, ac yn llawer teneuach. Bydden nhw'n anfon y saethau'n gyflymach. Ac yn llawer pellach.

Cyffrôdd yn sydyn a rhuthro at y cwpwrdd hir i nôl ei llinynnau. Tri. Pob un o hyd gwahanol. Siawns y byddai un ohonyn nhw'n ffitio yn y bwa y dôi hi o hyd iddo. Teimlodd y llinynnau yn ei dwylo. Roedd ganddi siawns go iawn nawr. *Un broblem fach,* meddai'r llais yn ei phen. *Mae llinynnau modern yn rhoi'r bwa dan fwy o straen.* Roedd perygl y byddai bwa Tuduraidd yn torri gyda llinynnau modern ynddo. Tawelodd Mari'r llais. Dyw mellt byth yn taro'r un man ddwywaith, cysurodd ei hun.

Lapiodd gacen mewn ffoil a chydio mewn potel fach blastig o ddŵr. Aeth â nhw i fyny'r grisiau i'w hystafell a'u pacio yn y bag dal dŵr a gafodd gan ei thad y Nadolig blaenorol. Gallai nofio gyda'r bag yn dynn am ei chefn. Roedd wedi'i wneud ar gyfer rhedeg ar y bryniau ac roedd yn ysgafn, yn denau ac yn dal dŵr yn berffaith. Roedd angen iddo aros yn hollol sych. Lapiodd Mari linynnau ei bwa mewn bag plastig, rhag ofn, a'u gwthio'n ddwfn i'r bag. Nesaf, aeth y tortsh i'r bag, yna'r catapwlt a'r cerrig lwcus – arf, rhag ofn, a rhywbeth i'w hatgoffa o James. Ychwanegodd ei chyllell a'i strap coes.

Symudodd yn gyflym, heb adael iddi'i hun aros yn rhy hir na rhoi cyfle iddi hel meddyliau.

Newidiodd i'w gwisg nofio a thynnu ei hail groen drosti: legins a chrys-T llewys hir. Gwisgodd siwmper llewys hir, plethodd ei gwallt a gwisgo'i het wlân ddu. Twriodd yn y bocs lle cadwai fân bethau amrywiol, y bocs roedd hi bron â'i daflu sawl gwaith, ond am ryw reswm yr oedd hi wedi'i gadw, er nad oedd hi erioed wedi defnyddio dim o'r cynnwys.

Agorodd y bocs. Roedd llygad las yn disgleirio yn ôl arni fel gem. Defnyddiodd ddiheintydd o'r bocs cymorth cyntaf i'w golchi, yna'i sychu gyda thywel glân, a rhoddodd y llygad yn ôl yn y bocs a'i gau'n ddiogel yn y bag cefn.

Roedd hi'n barod. Roedd hi am weld ei rhieni a Gwern unwaith eto cyn iddi fynd ond doedden nhw ddim yn y tŷ. Cydiodd mewn papur a phensel ac ysgrifennodd nodyn. *Falle bydda i wedi mynd am rai dyddiau. PEIDIWCH â phoeni. Bydda i'n saff.* Celwydd oedd hynny ond beth arall allai hi ei ddweud? *Byddwch yn amyneddgar ac arhoswch amdana i. Caru chi i gyd.* Dyna'r geiriau anoddaf iddi hi eu hysgrifennu erioed. Roedd hi eisiau crio ond ddaeth y dagrau ddim.

Rhuthrodd Mari i lawr y grisiau a gwisgo pâr o esgidiau dŵr

tenau. Gallai redeg a nofio ynddyn nhw. Llithrodd drwy'r drws cefn. Gwrthododd adael iddi'i hun droi ac edrych yn ôl ar y tŷ.

Roedd yr haul wedi diflannu y tu ôl i'r mynyddoedd erbyn hyn, ond roedd digon o olau o hyd. Roedd y tawelwch yn llethol, fel petai'r fro gyfan yn aros i rywbeth ddigwydd. Yn aros amdani hi.

Allai Mari ddim mynd â Jacintha y tro hwn. Doedd dim syniad ganddi am faint y byddai hi oddi cartref. Cerddodd drwy'r caeau, gan gadw'n agos at y cloddiau i geisio aros yn anweledig. Roedd hi eisiau rhedeg ond roedd angen iddi gadw'i hegni at yr hyn oedd o'i blaen. Curai ei chalon yn gyflym. Roedd hi'n gwybod ei bod hi'n gwneud y peth iawn, ond roedd ofn arni. Ei theulu oedd yr unig beth oedd ar ei meddwl; ei theulu presennol a'i theulu yn y gorffennol. A James. Roedd hi wedi'i frifo a'i ddigio er mai'r cyfan roedd e eisiau ei wneud oedd helpu.

Wrth iddi agosáu at y goedwig, chwythodd cymylau stormus dros yr awyr, gan dywyllu'r prynhawn yn gynt nag arfer. Ac roedd hi'n dywyllach fyth o dan do trwchus y dail yn y goedwig. Doedd hi ddim yn poeni gormod am gael ei gweld na'i chlywed bellach. Wnaeth hi ddim ymdrech i symud yn gyfrwys. Torrodd brigau dan ei thraed a hedfanodd adar yn swnllyd o'r canghennau uwch ei phen. A'i meddwl yn llawn bwâu a theulu, chlywodd hi ddim sŵn traed yn ei dilyn drwy'r goedwig.

Roedd hi'n dywyll pan ddaeth Mari at y pwll. Dawnsiai golau'r lleuad ar y dŵr du wrth dreiddio trwy ganopi'r dail tywyll. Edrychai'n iasol o brydferth, ac yn fygythiol.

Yfodd Mari o'r botel yn ei bag cefn. Cydiodd yn y gacen a'i sglaffio. Gwyddai na ddylai hi fwyta cyn nofio ond roedd angen egni arni. Rhoddodd ychydig funudau i'r gacen setlo yn ei stumog ond doedd aros yn gwylio'r pwll yn gwneud dim lles i'w nerfau. Tynnodd bob dilledyn heblaw am ei gwisg nofio a rholio'r cyfan yn dynn i mewn i'w bag. Gwisgodd y tortsh ar ei phen a'i droi ymlaen, yna cerddodd i mewn i'r dŵr chwyrn. Chwyrlïai'r llif o gwmpas ei choesau wrth iddi gamu'n ddyfnach, gan ei gwthio yn ôl fel petai'r pwll wedi cael digon arni'n barod.

Paid â chynhyrfu, cadwa dy ocsigen. Cofiodd unwaith eto am wersi'r milwr ar y we. Er gwaetha'r oerfel, ac er gwaetha'r ofn, gorfododd ei hun i ymlacio. Cerddodd yn ddyfnach tan i'w thraed gael eu tynnu oddi tani. Gwyddai beth roedd yn rhaid iddi ei wneud. Gyda strôc pilipala aeth o dan y rhaeadr ac i mewn i'r ogof. Anadlodd Mari i mewn, ac allan, ac i mewn eto, yna gyrrodd ei hun ymhellach ac i lawr i'r twnnel.

Ciciodd yn galed, gan frwydro trwy'r tywyllwch. Brwydrodd yn erbyn Afon Amser am un tro olaf.

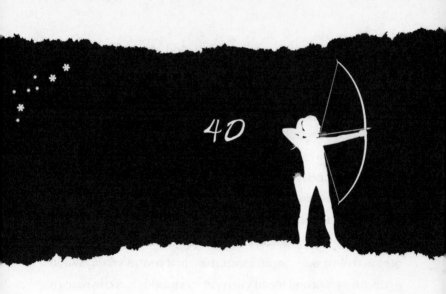

Gwyliodd James Mari'n cerdded i mewn i'r pwll, yn plymio o dan y rhaeadr ac yn diflannu. Roedd e'n methu â chredu ei lygaid.

Beth ar y ddaear oedd hi'n ei wneud? Ai rhyw her ffitrwydd a dewrder roedd Mari wedi'i gosod iddi'i hun oedd hyn? Cerdded am filltiroedd trwy'r bryniau, yna nofio mewn dŵr rhewllyd du yn y tywyllwch. Oedd hon yn rhyw seremoni ryfedd er mwyn profi'i dygnwch? Drwy gydol y daith at y pwll, roedd gan James deimlad bod rhywun arall yn ei ddilyn, ond bob tro y byddai'n troi, doedd neb yno. Beth bynnag oedd bwriad Mari, roedd nofio mewn ogofâu yn y tywyllwch yn beryglus. Roedd e wedi hen arfer gweld hofrenyddion achub yn y rhan hon o Gymru. Ac yn aml, roedden nhw'n hedfan o'r Bannau'n cludo cyrff cerddwyr marw.

Allai James ddim aros eiliad yn rhagor. Tynnodd ei esgidiau, ei jîns a'i siwmper, yna camodd i'r dŵr dan regi. Roedd y dŵr yn *rhewllyd*. Roedd Mari'n wallgo. Gwthiodd yn ddyfnach nes i'r cerrynt dynnu ei draed oddi tano. Nofiodd ymlaen trwy'r rhaeadr a gwingo wrth i'r dŵr oer ei daro. Daeth at yr ogof. Caeodd y düwch o'i gwmpas. Doedd dim golwg o Mari, dim ond y dŵr chwyrlïog. Ond yna, roedd yn siŵr iddo weld goleuni o dan y dŵr o'i flaen.

Anadlodd i mewn ac allan yn drwm wrth i'r ofn ei daro am y tro cyntaf. Pan lwyddodd i lenwi ei ysgyfaint â digon o aer, plymiodd o dan y dŵr a nofio. Cadwodd ei lygaid ar agor, yn chwilio am y golau. Ar ôl ychydig eiliadau, fe'i gwelodd o'i flaen. Taflai oleuni ar ochrau twll yn wal yr ogof. Mae'n rhaid bod twnnel yno. Ceisiodd gyrraedd y golau ond roedd y cerrynt yn ymladd yn ei erbyn, ac yn cryfhau hefyd. Ciciodd i lawr ac ymlaen, gan ddefnyddio pob owns o'i gryfder.

Nofiodd drwy'r twll ac i mewn i'r twnnel. Fflachiai'r golau trwy'r tywyllwch, yn y pellter. Yn groes i bob greddf a phob synnwyr, dilynodd y golau.

Gwthiodd yn ei flaen, pob strôc yn mynd yn anoddach yn erbyn y dŵr rhewllyd, cyflym. Roedd ymladd yn ei erbyn yn mynd â'i anadl i gyd. Dechreuodd flino. Llosgai ei ysgyfaint. Dylai droi yn ôl, ond roedd y golau'n fflachio o'i flaen, yn ei arwain i'r dyfnderoedd.

Os oedd Mari'n gallu cyrraedd, byddai e'n gallu cyrraedd hefyd. *Mae unrhyw beth yn bosib ...*

Roedd ei ysgyfaint ar dân, ei ocsigen a'i gryfder ar fin darfod. Roedd yn agos at foddi. Roedd ei du mewn yn sgrechian wrth iddo lusgo pob nerth oedd ganddo ar ôl. Ciciodd ac estynnodd yn ei flaen. Crafangodd ei fysedd trwy'r dŵr a theimlodd awyr iach.

Cafodd ei wthio i ogof arall. Agorodd ei geg, a llenwi ei ysgyfaint ag aer nes bod ganddo ddigon o nerth i nofio yn ei flaen. Gwelodd raeadr arall. Nofiodd tuag ati, plymio trwyddi, a chyrraedd pwll agored. Cododd yn sigledig o'r pwll, yn anadlu'n drwm, a bu bron iddo fynd yn sâl. Cyrhaeddodd y lan, dringodd o'r dŵr a syrthio. Doedd dim llawer o olau yno. Roedd Mari a'i thortsh wedi diflannu.

Yn ddryslyd ac yn rhynnu yn ei ddillad isaf, cododd James ar ei draed. Edrychodd o'i gwmpas. Roedd hi'n noson glir, a gâi ei goleuo gan hanner lleuad a sêr oedd yn disgleirio'n fwy llachar nag arfer, rywsut. Yn rhyfedd iawn, roedd y llecyn yma'n edrych yn union fel yr un ar ochr arall y rhaeadr. Ond roedd y goedwig yn wahanol; yn llawnach ac yn fwy.

Chwiliodd James am ei ddillad a'i esgidiau. Methodd yn lân â dod o hyd iddyn nhw. Oedd Mari'n chwarae tric arno? Hanner ei ladd e, yna dwyn ei ddillad a rhoi hypothermia iddo? Nid ei math hi o jôc oedd honno, a doedd e ddim yn gwneud llawer o synnwyr chwaith.

Gwthiodd ei ffordd drwy'r coed i chwilio am Mari, a'i lygaid yn craffu trwy'r tywyllwch, ond doedd dim sôn amdani, nac unrhyw fflachiadau o olau tortsh, fel petai hi wedi diflannu'n gyfan gwbl.

Brysiodd James yn ei flaen. Cafodd ei grafu gan frigau. Roedd ei freichiau a'i goesau'n gwaedu pan ddaeth allan o'r coed. Edrychodd o'i gwmpas yng ngolau'r lleuad, yn ceisio gweld ble roedd e. Gwelodd wyneb garw Pen y Fan yn y pellter, a meddyliodd tybed oedd y tir agored o'i flaen yn arwain at Faen Llia a Sarn Helen. A'r ffordd adref. Ond roedd yn wahanol, roedd yn siŵr o hynny. *Yn fwy gwyllt.*

Gwelodd gip ar rywun yn y pellter, yn symud yn gyflym ar hyd y tir agored. Mari? Aeth i'r un cyfeiriad, a dechreuodd redeg i gadw'n gynnes.

Rhedodd a rhedodd ond ddaeth e'n ddim nes at y rhedwr, yn rhyfedd iawn. Roedd e'n heini dros ben yn sgil yr holl ymarfer pêldroed. Efallai nad Mari oedd yno. Merlyn mynydd Cymreig, efallai. Y cyfan y gallai James ei weld oedd ambell gip ar rywbeth yn symud yn y pellter.

Roedd ei draed noeth yn dal yn rhewllyd, ac roedden nhw'n brifo'n arw pan gamai ar gerrig rhydd, ond doedd dim ots ganddo. Roedd y boen yn dangos ei fod e'n dal yn fyw.

Rhedodd James i lawr ochr y bryn, ar draws y tiroedd agored ac o'r diwedd gwelodd ddyffryn Nanteos o'i flaen. Gwelodd ei gartref, y Castell Du, yn ei holl ogoniant mawreddog ar y bryn gyferbyn ag ef. Ond roedd yn wahanol. Dim garddio gofalus. Dim cloddiau llawryf yn gwarchod y castell.

Ysgydwodd James ei ben. Mae'n rhaid ei fod wedi taro ei ben yn y twnnel, neu roedd e'n gweld pethau. Roedd e'n teimlo fel petai mewn hunllef, yn ysu am gael deffro, felly rhedodd tuag at ei gartref. Wrth iddo gyrraedd y bont, daeth dyn o'r cysgodion, yn gweiddi arno.

'Pwy ddiawl wyt ti?' gofynnodd James yn wan. Camodd yn ôl.

'Gwyliwr,' datganodd.

'Does dim gwylwyr 'da ni,' nododd James yn ofalus, fel petai'n siarad â dyn o'i go'.

'Myfi yw gwyliwr y Castell Du,' ailadroddodd y dyn yn ymosodol gan gymryd cam ymlaen.

'Hwn yw 'nghartref i!' mynnodd James. Daeth ton arall o ofn

drosto, ond rhaid oedd iddo ddal ei dir. 'Hwn yw castell fy nheulu i. Beth wyt ti'n neud 'ma? A beth yw'r wisg 'na?' ychwanegodd gan astudio smoc wlân lac, legins garw a hwd gwlân rhyfedd y dyn.

'Dy gartref di?' gofynnodd y dyn, yn llawn syndod.

'Ie. Fy nghartref i. Nawr dwi'n mynd i'r castell a well i ti'i heglu hi o 'ma,' meddai James. Roedd e'n oer, ac yn ysu am ffonio'r heddlu a chael gwared â'r dyn rhyfedd yma.

Cydiodd y dyn yn ei fraich. Ciciodd James ef yn ei goes, a chafodd bwniad yn ôl yn ei stumog cyn i'r dyn ddal ei ben yn dynn yn ei fraich. Gwaeddodd a chiciodd James wrth iddo gael ei lusgo dros y bont, o dan y gât, ar hyd yr iard ac i mewn i'w gartref.

Yn y neuadd fawr, gollyngodd y dyn James o'i afael. Safodd James a'i ddyrnau'n dynn wrth ei ochr, yn llonydd gan sioc. Gwelodd bortreadau, ond nid o'i deulu e. Dim carpedi Persiaidd moethus, dim ond llawr carreg gyda blodau sych a gwellt wedi'u gwasgaru drosto. Dodrefn gwahanol. Arogl gwahanol. Dim jasmin a pholish. Yma gwelai fwg a lafant, a thân yn llosgi yn y lle tân enfawr.

Cerddodd dau ddyn tal mewn teits gwyn a siacedi addurnedig byr yn bwysig tuag ato. Gwisgai'r dynion gleddyfau mewn gweiniau metel ar eu gwregysau. Roedd barf dwt gan y ddau: un yn ddu a'r llall yn goch. Roedd gan yr un a'r gwallt du graith goch yn ymestyn i lawr un ochr i'w wyneb, o'i lygad at ei geg. Roedd gan y dyn gwallt coch wyneb fel ci bach, a gallai edrych yn garedig oni bai am ei lygaid caled a'i gleddyf.

'Pwy yw'r cnaf yma, Aeron?' gofynnodd i'r gwyliwr. Trodd at James cyn i'r dyn gael cyfle i ateb. 'Ble mae dy ddillad di, fachgen?'

Teimlodd James ei stumog yn toddi. Roedd e'n ysu am gael cau ei lygaid, eu hagor eto a deffro yn ei wely. Caeodd nhw am eiliad a'u hagor yn sydyn.

Safodd mor syth ac mor dal ag y gallai.

'Fi yw James de Courcy. Pwy y'ch chi? Beth y'ch chi'n ei wneud yn fy nhŷ i? A ble mae fy rhieni?'

'Dy rieni?' gofynnodd y dyn creithiog yn wawdlyd, gan droi at y llall ag un ael wedi'i chodi.

'Yr iarll a'r iarlles. Fy rhieni!' gwaeddodd James.

Chwarddodd y gwyliwr mewn anghrediniaeth.

'Mae'r iarlles yn llawer rhy ifanc i fod yn fam i ti,' nododd y dyn creithiog yn amheus. Siaradai'n dyner ond gallai James deimlo'r ffyrnigrwydd dan yr wyneb.

'Fi yw'r Arglwydd James de Courcy, mab yr iarll a'r iarlles. Ble maen nhw?' gofynnodd James eto. Yn fwy na dim, roedd angen iddo beidio â chynhyrfu, na rhoi'r argraff ei fod wedi dychryn.

Trodd y dyn a'r wyneb ci bach i edrych ar y portreadau ar hyd y grisiau oedd yn dringo o'r neuadd fawr. Trodd yn ôl gan ddweud yn dawel:

'Y trwyn …'

Astudiodd y dyn creithiog James eto. 'Mae ganddo'r marcyn …' Estynnodd allan a chydio ym mraich James yn sydyn. 'Dere gyda mi. A ti,' ychwanegodd wrth y gwyliwr.

Cafodd James ei arwain i'r ystafell dderbyn. Curodd y dyn creithiog y drws a daeth ateb gan lais bach pwysig: 'I mewn.' Llais menyw; llais dieithryn.

Cerddodd pawb i mewn i'r ystafell dderbyn. Roedd hi'n ystafell gyfarwydd, ond eto'n anghyfarwydd. Glaniodd llygaid James ar fenyw'n eistedd wrth y tân yn gwnïo patrwm ar dapestri. Roedd ei gwallt du wedi'i blethu a'i osod yn uchel ar ei phen â band gwallt addurnedig o emau a ffwr. Ac roedd hon hefyd mewn gwisg ryfedd: ffrog hir felfed werdd ac aur, gyda llewys a sgertiau anferth.

Gosododd y fenyw'r tapestri ar ei glin, cyn codi i wynebu James. Ebychodd James, ac roedd e'n cael trafferth siarad.

Cododd aeliau'r fenyw yn uwch.

'Brioc, Cranog? Beth sydd gyda ni fan hyn?' gofynnodd.

'F'arglwyddes,' atebodd Brioc, y dyn creithiog, 'gwelodd y gwyliwr e'n crwydro tiroedd y castell.' Oedodd er mwyn gwthio'r gwyliwr tuag ati. 'Aeron, dwed wrth yr Iarlles de Courcy.'

'Ei weld e tu fas wnes i, f'arglwyddes. Meddwl ei fod e'n berchen ar y lle. *Castell ei deulu* a rhyw ddwli tebyg.'

Agosaodd y dieithryn, yr *iarlles*, at James. 'Pwy wyt ti? Pam wyt ti'n hanner noeth a pham wyt ti'n crwydro o gwmpas fy nghastell i'n mynnu mai ti sydd biau'r cyfan?'

Lledodd llygaid James. Roedd e'n gwybod yn union pwy oedd y fenyw. Roedd wedi'i gweld hi o'r blaen, sawl gwaith. Ar y wal. Ar gof a chadw mewn portread. Roedd hi'n un o'i hynafiaid. Y ddeuddegfed Iarlles de Courcy. Ond dyma hi, yn fyw ac yn iach, yn sefyll o'i flaen, yn ddigon agos i'w chyffwrdd.

Roedd hynny'n amhosib! Ond roedd yn digwydd. Bu James yn yr ystafell hon ychydig oriau yn ôl. Ac yn y cyfamser, roedd pob un bwlb golau wedi'i dynnu, y gwres canolog wedi'i ddiffodd, yr holl ddodrefn wedi newid. Doedd hyn ddim yn bosib. Oni bai ... Gwibiodd ei feddwl yn wyllt.

Meddyliodd am Mari. Ei diddordeb sydyn mewn hanes. Yn Harri VIII. Meddyliodd am y chwedl, am yr angel rhyfel a achubodd ei theulu. Ac ymateb rhyfedd Mari i bob dim.

Yna gwawriodd y gwirionedd arno o'r diwedd. *Mari* oedd yr angel rhyfel. Roedd hi wedi teithio yn ôl trwy amser i achub ei hynafiaid. Ac roedd e wedi'i dilyn. Yn ôl i'r unfed ganrif ar bymtheg.

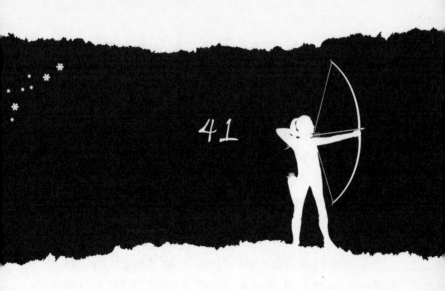

*C*amodd y ddeuddegfed iarlles, oedd wedi marw ers bron i bum cant o flynyddoedd, yn agosach at James.

Safodd, yn fyw ac yn iach, a'i llygaid prydferth yn edrych arno'n ofalus.

'Felly pwy wyt ti?' gofynnodd, yn llawn chwilfrydedd.

Cymerodd James anadl ddofn. Petai'n dweud y gwir, roedd yn gwybod na fyddai pethau ddim yn dda arno. Edrychodd ar y dynion bob ochr iddo. Roedd llaw'r dyn creithiog yn pwyso ar garn arian addurnedig ei gleddyf. Wnaeth e ddim tynnu ei lygaid oddi ar James.

'Fi yw'r Arglwydd James de Courcy, f'arglwyddes,' cyhoeddodd.

'A fi yw brenin Lloegr,' meddai'r dyn â'r gwallt coch o dan ei anadl.

'Dwi'n addo mai fi yw James de Courcy,' mynnodd James eto. Er gwaetha'i ofn a'i flinder, roedd ei ymennydd yn dal i weithio'n iawn. Cynigiodd ei law i'r iarlles. Pwyntiodd at y sêl-fodrwy gyda'r arfbais a'r arwyddair, *Avis la Fin*, arni.

Cydiodd yr iarlles yn ei law ac astudio'r fodrwy. Ac astudio wyneb James. Lledodd ei llygaid.

'Mae gen ti'r fodrwy, a'r arfbais. Ein harfbais *ni*. Yn union fel modrwy'r iarll! Ac mae dy drwyn di mor debyg,' sylwodd, gan edrych at ei dynion arfog am gadarnhad. Nodiodd y dynion yn ôl yn anfodlon. Diolchodd James am y trwyn roedd e wedi'i gasáu erioed.

'Perthynas i mi,' datganodd yr iarlles, gan ollwng ei law. 'O ble?' Cydiodd yn ei ên a throi ei wyneb y ddwy ffordd a'i astudio. Gadawodd James iddi wneud. Roedd e'n gwybod mai ffydd yr iarlles oedd yr unig beth oedd yn ei gadw rhag y dynion a'u cleddyfau.

'Dwyt ti ddim yn un o deulu'r de Courcy yn Ffrainc, wyt ti? Gyda'r wyneb pryd tywyll yna, rwyt ti'n edrych yn Ffrengig.'

Diolch byth fod ei fam wedi'i gorfodi i ddysgu Ffrangeg yn yr ysgol. Roedd e'n gweithio'n galed i wella ei Ffrangeg, ac erbyn hyn roedd yn rhugl.

'*Oui, Madame la Comtesse*,' atebodd James yn ei acen Ffrangeg berffaith.

'Ond beth wyt ti'n ei wneud yma? Ble mae dy rieni? Dy weision? Does bosib dy fod di wedi dod ar dy ben dy hun.'

Meddyliodd James ar ras. 'Mae fy rhieni'n dal yn Ffrainc, diolch byth. Roeddwn i eisiau gweld y wlad hon, eisiau mynd ar antur. Daeth fy ngweision â fi dros y môr. Ond roedd gwyntoedd mawr a chafodd y llong ei chwalu.' Oedodd a chau ei lygaid, fel petai pob dim yn ormod iddo, cyn meddwl am bennod nesaf ei stori. 'Dim ond rhai ohonon ni oroesodd. Teithion ni ar hyd y wlad, yn chwilio am lety gan fy mherthnasau.'

'Esgusodwch fi, f'arglwyddes,' torrodd y dyn creithiog ar ei draws. 'Pan ddaeth e at y castell, roedd e'n gofyn am ei rieni fel petai'n disgwyl iddyn nhw fod yma.'

Trodd yr iarlles at James, a chodi'i haeliau.

Roedd angen i James feddwl yn gyflym i gywiro ei gamgymeriad.

'Daeth yr ymosodiad ganol nos,' esboniodd gan rwbio ei ben. 'Cefais fy nghuro. Cafodd popeth ei ddwyn, gan gynnwys fy nillad. Llwyddais i ddianc, ond doeddwn i ddim yn gallu dod o hyd i weddill y criw. Yna ...' Chwiliodd am eiriau, a simsanodd yng ngwres llethol y tân. 'Dwi'n ddryslyd ...' Teimlodd James yr iarlles yn ei arwain at gadair, a chlywodd hi'n galw am gawl poeth a dillad.

Rhuthrodd Cranog, y dyn gwallt coch, i rywle, gan adael Brioc i edrych ar eu holau.

'Gefaist ti dy guro, frawd? Gefaist ti dy frifo'n ddrwg?' gofynnodd yr iarlles, â phryder mamol amdano.

Nodiodd James. Yn ddigon cyfleus, roedd ganddo gasgliad helaeth o gleisiau, diolch i'w ymarferion pêl-droed. Sylwodd ar yr iarlles yn eu hastudio.

'Mae'n rhaid dy fod di wedi bod yn cerdded ers dyddiau. Rwyt ti wedi blino'n lân!' ebychodd.

Fel Mari o'i flaen, aeth ei holl ymdrech wrth groesi'r afon yn drech nag e, a chyn pen dim, aeth James yn anymwybodol.

42

Fedrai Mari ddim credu ei bod wedi cyrraedd yn ôl, er bod hanes yn dweud wrthi ei bod hi. Teimlai hyd yn oed yn fwy ofnus o'r hen fyd y tro hwn, a hithau'n gwybod yn rhannol beth oedd o'i blaen.

Un frwydr ar y tro, dywedodd wrthi'i hun. Yn gyntaf, roedd rhaid iddi gyrraedd bwthyn Morfudd heb i neb ei gweld.

Agorodd ei bag cefn a gafael yn y bocs oedd yn dal ei llygad wydr. Roedd hi'n teimlo'n swp sâl bob tro roedd hi'n cydio ynddi, ond gwthiodd hi i'w lle. Yna tynnodd ei gwisg nofio wlyb a rhoi'i dillad cynnes amdani.

Edrychodd o'i chwmpas, yn synhwyro bod rhywun gerllaw. Efallai mai hi oedd yn poeni gormod. Tynnodd y gyllell o'r bag. Edrychodd o'i chwmpas eto. Roedd hi'n methu gweld neb ond sgrechiai rhyw lais y tu mewn iddi: *Mae'n bryd i ti fynd.*

Rhedodd Mari drwy'r goedwig a daeth allan i'r tir agored. Arhosodd ac edrych ar draws y tirlun. Neb.

Rhedodd tuag at Sarn Helen, gan gyflymu rywfaint. Roedd hi'n ysu am gyrraedd bwthyn Morfudd yn ddiogel, a dianc o afael y nos.

Cyrhaeddodd Nanteos a gwelodd gysgod anferth y Castell Du yng ngoleuni'r lleuad. Rhedodd ar hyd y dyffryn ac i fyny'r bryn tuag at Dŷ Gwyn.

Clywodd sŵn tylluan. Neidiodd Mari. Roedd hi'n hanner disgwyl i ddynion yr iarll fod yn llechu y tu ôl i bob llwyn a choeden.

Edrychodd dros ei hysgwydd a chnocio'n dawel ar ddrws Morfudd.

'Morfudd. Fi sy 'ma. Mari …' Arhosodd, gan symud o'r naill droed i'r llall yn nerfus. Roedd hi'n dechrau oeri. Ac yn dechrau poeni. Tawelwch. Cnociodd eto, yn uwch y tro hwn, a gwrandawodd yn astud.

'Morfudd! Fi sy 'ma. Mari,' sibrydodd eto. Tynnodd ei bag a rhoi'i chyllell o'r golwg – doedd hi ddim eisiau edrych yn fygythiol.

Daeth sŵn bolltau rhydlyd yn cael eu tynnu. Safodd yr hen wraig yn y drws mewn gŵn nos carpiog, a'i gwallt gwyn yn gorwedd dros ei chefn fel ysbryd. Neu wrach. Roedd y gannwyll ddrewllyd yn ei llaw yn creu pwll o oleuni o'i chwmpas. Y tu ôl iddi, roedd tywyllwch.

Llygadodd y wraig Mari, ac edrychodd heibio iddi. Roedd hi'n dadlau â hi ei hun yn ei phen, yn brathu ei gwefus, ac roedd ei llygaid yn llawn pryder.

O'r diwedd, gwahoddodd Mari i'r bwthyn.

'Diolch,' anadlodd Mari gan ruthro i mewn. Safodd yn llonydd, yn ansicr pa fath o groeso a gâi wrth i Morfudd gau'r drws a chloi'r follt.

Tynnodd Mari ei het wlân a'i dal yn dynn yn ei llaw. Diferai dŵr ohoni i'r llawr.

'Maen nhw'n dweud dy fod di'n lleidr ceffylau,' meddai Morfudd, gan ddal cannwyll at wyneb Mari. 'Cafodd ceffyl Arab gwerthfawr ei ddwyn.' Siaradai'n araf, fel barnwr ar fin rhoi'i ddyfarniad. 'Mae pris ar ben y lleidr ag un llygad. Deg sofren.'

Safodd Mari'n dawel, gan ddal ei het.

'Maen nhw'n crogi lladron!' hisiodd Morfudd yn llawn angerdd yn sydyn, fel petai tawelwch difater Mari'n ormod iddi. 'Ac maen nhw'n crogi'r rhai sy'n rhoi llety iddyn nhw.'

Llyncodd Mari. Doedd hi ddim wedi meddwl am hynny. Oedd y wraig yn bwriadu ei rhoi i'r teulu de Courcy, neu wrthod rhoi llety iddi? Roedd Mari'n gallu ymladd, ac roedd hi'n gallu rhedeg, ond roedd angen help arni, a'r hen wraig oedd yr unig un allai gynnig hynny iddi.

'Mae gen i ddwy lygad,' mynnodd Mari.

Chwarddodd Morfudd yn sydyn, gan achosi i Mari neidio. 'Oes wir!' Tawelodd y chwerthin. 'Sut?'

Simsanodd Mari. Roedd hi'n oer, yn flinedig ac ar ben ei thennyn. Roedd hi'n ysu am gael eistedd, a chyflawni'r hyn yr oedd rhaid iddi ei wneud.

'Mae'n stori hir.'

'Dwi'n ddynes amyneddgar,' meddai Morfudd, gan ei harwain at y bwrdd a'r stôl o'r diwedd.

Eisteddodd Mari mewn rhyddhad. Roedd y tân wedi pylu am y

noson. Doedd yno ddim fflamau, dim ond marmor gloyw, ond roedd Mari'n ddiolchgar am eu gwres.

'Mi wnest ti fy neffro i,' meddai Morfudd, gan gydio mewn pocer a cheisio dihuno'r fflamau, cyn ychwanegu dau foncyff trwchus. Yna eisteddodd ar stôl gyferbyn â Mari. 'Wna i ddim mynd yn ôl i gysgu heno. Mae gen i amser am stori neu ddwy.'

Cododd gwynt cryf yn sydyn, gan udo yn simnai'r bwthyn.

'Yn gyntaf, rhaid i fi ofyn, pa newyddion sydd am Feistr y Bwa Hir, am Mr Owen?' holodd Mari. 'Wnaethon nhw ei ladd e?'

Gwnaeth Morfudd arwydd y groes ac ysgwyd ei phen yn chwyrn. 'Naddo, diolch i Dduw.'

Crafodd Mari ei gên. Ble roedd e pan aeth hi i chwilio amdano? Yn cael ei holi mewn rhan arall o'r castell?

'Ble mae e nawr?' gofynnodd.

'Mae e'n pydru yng ngharchar y castell. Yn aros am benderfyniad y brenin. Mae ei deulu'n poeni y bydd e'n cael ei grogi.'

'Y brenin ddiawl!'

'Gofalus, ferch! Petai rhywun yn dy glywed di, fyddet ti'n ymuno ag ef yn y carchar.'

Daliodd Mari ei hanadl am eiliad. Roedd angen iddi ddysgu brathu ei thafod.

'Felly,' meddai, a'i llais yn isel ac yn benderfynol, yn fwy o ddatganiad na chwestiwn: 'Mae angen bwa hir arna i. Un tua fy nhaldra i, ddim yn rhy bwerus. A saethau i fynd gydag e.'

'*Ti*? Bwa rhyfel? Pam?'

'Stori h—'

'Dduw yn y goruchaf! Dim mwy o esgusodion am *stori hir*!' ebychodd y wraig. 'Un waith eto ac mi wna i dy anfon di o'r tŷ!'

Allai Mari ddim meddwl am unrhyw beth arall i'w ddweud.

'Beth yw dy oedran di?' mynnodd Morfudd.

'Pymtheg.'

'Ac rwyt ti'n gofyn am fwa.'

'Ydw.'

'I beth?'

'Twrnamaint y brenin.'

'Pa dwrnamaint?'

'Y twrnamaint lle mae'n gofyn i deulu'r Oweniaid anrhydeddu eu llw. Lle mae'n gofyn i feistr bwa hir gamu ymlaen.'

'Dyw'r brenin ddim wedi gofyn am y fath dwrnamaint.'

'Mi fydd e.'

'Sut wyt ti'n gwybod?' gofynnodd Morfudd, a'i llygaid yn llydan, a phob arwydd o flinder wedi diflannu erbyn hyn.

'Oes ots?' atebodd Mari. 'Y cwbl sydd ei angen arna i yw bwa hir er mwyn anrhydeddu'r llw.'

'Ond dwyt ti ddim yn aelod o deulu'r Oweniaid!'

'Ydw!' Oedodd Mari, a'i thymer yn codi. 'Mi welais i ferch Glyndwr Owen yn rhedeg ato fe pan gafodd ei gymryd gan ddynion y brenin. Hyd yn oed o bell ro'n i'n gallu gweld y tebygrwydd. Ro'n i'n debyg iawn iddi pan o'n i ei hoedran hi, pan oedd gen i ddwy lygad.'

Symudodd Morfudd ei phen i'r ochr ac astudio wyneb Mari. 'Chefaist ti ddim dy eni fel 'na?'

'Naddo,' atebodd Mari. 'Wnes i golli fy llygad mewn damwain bwa hir dair blynedd yn ôl.'

'Pam fyddet ti'n chwarae â bwa hir?' gofynnodd Morfudd, yn gwgu.

'Dim chwarae gyda bwa hir, ond ymarfer gydag e. Ers 'mod i'n bum mlwydd oed. Mae gan bob cenhedlaeth o deulu'r Oweniaid feistr bwa hir.'

'Glyndwr Owen.'

'Ie. A nawr fi. Fi yw Meistres y Bwa Hir.' Pwysodd Mari tuag at yr hen wraig. Daeth ei geiriau o'i cheg yn araf ac yn bwrpasol. Roedd angen i Morfudd ddeall ei neges. A'i chredu.

'Mi fydd 'na dwrnamaint. Bydd y brenin yn galw ar yr Oweniaid i anrhydeddu eu llw. A fi fydd yn derbyn yr her.'

'Os mai ti yw Meistres y Bwa Hir, fel rwyt ti'n ei ddweud, ble mae dy fwa?'

Teimlodd Mari'r blinder yn ei tharo, a'r holl gelwyddau yn crafu y tu mewn i'w phen.

'A pam bod dau feistr bwa hir?' aeth Morfudd yn ei blaen. 'Neu un meistr ac un *feistres* bwa hir?'

Chwarddodd Mari'n wan. Roedd hi'n hen bryd iddi ddweud y gwir. 'Dyna'r pwynt. Dydyn ni ddim yma yr un pryd. Ydych chi'n barod am stori hir? Dyma hi.'

Yng ngoleuni pŵl y tân, adroddodd Mari ei stori.

Eisteddodd Morfudd a gwrando, a'i dyrnau yn agor a chau, agor a chau, fel calon yn curo. Y tu allan, rhuai'r gwynt o'r Bannau. Doedd rhai pethau byth yn newid.

Llosgai'r gannwyll ddrewllyd wrth i Mari siarad. Pan orffennodd hi, eisteddodd yn llonydd, a chledrau ei dwylo yn wynebu'r to ac yn gorffwys ar ei chluniau. Roedd hi wedi dweud y cyfan. Mae'n rhaid ei bod yn swnio fel merch o'i cho'. Gallai Morfudd ei bradychu. Byddai hi'n cael ei thalu am wneud, wedi'r cyfan.

Ddywedodd Morfudd yr un gair. Edrychodd ar Mari, yna ar y

tân, yna yn ôl, ei llygaid yr un mor aflonydd â'r fflamau. O'r diwedd, siaradodd. Roedd ei llais yn dawel, fel petai hi'n siarad â hi ei hun.

'Sut alla i ymddiried ynddot ti?'

'Beth? Oes angen i fi brofi fy hun?'

'Ddim ar gyfer fy nghalon, na fy enaid, ond ar gyfer fy meddwl …'

Cododd Mari a cherdded o gwmpas y gegin. 'Yn gyntaf, bydd teulu'r de Courcy yn cyhoeddi'r twrnamaint.' Roedd hi'n flin. Doedd hi ddim wedi dod yma, gan adael ei chartref ac aberthu popeth oedd ganddi, er mwyn cael ei hamau. 'Yn ail, mae 'na fricsen yn y lle tân, dair carreg i fyny, pedair ar draws.' Gobeithiai nad ychwanegiad diweddar i'r tŷ oedd hwn. Roedd Seren wedi dangos y man cuddio iddi pan oedd hi'n blentyn, a dweud mai dyma lle roedd ei theulu'n cadw eu hychydig drugareddau, a hynny ers cenedlaethau.

'Tynna'r garreg o'r wal ac mae 'na le cuddio tu ôl iddi,' aeth Mari yn ei blaen, a gwyddai o'r disgleirdeb yn llygaid Morfudd fod y guddfan yno. 'Mae gennych chi lyfr lledr, yn llawn meddyginiaethau a ryseitiau'n mynd yn ôl gannoedd o flynyddoedd, hyd yn oed yn y cyfnod hwn.'

Aeth Mari'n dawel. Siglodd yn ôl ac ymlaen yn ei chadair. Roedd hyn yn ormod, yn llawer gormod. Gwyddai fod yn rhaid iddi ddyfalbarhau, er mwyn ei theulu, ond doedd ganddi ddim nerth ar ôl.

'Meistres y Bwa Hir,' mwmialodd yr hen wraig yn dawel. 'O amser arall.' Estynnodd ei llaw i gyffwrdd ag ysgwydd Mari er mwyn profi iddi'i hun ei bod hi'n ferch o gig a gwaed. Edrychodd

Mari i fyny arni ac edrychodd hithau'n ôl. Roedd hi'n ymddangos fel petai Morfudd yn ei chredu, gan iddi nodio'i phen a mynd i brocio'r tân. 'Maddeua i fi a'm hamheuon,' meddai wrth y tân.

Yna trodd yn ôl at Mari.

'Mi ydw i wedi achub rhywun ym mhob teulu yn y Bannau. Mae arnyn nhw i gyd ddyled i fi. Bydd gen ti fwa erbyn diwedd y dydd yfory. Rhaid i ti orffwys yn awr. Mi alli di gysgu ar y gwely gwellt sydd gen i yn yr ystafell berlysiau.'

Rhoddodd Morfudd flanced wlân arw i Mari, yna diflannodd i ystafell fach y drws nesaf i'r gegin.

Roedd Mari wedi blino'n lân. Tynnodd y gwely gwellt o'r ystafell berlysiau a'i wthio'n agos at y tân. Tynnodd ei llygad wydr a'i dychwelyd i'w bocs, cyn gorwedd ar y fatres wellt, tynnu'r flanced drosti a syrthio i drwmgwsg.

Wnaeth yr hen wraig ddim ceisio cysgu'r noson honno.

Roedd y ferch a welsai yn ei breuddwydion wedi cyrraedd. Y ferch a chanddi ddwylo fel saethwr. Meistres y Bwa Hir o amser arall.

43

Deffrôdd James a'i ben yn troi. Roedd ganddo deimlad bod rhywbeth mawr o'i le. Gorweddai ar ei gefn dan bentwr o flancedi, yn hanner cysgu. Agorodd a chaeodd ei lygaid. Ac yna unwaith eto. Uwch ei ben, roedd canopi coch moethus. O'i gwmpas roedd pedwar polyn wedi'u cerfio'n gywrain, gyda llenni melfed gwyrdd yn hongian oddi arnyn nhw. Cododd ar ei eistedd ac edrych o'i gwmpas, ei galon yn curo'n galed. Roedd yn gorwedd yn ei ystafell wely ei hun, ond mewn gwely pedwar postyn. Daeth pob dim yn ôl ato: dilyn Mari, yr afon, nofio am ei fywyd, y castell, ei gartref. Ond eto, nid ei gartref e oedd hwn. Ddim am bum can mlynedd arall.

Symudodd ei goesau i ochr arall y gwely, gwthiodd y llenni melfed o'r ffordd a rhoi'i draed ar y llawr. Ar *frwyn*.

Edrychodd i lawr ar ei gorff. Roedd e'n gwisgo gŵn nos! Pwy

oedd wedi rhoi hwn amdano? Doedd dim cof ganddo o hynny, nac am gael ei roi yn y gwely …

Roedd golau gwan yn llifo i'r ystafell trwy fwlch yn y llenni. Roedd hi'n fore. Roedd arno angen mynd i'r tŷ bach. Ond ble? Doedd dim ystafell ymolchi *en suite*. Doedd dim ystafell ymolchi yn y cyntedd chwaith. Doedden nhw ddim yn bodoli eto. Byddai potyn yn rhywle iddo wagu'i bledren.

Aeth James ar ei bedwar ar y brwyn pigog ac edrych o dan y gwely. Gwelodd y potyn a chydio ynddo.

Eiliadau wedi iddo orffen, daeth cnoc ar y drws a chyn iddo gael cyfle i ateb, daeth dyn i mewn gyda phentwr anferth o ddefnydd a'r hyn a edrychai fel anifail wedi marw yn gorwedd ar ben y cyfan. Y dyn gyda'r farf ddu a'r graith erchyll. Brioc. Mae'n rhaid ei fod e'n aros y tu allan yn gwrando …

Nodiodd y dyn ar James a moesymgrymu'n gwrtais, ond roedd ei lygaid yn wyliadwrus.

'Rydych chi wedi deffro, Arglwydd James.'

'Mae'n ymddangos felly.'

'Mae gen i gasgliad o ddillad i chi fan hyn.' Cododd Brioc y pentwr yn ei freichiau. 'Gofynnodd yr iarlles i mi ddod â rhai o ddillad yr iarll i chi,' ychwanegodd gyda pheth atgasedd, fel petai'n meddwl bod hyn yn hollol anaddas.

'Da iawn,' meddai James. 'Ym, diolch.'

Llygadodd James y casgliad rhyfedd o eitemau roedd y dyn yn eu gosod ar waelod y gwely pedwar postyn: lliain, melfed a les, ffriliau, plethau, brodwaith … a theits! Petai ei ffrindiau ysgol yn ei weld e … petai Mari'n ei weld e … Teimlai ddicter sydyn tuag at Mari am iddi beidio â dweud y gwir wrtho, yn gymysg ag ofn am ei diogelwch. Ble roedd hi nawr? Gyda'i chyndadau?

Amneidiodd y dyn ar y dillad. Oedodd James, ddim yn siŵr iawn ble i ddechrau.

'Wedi arfer cael gwas i dy wisgo di?' gofynnodd Brioc.

Llyncodd James, a'i orfodi ei hun i nodio'i ben. Unrhyw beth i argyhoeddi'r dyn ei fod e'n arglwydd o'r unfed ganrif ar bymtheg oedd wedi arfer â phobl yn gwneud popeth drosto, hyd yn oed ei wisgo.

Cymerodd bron i ddeg munud i'r dyn ei wisgo, proses oedd bron yn annioddefol o bersonol. Caeodd James ei lygaid ac esgus nad oedd dim o hyn yn digwydd. O'r diwedd, ar ôl cau miloedd o fotymau pitw a chlymu milltiroedd o rubanau les, siaradodd Brioc.

'Hoffech chi edrych yn y drych?' gofynnodd, gan bwyntio at gornel yr ystafell.

Roedd drych bach yn pwyso ar y wal. Symudodd James y drych i fyny ac i lawr gan edrych yn syn ar ei adlewyrchiad. Siaced ddwbl, legins, esgidiau lledr du ysgafn … Roedd e'n edrych yn hollol wirion. Fel un o'r portreadau. Fel de Courcy o'r unfed ganrif ar bymtheg. Ac efallai y byddai hynny'n ddigon i achub ei fywyd.

Cerddodd James i lawr y grisiau. Roedd Brioc yn prowlan wrth ei ochr, un o ryfelwyr y llys, â'i felfed a'i greithiau a'i arfau. Roedd ei gleddyf arian yn hongian o'i wregys du addurnedig, yn trywanu'r aer y tu ôl iddo wrth iddo gerdded. Ar ochr arall y gwregys, roedd dagr mewn gwain ledr. Cariai arfau marwol.

Ym mhen arall y neuadd fawr, safai grŵp o ddynion yn gwisgo dillad tebyg. Tawelodd pob un wrth i James a Brioc agosáu, a chulhaodd eu llygaid yn amheus.

Arhosodd Brioc wrth ddrws yr ystafell dderbyn, cnociodd, pesychodd a chafodd ei alw ar orchymyn yr iarlles: *I mewn!*

Agorodd y drws a thywysodd James i'r ystafell.

Roedd yr iarlles yn gorwedd yn ei chadair wrth y tân, a bleiddgi bob ochr iddi. Cododd y ddau gi ar eu traed gan lygadu James yn ofalus. Dannedd, cleddyfau, dagerau …

'Diolch, Brioc,' meddai'r iarlles gan daflu gwên ato. Roedd Brioc wedi'i blesio gan y wên. Gwnaeth James nodyn o hynny, fel y gwnaeth nodyn o bob dim arall. Roedd ofn yn gwneud iddo sylwi ar bopeth. Petaet ti wir yn ofnus, meddyliodd, fyddet ti'n teimlo dim byd nac yn sylwi ar ddim byd. Doedd e ddim wedi cyrraedd y man hwnnw eto. Ofnai beth *allai* ddigwydd, nid beth oedd yn digwydd nawr.

Edrychodd Brioc ar James yn sydyn, fel petai'n dweud wrtho: *bihafia neu fe fyddi di mewn trwbwl dros dy ben*, yna trodd ar ei sawdl a chamu o'r ystafell.

Atseiniodd ei gamau ar y llawr, yna stopiodd. Roedd Brioc yn gwrando yr ochr arall i'r drws, meddyliodd James.

Cododd yr iarlles ei phen. 'Dere i mi gael dy weld di,' gorchmynnodd.

Aeth James ati trwy'r ystafell dderbyn hir. Chwyrnodd y bleiddgwn yn dawel.

'Gelert! Efnisien! Shh!' gorchmynnodd yr iarlles.

Cuddiodd James wên. Yn union fel bleiddgwn ei dad, hyd yn oed eu henwau.

'Rhywbeth yn ddoniol?'

'Na, ddim o gwbl,' atebodd James, yn estyn ei ddwylo er mwyn i'r bleiddgwn ddod i arfer â'i arogl. 'Mae gyda fy nhad fleiddgwn. Pedwar ohonyn nhw.'

'A, de Courcy go iawn, felly,' sylwodd yr iarlles. 'Rwyt ti'n gweld eisiau dy dad.'

'Yn fwy nag ry'ch chi'n ei feddwl …'

Fflachiodd yr iarlles wên lawn cydymdeimlad tuag ato, yna newidiodd ei hwyneb ac edrychodd arno'n ofalus o'i gorun i'w sawdl.

'Mae dy ddillad yn fwy addas heddiw, rwy'n gweld. Rwyt ti bron yr un maint â fy ngŵr. Mae e ychydig yn dalach ac yn lletach na ti.'

'Ble mae e?' gofynnodd James, gan edrych o'i gwmpas rhag ofn i'r iarll blin ruthro i'r ystafell unrhyw eiliad. Mi fyddai'n llawer anoddach ei dwyllo na'i wraig …

'Yn hela gyda'i Fawrhydi. Baeddod gwyllt yng nghoedwig Aberhonddu. Wnaeth ei ddynion aros yn ein caban dros nos. Maen nhw'n dychwelyd heddiw. Dwi'n siŵr y bydd fy ngŵr wrth ei fodd yn cwrdd â ti. Yn clywed dy stori,' ychwanegodd a'i phen ar un ochr. Doedd James ddim yn siŵr ai arwydd o ddrwgdybiaeth ynte chwilfrydedd oedd hyn.

Pwyntiodd yr iarlles at y gadair gyferbyn â hi gydag un symudiad gosgeiddig o'i braich. 'Nawr, eistedda, os gweli di'n dda. Oedd dy ystafell yn gysurus?'

'Cysurus iawn, diolch,' atebodd James, gan eistedd ar ei sgert wirion a'i haildrefnu oddi tano.

'Da iawn. Mae'r ystafell werdd yn cael ei rhoi i'r etifedd fel arfer, yr iarll nesaf.' Yna newidiodd ei hwyliau, a rhoddodd wên fach drist iddo. 'Rwy'n obeithiol y bydd Duw yn rhoi mab i ni, ond hyd yma, dydyn ni ddim wedi bod yn lwcus. Yn union fel y brenin Harri ei hun. Ond o leia mae ganddo ferch.'

Nodiodd James: y Frenhines Elizabeth. Agorodd ei geg i ddweud hynny, ond newidiodd ei feddwl yn sydyn.

'Mi fyddwch chi'n cael mab, dwi'n siŵr o hynny.' Gallai James ei ddisgrifio iddi: gwallt tywyll, trwyn hir, gwên ddrygionus; y trydydd iarll ar ddeg … roedd e wedi byw gyda phortread y bachgen ar wal y neuadd fawr ers un deg chwech o flynyddoedd.

'Dwi'n byw mewn gobaith,' atebodd yr iarlles yn hiraethus. 'Nawr dy fod di wedi gorffwys ychydig,' ychwanegodd, a'i llais yn ysgafn unwaith eto, 'hoffwn glywed mwy o dy stori anhygoel.'

Plygodd ymlaen at y bwrdd bach, ei dillad trwm yn gwneud ei symudiadau'n herciog. Cododd gloch fawr aur a'i hysgwyd. Roedd gemau coch yn hongian o'i chlustiau ac yn disgleirio wrth iddyn nhw ddal y golau.

Rai eiliadau'n ddiweddarach, rhuthrodd dynes arall i'r ystafell, wedi'i gwisgo'n dda, ond nid mor foethus â'r iarlles.

'Dewch â bwyd i'm perthynas.'

Moesymgrymodd y ddynes, yna brysiodd allan, gan gau'r drws yn dawel ar ei hôl.

Cydiodd yr iarlles mewn jwg fawr fetel o'r bwrdd ar ei phwys a llenwi cwpan i James. Cymerodd lwnc. Gwin coch gwan, a blas sbeislyd sinamon a chlofs arno. Roedd y ddiod yn gynnes a chysurlon. Ceisiodd James ei atal ei hun rhag yfed gormod. Roedd angen iddo fod ar ei wyliadwriaeth.

Aeth ymlaen â'i stori: y fordaith, y storm fawr a ddinistriodd y llong, y daith oer o'r arfordir, y lladron yn dwyn ei ddillad, cyrraedd y castell.

Daeth y forwyn yn ei hôl gyda phlât yn llawn coesau cyw iâr a rhyw fath o bastai.

Estynnodd yr iarlles ei llaw. 'Bwyta. Mae'n rhaid dy fod di ar lwgu.'

Doedd dim cyllyll a ffyrc, felly bwytaodd James â'i ddwylo.

'Rwyt ti'n lwcus bod fy ngwylwyr heb dy roi di yn y carchar,' meddai'r iarlles. 'Sleifio o gwmpas y castell, wir.'

'Lwcus iawn,' cytunodd James, gan lyncu llond ceg o gyw iâr. 'Mae'n rhaid 'mod i'n edrych fel cath wedi boddi!'

'Yn enwedig â'r holl ladron sydd yn y rhan hon o'r wlad. Roedden nhw'n meddwl dy fod di wedi nofio trwy'r dŵr o gwmpas y castell, siŵr o fod.'

'Fydden i ddim eisiau nofio yn y dŵr 'na, ddim gyda'r holl by—' Stopiodd James. Oedd yna bysgod yn y dŵr yn y cyfnod hwn?

'Y pysgod?' gofynnodd yr iarlles. 'Wel, oes, mae 'na bysgod yn y dŵr, rhai anferth hefyd, ond dyw nofio yn eu canol ddim yn syniad da. Rydyn ni'n eu bwyta nhw, gydag eirin sych.' Oedodd a daeth golwg ddifrifol i'w hwyneb. 'Ond fyddet ti'n synnu clywed beth mae rhai pobl yn barod i'w wneud pan maen nhw wedi colli pob gobaith.'

'Dim ond rhywun dewr neu ddwl fyddai'n ceisio torri i mewn i'r Castell Du, gyda'r dŵr, y gât a'r dynion arfog,' nododd James.

'Dewr a dwl, ie, ond mae rhywun *wedi* dwyn o'r castell,' meddai'r iarlles yn flin.

'Beth gafodd ei ddwyn?' gofynnodd James.

'Zephyr!'

'Zephyr?' gofynnodd James.

'Fy ngheffyl Arab prydferth!' llefodd yr iarlles, ei llygaid yn llawn gwenwyn. 'Wedi'i ddwyn!'

Llyncodd James y gwin, a theimlo'r gwres yn llifo trwyddo. 'Unrhyw syniad pwy aeth ag e?' gofynnodd, gan geisio ymddangos yn ddi-hid.

'O, oes! Dwi'n gwybod yn iawn pwy aeth ag e.'

'Pwy?'

'Y wrach 'na!'

'Gwrach?'

'Gydag un llygad. Welais i hi yn y stabl. A phan wnes i ei herio, dechreuodd hi ymladd, ymladd fel y diafol. Dim ond cael a chael oedd iddi ddianc.' Gwingodd yn ei chadair wrth ail-fyw'r digwyddiad. 'Mae'n rhaid ei bod hi wedi rhoi swyn ar Zephyr; dim ond *fi* sy'n gallu'i farchogaeth. Ac am ei fod e mor chwim, mi wnaethon nhw lwyddo i ddianc rhag y dynion i gyd.' Cymerodd lwnc o'i gwin a tharo'r cwpan ar y bwrdd, gan achosi i ddiferion o win coch syrthio fel gwaed ar y bwrdd a thros y llawr.

'Ond paid â phoeni,' nododd yr iarlles gyda gwên. 'Bydd hi'n cael ei dal, rywbryd. Dwyt ti ddim yn gallu cuddio ceffyl Arab yn hawdd iawn. Bydd pobl yn sylwi arno. Bydd pobl yn siarad. Mae ganddo farc teulu'r de Courcy arno beth bynnag, ac all gwrach ag un llygad ddim cuddio'n hawdd iawn.'

Plygodd James dros ei gwpan yn esgus arogli'r gwin. Cymerodd gegaid a llyncu'r lwmp yn ei wddf. Edrychodd i fyny wedi iddo lwyddo i gael gwared â phob emosiwn o'i wyneb.

'Beth wnewch chi â hi,' gofynnodd, 'os caiff hi ei dal?'

'Ei chrogi, wrth gwrs. Fel pob lleidr ceffylau arall.' Plygodd yr iarlles ymlaen at y tân, rhwbiodd ei dwylo a siarad i mewn i'r fflamau. 'Neu ei llosgi. Am ei bod yn wrach …'

44

Poerai a chleciai'r tân ar aelwyd y Castell Du. Yn sydyn, rhuodd chwa o wynt i lawr y simnai, gan achosi i'r fflamau gynddeiriogi.

O, Mari, meddyliodd James, a'i stumog yn troi. *Beth wyt ti wedi'i wneud?*

Syllodd yr iarlles ar James, a'r pryder yn lledu dros ei hwyneb prydferth.

'Rwyt ti'n edrych yn sâl, frawd!'

Meddyliodd James am gelwydd arall. 'Fy mhen. Pan ymosododd y dynion arna i, wnes i syrthio a tharo 'mhen.'

'Rwyt ti wedi'i daro'n gas!' ebychodd yr iarlles, wedi'i syfrdanu. 'Pa flwyddyn yw hi eleni?'

'Ym,' rhwbiodd James ei ben. 'O na, dwi ddim yn gwybod!'

'Wedi'i daro'n gas iawn, felly,' meddai'r iarlles. 'Mae hi'n 1537.'

A-ha, meddyliodd James, yn cofio am ei wersi hanes.

'Dwi'n dechrau cofio nawr,' meddai. 'Cafodd Ei Fawrhydi wared â'r mynachlogydd i gyd llynedd, do?'

Nodiodd yr iarlles, ac edrychodd yn bryderus ond yn falch. 'Y Ddeddf Atal.'

Gwenodd James yn gam. Roedd yn sicr bod teulu'r de Courcy wedi elwa o hynny wrth i Harri VIII rannu ychydig o'r ysbail â nhw.

'Cafodd Harri flwyddyn brysur,' aeth James yn ei flaen, gan geisio cadw ei lais yn wastad. 'Os dwi'n cofio'n iawn, cafodd gwraig y brenin, Anne Boleyn, ei dienyddio llynedd.'

Caeodd yr iarlles ei gwefusau'n dynn. 'Gwell peidio siarad am hynny.'

'Ac ar nodyn hapusach,' ychwanegodd James, 'priododd y brenin Jane Seymour yn ddiweddar.'

Gallai ychwanegu y byddai Jane Seymour, y frenhines newydd, yn marw wrth roi genedigaeth ym mis Hydref y flwyddyn honno, ond sylweddolodd y gallai yntau gael ei grogi am ddarogan digwyddiadau'r dyfodol.

'Mae dy gof di'n iawn, felly. Ac rwyt ti'n wybodus iawn,' nododd yr iarlles, ychydig yn wyliadwrus.

Gwell ymddangos yn gyfeillgar ac ychydig yn dwp, fel ambell un o rengoedd y dosbarth uwch, meddyliodd James.

'O, alli di ddiolch i fy mam am hynny,' meddai'n ddi-hid, gan chwifio ei law. 'Mae hi'n hoffi bod yn wybodus am y pethau 'ma.' Roedd hynny'n wir. Roedd ymweliad y postman â'i chylchgrawn *Hello!* yn uchafbwynt wythnosol iddi.

'Mae lledaenu sibrydion yn gallu bod yn beryglus weithiau,' rhybuddiodd yr iarlles, a'i llygaid yn caledu'n ddeallus.

Gelyn, atgoffodd James ei hun.

'Nawr,' meddai'r iarlles, yn gwenu'n llydan yn sydyn, 'dwed wrtha i am dy gartref. Dwi erioed wedi bod i Ffrainc, er yr hoffwn i fynd.'

Oedd hi'n ceisio ei roi ar brawf, meddyliodd James, neu ai chwilfrydig oedd hi?

'Wel, mae gan fy nghartref ddŵr o'i gwmpas, fel hyn, a llawer o bysgod,' dechreuodd gyda brwdfrydedd ffug, 'er na fyddai fy mam yn meiddio eu bwyta, ac mae ganddo ddeuddeg tŵr,' aeth yn ei flaen yn hyderus. Y flwyddyn flaenorol aeth ei deulu i *chateau* yn Normandi. Dywedodd ei dad eu bod nhw'n perthyn i'r teulu de Courcy Ffrengig ar un adeg.

'Mae e wedi'i adeiladu o ...'

Treuliodd James ddeg munud yn disgrifio Chateau de Clermont yn fanwl cyn i sŵn corn yn y pellter dorri ar ei draws.

'Ei Fawrhydi!' gwaeddodd yr iarlles, gan neidio ar ei thraed. 'Rhaid i mi sicrhau bod pob dim yn barod.'

Safodd James hefyd. Rhuthrodd ton o gyffro drwyddo. Roedd y brenin wedi cyrraedd, ac roedd yn mynd i gyhoeddi manylion y twrnamaint. A byddai Mari'n dod. Byddai'r wrach ag un llygad, neu'r lleidr ceffylau, yn cerdded yn syth i mewn i drap.

Dilynodd James yr iarlles i'r neuadd fawr. Daeth dynion arfog drwy'r drysau, a'u cleddyfau'n bownsio wrth eu cluniau. Rhuthrai morynion a gweision o amgylch y neuadd fawr. Aeth James allan o'r castell gyda'r dorf ac i mewn i'r iard, lle safai morynion, gweision stabl, gwŷr y llys a'r iarlles mewn llinell yn barod i gyfarch y brenin.

Clywodd James drwmpedi. Curiadau drymiau. Carnau'n taro'r llawr carreg wrth i griw o ddynion ar geffylau garlamu dros y bont.

Roedd yna wŷr mewn gwisgoedd coch, glas a gwyrdd moethus ar gefn ceffylau â myngau llaes a chyfrwyau ysblennydd. Roedd gweision mewn dillad carpiog yn cael eu llusgo gan fleiddgwn wrth gadwynau trwm. Chwifiai baneri coch ac aur anferth yn yr awel, a lluniau o uncorn a llewpard a hebog arnyn nhw.

Sylwodd James ar y brenin yn syth. Roedd yn ei adnabod o'r llyfrau hanes, a gallai synhwyro'i rym a'i urddas wrth iddo edrych o'i gwmpas dan wenu'n falch. Y brenin mawreddog yn dychwelyd o'r helfa lwyddiannus. Gallai weld yr ofn a'r wyliadwriaeth yn llygaid y dorf.

Dyma beth oedd pŵer.

Arafodd y brenin ei geffyl o flaen yr iarlles. Edrychodd hithau tua'r llawr yn barchus. Wrth iddi blygu o'i flaen, allai hi ddim cadw ei dwylo'n llonydd yn ei chyffro. Roedden nhw'n dawnsio ac yn chwifio, a'r llewys sidanaidd, coch yn chwipio'r aer. Dewisodd ei geiriau'n ofalus wrth iddi groesawu ei brenin:

'Croeso 'nôl i'r Castell Du, Eich Mawrhydi.'

Disgynnodd y brenin oddi ar ei geffyl. Gwyliodd James e'n ofalus, yn methu credu bod Harri VIII yn sefyll yn ei gastell e. Y brenin enwog. Y rebel. Y teyrn. Llofrudd gwragedd.

Roedd e'r un mor fawr ag yr oedd y llyfrau hanes yn ei ddweud. Safai a'i goesau ar led, ei draed yn sownd ar y ddaear, a'i frest wedi chwyddo. Roedd ei wyneb yn llydan a'i wefusau bach ar gau'n dynn, fel petai'n rheoli ei emosiynau, neu'i ddiffyg amynedd, efallai. Roedd y farf a'r mwstásh llaes yn lleddfu ychydig ar y difrifoldeb, ond wyneb rhyfelwr digyfaddawd oedd hwn. Roedd ei lygaid glas yn syllu'n syth atoch chi, a'i aeliau uchel fel petaen nhw'n eich herio.

Mae pŵer yn llygru, a gallai James weld ôl y pŵer hwn yn y brenin. Gwae'r sawl a fentrai ei ddigio; gallai ysbrydion dwy o'i wragedd dystio i hynny – un wedi'i dienyddio, a'r llall heb hyd yn oed ei briodi eto.

45

*E*isteddai Mari wrth fwrdd cegin y bwthyn carreg. Llosgai'r tân, ond doedd dim sôn am Morfudd. Meddyliodd Mari tybed ble roedd hi. Roedd hi'n teimlo'n sâl ac yn llwglyd yr un pryd. Poenai'n arw am ei mam a'i thad. Bydden nhw wedi gweld ei nodyn erbyn hyn, ac yn gofidio'n fawr amdani. Cafodd ei hun yn estyn am ei ffôn, yn reddfol, bron, i ffonio neu anfon neges at James. Roedd e'n medru gwneud iddi deimlo'n well bob tro. Chwarddodd Mari'n chwerw. Roedd James bron i bum can mlynedd i ffwrdd.

Gwthiodd ei hun ar ei thraed a cherdded o gwmpas y gegin fechan. Roedd angen iddi wneud rhywbeth i'w chadw'i hun yn brysur. Dylai baratoi brecwast iddi hi'i hun ond doedd dim oergell yn llawn llaeth, wyau a bacwn, dim bocsys o rawnfwyd, dim talp o fenyn mewn ffoil. Doedd dim syniad ganddi ble i ddechrau.

Daeth sŵn trwmpedi yn y pellter. Brysiodd Mari at y drws ac edrych allan. Pan welodd nad oedd neb o gwmpas, cerddodd o'r tŷ a syllu'n syn ar ddigwyddiadau ochr arall y dyffryn.

Allai Mari ddim gweld wynebau o'r pellter hwn, ond gwelai ffigwr anferth ar gefn ceffyl du yn marchogaeth ar flaen criw o ddynion ar geffylau, gyda mwy o ddynion yn cerdded ac o leiaf wyth o fleiddgwn yn eu dilyn. Rhuthrai pawb o gwmpas y dyn mawr a phlygu'n isel o'i flaen, gan gerdded wysg eu cefnau wrth iddo fynd tuag at y castell. Y Brenin Harri VIII. Y dyn a oedd yn gyfrifol am ddyfodol ei theulu, a dyn fyddai'n chwarae gyda'r dyfodol hwnnw a'i beryglu pan fyddai'n cyhoeddi manylion y twrnamaint.

Hyd yn oed o bell, roedd pŵer y brenin a'r ofn roedd yn ei greu ymhlith pawb o'i gwmpas yn amlwg – fel yr helfa gyntaf honno pan aeth heibio i'r bwthyn. Lledaenodd yr ofn trwy'r dyffryn, ac anfonodd ias i lawr cefn Mari. Y tro nesaf y byddai hi'n ei weld, byddai'n llawer agosach ato. Sut byddai hi'n ymdopi â hynny, yn ei bresenoldeb, gyda chymaint yn y fantol, cymaint i'w wneud …

Gweddïodd Mari y byddai'r twrnamaint yn cael ei gynnal yn fuan, er mwyn ei theulu presennol a theulu ei hamser hi. Ac er ei mwyn hi. Doedd hi ddim am fyw yn llawer hwy gyda'r ofn hwn.

Pan ddiflannodd y brenin a'i griw i mewn i'r castell, aeth yn ôl i'r bwthyn.

Ymhen ychydig, agorodd y drws y tu ôl iddi. Trodd Mari, ac mewn un symudiad cyflym tynnodd ei chyllell o'r strap ar ei choes a'i chwifio o'i blaen.

Morfudd oedd yno. Cymerodd yr hen wraig ddau gam yn ôl, a'i llygaid led y pen ar agor. 'Rho dy arf gadw,' siarsiodd yn gyflym.

Syllodd Mari ar ei chyllell fel petai'n synnu ei bod hi yn ei llaw.

'Sorri,' meddai, gan ddychwelyd y gyllell i'w strap. Sylwodd ar ei llaw yn crynu, gan deimlo ei hofn a'i chyffro'n ei llosgi. 'Roedd gweld y brenin wedi codi ofn arna i.'

'Wedi codi ofn ar y dyffryn i gyd.'

Caeodd yr hen wraig y drws a chau'r follt. Trodd yn ôl at Mari.

'Mae pawb yn eu hiawn bwyll yn sâl gan ofn. Hyd yn oed yr iarll a'r iarlles, yn ôl y sôn. Mae pawb yn gwybod beth sy'n digwydd i'r rheini sy'n syrthio o'r uchelfannau ...'

'Maen nhw'n colli eu pennau,' nododd Mari'n dawel.

Crynodd drwyddi wrth iddi ddeall yn sydyn o ble roedd y dywediad yn dod. Roedd pobl yn ei ddweud yn ei hamser hi fel petai'n golygu dim byd. Ond roedd yn golygu pob dim nawr.

Crynodd eto. 'Ble ydych chi wedi bod, 'te?' gofynnodd.

Gwenodd Morfudd a diflannodd ychydig o'r tyndra o'r ystafell. 'I chwilio am fwa i Feistres y Bwa Hir.'

'Fyddwn i wedi dod i gadw cwmni i chi.'

Ysgydwodd Morfudd ei phen. 'Ddim yn gwisgo'r dillad yna. Cofia, mae dynion yr iarll yn chwilio amdanat ti.' Edrychodd ar Mari. 'Rwyt ti'n edrych yn rhyfedd iawn.'

Siwmper a legins, meddyliodd Mari. Eitemau digon arferol yn yr unfed ganrif ar hugain ond rhai fyddai'n dangos ei bod hi ddim yn perthyn yma, yn dangos ei bod hi'n estron yn syth.

'Dwi wedi gosod dillad mwy addas ar dy gyfer ar y stôl,' meddai gan amneidio ar y pentwr bach o ddillad.

'Diolch,' meddai Mari.

'Beth am y dillad eraill roddais i i ti?'

'Sorri. Wnes i eu gadael nhw ar ôl. Yn fy amser i.' Wnaeth hi ddim sôn am dorri'r siôl er mwyn cuddio'r fodrwy roedd hi wedi'i dwyn.

Edrychai Morfudd fel petai un hanner ohoni'n flin, a'r hanner arall wedi derbyn ei ffawd. 'Rwyt ti'n lwcus. Cefais i'r rhain rai wythnosau yn ôl fel taliad am wella saethwr a dorrodd ei hun wrth wneud saethau. Toriad bach cas ond llwyddais i'w wella. Newidia, ac wedyn wnawn ni fwyta.'

Cadwodd Morfudd ei hun yn brysur dros botyn o'r hyn oedd yn edrych fel ceirch a llaeth wrth i Mari wisgo ei dillad newydd. Legins gwlân lliw hufen, crys lliain gwyn a ffrog werdd o wlân, oedd yn llac o gwmpas ei hysgwyddau, a gwregys lledr brown.

Trodd Morfudd i'w hastudio. 'Llawer gwell. Nawr,' meddai, gan roi bwced pren iddi, 'cer i nôl ychydig o ddŵr i ni, wnei di?'

Am eiliad, edrychodd Mari o gwmpas yr ystafell yn chwilio am dap cyn cofio am y ffynnon.

'Paid â phoeni am y fuwch,' ychwanegodd Morfudd. 'Mae hi'n ddigon cyfeillgar.'

Tynnodd Mari follt y drws a cherdded allan. Arhosodd am eiliad ac edrychodd ar draws y dyffryn. Roedd pob dim yn dawel erbyn hyn. Rhaid bod popeth yn digwydd y tu mewn i ddiogelwch y Castell Du, yn bell oddi wrth lygaid busneslyd y dyffryn.

Gwelodd Mari'r fuwch. Wrth iddi agosáu, cafodd y creadur ofn rhyw sŵn o'r coed ychydig yn is i lawr y bryn. Sŵn tebyg i frigyn yn torri. Rhyw anifail yn symud, siŵr o fod, meddyliodd Mari. Anifail mawr. Oedd bleiddiaid yma? Rhuthrodd at y ffynnon i gael y dŵr.

Pan gyrhaeddodd yn ôl at y bwthyn, sylwodd fod Morfudd wedi gosod dwy fowlennaid o uwd ar y bwrdd. Roedd ychydig o fêl ar ben pob un. Roedd yn hyfryd, ac erbyn y diwedd, roedd Mari'n llawn dop. Pan orffennodd y ddwy eu bwyd, cliriodd Mari'r bwrdd.

'Be nesa?' gofynnodd.

'Eistedd ac aros. Helpa fi i falu perlysiau os wyt ti am gadw'n brysur.'

Gwenodd Mari'n ddiolchgar. 'Ydw, plis. Unrhyw beth.'

Dechreuodd deimlo ei phen yn troi wrth iddi eistedd yn yr ystafell fach yn malu perlysiau sych yn bowdr gyda phestl a mortar, fel petai teithio yn ôl trwy amser wedi rhoi salwch teithio iddi. Roedd hi wedi gwneud hyn ganwaith gyda Seren wrth ei hochr yn ei dysgu am y planhigion a'u nodweddion, am beth oedd yn lladd a beth oedd yn gwella.

46

Aeth yr oriau heibio, ac wrth i'r dydd droi'n nos, goleuodd Morfudd y canhwyllau drewllyd; yna cododd Mari a hithau eu cyllyll i blicio a thorri basgedaid o lysiau er mwyn gwneud cawl.

Crwydrodd meddwl Mari at ei mam a'i thad. Beth oedden nhw'n ei wneud nawr? Sut oedden nhw'n ymdopi â'r ffaith ei bod hi ar goll?

Rhoddodd Mari ei chyllell yn ôl yn y wain wrth i'r llysiau fyrlymu berwi yn y crochan ar y tân. Wrth iddi dywyllu, eisteddodd y ddwy i fwyta'r cawl llysiau. Doedd dim chwant bwyd ar Mari ond gorfododd ei hun i'w fwyta.

Roedd gwyntoedd y gwanwyn yn sgrechian y tu allan unwaith eto, yn cuddio pob arwydd bod rhywun yn agosáu at y bwthyn.

Neidiodd y ddwy wrth glywed y gnoc ar y drws, cyn edrych ar ei gilydd yn llawn ofn.

Cododd Morfudd fys at ei gwefusau ac amneidiodd at yr ystafell yng nghefn y bwthyn. Heb smic, symudodd Mari ei stôl, cododd ei phlât, ei llwy a'i chwpan a llithro y tu ôl i'r llenni. Daliodd ei chyllell yn ei llaw ac arhosodd.

Aeth yr hen wraig at y drws. 'Pwy sy 'na?' gwaeddodd.

'Ifan,' oedd yr ateb.

Arhosodd Mari'n ddiogel y tu ôl i'r llenni gyda'i chyllell yn barod a'i chalon yn curo'n galed. Pwy oedd Ifan? Heliwr? Ffrind?

'Un funud,' atebodd Morfudd.

Tynnodd y bolltau'n ôl, a chwythodd gwynt oer i mewn i'r tŷ wrth iddi agor y drws. Daeth arogl gwaed i lenwi'r ystafell.

'Mae gen i rywbeth i chi,' meddai llais dwfn dyn. Yna clywodd Mari chwerthin. 'Dau beth. Darn bach hyfryd o gig oen, wedi'i ladd lai nag awr yn ôl.' Oedodd y dyn, a chodi'i lais fel petai ganddo fil o gwestiynau. 'A bwa rhyfel i chi. I rywun sydd bum troedfedd saith modfedd o daldra, os cofia i'n iawn. Roeddech chi'n fanwl iawn, medde Prys y ffarmwr pan welais i e ar y ffordd yn ôl o'r farchnad. A ddwedais i, i beth mae Morfudd Morgan eisiau bwa rhyfel? A ddwedodd e, paid â gofyn. Felly dyma fe. Wedi bod yn y teulu ers cyn amser fy nhad-cu. Tipyn o hanes iddo … Tipyn o waith i'w dynnu … ond dylai unrhyw ddyn gwerth ei halen fedru ei drin.'

Gwgodd Mari ond roedd hi wrth ei bodd. Roedd ganddi fwa!

'Dyma fag i'r saethau hefyd,' meddai'r dyn. 'Deuddeg saeth, gyda'r plu gŵydd wedi'u torri'n fyr. Y gorau. Dwi wedi'u tocio i'w gwneud nhw mor ysgafn â phosib. Fe ofynnoch chi am rai oedd yn medru hedfan yn bell. Dyma nhw.'

'Diolch, Ifan. Dwi'n eu gwerthfawrogi'n fawr.'

'Ond pwy fydd yn defnyddio'r bwa 'te, Morfudd? Chi'n gweld, fe glywais i si heddiw ...' Tawelodd llais y dyn.

'Beth glywsoch chi?' gofynnodd Morfudd.

'Glywais i wrth fy mrawd – wyddoch chi amdano, mae e'n was i'r iarll – fod y brenin am wneud cyhoeddiad yn y wledd heno fod twrnamaint i'w gynnal ymhen deuddydd. A bydd yn galw ar yr Oweniaid i brofi eu dewrder. Bydd yn gofyn iddyn nhw anfon meistr bwa hir.'

Y tu ôl i'r llenni, cydiodd Mari'n dynn yn y gyllell, ei chorff yn llonydd gan ofn. Felly roedd y twrnamaint yn agosáu.

'Gawn ni weld,' atebodd Morfudd yn swta. 'Diolch eto, Ifan, a nos da i chi.'

Gwrandawodd Mari arnyn nhw'n ffarwelio â'i gilydd, yna, pan glywodd y drws yn agor gyda chlic, yna'n cael ei folltio'n dynn, llithrodd o'r tu ôl i'r llenni.

Edrychodd ar Morfudd a chydio yn y bwa roedd hi'n ei estyn tuag ati. Teimlodd y pŵer cyfarwydd wrth iddi ddal y bwa yn ei dwylo.

Daliodd Mari'r bwa o'i blaen. Roedd ychydig yn dalach na hi. Yr hyd perffaith ... Pwysodd ef yn ei dwylo. Byddai'r diffyg lleiaf yn ei gydbwysedd yn golygu y gallai saeth a ryddhawyd o bum deg llath naill ai daro'r cylch aur neu lanio ychydig fodfeddi y tu allan iddo. Gweddïodd y byddai'r bwa hwn yn gwneud y tro.

Rhoddodd Mari'r bwa ar y llawr a chodi'r bag saethau. Gwyddai nad oedd saethwyr yn y cyfnod hwn yn dueddol o roi eu saethau mewn cawell. Roedd y top agored yn golygu bod y glaw yn medru dod i mewn iddo. Roedd plu gwlyb yn gwneud i saethau hedfan yn gam. Ac mewn brwydr gythryblus, gallai saethau syrthio o gawell agored. Ond fyddai dim byd yn syrthio o'r bag hwn. Roedd wedi'i wneud o liain ac wedi'i gau'n dynn â rhuban les. Er mwyn cadw dŵr rhagddo, roedd wedi'i orchuddio â chwyr. Cadwai ffrâm bren gadarn y bag y saethau ar wahân gan atal y plu rhag cael eu gwasgu.

Tynnodd Mari rai saethau ohono a'u hastudio'n ofalus, gan eu pwyso ar ei bysedd. Roedden nhw'n ysgafn. Yn fendigedig o ysgafn. Mi fyddai'r rhain yn hedfan yn bell. Gwasgodd ei bys ar eu blaenau dur miniog. Bydden nhw'n gallu lladd hefyd.

Y tu fewn i'r bag roedd dau linyn, ond fyddai Mari ddim yn defnyddio'r rheini. Dewisodd ei llinyn ei hun o'i bag cefn. Roedd ganddyn nhw bedwar edefyn ar ddeg, y gorau y gallai'r unfed ganrif ar hugain ei gynnig. Byddai'r rhain yn rhoi straen fawr ar y bwa, ond dyma ei hunig obaith o daro'r targed.

Agorodd y drws a cherdded i'r nos. Safodd rai camau o flaen y bwthyn. Dilynodd Morfudd hi, yn dal cannwyll i oleuo defod dawel Mari.

Yn gyntaf, gan ddefnyddio ei phen-glin i blygu'r ffon, rhoddodd y llinyn ar y bwa.

Mesurodd y pellter rhwng yr handlen a'r llinyn gyda'i dwrn de.

Clywodd lais ei thad yn ei phen. *Gwna'n siŵr fod y llinyn ddim yn rhy dynn, cariad …*

Nawr roedd angen i Mari brofi ei gallu a'i nerth wrth drin y bwa. Ymestynnodd ei choesau a phlygodd eto, cyn gwneud y symudiad cyfarwydd, rhwydd: sythu a thynnu'r bwa yn ôl ar yr un pryd. Roedd ei chyhyrau'n ymestyn ac yn crynu. Defnyddiodd ei holl gryfder. Tua phum deg pum pwys, dyfalodd. Pum pwys yn drymach na'r pwysau roedd hi wedi arfer ag ef, ond gallai hi wneud hyn. Roedd *angen* iddi wneud hyn. Tynnodd y llinyn yr holl ffordd at ei chlust a'i ddal yno nes bod ei chyhyrau'n llosgi.

Roedd y pren fel petai'n canu, neu'n sgrechian efallai. Rhyddhaodd y bwa yn araf, yna tynnodd y llinyn.

Trodd at Morfudd, ac roedd ei channwyll yn llachar yng nghanol y tywyllwch.

'Nawr yr unig beth sydd ei angen arna i yw targed.'

47

Atseiniodd sŵn y gong trwy'r Castell Du. Roedd y wledd ar fin dechrau. Gwisgai James deits gwyn llachar, a siaced goch a gwyrdd gyda ffriliau oedd yn gorchuddio rhan o'i goesau – diolch i'r drefn, meddyliodd wrtho'i hun. Cafodd ei dywys o'i ystafell gan Brioc, y dyn arfog creithiog.

'Dim cleddyf i fi?' gofynnodd, gan edrych ar arf Brioc.

'Dydych chi ddim yn ddyn arfog.'

'Na. Ond dwi'n arglwydd.'

Edrychodd Brioc arno'n ddirmygus. 'Dewch. Gwell peidio cadw Ei Fawrhydi'n aros …'

Wrth i James ddilyn y dorf o westeion i'r neuadd fawr, daeth Brioc i stop yn sydyn a phlygu. 'F'arglwydd,' meddai wrth ddyn tal a chanddo wyneb caled, a sylweddolodd James yn syth mai ei gyndad oedd hwn, y deuddegfed iarll.

'Pwy yw hwn, Brioc?' gofynnodd yr iarll.

Llyncodd James ei ofn. Gallai weld yn llygaid y dyn nad un o'r ieirll de Courcy anobeithiol oedd hwn. Roedd hwn yn rhyfelwr didrugaredd, ac edrychai fel petai'n ddigon parod i neidio ar James gyda'r cleddyf oedd yn hongian o'i wregys.

Ymgrymodd James. 'Fi yw'r Arglwydd James de Courcy, o Chateau Clermont.'

Lledodd llygaid yr iarll, ac edrychodd yn ofalus ac yn ddrwgdybus ar James. Arhosodd ei lygaid ar ei law. Estynnodd ei law yntau i gydio ynddi a'i throi.

Estynnodd ei fys i gyffwrdd yn sêl-fodrwy James. A rhewodd. Agorodd ei geg i siarad ond cafodd ei eiriau eu boddi gan drwmpedi a sŵn gweiddi:

'Y brenin! Y brenin!'

Gollyngodd yr iarll ei law a phlygodd i sibrwd rhywbeth yng nghlust Brioc. Beth bynnag oedd y geiriau, doedden nhw ddim yn argoeli'n dda i James. Teimlodd fflach o ofn wrth i'r dyn arfog droi tuag ato ac edrych arno'n filain.

Yna trodd pob llygad at y brenin, at Harri VIII a'i fintai o ddynion arfog yn gorymdeithio i mewn i'r neuadd. Gwisgai'r brenin bentyrrau o felfed a ffwr, ei ysgwyddau'n anferth a'i gorff yn disgleirio dan bwysau cadwyni aur a modrwyau'n llawn gemau.

Daeth yr Iarlles de Courcy i'r neuadd ac arweiniodd hithau a'r iarll y brenin at y bwrdd mwyaf, gan ei roi i eistedd rhyngddyn nhw ill dau. Gwisgai'r iarlles ffrog sidan a melfed lliw aur addurnedig, oedd wedi'i thynnu'n dynn am ei chanol er mwyn dangos ffurf ei chorff ifanc. Roedd gemau cochion de Courcy drosti i gyd.

Roedd calon James yn curo fel gordd. *Nawr! Rhaid i ti adael nawr* ... Dechreuodd droi cyn cael ei rwystro gan Brioc a Cranog oedd wedi ymddangos wrth ei ymyl yn sydyn.

'Y ffordd anghywir, Arglwydd James. Wedi anghofio rheolau cwrteisi?' sibrydodd Cranog. 'Pan mae Ei Fawrhydi'n eistedd, rydyn ni i gyd yn eistedd.'

Tywysodd y dynion arfog James tuag at un o'r ddau fwrdd hir, yr un pellaf oddi wrth y brenin, gan siarad a gwenu bob cam fel petai hyn yn rhan o drefniadau'r achlysur crand. Eisteddodd y ddau bob ochr iddo. Allai James ddim dianc.

Unwaith i'r brenin gymryd ei gegaid cyntaf o goes paun, dechreuodd Brioc a Cranog fwyta. Roedd y bwrdd yn drwm gan gig. Roedd cig carw, cig oen a chyw iâr, ond roedd cig tebyg iawn i alarch yno hefyd. Doedd dim chwant bwyd ar James ond gorfododd ei hun i'w fwyta.

Tawelodd y neuadd wrth i'r brenin godi ar ei draed.

'Hoffwn ddiolch o galon i'm lletywyr caredig, yr Iarll a'r Iarlles de Courcy,' cyhoeddodd. Oedodd, trodd a rhoi gwên frenhinol i'r ddau ohonyn nhw. 'Rydyn ni wedi cael sawl diwrnod llwyddiannus o hela. Lladdwyd pedwar ar hugain o faeddod ac ugain o'r merlod mynydd Cymreig felltith yna sy'n tarfu ar fridio fy ngheffylau rhyfel i.'

Daeth ffrwydrad o glapio a gweiddi a chymeradwyaeth. Edrychodd James o'i gwmpas mewn rhyfeddod. Meddyliodd am gyndad Mari, a meddyliodd tybed oedd rhai o'r merlod yn eiddo iddo ef.

Agorodd y brenin ei geg i siarad, a daeth tawelwch unwaith eto, fel petai wedi gosod swyn ar bawb. 'Mae hyd yn oed tywydd ansefydlog Cymru wedi bod yn garedig i ni, a nawr y wledd fendigedig hon. Fel arwydd o ddiolch am hyn, rwyf yn cyhoeddi y bydd twrnamaint yn cael ei gynnal ymhen deuddydd.' Daeth mwy o weiddi gan ei bobl, mwy o guro dwylo a tharo cwpanau yn erbyn ei gilydd.

'Bydd ymladd ar gefn ceffyl, bydd taflu polion, bydd saethyddiaeth. Mae'r rhan hon o'r byd yn enwog am allu ei meistri bwa. Rwyf yn edrych ymlaen at fod yn dyst i'r cyfan hyn.' Trodd y brenin at yr iarll ac edrych arno fel petai'n cynllwynio ag ef.

'Ar ran fy lletywyr,' aeth yn ei flaen, ei lais yn taranu o gwmpas y neuadd, 'rwyf yn galw ar y teulu Owen, fferm Nanteos, i anfon meistr bwa hir addas a galluog. Mae'n rhaid iddo gystadlu yn y twrnamaint. Dylai wneud ei ddyletswydd yn dda. Dylai anrhydeddu'r llw a wnaeth ei gyndadau i'r Tywysog Du.'

Teimlai James ei galon yn curo'n galed. Roedd y trap wedi'i osod i Mari.

Eisteddodd y brenin i gyfeiliant cymeradwyaeth swnllyd. Curodd y gwesteion eu dwylo, a tharo eu dyrnau a'u cwpanau metel ar y byrddau, gan ollwng hylif dros y pren. Roedd yr iarll yn taro'r bwrdd â charn ei ddagr, a'i lygaid yn disgleirio'n fuddugoliaethus.

Caeodd llaw Brioc am fraich James.

'Gwell i ti ddod gyda mi,' gorchmynnodd yn llym.

'Pam?' gofynnodd James gan geisio ymddangos yn ddi-hid.

'Oherwydd nad oes lle i ladron yng ngwledd y brenin, *Arglwydd* James.'

48

Teimlai James naws oer a llwm y carchar wrth iddyn nhw agosáu. Gwthiai Brioc flaen ei gleddyf yn erbyn ei gefn i'w orfodi i fynd i lawr y grisiau.

Chwarddodd Cranog. 'Ydych chi'n medru teimlo'r rhaff, *Arglwydd* James? Ydych chi'n ei theimlo'n tynhau am eich gwddf uchelwrol chi?'

Llyncodd James ei ateb. Roedd ei ymennydd yn rhedeg gan filltir yr awr wrth geisio ymdopi â'r byd newydd hwn. Caethiwed, cleddyfau, dynion arfog, lleidr, carchar. Beth ar y ddaear oedd yn gwneud iddyn nhw feddwl mai lleidr oedd e? Roedd gan hyn rywbeth i'w wneud â'i fodrwy, ond roedd hynny'n amhosib.

Llosgai tân yn y cyntedd isaf, gan anfon cynhesrwydd gwan a chylchoedd o fwg drwy'r lle. Eisteddai dyn boliog mewn dillad carpiog wrth y tân, yn hanner cysgu. Neidiodd ar ei draed wrth i'r tri agosáu.

Roedd James yn adnabod y gwyliwr nos.

Cododd y dyn ei aeliau yn syn. 'Yr Arglwydd James?' gofynnodd.

Chwarddodd Cranog yn ddirmygus. 'Lleidr a chelwyddgi yw hwn. I'r carchar ag e!'

Gwthiodd Brioc James gyda blaen ei gleddyf tuag at gell ym mhen pellaf y carchar – y rhan oeraf, dywyllaf.

Wrth iddyn nhw fynd heibio i'r celloedd gwag, sylwodd James ar symudiad sydyn. Cododd dyn â gwallt golau hir a barf drom at y bariau a chydio ynddyn nhw â'i ddwylo anferth. *Cyndad Mari.* Roedd James yn siŵr o hynny. Edrychodd i fyw ei lygaid: roedd yn ddeallus, yn chwilfrydig ac yn gynddeiriog, fel anifail mewn cawell.

Gwthiodd Brioc James yn ei flaen, ac i mewn i gell agored, cyn tynnu'r drws ar gau gyda chlep a atseiniodd trwy'r carchar. Tynnodd ceidwad y carchar bentwr mawr o allweddi o boced ei wisg a'i gloi yn y gell.

'Gweddïa ar Dduw, *Arglwydd* James,' poerodd Brioc, gan wenu'n goeglyd arno trwy'r bariau.

Moesymgrymodd Cranog, y dyn ag wyneb ci bach, yna trodd a cherdded i ffwrdd, gan chwerthin gyda Brioc.

Gwrandawodd James ar eu camau'n diflannu. Safodd yn y tawelwch byddarol. Roedd wedi'i gloi mewn cell. Yn garcharor. A neb yn dod i'w achub, yn y cyfnod hwn – na'i gyfnod e.

Clywodd James siffrwd tawel: llygod mawr. Roedd arogl mwg, lleithder a hen fwyd yn llenwi'r aer oer. Eisteddodd ar y fainc arw, tynnodd flanced denau o gwmpas ei ysgwyddau a rhwbio'i wyneb. Sut roedd hyn wedi digwydd iddo? Sut roedd yr hunllef hon wedi datblygu? Gwyddai'n iawn beth oedd yr ateb: chwilfrydedd a rhwystredigaeth oherwydd bod Mari'n cadw cyfrinach rhagddo. Nawr roedd e'n gwybod pam. Er mwyn ei ddiogelwch. Doedd yr unfed ganrif ar bymtheg ddim yn faes chwarae i blant breintiedig. Cododd a cherdded yn ôl ac ymlaen. Gallai fynd o amgylch y gell gyfan mewn deg cam byr.

Penderfynodd James y byddai'n ceisio peidio â bod yn blentyn breintiedig, felly. Byddai'n ei droi'i hun yn rhywun gwahanol, pwy bynnag y byddai angen iddo fod er mwyn goroesi. Er mwyn dianc. Un peth na fyddai ddim yn ei wneud fyddai anobeithio. Roedd Mari yn y byd hwn yn rhywle, yn ceisio gwneud synnwyr o'r gorffennol, er mwyn iddi newid ei dyfodol. A byddai e'n gwneud yr un fath. Doedd neb am ddod i'w achub, felly roedd angen iddo'i achub ei hun.

Yna cofiodd James. Heddiw oedd diwrnod ei ben-blwydd yn un ar bymtheg. Roedd i fod i arwyddo cytundeb gyda Manchester United. Teimlai'n flin yn sydyn. Roedd wedi dilyn ei freuddwydion, ac yn rhyfedd iawn, nid ei rieni roddodd daw ar y cyfan ond ei gyndadau! Ac eto, rhoddai ei ddicter fwy o obaith a phwrpas iddo. Doedd neb yn mynd i amharu ar ei gynlluniau. *Rywsut,* byddai'n llwyddo i ddianc a mynd yn ôl adref.

49

Aeth amser yn ei flaen, a doedd gan James ddim modd i'w fesur, ond tua awr yn ddiweddarach, clywodd sŵn camau. Daeth Brioc a Cranog i'r golwg, yn cydio mewn ffaglau tân. Y tu ôl iddyn nhw, cerddai'r iarll. A'r iarlles.

Ymbalfalodd ceidwad y carchar am ei allweddi, ei fysedd tew yn araf ac yn lletchwith. Hisiodd yr iarll ei ddiffyg amynedd. 'Dere nawr, Aeron!'

O'r diwedd, daeth y ceidwad o hyd i'r allwedd ac agor y drws. Gwthiodd Brioc James allan i'r cyntedd rhwng y celloedd. Syrthiodd ar ei hyd, yna cododd ar ei draed yn frysiog a gwgu ar Brioc. Trodd i wynebu'r iarll.

'Pwy wyt ti?' cyfarthodd hwnnw.

'Arglwydd James de Courcy.'

'Meddet ti,' nododd yr iarll â gwên oeraidd. 'Wedi goroesi

llongddrylliad, medde fy ngwraig. Stori dda. Dwyt ti'n ddim byd ond lleidr a gymerodd fantais.'

Estynnodd yr iarll ei law a chydio yn llaw James i dynnu'r fodrwy oddi ar ei fys. Trodd y fodrwy i weld y geiriau y tu mewn iddi. Rhedodd ei fysedd dros ochrau'r fodrwy ac aeth ei wyneb yn dynn gan ddicter.

'Mi ro'n i'n iawn, felly.'

Tynnodd ei law yn ôl a tharo James yn galed ar draws ei wyneb. Fel y brenin, gwisgai'r iarll fodrwyon mawr, gwerthfawr. Teimlodd James waed yn llifo dros ei foch wrth i'r gemau dorri trwy'i groen.

Roedd yn ysu am gael neidio at yr iarll, ond gwyddai y byddai hynny'n dod â mwy o ergydion, felly syllodd ar ei gyndad, a'i baratoi ei hun am yr hyn oedd i ddod.

Trodd yr iarll at ei wraig yn ddirmygus. 'Sut allet ti fod mor wirion, yn ymddiried yn y bachgen hwn, y *twyllwr* hwn?'

'Oherwydd iddo ddweud ei fod e'n perthyn!' ebychodd yr iarlles, heb ei dychryn gan ffyrnigrwydd yr iarll.

'Perthyn! Dyw e'n ddim byd ond lleidr!' poerodd yr iarll. Dangosodd y fodrwy iddi. 'Wnaeth e dy dwyllo di, y ffŵl gwirion. Fy sêl-fodrwy i yw hon. Yr un a ddiflannodd. Rywsut daeth y dihiryn bach i mewn i'r castell a dwyn fy modrwy i. Lwcus 'mod i wedi cyrraedd yn ôl pan wnes i. Dylai hwn fod wedi'i daflu i'r carchar yr eiliad y gwelaist ti e!'

Chwyrlïai meddwl James. Sut cafodd *e* fodrwy'r iarll?

'Mi welais i'r fodrwy o'r blaen; dangosodd hi i mi pan gyrhaeddodd e,' mynnodd yr iarlles, a'i llygaid gwyrdd yn fflachio'n flin. 'Mae gan bob un de Courcy dros un ar bymtheg mlwydd oed fodrwyon o'r fath! Sut allwn i wybod mai dy fodrwy di oedd hon?'

'Mae gan fy un i doriad bach ar yr ochr sy'n ei gwneud hi'n unigryw!' brathodd yr iarll, gan ddangos y fodrwy gyda'r un toriad yn union i'w wraig. 'Dylet ti fod yn fwy gwyliadwrus, yn arbennig ar ôl i Zephyr gael ei ddwyn o dan dy drwyn.'

'All y wrach ag un llygad ddim cuddio am byth,' meddai'r iarlles. 'Mae ein dynion yn chwilio amdani, ac fe *wnân* nhw ddod o hyd iddi.'

Trodd yr iarll yn ôl at James. 'Does dim un lladrad wedi bod yn y Castell Du ers blynyddoedd, yna mae'r lleidr ag un llygad yn cyrraedd. Yna rwyt *ti*'n cyrraedd hefyd. Dydw i ddim yn credu mewn cyd-ddigwyddiadau.'

Ceisiodd James gau ei feddwl, a'i glirio fel bod ei wyneb yn cuddio pob emosiwn. Edrychodd yn ôl i lygaid caled yr iarll.

'Wyt ti'n ei hadnabod hi?' gofynnodd yr iarll. 'Wyt ti'n cydweithio â hi?'

Ysgydwodd James ei ben. 'Dydw i ddim yn cydweithio â neb.'

Edrychodd yr iarll arno am amser hir. Gallai James deimlo'r dicter yn y dyn. Safodd o'i flaen, a'r gwaed yn dal i lifo o'i wyneb ac i lawr dros ei frest. Arhosodd am ergyd arall gan yr iarll. Ond ddaeth yr un. Yn hytrach, trodd yr iarll i siarad â cheidwad y carchar.

'Ewch ag e 'nôl i'w gell. Dim bwyd. Dim dŵr. Gawn ni weld sut bydd ei stori'n newid pan fydd e'n llwgu i farwolaeth.'

50

Y bore wedyn, ar ochr arall y dyffryn yn y bwthyn carreg, bwytaodd Mari a Morfudd fara, mêl a llaeth ffres i frecwast.

'Mae angen i fi fynd allan,' meddai Mari ar ôl iddyn nhw orffen. 'Mae angen i fi ymarfer gyda'r bwa.'

Edrychodd yr hen wraig arni'n feddylgar. 'Alli di ddim aros fan hyn am byth, mae'n debyg.'

Cododd a thwrio mewn drôr. 'Dyma ti.'

Rhoddodd het wlân werdd siâp triongl iddi. 'Het saethwr. Pletha dy wallt, a'i godi ar dy ben. O bell, fyddi di'n edrych fel dyn.'

'Iawn. Diolch.' Cymerodd Mari'r het a'i throelli yn ei dwylo'n nerfus. 'Mae rhywbeth arall. Dwi am gwrdd â fy nghyndadau. Gwraig a phlant Meistr y Bwa Hir.'

Nodiodd Morfudd. 'Os wyt ti'n ymladd yn eu henw nhw, mae hynny'n gwneud synnwyr. Ac mae ganddyn nhw darged i ti ei

265

ddefnyddio.' Cododd a gwisgo'i het hithau. 'Dere. Fe awn ni nawr. Mae'n gynnar. Mae llai o bobl o gwmpas y lle.'

Plethodd Mari ei gwallt yn gyflym a'i droelli o gwmpas ei phen er mwyn ei guddio o dan ei het. Llenwai'r gwallt big trionglog yr het.

'Digon da,' meddai Morfudd, gan wisgo'i siôl.

Cydiodd Mari yn y bwa, y bag saethau a'i llinynnau: y llinynnau o'r unfed ganrif ar hugain. Aeth y ddwy allan i'r gwynt rhewllyd.

Doedd dim golwg o neb, ond roedd Mari'n dal i edrych o'i chwmpas, yn troi mewn cylchoedd i wneud yn siŵr. Rhuthrodd y ddwy ar hyd y caeau tuag at fferm Nanteos. Roedd Mari'n hanner disgwyl gweld ei rhieni'n rhedeg o'r tŷ'n dal Gwern. Roedd hyn yn boenus iddi, ond ceisiodd ysgwyd y tristwch o'i meddwl.

Wrth iddyn nhw agosáu at dŷ fferm yr Oweniaid, *ei chartref hi*, roedd Mari dan deimlad. Edrychai'r tŷ'n gyfarwydd ond eto'n wahanol. Yn llai ac yn fwy blêr. Fel bwthyn Morfudd, roedd defnydd lliain yn llenwi'r ffenestri yn hytrach na gwydr. Dim paent gwyn ar siliau'r ffenestri. Dim ond un drws yng nghefn y tŷ. Dim llwyni rhosod, dim mainc mewn lle cyfleus y tu allan – dim cyfle i eistedd a gwerthfawrogi'r olygfa, mae'n rhaid, meddyliodd Mari. Yr unig beth oedd wedi aros yr un fath oedd yr haid fach o ferlod mynydd Cymreig. Safai pedwar ceffyl a dau ebol mewn cae bach. Roedden nhw'n edrych yn union fel rhai o'i chyfnod hi: cotiau gaeaf trwchus, pennau hir, llygaid deallus a chyrff cryf ar goesau main. Gwelodd Mari ddefaid yn pori yn y caeau eraill, ac roedd rhesi o ryw blanhigion yn tyfu mewn cae arall.

Wrth iddyn nhw agosáu, clywodd Mari sŵn wylo'n dod o'r tŷ.

Cnociodd Morfudd y drws yn galed a gweiddi. Tawelodd yr

wylo. Daeth dynes i'r drws. Roedd ganddi wallt hir ac roedd ei hwyneb yn llawn tristwch, ac ôl dagrau yn ei llygaid. Safai merch ar un ochr iddi, a bachgen yr ochr arall – tua naw a chwech oed, dyfalodd Mari. Syllodd arnyn nhw'n syn. Ei theulu. *Ei chyndadau* … Roedd gan y ddau ohonyn nhw wallt golau a llygaid glas, yr un fath â hi. Ac wrth edrych yn agos arni, roedd y ferch yn hynod o debyg i'r Fari ifanc, y Fari â dwy lygad. Gallai Mari deimlo'r dagrau'n cronni wrth weld y plant. Symudodd y ddau fymryn yn agosach ati'n nerfus a chwilfrydig. Plygodd Mari atyn nhw.

'Beth yw eich enwau chi, 'te?' gofynnodd gan wenu arnyn nhw.

Roedd y plant yn rhy swil i'w hateb. Atebodd y fam ar eu rhan.

'Angharad a Gwern. A fi yw Rhiannon.'

Teimlai Mari i'r byw unwaith yn rhagor. Gwern. Fel ei brawd bach, ond ychydig flynyddoedd yn hŷn.

'Mari ydw i.'

Estynnodd Mari at y ferch a gwthio'i gwallt yn dyner y tu ôl i'w chlust, yn union fel roedd ei mam yn ei wneud iddi hi. Trodd at y bachgen, a'i lygaid mawr a'i wyneb gwelw, llawn ofn.

Siaradai Rhiannon â Morfudd. 'Mae fy ngŵr yn pydru yng ngharchar teulu'r de Courcy. Falle bydd e'n cael ei grogi. A nawr mae'r brenin wedi cyhoeddi bod twrnamaint i'w gynnal. Fory! Mae e wedi galw arnon ni i gyflwyno meistr bwa, neu fe fyddwn ni'n colli ein cartref, ein tir, ein ceffylau, ein defaid. Popeth. Bydd teulu'r de Courcy'n mynd â'r cyfan.' Dechreuodd Rhiannon wylo eto, a achosodd i'r plant wylo hefyd. Safai'r tri ohonyn nhw mewn cylch a'r dagrau'n llifo'n druenus.

Teimlodd Mari ei brest yn tynhau. Ochneidiodd. Fyddai hynny byth yn digwydd. Fyddai hi ddim yn *gadael* i hynny ddigwydd.

'Stopiwch!' gwaeddodd, gan sythu ei chefn. 'Dyna ddigon.'

Cydiodd Rhiannon yn ei phlant a syllu ar Mari'n syn. Peidiodd eu dagrau.

'Fyddwch chi *ddim* yn colli eich cartref,' meddai Mari'n benderfynol. 'Fyddwch chi *ddim* yn colli eich tir. Dwi'n addo.'

'Sut wyt ti'n gwybod? Sut alli di addo hynny?' gofynnodd Rhiannon yn anobeithiol.

'Oherwydd mi wna i gystadlu yn y twrnamaint, yn absenoldeb eich gŵr.'

Lledodd llygaid Rhiannon. 'Ond dynes wyt ti, a dwyt ti ddim yn un o'r Oweniaid.'

'Mae'r rhan gynta'n gywir, ond nid yr ail.'

Syllodd Rhiannon ar Mari, gan edrych arni fel petai'n dechrau ei hadnabod, a'r anobaith yn dechrau diflannu. 'Cafodd chwaer Glyndwr, Blodwen, ei rhoi i deulu arall pan gafodd ei geni. Dim digon o arian i'w chadw. Ai Blodwen wyt ti? Wedi dod yn ôl i'n helpu ni?'

'Ie.' Celwydd angenrheidiol.

'Ond fedri di ddim defnyddio bwa hir – dim ond dynion sy'n ddigon cryf i wneud hynny!'

Ysgydwodd Mari ei phen. Dangosodd ei bwa newydd. 'Dwi wedi ymarfer gyda bwâu tebyg i hwn ers 'mod i'n bump oed. Dwi'n *gallu* saethu bwa hir, a dwi'n gallu saethu cystal ag unrhyw ddyn!'

Arhosodd y gweddill yn dawel, yn gwrthod ei chredu.

'Mae angen i fi ymarfer. Allwch chi 'ngwylio i os y'ch chi eisiau.' Roedd angen i'w chyndadau gredu ynddi hi. Roedd angen iddi roi gobaith iddyn nhw. 'Dwi'n cymryd bod gan eich gŵr darged?'

'Roedd e'n ymarfer bob wythnos cyn i'r teulu de Courcy ei daflu i'r carchar,' atebodd Rhiannon yn chwerw. 'Doedd ganddo ddim dewis – dyna oedd y cytundeb. Mae'r targed tu ôl i'r tŷ.'

Gwingodd Mari. Yr un lle â'i tharged hi a'i thad, bum can mlynedd yn ddiweddarach.

Clywodd Morfudd yn dweud, 'Well i fi fynd. Mae gen i bethau i'w gwneud a bywoliaeth i'w hennill.'

Crychodd yr hen wraig ei thrwyn, yn amlwg yn pryderu. Cymerodd ychydig gamau a chwifio ar Mari i ymuno â hi.

'Dwi'n gwybod bod angen i ti ymarfer,' meddai'n dawel ac yn daer. 'Rho ryw obaith iddyn nhw, yna brysia adref. Ac er mwyn dyn, cuddia os oes pobl eraill o gwmpas.'

Nodiodd Mari.

'Cofia, bydd yr Oweniaid yn dioddef mwy os cân nhw eu gweld yn cuddio'r lleidr ceffylau ag un llygad.'

Estynnodd Mari ei llaw i gyffwrdd ag ysgwydd yr hen wraig. 'Mi fydda i'n ofalus, dwi'n addo. Mae ganddyn nhw ddigon o ofidiau heb i mi achosi trafferth iddyn nhw.'

Gwyliodd Morfudd yn cerdded i fyny'r bryn, yn pryderu am yr holl beryglon oedd o'i chwmpas. Trodd pan deimlodd y ferch, Angharad, yn tynnu ei llawes.

'Hoffet ti i fi fynd â ti at y targed?' gofynnodd y ferch, a'i llygaid yn dangos mymryn o ddewrder.

Gwenodd Mari i lawr arni. 'Mi fyddai hynny'n ddefnyddiol iawn.'

Cydiodd Angharad yn llaw Mari a'i harwain at y targed. Dilynodd Rhiannon a Gwern y tu ôl iddyn nhw.

'Sawl haf wyt ti?' gofynnodd Angharad, gan edrych i fyny arni.

'Dwi'n bymtheg,' atebodd Mari. 'Sawl haf wyt ti?'

'Un ar ddeg oed,' oedd ei hateb. Cuddiodd Mari ei syndod. Roedd Angharad yn edrych yn llai, yn iau na hynny.

'Ble mae dy aelwyd di?'

'Aelwyd?' atebodd Mari gan edrych yn syn arni.

'Dy *gartref* di. Ble wyt ti'n byw?' esboniodd y ferch.

Dechreuodd Mari deimlo'n emosiynol eto. Ochneidiodd. 'O, ddim yn bell o fan hyn,' llwyddodd i'w ddweud.

A'i meddwl yn bell, sylwodd Mari ddim ar y dyn yn ei gwylio o'r coed.

51

Roedd targed yr Oweniaid yn wahanol i'r rhai roedd Mari
wedi arfer â nhw, ond yr un oedd y nod: bwrw'r canol! Roedd y
targed hwn wedi'i wneud o gylch o bren wedi'i beintio'n wyn yn
sownd wrth bolyn yn y ddaear. Yn y canol, roedd cylch du tua
chwe modfedd ar draws, a chylch bach gwyn y tu mewn i hwnnw:
yr aur.

Camodd Mari oddi wrtho gan gyfri'r llathenni a chwilio am
unrhyw farciau yn y gwair a fyddai'n dangos ble roedd y llinell
ddechrau.

'Ble mae llinell ddechre dy dad?' gofynnodd i Angharad.

'Mae ganddo fe sawl un. Mae'r un bellaf yn bell, bell,' atebodd y
ferch yn falch.

Camodd yn ei blaen, a dilynodd Mari. O'r diwedd, daeth y ddwy
at glwt o wair garw, gyda llinell wen ar y llawr.

'Mae'n rhaid bod hwn ddau gan llath o'r targed,' meddai Mari, yn dechrau anobeithio.

'Ydy, ond mae Dad yn defnyddio rhai agosach hefyd,' ychwanegodd Angharad. Tynnodd hi Mari'n ôl, yn nes at y targed. 'Can llath,' nododd y ferch, yn pwyntio ei bys at ran o'r gwair oedd wedi'i wasgu.

Roedd hynny dri deg llath yn fwy na'r pellter roedd hi wedi arfer ag ef, meddyliodd Mari. Cerddodd ymlaen ugain llath arall. Os oedd hi am ymarfer ei chywirdeb, dyma'r pellaf y gallai hi fynd. Yr unig beth allai hi ei wneud oedd gweddïo mai saethu dros bellter byr fyddai'r gamp yn y twrnamaint, a saethu'n gywir.

Cododd Mari'r bwa anghyfarwydd a'i bwyso yn ei dwylo i geisio dod i arfer ag ef. Roedd y pren yn fwy trwchus, yn drymach ac yn dywyllach. Roedd yn hen fwa, wedi'i ddefnyddio lawer gwaith, ac wedi'i wneud yn dda. Cofiodd am eiriau Ifan: '*Tipyn o hanes … Wedi bod yn y teulu ers cyn amser fy nhad-cu …*' Roedd ganddi deimlad bod y bwa wedi bod mewn rhyfel, efallai hyd yn oed yng Ngwrthryfel Glyndŵr … dros gan mlynedd yn ôl.

Cydiodd Mari ynddo'n dynn. Byddai hi'n manteisio ar hanes a chryfder y bwa. Byddai hi wastad yn teimlo rhyw bŵer yn treiddio drwyddi pan fyddai'n cydio mewn bwa, ond heddiw teimlai hyn yn fwy nag erioed.

Trodd at y teulu a gwenu, ond roedd golwg ddigalon ar eu hwynebau o hyd, yn gwrthod ei chredu.

Trodd ei sylw yn ôl at y bwa. Gosododd ei phen-glin ar ei ymyl a rhoi'r rhan fwyaf o'i phwysau arno. Plygodd y bwa a rhoddodd ei llinynnau cyflym hi arno.

Llaciodd y llinyn ar ei bag saethau ac estyn am saeth. Aeth drwy'r camau arferol i baratoi'r bwa. Safodd a'i choesau fymryn ar led, plygodd ac anadlodd yn ddwfn. Mewn un symudiad gosgeiddig, gan ddefnyddio ei holl gryfder, sythodd Mari, a thynnu'r bwa yn ôl yr un pryd. *Plis paid â thorri*, meddyliodd, yn ymwybodol bod ei llinyn modern yn gosod gormod o bwysau ar yr hen fwa.

Safodd am eiliad gyda'i bwa wedi'i dynnu'n llawn er mwyn llygadu'r targed a'r caeau y tu ôl iddo. Neidiodd y bwa yn ôl i'w fan gwreiddiol gyda grym anferthol, ffrwydrol, gan anfon y saeth i mewn i'r targed.

Clywodd Mari'r ebychiadau y tu ôl iddi, ond anwybyddodd y cyfan. Yn hytrach, edrychodd i fyny at y mynyddoedd oer, at fynyddoedd ei phlentyndod. A mynyddoedd ei henaint fydden nhw hefyd, petai hi'n llwyddo i oroesi'r cyfan hyn.

Trodd ei sylw yn ôl at y bwa a'r targed. Rhyddhaodd y saethau oedd ar ôl. Yna edrychodd ar ei chynulleidfa.

Nawr roedden nhw'n ei chredu.

Parhaodd Mari i ymarfer. Roedd hi'n taro'r cylch du, ac roedd hynny'n ddechrau da, ond doedd hi ddim yn taro'r cylch gwyn mewnol bob tro. Doedd dim syniad ganddi a fyddai cystadlu yn y twrnamaint yn ddigon, neu a fyddai angen iddi ennill. Ond gwyddai yn ei chalon mai ennill oedd yr unig ffordd o sicrhau bod llw ei theulu'n cael ei anrhydeddu, yng ngolwg yr iarll creulon a'i ffrind, y brenin.

Saethodd dro ar ôl tro, nes bod ei bysedd bron yn gwaedu a'i chyhyrau'n crynu.

Gwyliodd ei chyndadau bob un cynnig. Roedd hebog yn cylchu yn yr awyr uwch ei phen.

O'r diwedd, glaniodd tair saeth yn y cylch gwyn mewnol, un ar ôl y llall. Roedd hi'n gwybod y byddai ei chyhyrau'n cloi petai hi'n parhau i ymarfer. Tynnodd y llinynnau o'r bwa.

'Mi wela i chi fory,' meddai wrth Rhiannon a'r plant.

Nodiodd y tri ohonyn nhw'n drist.

'Rwyt ti fel angel,' ebychodd Angharad yn syfrdan.

'Na'di ddim,' anghytunodd Gwern. 'Mae hi fel rhyfelwr!'

Chwarddodd Angharad. 'Angel rhyfel!'

Trawodd y geiriau Mari fel sioc drydanol. Roedd amser, chwedlau a'r gwirionedd wedi dod ynghyd. Edrychodd ar ei chyndadau a theimlo rhyw fwriad a rhyw gryfder newydd yn cosi y tu mewn iddi. *Dyma* oedd pwrpas y cyfan. *Dyma* oedd y rheswm y daeth hi'n ôl. Efallai mai dyma pam y cafodd hi'i geni. Er mawr syndod iddi, cydiodd Mari yn Rhiannon a'r plant a'u cofleidio, yna cyn iddyn nhw weld ei dagrau, rhuthrodd i fyny'r bryn at fwthyn Morfudd.

52

Gwthiodd Mari'r drws ar agor a rhewi yn ei hunfan.

Gorweddai Morfudd ar y llawr, a gwaed yn llifo o glwyf ar ei phen.

Rhuthrodd Mari ati a syrthio ar ei phengliniau.

'Morfudd, ydych chi'n fy nghlywed i?' gofynnodd, gan afael yn arddwrn yr hen wraig a chwilio'n wyllt am guriad calon. Ar ôl rhai eiliadau erchyll o hir, daeth o hyd iddo.

'O, diolch byth. Diolch byth,' llefodd.

Dim ateb. Roedd Morfudd yn anymwybodol. Gweddïodd Mari nad oedd hi mewn coma. Oedd hi'n anadlu? Rhoddodd ei llaw yn agos at wefusau'r wraig, a theimlo anadl ysgafn.

Beth oedd hi'n mynd i'w wneud? Ei symud hi? Beth os oedd hi wedi torri'i chefn? Doedd Mari ddim yn meddwl ei bod hi. Roedd yn edrych fel petai rhywun wedi taro Morfudd â theclyn trwm.

Yna gwelodd y fricsen ar y llawr, o'r man cudd yn y lle tân, ac ar y foment honno, daeth sŵn o wefusau Morfudd a cheisiodd eistedd i fyny.

Estynnodd Mari fraich am ysgwyddau'r hen wraig i'w helpu. 'Mae'n iawn, Morfudd. Dwi yma.'

'Dyn,' mwmialodd y wraig mewn llais gwan. 'Yn edrych amdanat ti. Gofyn ble mae Mari Owen. Mynd â'r ceiniogau aur a'r llyfr.'

Edrychodd Mari ar Morfudd, ac yna ar y drws. Roedd hi'n gandryll.

'Pryd?'

'Ychydig funudau yn ôl.'

Gwyddai fod rhaid iddi fynd i chwilio amdano. 'Fyddwch chi'n iawn os gwna i'ch gadael chi am ychydig?'

Nodiodd yr hen wraig a straffaglu ar ei heistedd.

Rhoddodd Mari linynnau ar ei bwa, cyn gwisgo ei bag saethau ar ei hysgwydd a chau'r drws ar ei hôl. Edrychodd ar draws y cae gwag a heibio'r fuwch, tuag at y goedwig.

Pwy oedd y dyn a ymosododd ar Morfudd a gofyn am Mari gan ddefnyddio'i henw iawn? Ac i ble byddai'n dianc? Ffrwydrodd haid swnllyd o adar o'r coed yn ateb i'w chwestiwn.

Doedd dim angen i Mari feddwl ddwywaith cyn dilyn y dyn. Rhedodd nerth ei thraed tuag at y goedwig. Arhosodd. Gwrandawodd. Symudiadau, camau traed, brigau'n torri. Rhedodd yn ei blaen rhwng y coed, gan neidio dros y boncyffion ar y llawr.

Gobeithiai fod y lleidr yn gwneud gormod o sŵn i'w chlywed hi y tu ôl iddo, ond roedd angen iddi fod yn ofalus. Arhosodd eto, a chlywed rhywbeth yn bellach i lawr y bryn. Cafodd gip ar rywun o'i blaen, tua chanllath i ffwrdd – cysgod yn gwibio trwy'r coed.

Rhedodd Mari yn ei blaen er mwyn dal i fyny ag ef. Roedd y dyn yn rhedeg, ond ddim yn ddigon cyflym. Doedd dim syniad ganddo ei fod e'n cael ei ddilyn. Wrth i Mari agosáu, gallai weld ei fod e'n gwisgo top hir gwyrdd tebyg i'w un hi. Ac oddi tano, gwisgai legins tywyll. Ond wrth iddi ddod yn nes eto, gwelodd nad oedd y legins wedi'u gwneud o wlân, ond o lycra …

Llamodd ei chalon. Roedd y dyn yma o'i chyfnod hi …

Camodd Mari ar gangen. Torrodd honno'n ei hanner gyda chrac swnllyd. Dihangodd yr adar o'r coed eto, a'u sŵn yn dweud bod perygl gerllaw.

Rhewodd y dyn ar hanner cam, un droed yn yr awyr ac un fraich allan. Crynai pob cyhyr a blewyn. Trodd.

Ebychodd Mari. Yr Athro Parks! Roedd ganddi deimlad bod rhywun yn ei dilyn o hyd, nawr ac yn ei hamser hi. Mae'n rhaid bod Parks wedi'i dilyn at y pwll a'i gwylio'n plymio o dan y rhaeadr ac yn nofio yn ôl trwy amser … a'i fod yntau hefyd wedi nofio yn ôl trwy amser. Mae'n rhaid ei fod wedi'i dilyn hi'r holl ffordd, wedi gwrando y tu allan i'r bwthyn, ac wedi'i chlywed hi'n disgrifio'r guddfan ym mwthyn Morfudd, lle roedd hi'n cadw ei cheiniogau aur. Roedd e'n gwybod popeth.

Dechreuodd Parks gerdded tuag at Mari. Roedd ei wyneb yn benderfynol, a'i lygaid yn galed wrth iddo edrych ar y goedwig y tu ôl iddi, i weld a oedd hi ar ei phen ei hun.

Tynnodd Mari saeth o'i bag. Roedd hi ar fin ei gosod yn y bwa pan ddaeth Parks i stop, dri deg llath oddi wrthi.

Safai'n syth o'i blaen, yn ei wneud ei hun yn darged hawdd, yn gwawdio'r arf marwol oedd ganddi yn ei llaw. Doedd e ddim yn edrych fel petai ofn arno, na chywilydd ei fod wedi cael ei ddal. Yn hytrach, roedd yn gwenu arni fel petai'n mwynhau pob eiliad.

'Mari Owen. Pwy feddylie? Ti a fi gyda'n gilydd. Yn amser y Brenin Harri VIII.'

Roedd barf yn dechrau tyfu ar ei ên a'i fochau, yn tywyllu pantiau ei wyneb main. Edrychai braidd yn sinistr beth bynnag, ond roedd y farf yn gwneud iddo edrych yn faleisus. Ac, yn rhyfedd iawn, roedd e'n edrych yn rhydd, fel petai wedi cael gwared ar gymeriad *yr Athro Parks* ac wedi troi'n rhywun gwahanol.

'Roeddech chi'n fy nilyn i ar hyd yr amser,' meddai Mari.

'Dim ond nawr rwyt ti'n sylweddoli hyn?' Edrychodd i lawr ei drwyn arni. 'Rwyt ti'n hynod o ansylwgar, Mari.'

Arhosodd Mari'n dawel. Syllodd arno. Gallai deimlo ei chalon yn curo'n galed.

'A chi dorrodd i mewn i 'nhŷ i.'

Chwarddodd Parks. 'Doedd dim angen i fi dorri i mewn. Roedd y drws heb ei gloi – ddwedaist ti hynny dy hun. Anhygoel!'

'Oherwydd dydw i ddim yn byw mewn byd llawn lladron a phobl sy'n ymosod ar bobl eraill,' nododd Mari.

'Wel,' gwawdiodd Parks, 'mae'n ymddangos i mi dy fod di. A beth bynnag, sut fedri *di* ddweud wrtha i am beidio â dwyn? Wnest ti ddwyn y sêl-fodrwy.'

'Ac wedyn wnaethoch chi'i dwyn hi eto, a'i gwerthu i ryw siop hen bethau.'

'A'i gwerthodd hi i'r iarlles. Elw bach taclus, hefyd.'

'Ry'ch chi'n lleidr, a bron yn llofrudd. Fy nharo i'n anymwybodol! Mi allwn i fod wedi marw o hypothermia allan yn yr oerfel.'

'Roeddet ti'n creu trafferth i mi. Cyd-ddigwyddiad bach anffodus oedd yr eira.'

'Pam oeddech chi eisiau cael gafael ar y llyfr?'

'Roedd gen i deimlad y byddai'r llyfr yn fy arwain i at ryw ddarganfyddiad mawr.' Estynnodd Parks ei fraich allan. 'Doedd gen i ddim syniad mai dyma fyddai'r darganfyddiad.' Oedodd a gwenu. 'Wnes i ddim llwyddo i gael y llyfr, ond roedd gen i'r peth agosaf ato. Ti!'

'Fi?'

Daeth Parks yn nes ati. 'Roeddwn i'n siŵr dy fod di'n cynllwynio, yn chwilio am rywbeth, felly wnes i dy ddilyn di. *Mae nifer wedi trengi cyn iddynt gyrraedd pen eu taith.* Chwarae teg i ti, Mari, am lwyddo, am nofio'n ôl.'

'Sut wnaethoch *chi* lwyddo?'

'Roedd hi'n *arbennig* o anodd, er mae'n rhaid dweud bod y tanc ocsigen a'r fflipers o gymorth mawr.' Gwenodd eto. 'Gwnes i dy ddilyn di'r tro cyntaf, hefyd. Wnest ti ddim synhwyro 'mod i tu ôl i ti?'

'*Chi* oedd yn y twnnel, yn fy nilyn i mewn i'r castell!'

'Ie wir. Hynod o beryglus – gallwn i fod wedi marw. Mi gymerais i rai eitemau i gofio am y trip, allwn i fyth mo'r help ...' Disgleiriodd ei lygaid wrth iddo gofio. 'Yna mi es i 'nôl allan a chuddio yn y goedwig, yn aros, yn gwylio.' Nodiodd ar Mari mewn edmygedd. 'Cael a chael oedd i ti ddianc y noson honno, ar gefn y ceffyl Arab. Petaen nhw wedi dy ddal di ...' Rhedodd fys ar draws ei wddf. 'Dwi ddim yn siŵr a fyddet ti wedi'i gwneud hi mor bell â'r crocbren. Roedd y dynion a'r cŵn yn dy hela di, yn barod i neidio. Byddai dy ffawd di wedi bod yn llawer gwaeth ...'

Crynodd Mari wrth iddi gofio cael ei hela. Cofio bod yn ysglyfaeth.

Camodd Parks yn nes eto.

'Rwyt ti'n eu pryfocio nhw wrth ddod yn ôl, *y lleidr ceffylau* ...'

'Mi wnes i beth roedd angen i fi'i wneud y noson honno. A nawr,' atebodd Mari, yn dechrau digio. 'Ond chi ... Doedd dim angen i chi ymosod ar hen wraig, a dwyn ei chynilion a'i llyfr.'

Culhaodd llygaid Parks. 'Oes gen ti unrhyw syniad pa mor gyffrous yw hyn i archeolegydd? I hanesydd? Cael y cyfle i fynd i fyd arall, i gyfnod arall? Sut allwn i beidio mynd â phethau o'r byd hwnnw?'

'Roedd mynd â'i heiddo'n ddigon gwael, ond ymosod arni? Wnaethoch chi bron â'i lladd hi!' gwaeddodd Mari.

Roedd ateb Parks yn oeraidd a diemosiwn. 'Roedd hi'n creu trafferth i mi.'

'Fel fi. Yn yr eira.'

Nodiodd Parks. 'Yn union.'

Safodd Mari'n stond, a'i chorff yn binnau bach i gyd. Ai dyma oedd seicopath? Person rhesymol. Ddim yn difaru dim byd. Dim cydwybod. Creulon.

Daeth Parks yn nes eto. Dim ond pymtheg llath oedd rhyngddyn nhw bellach. Roedd Mari'n gwybod bod angen iddi wneud rhywbeth. *Gosod, marcio, tynnu, rhyddhau* ... Oedd hi'n gallu gwneud hyn?

'Rwyt ti'n creu trafferth i mi eto,' meddai Parks yn dawel.

Gosododd Mari saeth yn ei bwa.

'Dwi'n gallu darllen pobl yn dda,' aeth Parks yn ei flaen. 'A dwi'n gallu gweld yn dy lygaid di dy fod di eisiau fy saethu i.' Chwarddodd yn gyflym. 'Ond dwyt ti ddim yn ddigon dewr, wyt ti, Mari? Dim ond rhywbeth i fwydo dy hunanhyder yw'r busnes meistres y bwa hir 'ma.' Camodd yn nes fyth.

Roedd Parks am iddi ymateb i'w wawdio, gallai hi weld hynny.

Gafaelodd Mari yn y bwa, y bwa roedd hi'n sicr iddo fod mewn rhyfel, yn gyfrifol am sawl marwolaeth … Gosododd, marciodd, tynnodd. Edrychodd ar y dyn, edrychodd ar y goeden y tu ôl iddo, yna rhyddhaodd y saeth.

Hedfanodd y saeth tuag at Parks, gan gyffwrdd ag ochr ei glust, ac yna glaniodd yn drwm yn y goeden.

Rhegodd Parks, gollyngodd y llyfr, cyffyrddodd â'i glust, a syllu ar ei fysedd gwaedlyd mewn anghrediniaeth. Gwelodd Mari'r cyhyrau'n tynhau yn ei foch, a theimlodd y gwallgofrwydd yn berwi ynddo, a'r trais oedd yn bygwth ffrwydro.

Gosododd hi saeth arall yn y bwa, marciodd, tynnodd. 'Rhowch y ceiniogau aur ar y llawr, neu mi wna i saethu hon i mewn i'ch calon.' Roedd ei llais a'i llaw ar y bwa yn hollol gadarn, ond roedd ei thu mewn hi'n crynu gan ofn.

Rhedai'r gwaed i lawr gwddf Parks. Tynnodd fag o'i wisg dywyll a'i ollwng ar y llawr.

'Un fuddugoliaeth fach bitw i ti. Mwynha'r funud hon am y tro, Mari Owen. Ond cofia y bydda i efo ti drwy'r amser, yn gwylio ac yn aros. A dwi'n addo i ti, fyddi di'n talu am hyn.'

Symudodd Mari'r saeth y mymryn lleiaf. Ochrgamodd Parks, trodd a gwibiodd i ganol cysgodion y goedwig.

53

Ar ochr arall y dyffryn yng ngharchar y Castell Du, eisteddai James ar y fainc arw'n syllu trwy'r bariau. Roedd yn oer, yn sychedig ac yn llwglyd. Chysgodd e fawr ddim y noson cynt, gyda dim byd ond blanced denau drosto. Meddyliodd tybed faint o'r gloch oedd hi. Roedd hi'n *teimlo*'n fore, ond doedd ganddo ddim ffordd o wybod.

Gwrthodai adael i'r cyfan godi braw arno, a cheisiodd gael gwared ar y fflachiadau o ofn a godai yn ei stumog.

Roedd dianc ar ei feddwl drwy'r amser. Os gallai ddod allan o'r gell, roedd e'n gyfarwydd iawn â'r castell a'i holl fannau cuddio a'i gyfrinachau; roedd e'n siŵr y gallai gyrraedd y twnnel a dianc. Mae'n rhaid bod ffordd yn ôl trwy'r rhaeadr. Wedi'r cyfan, roedd Mari wedi llwyddo.

Doedd dim awydd arno eistedd yn llonydd, felly cododd ar ei

draed a dechrau cerdded o gwmpas y gell. Edrychodd drwy'r bariau eto, ond roedd e'n methu gweld braidd dim. Ei gell ef oedd y bellaf o'r grisiau, felly'r unig beth roedd e'n gallu ei weld oedd y celloedd gyferbyn ag ef.

Daeth i stop pan glywodd sŵn camau trwm yn dod i lawr y grisiau. Roedd y ffaith fod rhywun yn dod i'r celloedd yn golygu y câi ei holi, falle. Neu waeth. *Neu* byddai'n gyfle i ddianc.

Safodd yn barod amdani, a'i galon yn curo, a'i ddwylo'n rhydd wrth ei ochr.

Ymddangosodd Aeron, ceidwad y carchar, yn anadlu'n drwm. Ymestynnodd James ei fysedd. Doedd e ddim yn gryfach nag Aeron, ond roedd e'n ystwythach ac yn gyflymach.

Stopiodd y dyn y tu allan i'r gell a'i wyneb yn goch ac yn gyfrwys. Roedd e'n cydio mewn cwpan.

'Dyma ti,' meddai'n arw, a phasio'r cwpan rhwng y bariau. 'Cwrw, gyda dŵr. Mae'r gegin yn meddwl mai fi mae e.'

Nodiodd James a chydio ynddo. 'Diolch!' Roedd ei wddf mor sych fel y daeth ei eiriau allan fel crawc. Doedd e ddim wedi siarad ers tro, ac roedd ei lais yn rhyfedd. Dim ond am un noson roedd e wedi bod yn y carchar. Roedd wedi mynd heb fwyd a diod ers tua phedair awr ar ddeg, ond roedd yn teimlo'n llawer hwy, a theimlai'n wan yn barod. Ond ddim yn rhy wan i astudio'r dyn, a sylwi ar y cylch o allweddi oedd yn ymwthio o'i boced.

'Ddim yn teimlo'n iawn i fi,' meddai ceidwad y carchar, 'dy lwgu di. Ddim mor hen ag rwyt ti'n edrych, wyt ti?' gofynnodd gan graffu arno trwy'r bariau. 'Fawr mwy na phlentyn. Roedd gen i fab unwaith. Fu e farw o'r clefyd chwysu dair blynedd yn ôl. Sawl haf wyt ti?'

'Un ar bymtheg,' atebodd James. 'Ddoe.'

Sniffiodd y ceidwad. 'Ddim dyma'r ffordd orau i ddathlu, cael dy gloi mewn carchar …'

Gwenodd James yn gam. 'Na, ddim felly.' Yna cofiodd yn hiraethus am benblwyddi'r gorffennol: swper blasus yn ei gartref, dim ond un llawr uwch ei ben ond mewn byd arall … anrhegion drud oddi wrth ei deulu, anrheg ymarferol, lawn hwyl gan Mari. Doedd e byth yn cael ei gweld hi ar ddiwrnod ei ben-blwydd, dim ond y diwrnod wedyn. Sef heddiw. *Gobeithio* …

'Yfa hwn,' meddai'r dyn yn swta. 'Bydd gen i rywbeth arall i ti yn y funud.'

Daeth yn ei ôl ymhen dim gyda phowlen. Gwthiodd hi drwy'r bwlch o dan y drws, rhwng y llawr a gwaelod y bariau haearn.

Plygodd James i'w chodi. Rhyw fath o uwd oedd ynddi. 'Diolch,' meddai â gwên. Bwytaodd y bwyd yn awchus ac yn ddiolchgar. Doedd dim ots ganddo am y blas. Roedd e'n fwyd cynnes. Gwthiodd y fowlen yn ôl at y dyn. 'Diolch,' meddai eto. 'Aeron, ie?'

'Ie. A phaid â dweud gair wrth neb. Cofia ymddwyn yn llwglyd pan fyddan nhw'n dod i dy holi di nesaf.'

'Pryd wyt ti'n meddwl down nhw? Faint o'r gloch yw hi nawr?'

'Canol y bore. Maen nhw i gyd yn brysur gyda thwrnamaint y brenin, felly pwy a ŵyr? Ar ôl hwnnw, dybia i.'

'Fory mae'r twrnamaint?' gofynnodd James.

'Dyna glywais i.' Gan edrych yn betrus y tu ôl iddo, aeth Aeron â gweddillion ei bryd bwyd.

Tawelodd James. Fory y byddai Mari'n dod. Ni allai wneud dim ond gweddïo y byddai hi'n ennill y twrnamaint – ac yna'n dianc.

Ble roedd hi, tybed? Oedd hi wedi llwyddo i gysgu, gan wybod beth oedd o'i blaen, a beth oedd angen iddi ei wneud, a hynny o flaen yr iarll, yr iarlles a'r brenin?

Roedd e'n ysu am adael y lle yma, am fil o resymau, ond yn bennaf i weld Mari, i'w gweld hi'n cystadlu, i'w helpu …

Meddyliodd James am Glyndwr Owen, Meistr y Bwa Hir. Oedd ganddo unrhyw syniad y byddai rhywun yn dod i'w achub e a'i deulu, neu oedd e'n dal i anobeithio? Roedd hi'n ymddangos mai'r ail o'r rhain oedd yn wir, gan fod y dyn heb ddweud gair. Weithiau roedd James yn clywed ambell air yn cael ei fwmian ym mhen pellaf y carchar pan oedd Aeron yn rhoi bwyd a diod iddo, ond dyna i gyd.

'Peidiwch ag anobeithio,' gwaeddodd James.

'Pwy yw hwn sy'n cynnig geiriau o gymorth i fi?' oedd yr ateb, ei lais yn llawn casineb. 'Yr honedig Arglwydd James? Y lleidr?'

'Dyna maen nhw'n fy ngalw i,' atebodd James.

'Yfory bydd y brenin yn galw ar un o'r Oweniaid i ddod ymlaen i anrhydeddu'r llw,' meddai Glyndwr yn gryg. 'A fydda i ddim yna.' Rhegodd yn chwerw. 'Byddaf yn dial ar deulu'r de Courcy ryw ddydd, a Duw a'u helpo pan ddaw'r dydd hwnnw.'

Teimlai James y blew ar ei war yn codi. Nid bygythiad byrbwyll, gwag oedd hwn, ond addewid dyn oedd ar fin colli popeth.

'Bydd rhywun yn gwirfoddoli,' meddai James. 'Bydd un o'r Oweniaid yno ar eich rhan.'

Tawelwch. Yna cwestiwn: 'Pwy ydych chi?'

'Ffrind, er mor rhyfedd mae hynny'n ymddangos i chi nawr.'

'Bydd rhywun yn dod yn fy lle? Meistr bwa hir?'

'Na,' atebodd James, a'i lais yn llawn balchder. '*Meistres* bwa hir.'

Daeth sŵn chwerthin anghrediniol. 'Fyddwn i wrth fy modd yn gweld *hynny*,' oedd yr ateb.

Arhoswch chi, meddyliodd James, ond wnaeth e ddim ateb. Byddai amser yn rhoi'r ateb iddo.

Eisteddodd James yn ôl ar y fainc a syllu ar y bariau. Pryd fyddai ei gyfle i ddianc yn dod? Cribodd ei wallt â'i ddwylo. Roedd angen arf arno. Byddai bar haearn wedi bod yn berffaith, ond roedd e wedi tynnu ac ysgwyd y bariau er mwyn ceisio eu tynnu'n rhydd sawl tro. Cerddodd o gwmpas y gell fach, a'i law yn rhedeg ar hyd y wal. Daeth i stop pan gydiodd ei fys ar garreg arw. Teimlodd y garreg yn symud ychydig. Stopiodd, edrychodd o'i gwmpas ac yna dechreuodd balu a chrafu'r priddgalch o'i hamgylch, gan dynnu ar y garreg gyda'i ewinedd.

Doedd dim syniad gan James faint o amser gymerodd hyn iddo, a doedd dim ots ganddo chwaith, gan mai amser oedd un o'r ychydig bethau oedd ganddo yn y gell, ond o'r diwedd daeth y garreg yn rhydd. Tynnodd hi o'r wal a'i hastudio. Roedd hi'n fach, rhyw bedair modfedd o hyd a dwy fodfedd o led, ond roedd hi'n ffitio'n berffaith yng nghledr ei law. Roedd smotiau o'i waed arni, ond sylwodd e ddim. Roedd James wrth ei fodd gyda'i lwyddiant. Bellach roedd ganddo arf. Gwthiodd y garreg i'w wregys, fel bod y siaced yn ei chuddio, ac arhosodd i'r diwrnod nesaf wawrio.

54

Safai Mari'n droednoeth ar lawr carreg oer y bwthyn, yn edrych allan dros ddyffryn Nanteos. Roedd yr haul yn codi, gan liwio'r awyr yn binc. Dim ond ar rai adegau prin yn ystod eich bywyd roedd popeth yn y fantol, meddyliodd. Gallai rhywun fyw bywyd i'r eithaf ac wynebu pob math o heriau, ond roedd camu i ganol yr arena ... a chystadlu am y peth pwysicaf oll, am fywyd, am fywoliaeth ... Beth bynnag fyddai'n digwydd, gwyddai Mari y byddai hi'n berson gwahanol ar ôl gadael arena'r twrnamaint.

Gafaelodd yn ei llygad wydr a'i gwthio i'w lle. Roedd y croen o'i chwmpas yn gwbl lân, ac oni bai bod rhywun yn dod yn agos ac yn syllu arni, edrychai fel petai ganddi ddwy lygad berffaith. Gobeithiai y byddai hyn yn ddigon ac na fyddai neb yn ei hadnabod. Doedd dim angen iddi guddio'i gwallt – ni allai guddio'r ffaith mai merch oedd hi. Ac roedd ei gwallt wedi'i blethu a'i godi ar ei phen pan ddaeth hi ar draws yr iarlles am y tro cyntaf.

Gwisgodd ei dillad nofio'n gyflym, yna gwisgodd ei dillad saethu drostyn nhw.

Daeth Morfudd i'r gegin yn cario bwcedaid o laeth. Roedd hi'n edrych yn well erbyn hyn, ond roedd ei gwên yn dynn ac yn nerfus. 'Bore da, Mari.' Roedd ei llais yn crynu. 'Gest ti ddigon o gwsg?'

'Bore da, Morfudd. Mi gysgais fel babi, diolch i'ch diod chi.' Rhoddodd Mari ei braich ar fraich yr hen wraig. 'Sut y'ch chi?' Roedd clais mawr piws yn ymledu ar draws ei thalcen.

'Does neb yn cyrraedd fy oedran i heb gael ergyd neu ddwy,' atebodd Morfudd gyda gwên. 'Mae gen i ben caled. Dere i fwyta.'

Tywalltodd laeth i'r potyn oedd ar y tân, a'i gwallt hir gwyn yn syrthio fel siôl dros ei chefn.

'Dwi ddim yn ...'

'Llwglyd,' torrodd Morfudd ar ei thraws. 'Dwi'n gwybod. Ond mae angen nerth arnat ti heddiw, felly mae'n *rhaid* i ti fwyta.'

Eisteddodd Mari, wedi derbyn ei bod wedi colli'r frwydr. Gosododd Morfudd fowlennaid o gawl poeth o'i blaen.

'Gad iddo fe oeri tra dy fod di'n yfed hwn,' mynnodd, gan arllwys hylif di-liw o jwg ar y bwrdd.

'Beth yw hwn?' gofynnodd Mari, gan grychu'i thrwyn.

'Cymysgedd o ffenigl i godi chwant bwyd arnat ti, llysiau'r groes i gael gwared â drygioni, saets i gryfhau dy nerfau a hadau danadl i roi egni i ti. A jeli'r frenhines i roi blas melys ar y cyfan.'

'Ry'ch chi wedi meddwl am bopeth,' gwenodd Mari. 'Diolch, Morfudd.'

Cododd y cwpan a chymryd llwnc. Teimlai ei wres yn llithro i lawr ei gwddf. Roedd rhywbeth yn y ddiod i roi dewrder iddi hefyd, gan iddi deimlo'n llawer gwell wedi iddi ei yfed.

Trodd at y cawl a'i lowcio. Roedd y bwthyn yn dawel. Dim gwynt, dim ond yr haul gwelw'n codi i'r awyr glir. Amodau delfrydol i'w saethau hedfan yn syth ac yn gywir. Amodau delfrydol ar gyfer twrnamaint.

Arhosodd Morfudd a Mari nes eu bod nhw'n gweld torf yn ymgasglu wrth y castell. Roedd pebyll mawr gwyn wedi'u codi, ac roedd sŵn morthwylio i'w glywed – sŵn sawl arena'n cael eu hadeiladu. Roedd rhyw fath o lwyfan wedi'i godi yno hefyd.

'Does dim angen i ti fod yna'n hirach nag sydd ei angen. Dwyt ti ddim yn un i aros yn y cysgodion, wyt ti?' gofynnodd Morfudd, yn troelli ei het yn ei dwylo esgyrnog.

Roedd Mari'n hollol ymwybodol o'r pris ar ei phen, ac o'r perygl y gallai'r iarlles ei hadnabod, ond roedd yn gas ganddi aros. Roedd ei chalon yn rasio, a dechreuodd deimlo'n gaeth yn y bwthyn bach. Roedd hi'n ysu am gael cerdded allan trwy'r drws a chychwyn arni. Gwyddai fod Morfudd yn iawn, ond wrth i'r haul godi'n uwch a hithau'n tybio ei bod yn un ar ddeg o'r gloch, allai Mari aros ddim rhagor.

'Rhaid i ni fynd,' meddai. 'Dwi ddim eisiau colli her y brenin.'

'Bydd y brenin yn dal i gysgu ar ôl y wledd neithiwr,' meddai Morfudd a'i hwyneb yn dynn. Arhosodd, edrychodd i fyw llygad Mari ac edrychodd allan trwy'r drws unwaith eto.

'Ond rwyt ti'n iawn. Well i ni beidio colli dim byd.'

Cododd Mari ei bwa a'i bag saethau. Gwnaeth yn siŵr fod yr holl linynnau'n ddiogel yn y bag. Rhoddodd y bag dros ei hysgwydd a chydio yn y bwa gyda'i llaw chwith.

Cododd ei bag cefn, y bag oedd yn dal dŵr. Pe byddai popeth yn mynd yn iawn, byddai angen y tortsh arni er mwyn iddi nofio adref. Ac roedd ei chatapwlt yn y bag hefyd. Gobeithiai na fyddai angen hwnnw arni ond roedd yn arf gwerthfawr, hawdd ei gario ac roedd yn ei chysuro.

'Allwch chi gadw hwn i fi tan ddiwedd y twrnamaint?' gofynnodd i Morfudd. 'Mi fydda i angen y bag ar gyfer y daith yn ôl.'

'Wrth gwrs.' Cydiodd Morfudd ynddo. 'Well i mi ei guddio yn y fasged.' Llygadodd y streipiau gwyrdd llachar. 'Mae e'n eitha ... anghyffredin.'

Chwarddodd Mari, er gwaethaf ei nerfau.

'Unwaith bydd y twrnamaint drosodd, bydd angen i ni ddod o hyd i'n gilydd yn gyflym. Bydd rhaid i mi adael yn syth.'

'Mi chwilia i amdanat ti,' meddai'r hen wraig. 'Gwna beth sydd angen i ti'i wneud, yna cer, yn ôl i dy amser di, i fod yn ddiogel.'

Gweddïai Mari y gallai wneud hynny.

Cerddodd y ddwy gyda'i gilydd i lawr y bryn o Dŷ Gwyn.

'Wyt ti'n meddwl ei fod e yma, y dyn wnaeth ymosod arna i?' gofynnodd Morfudd.

Roedd awydd ar Mari i ddweud celwydd a dweud bod Parks wedi hen fynd, er mwyn tawelu meddwl Morfudd, ond fyddai hynny'n gwneud dim lles i'r hen wraig. Roedd angen iddi fod ar ei gwyliadwriaeth. 'Mi fydd Parks yn gwylio'r twrnamaint,' atebodd. 'Mae'n ormod o sioe iddo ei cholli. Falle ei fod e'n cuddio yn y goedwig ac yn gwylio o bell, ond fydden i'n synnu dim petai e wedi dwyn dillad er mwyn ymdoddi i ganol y dorf.'

Gwgodd Morfudd. 'Mi ddweda i wrth bawb fod rhyw ddieithryn wedi ymosod arna i. Ar ôl y twrnamaint, mi drefna i helfa,' meddai, a'i llais yn isel ac yn flin.

Edrychodd Mari ar Morfudd. Roedd pawb yn y gymuned yn ei pharchu, ac roedd ganddi ffrindiau fyddai'n chwilio am Parks. Gwnaeth hynny iddi deimlo'n well.

Cerddodd y ddwy i lawr at fferm Nanteos. Mae'n rhaid bod Rhiannon, Angharad a Gwern yn eu gwylio nhw'n dod, oherwydd daeth y tri ohonyn nhw allan yn syth i ymuno â nhw. Estynnodd Angharad ei llaw.

'Meillionen â phedair deilen,' esboniodd. 'Bydd yn dod â lwc i ti.'

Teimlodd Mari ddagrau'n cronni yn ei llygad. Ysgydwodd y dagrau i ffwrdd, yna plygodd i gusanu boch Angharad. 'Diolch, cariad. Mi wna i gadw hon yn ddiogel.' Gwthiodd y ddeilen i boced ddofn ei ffrog.

'Treuliodd hi oriau'n chwilio am un bore 'ma,' meddai Rhiannon. 'Gwrthod rhoi'r gorau iddi nes iddi ddod o hyd iddi.'

Gwenodd Angharad a theimlodd Mari'r emosiwn yn cronni ynddi unwaith eto. Un funud roedd hi'n methu teimlo dim byd, a'r funud nesaf roedd hi dan deimlad dwys.

Cyn hir, daethon nhw at dir yr iarll. Llenwid yr aer ag arogleuon mwg a chig yn rhostio. Tyfai'r dorf wrth iddyn nhw agosáu at faes y twrnamaint.

Os oedd Mari'n teimlo'n nerfus, doedd hi ddim yn ymddangos felly. Cerddodd a'i phen i fyny, yn anwybyddu'r rhai oedd yn syllu arni wrth iddi gerdded heibio: y ffermwyr, y dynion arfog, y gwragedd a'r plant. Roedd pobl yn sibrwd, ond tybiai Mari eu bod nhw'n meddwl mai i'w gŵr neu i'w thad roedd hi'n cario'r bwa.

Pam y byddai ganddi fwa oni bai am hynny? Gwenodd Mari. Gad iddyn nhw aros, gawn nhw weld …

Yr holl bobl, yr holl anifeiliaid. Astudiodd Morfudd a hithau bob wyneb yn chwilio am Parks, ond doedd dim golwg ohono. Doedd hynny ddim yn gysur i Mari. Roedd hi'n siŵr ei fod e yma, yn gwylio … yn aros …

Roedd cynnwrf o'u blaenau. Gwasgarodd y dorf ac yno safai rhes o weision stabl yn arwain ceffylau rhyfel tal cynhyrfus tuag atyn nhw. Ceffylau anferth, pwerus, wedi'u magu er mwyn cludo marchogion arfog i faes y gad. Er mwyn carlamu dan bwysau arfwisg. Roedden nhw'n greaduriaid balch oedd yn codi ofn, gyda'u llygaid cyflym a'u cyhyrau mawr. Cydiodd Mari yn llaw Angharad, a'i thynnu'n bell oddi wrth bennau hir a charnau trwm y ceffylau.

Er mwyn gwella'r brid hwn y gorchmynnodd Harri VIII fod y merlod gwyllt oedd yn llai o faint i gael eu dinistrio, ac roedd hyn wedi cael effaith ofnadwy ar ei chyndad, oedd wedi rhuthro i'w hamddiffyn. Cofiodd Mari am yr helfa a welodd … protestiadau Glyndwr Owen, ei ymgais i resymu â'r iarll a'r brenin yn methu. Cael ei dawelu yn y ffordd fwyaf erchyll. Taflodd gipolwg ar y castell lle roedd e'n pydru yn y carchar ychydig gannoedd o lathenni oddi wrthi.

Gwelodd wyth o fleiddgwn yn cael eu harwain ar dennyn y tu ôl i'r ceffylau. Gwyliodd Mari'r cŵn yn mynd heibio iddi, a theimlodd ias i lawr ei chefn. Doedd hi ddim yn anodd dychmygu'r cŵn hyn yn rhedeg ar ôl bleiddiaid a'u lladd.

Daeth sŵn cymeradwyaeth a gweiddi o arena y tu ôl i ffens. Yn ei hamser hi, dyma lle roedd y llwyni llawryf yn tyfu. Y tu mewn i'r arena honno, roedd dynion swnllyd mewn dillad drud yn lluchio bar haearn i weld pwy allai ei daflu bellaf.

Cerddodd y pump ohonyn nhw'n nes at y castell, gan wau trwy'r dorf drwchus oedd yn aros wrth y stondinau bwyd yng nghysgod y pebyll gwyn. Bwydydd cyflym oes y Tuduriaid, meddyliodd Mari – afalau taffi, coesau cyw iâr, bara ffres a'r hyn a aroglai fel gwin cynnes. Trodd ei stumog. Roedd hi'n teimlo'n sâl. Cerddodd i ffwrdd o'r stondinau gan anadlu'n ddwfn a gweddïo y byddai ei stumog yn setlo. Roedd i'w weld yn gweithio – am y tro.

Yna gwelodd Mari griw o ddynion pwysig yr olwg yn brasgamu tuag at un o'r arenâu oedd wedi'i hamgylchynu gan raffau a pholion. Roedden nhw'n dal bwâu heb linynnau. Roedd gan rai ohonyn nhw gewyll saethau yn hongian o'u gwregysau. Roedd gan y rhan fwyaf ohonyn nhw fagiau saethau fel yr un oedd ganddi hi.

Roedd yn amser iddi fynd. Roedd y dorf yn ymgasglu y tu allan i'r arena. Cofleidiodd Rhiannon hi'n dynn. Safodd Angharad ar flaenau'i thraed a chusanu boch Mari.

'Diolch,' meddai, a'i llygaid yn garedig, 'am bopeth rwyt ti wedi'i wneud i ni. Am bopeth rwyt ti'n mynd i'w wneud.'

Tynnodd Mari'r ferch yn agos ati a'i chofleidio, a Gwern hefyd.

Camodd Morfudd ymlaen. 'Hwyl fawr, Feistres y Bwa Hir. Bydd yn ofalus.'

Cofleidiodd Mari'r hen wraig, ac anadlodd ei harogl perlysiau a gwlân.

Yna trodd a dilyn y saethwyr. Cydiodd yn dynn yn ei bwa, a theimlodd ei rym yn llifo trwyddi. Ceisiodd beidio â meddwl am ddim byd ond am y dasg oedd o'i blaen.

Saethu. Ennill. Dianc.

*C*amodd Mari i'r arena yn cydio'n dynn yn ei bwa hir, gyda'i bag saethau dros ei hysgwydd. Roedd hi'n teimlo'n fwy byw nag erioed. Roedd mwy yn y fantol nag erioed – ei bywyd hi, a bywyd a thiroedd a bywoliaeth y rhai roedd hi'n eu caru. Ond roedd ganddi un peth i'w wneud, un peth i ganolbwyntio arno. Doedd hi ddim am feddwl am beth allai hi ei golli, dim ond am beth roedd angen iddi ei wneud. Am sut y byddai hi'n gwneud hynny. *Gosod. Marcio. Tynnu. Rhyddhau.* Dyma beth roedd hi wedi bod yn ymarfer ar ei gyfer. *Dyma* pwy oedd hi.

Roedd hi'n ymwybodol o'r gwynt yn chwythu o'r mynyddoedd, gan ddod ag arogl gwair newydd yr haf yn ei sgil. Roedd hi'n ymwybodol o'r lleisiau'n codi, yn synnu ac yn cwestiynu, yna'n diflannu wrth glywed gorchymyn uchel. Roedd hi'n ymwybodol o'i bresenoldeb, yn anferth ac yn arswydus. Y brenin yn ei holl ogoniant.

Eisteddai Harri VIII ar orsedd gerfiedig wedi'i gosod ar lwyfan yng nghefn yr arena. Cododd Mari ei phen ac edrych i fyw ei lygaid. Gwelodd y gwefusau bach wedi'u cau'n dynn a beirniadol, y llygaid mochyn, yr wyneb sgwâr wedi'i fframio gan fraster, y ffwr, y melfed, y gemau.

Brenin, llofrudd, arteithiwr, gormeswr ... rhedai'r geiriau trwy'i phen, ond cadwodd ei hwyneb yn ddiemosiwn. Moesymgrymodd nes i'w gwallt gyffwrdd â'r gwair mwdlyd. Yna sythodd, gan chwipio'i phen yn ôl fel bod ei gwallt yn creu bwa o aur.

'Pwy wyt ti, ferch?' taranodd y brenin. 'Beth wyt ti'n ei wneud yma yng nghanol y dynion i gyd?'

'Fi yw Mari Owen, Eich Mawrhydi,' atebodd mewn llais cadarn a chlir oedd yn cario i ddyfnderoedd y dorf. 'Fi yw chwaer Meistr y Bwa Hir, Glyndwr Owen. Fe'n gwahanwyd ni pan gefais fy ngeni, a chefais fy anfon at deulu oedd yn gallu fforddio fy nghadw. Clywais am eich her, Eich Mawrhydi, ac am fy mrawd yn cael ei garcharu. Rwyf wedi dod i anrhydeddu llw fy nghyndadau.'

Teimlai'r gwaed yn rhuthro drwy'i gwythiennau.

'Fi yw Meistres y Bwa Hir.'

Rhuodd y dorf. Clywodd Mari weiddi a gwatwar. Yna, yr un mor sydyn ag y dechreuodd, stopiodd y gweiddi. Tawelodd y dorf wrth i'r brenin godi ar ei draed a chwifio'i law yn yr awyr.

'Tyrd yma,' gorchmynnodd.

Wrth iddi agosáu ato, gwelodd Mari fod yr iarlles yn eistedd ar un ochr i'r brenin, a dyn blin ag wyneb onglog yr ochr arall iddo. Yr iarll, mae'n rhaid. Syllodd y ddau arni. Roedd yr iarlles yn ei hastudio'n fanwl, yn rhy fanwl. Ond roedd Mari'n siŵr nad oedd hi wedi sylwi ar ei gwallt, ac roedd ganddi ddwy lygad erbyn hyn, nid un.

Gan ddal ei phen yn uchel, cerddodd Mari tuag at y brenin. Teimlodd yr ofn roedd hi wedi bod yn ceisio brwydro yn ei erbyn yn codi ei ben y tu mewn iddi. Meddyliodd am Anne Boleyn, y wraig roedd e wedi'i dienyddio'n ddiweddar. Y wraig ddewr, oedd yn fodlon dweud ei barn am wleidyddiaeth, dynes egwyddorol fyddai wedi mynd yn bell yn yr unfed ganrif ar hugain, â'i hagwedd benderfynol. Meddyliodd am wraig bresennol Harri, yn gorffwys mewn rhyw blasty, yn paratoi i roi genedigaeth yn yr hydref. Jane Seymour, y wraig ufudd, ddiflas, yn ceisio profi ei bod hi mor wahanol â phosib i'w rhagflaenydd marw er mwyn iddi hi gael byw.

Ond efallai nad oedd gwraig y brenin mor ddiflas â hynny wedi'r cyfan, meddyliodd Mari ... *Digia'r brenin a byddi di'n marw mewn modd erchyll. Paid â bod yn Anne Boleyn. Mae'n fwy diogel bod yn Jane ufudd. Gwna dy ran a'i heglu hi o 'ma ...*

Oedodd Mari, droedfeddi'n unig o'r llwyfan. Moesymgrymodd, yna cadwodd ei llygaid at y llawr, yn union fel y byddai Jane Seymour wedi'i wneud.

'Rwyt ti'n gallu saethu bwa rhyfel?' taranodd y brenin.

Edrychodd Mari arno. 'Ydw, Eich Mawrhydi.'

Daeth sŵn anfoddog oddi wrth y dynion arfog ar y llwyfan, ac oddi wrth yr iarll, oedd wedi codi ar ei draed erbyn hyn.

Neidiodd dyn gydag wyneb ci bach mewn dillad crand ar ei draed. 'Dwyt ti ddim yn saethwr!' gwaeddodd, a'i wyneb yn goch gan ddicter, ac yn gwenu wrth weld ei gyfle i'w gwawdio hi. 'Merch wyt ti!'

Yna newidiodd rhywbeth ym meddwl Mari – y gwersi hanes, straeon ei thad, ei hagwedd tuag at fwlis. Cododd ei braich yn uchel i'r awyr, a chledr ei llaw yn ei hwynebu. Cododd ddau fys ar y dyn.

Cynyddodd sŵn y dorf ddeg gwaith. Teimlodd Mari'r gwaed yn canu yn ei chalon. Dyma'r arwydd roedd y Cymry a'r Saeson yn ei ddefnyddio i wawdio'u gelynion Ffrengig, o Crécy i Agincourt. *Mae gen i ddau fys; dwi'n dy felltithio di; mi alla i saethu'r bwa; well i ti baratoi i farw ...* Roedd dwy ganrif wedi mynd heibio ers brwydr Crécy, ond *rhyfel* oedd ystyr yr arwydd o hyd. Teimlai Mari wres y dorf y tu ôl iddi. Safodd a'i phen yn uchel, yn benderfynol. O'r diwedd, a hithau wedi profi ei phwynt, gostyngodd ei braich.

Cododd y brenin ar ei draed, camodd i ochr y llwyfan, a throi i wynebu'r dyrfa. Cododd ei fraich eto. Daeth y gweiddi i stop. Cerddodd y dyn ag wyneb ci bach yn ôl at ei sedd, a'i lygaid yn fflachio'n llawn malais. Eisteddodd yr iarll yn ôl yn ei sedd yntau yn dawel. Edrychodd y brenin ar Mari, a'i lygaid yn llawn difyrrwch bellach.

'Rwyt ti'n saethwr, felly? Fel y dywedaist ti'n farddonol iawn ...'

Gwenodd Mari yn ôl arno. 'Ydw, Eich Mawrhydi.' Roedd yn edrych yn anferth i fyny ar y llwyfan, ac roedd ei glogyn a'i ffriliau mawreddog yn gwneud iddo edrych yn lletach fyth.

Yn ofalus, cododd Mari ei llaw, a'i chledr tuag ato, ei bysedd ar wahân. Chwifiodd ei dau fys cyntaf, gan ddangos ei holl grafiadau a'i chaledennau. Diolchodd i'r nefoedd nad oedd hi byth yn gwisgo maneg ar ei llaw dde. Roedd ei chroen yn adrodd y stori gyfan.

Lledodd llygaid y brenin. 'Fyddet ti'n mynd i *ryfel*? Fyddet ti'n ymuno â'r *fyddin*? Fyddet ti'n *lladd*?'

Edrychodd Mari yn ôl ar y brenin, ac atebodd ei gwestiwn yn ddigon gonest: 'Ddim o ddewis, Eich Mawrhydi.' Meddyliodd am Parks. 'Ond petai'n rhaid i mi, mi fyddwn i. Rwy'n barod. Y cyfan rwy'n ei ofyn yw bod Eich Mawrhydi'n rhoi cyfle i fi ddangos beth alla i ei wneud. Ac yna mi wna i fyw gyda'r canlyniadau, doed a ddelo.'

Daeth synau anghrediniol o'r dorf. 'Am ferch ddigywilydd!' clywodd Mari rywun yn dweud.

Edrychodd y brenin arni'n chwilfrydig. 'Byw gyda'r canlyniadau?' gofynnodd yn araf, y wên yn prysur ddiflannu o'i lygaid. Caledodd ei wyneb anferth.

Teimlodd Mari ei hanadl yn cydio yn ei gwddf. Syllodd yn ôl arno. Petai hi'n gostwng ei llygaid a dangos unrhyw wendid o flaen y bwli hwn, gallai hi golli'r cyfan. Roedd hi wedi dewis ffordd Anne Boleyn y tro hwn; nid oedd am ildio.

'Os oes rhaid i mi, Eich Mawrhydi. Os oes rhaid i'r Oweniaid. Os oes rhaid i'r cenedlaethau sydd i ddod, pob Meistr Bwa Hir sydd i ddod.' Oedodd. 'A phob Meistres Bwa Hir.'

Gwenodd y brenin yn sydyn, ac ymlaciodd Mari ychydig.

Edrychodd y brenin yn ôl ar yr iarll a'i ddynion arfog, yna trodd at y dorf. Cododd ei ben a rhuo, er mwyn i bawb ei glywed.

'Well i ni gychwyn arni. Un darn aur i'r enillydd!' Oedodd, ac roedd yn ymddangos fel petai'r iarll yn awgrymu rhywbeth iddo. Gwenodd y brenin. '*Deg* darn aur i'r enillydd!' Ebychodd y dorf. Roedd hyn yn ffortiwn i'r rhan fwyaf ohonyn nhw. Dyfalodd Mari fod yr iarll am annog y dynion i fod mor gystadleuol â phosib. I'w churo … Newidiodd awyrgylch yr arena'n sydyn wedyn. Roedd y dynion, oedd yn ddigon cyfeillgar â'i gilydd cynt, yn llygadu ei gilydd yn ofalus yn awr. Teimlodd Mari'n ofnus unwaith eto.

'Ac os gall Mari Owen dynnu bwa rhyfel, a rhyddhau ei saethau'n gywir,' aeth y brenin yn ei flaen, 'ac os gall hi fod ymysg y gorau o'r dynion sydd yma heddiw, sy'n ddigon da i ymladd yn fy mrwydrau ac i ladd drosta i, gall ei theulu gadw'u tir – am gyhyd ag y bo Oweniaid Nanteos yn medru anrhydeddu llw eu cyndadau.'

Moesymgrymodd Mari. Clywodd ruo'r dorf. Roedd yr amser wedi dod.

56

Roedd ugain o ddynion yn yr arena, a throdd pob un i wynebu Mari wrth iddi ymuno â nhw.

Gwelodd sawl peth yn eu llygaid: dicter, dryswch, anghrediniaeth, difyrrwch, edmygedd ac, oddi wrth rai, tosturi. Cododd ei phen yn uchel, a chymerodd gip sydyn ar bob un ohonyn nhw, gan gadw ei hwyneb yn ddiemosiwn. Gobeithiai fod ei llygad wydr yn eu twyllo. Po leiaf o bryder a chyffro a ddangosai, gorau i gyd. Cadwodd ei phellter oddi wrth y cystadleuwyr eraill, ac roedd hyn yn ei siwtio hi'n iawn. Doedd hi ddim yno i sgwrsio â nhw. Roedd hi yno i'w curo.

Agorodd Mari ei bag saethau a dewis llinyn. Gwyliodd y dynion hi a'u haeliau wedi'u codi mewn chwilfrydedd wrth iddi fynd â'i phen-glin at y bwa, ei blygu a rhoi'r llinyn yn ei le. Roedd hynny ynddo'i hunan yn dangos cryfder; dim ond y saethwyr mwyaf profiadol allai wneud hynny.

Gan osgoi eu hwynebau llawn syndod, cymerodd Mari bob saeth o'r bag yn ei thro, a'i hastudio'n ofalus. Gwnaeth yn siŵr fod pob un yn hollol berffaith. Pan oedd hi'n fodlon, cododd ei phen eto. Roedd y dynion i gyd yn dal i'w gwylio.

'Dwi'n barod,' meddai, mewn llais digon cryf i'r brenin ei chlywed.

Chwarddodd y dorf, yna dywedodd un llais isel, gwawdlyd:

'O, mae hi'n barod nawr, ydy hi?'

Trodd Mari at y siaradwr, yr unig ddyn heb fwa. Y marsial, mae'n rhaid, meddyliodd. Edrychodd yn ôl arno ac aros. Y tu mewn iddi, roedd ei chalon yn curo'n wyllt, ond ar yr wyneb roedd hi dan reolaeth lwyr.

'Iawn, felly,' meddai'r dyn pan dderbyniodd e ddim ateb gan Mari. 'Dyma'r rheolau. Gan gynnwys y ...' oedodd, '... Mari Owen yma, mae un ar hugain o gystadleuwyr yma heddiw. Mae deg o dargedau wedi'u gosod, felly mi wnawn ni gynnal tri rhagbrawf cychwynnol. Byddwn yn profi eich gallu a'ch cywirdeb.'

Croesodd Mari ei bysedd yn dynn y tu ôl i'w chefn, a meiddiodd deimlo llygedyn o obaith.

'Mae'r targedau,' aeth y marsial yn ei flaen, 'wedi'u gosod wyth deg llath oddi wrth y llinell saethu.'

Daeth bloedd anfodlon o'r dorf wrth glywed hyn.

'Ie, ie, nid y pellter llawn, am nad oes llawer o le i ni ar y bryn heddiw. Rhowch y bai ar y marchogion a'r ceffylau rhyfel sydd angen llawer mwy o dir ar gyfer eu gornestau nhw. Rhowch y bai ar fryniau serth Cymru!'

Roedd Mari wrth ei bodd. Wyth deg llath. Gallai hi *wneud* hyn.

'Ac fel y dywedais i, cywirdeb yw'r hyn mae Ei Fawrhydi, y Brenin Harri, yn gofyn amdano heddiw.'

Tawelodd hynny'r dorf.

'Dylai pob cystadleuydd saethu tair saeth. Wedi i ni edrych ar gyfanswm eu sgôr, bydd y deg dyn gorau,' aeth y marsial yn ei flaen gan edrych yn sydyn ar Mari, 'yn mynd ymlaen i'r rownd nesaf, lle byddwn yn symud y llinell saethu yn ôl ddeg llath. O'r deg dyn hynny, byddaf yn dewis yr enillydd. Os nad oes modd dewis enillydd amlwg, bydd rownd arall yn cael ei chynnal rhwng y cystadleuwyr sydd ar y blaen, lle byddwn ni'n symud y llinell saethu yn ôl ddeg llath arall. Popeth yn glir?'

Cytunodd pob un o'r dynion. Nodiodd Mari, lledodd ei hysgwyddau, a dechrau cynnal rhythm anadlu araf a dwfn, oedd yn ei helpu i arafu curiad ei chalon. Roedd curiad calon arafach yn golygu cywirdeb gwell – dim llawer gwell, ond digon i wneud gwahaniaeth.

'Ydy pawb yn barod?' galwodd y marsial.

'Ydyn,' rhuodd y dynion, gan foddi ateb tawel Mari.

'Clod ac aur Ei Fawrhydi i'r enillydd!' gwaeddodd y dyn, i gyfeiliant bloeddio'r gynulleidfa.

Edrychodd Mari o'i chwmpas, a chafodd gip ar yr wynebau roedd hi'n chwilio amdanyn nhw – Morfudd, Rhiannon, Angharad a Gwern. Dechreuodd ganolbwyntio ar y dasg o'i blaen, nes bod y sŵn o'i chwmpas yn gwanhau a'i meddwl yn glir. Roedd hi'n teimlo fel petai hi'n gallu gweld pob glaswelltyn, teimlo cyfeiriad y gwynt ar ei chroen, ac arogli'r tir o dan ei thraed.

Cerddodd y marsial at y rhes o ddynion, a'u gwahanu. 'Rhagbrawf un,' cyhoeddodd gan bwyntio bys at un grŵp. 'A rhagbrawf dau,' meddai, gan bwyntio at y grŵp arall. Fel petai wedi anghofio amdani, trodd at Mari. 'Mi fyddi di yn y trydydd rhagbrawf – ar dy ben dy hun.'

Nodiodd Mari, ac anwybyddodd y sarhad bwriadol. Roedd mwy o amser ganddi i wylio pawb arall, ac i deimlo pa ffordd roedd y gwynt yn chwythu, er mwyn iddi ddod i arfer ag e. Byddai'n gadael i'r marsial feddwl ei fod e'n ei bwrw hi oddi ar ei hechel, yn gadael i'r saethwyr eraill ddisgwyl iddi fethu, tan y funud olaf un ...

Safai cystadleuwyr rownd un mewn rhes, a'u cefnau at y brenin, rhag ofn i saeth hedfan tuag at Ei Fawrhydi ar ddamwain – a rhag ofn i un o'r cystadleuwyr geisio'i ladd. Darnau crwn o bren wedi'u peintio'n wyn oedd y targedau, gyda chylchoedd du yn eu canol, a chylchoedd gwyn llai y tu mewn iddyn nhw. Roedden nhw wedi'u clymu wrth bolion pren, yn union fel y rhai roedd Mari wedi'u defnyddio yn ei hymarferion.

Astudiodd ei chyd-gystadleuwyr. Roedd y dynion i gyd yn fwy na hi, y rhan fwyaf ohonyn nhw'n chwe throedfedd, a mwy.

Dyfalodd fod rhai ohonyn nhw'n ffermwyr neu'n grefftwyr – yn seiri, gofaint ac adeiladwyr. Efallai mai saethwyr llawn-amser oedd rhai ohonyn nhw, yn cael eu cyflogi gan ryw arglwydd, neu gan iarll y Castell Du ei hun. Beth bynnag oedd eu swyddi, roedden nhw'n saethwyr profiadol bob un. Roedd gorchymyn brenhinol Harri VIII yn mynnu bod rhaid i ddynion o'r fath ymarfer eu sgiliau bwa yn wythnosol.

Roedd un dyn yn wahanol i'r cystadleuwyr eraill. Gŵr bonheddig oedd hwn, yn gwisgo dillad llawer mwy crand na'i gyd-gystadleuwyr mwy gwerinol. Edrychai'n anarferol iawn. Roedd yn llawer gwell gan wŷr bonheddig neu uchelwyr fod yn ddynion arfog neu'n gleddyfwyr, neu'n farchogion fyddai'n cael ymladd ar gefn ceffylau rhyfel.

Ond doedd dillad y dyn ddim yn gwella'i agwedd. Edrychodd ar Mari'n ddirmygus. Edrychodd Mari i ffwrdd, ond cyn iddi wneud, synhwyrodd ei oerni a'i gasineb tuag ati, a doedd e'n gwneud dim ymdrech i guddio'i deimladau. *Athro Parks arall.* Efallai ei fod e'n saethwr oherwydd ei fod e'n hoff o ladd ...

Camodd y marsial o flaen y dynion i gyd, gan sicrhau eu bod nhw'n aros y tu ôl i'r llinell wen, oedd wedi'i marcio gan galch ar y gwair.

Symudodd i'r ochr, a chymryd ei le rai troedfeddi y tu ôl i'r saethwyr.

'Paratowch eich bwâu!' gwaeddodd.

Rhoddodd pob cystadleuydd un droed ymlaen.

'Gosod!' galwodd y marsial.

Llithrodd y saethau i'w lle. Plygodd y dynion, i'w paratoi eu hunain.

'Marcio!'

Cododd pob llygad, yn canolbwyntio ar y targedau yn y pellter.

'Tynnu!'

Tynnodd y saethwyr linynnau eu bwâu yn ôl, gan sythu eu cefnau yr un pryd.

'Rhyddhau!' bloeddiodd y marsial, a hedfanodd y saethau gan greu sŵn hisian tawel, fel glaw angheuol.

Gwyliodd Mari nhw, a'i llygad yn gwibio rhwng y saethwyr a'r targedau. Daeth y gorchmynion eto, y naill ar ôl y llall: 'Gosod, marcio, tynnu, rhyddhau.' Gwnâi ambell un o'r cystadleuwyr sioe fawr o'u gallu i saethu'n gyflym a di-dor, ond dim ond tair saeth oedd ganddyn nhw, felly cyfle iddyn nhw frolio oedd hyn, a dim arall. Roedd rhai cystadleuwyr yn arafach a syllai'r marsial arnyn nhw. Meddyliodd Mari tybed oedd y marsial yn tynnu marciau am fod yn ansicr.

Roedd safon y cystadleuwyr yn amrywio – rhai yn dda iawn a'r rhan fwyaf yn gyffredin. Yn y rownd gyntaf, yr enillydd amlwg oedd dyn bach tenau, ychydig yn dalach na Mari. Doedd e ddim yn siaradus, ac aeth ati i saethu heb boeni dim am y lleill. Roedd rhai o'r dynion mwyaf yn bwerus, ond ddim yn hollol gywir, ac felly'n taro ymylon y targed.

Pan oedd pob saeth wedi glanio yn y targedau, camodd y cystadleuwyr yn ôl, rhai yn chwerthin ac yn tynnu coes, a'r gweddill yn syllu ar y rhes o dargedau lle cerddai'r marsial, yn sgriblan ar femrwn gyda phluen.

Gwgodd ar ei nodiadau, llygadodd y targedau eto, yna cerdded yn ôl at y cystadleuwyr.

Dewisodd bum dyn. Daeth cymeradwyaeth, gweiddi, taro cefnau a digalondid.

Camodd y collwyr allan o'r arena. Yna aeth y cystadleuwyr nesaf i'w llefydd. *Gosod, marcio, tynnu, rhyddhau.* Hedfanodd y saethau. Dechreuodd calon Mari guro'n gyflymach. Y tro hwn, y gŵr bonheddig a enillodd. Dewisodd y marsial bum dyn ar gyfer yr ail rownd. Roedd deg dyn ganddo ar gyfer y rownd derfynol, felly; yn amlwg, doedd y marsial ddim yn credu y byddai Mari yn eu plith.

'Rownd tri!' gwaeddodd. 'Mari Owen.'

*C*amodd Mari ymlaen. Roedd hi'n hanner ymwybodol o'r gymeradwyaeth a'r gwawdio, ond doedd dim byd yn llwyddo i godi uwchben rhuo'r gwaed yn ei chlustiau.

Gosododd ei hun y tu ôl i'r llinell, ymlaciodd ei hysgwyddau ac anadlu'n ddwfn.

'Pan fyddi di'n barod,' meddai'r marsial, fel petai hyn i gyd yn jôc fawr iddo.

Dewisodd Mari saeth a llygadu'r targed. Chwyrlïai'r gwaed drwy'i gwythiennau.

'Paratowch eich bwa!' gwaeddodd y marsial.

Safodd Mari yn ei lle, gan wrando'n astud ar orchmynion y marsial. Gosododd y saeth, plygodd, marciodd y targed, tynnodd ei bwa yn ôl, a rhyddhau'r saeth. Roedd y dorf yn dawel. Yr unig sŵn a glywodd Mari oedd sibrwd llinyn ei bwa a hisian ei saeth.

Cymerodd sawl eiliad hir i'r saeth hedfan tua'r targed. Gwelodd Mari hi'n glanio'n ddwfn yn y cylch du, fodfedd i'r chwith o'r cylch gwyn mewnol.

Dewisodd saeth arall, a'i hanfon at y targed. Glaniodd yn y cylch du unwaith eto, ychydig i'r dde o'r cylch gwyn mewnol y tro hwn. Yna cydiodd yn y drydedd saeth, anelodd a rhyddhau. Siâp triongl. Y cylch gwyn mewnol! Roedd hi'n siŵr o'r peth.

Trodd a cherdded yn ôl o'r llinell. Dechreuodd y dorf syfrdan glapio a gweiddi. Wnaeth Mari ddim gwenu. Ddim eto. Safodd yn llonydd ac aros. Roedd hi'n ymwybodol bod y marsial yn syllu arni yn gegagored, gan ddangos ei ddannedd melyn. Edrychodd hi ar y mynyddoedd yn codi y tu ôl i'r castell, a cheisio anwybyddu'r sŵn a'r gweiddi a'r sylw. Gwelodd ddau farcud coch yn cylchu uwchben. Efallai eu bod nhw'n cael eu denu at y saethwyr, ac yn cysylltu'r bwâu â brwydro a chyrff marw y gallen nhw wledda arnyn nhw.

'Wel!' gwichiodd y marsial, yn uwch nag yr oedd wedi'i ddisgwyl. Cliriodd ei wddf a dechrau eto. 'Wel ... mae'n ymddangos y bydd Mari Owen yn mynd ymlaen i'r rownd nesaf.'

Daeth mwy o sŵn o'r dorf.

Cerddodd Mari ymlaen i dynnu ei saethau o'r targed. Aeth heibio i'r marsial. Edrychodd yntau arni wedi'i synnu'n lân.

'Yn yr ail rownd,' esboniodd, er ei mwyn hi, 'byddwn yn symud ddeg llath yn ôl a bydd pob cystadleuydd yn dod ymlaen yn ei dro er mwyn i ni allu mwynhau'r sioe yn well. Er mwyn cael gwerthfawrogiad llawn o'i sgiliau.'

Aeth yr awyrgylch yn fwy trydanol fyth. Edrychodd y dynion ar ei gilydd, a'r unig beth ar eu meddwl, meddyliodd Mari, oedd y deg darn aur, y ffortiwn oedd yn aros am yr enillydd. Ond iddi hi, roedd mwy yn y fantol na chod o aur.

Yn eu tro, saethodd y deg cystadleuydd arall. Yr enillydd clir hyd yma oedd y gŵr bonheddig. Roedd ganddo ddwy saeth yn y cylch du ac un yn y cylch gwyn mewnol.

Yna tro Mari oedd hi. Cerddodd ymlaen. Cymeradwyodd y dorf. Gwyliodd y dynion. Roedd y gwatwar a'r difyrrwch a'r tosturi wedi diflannu erbyn hyn.

Arhosodd Mari nes bod pob dim yn dawel, yna dewisodd ei saeth gyntaf. Gosododd y saeth, a thynnodd ei bwa yn ôl mor bell ag y gallai. Roedd angen ei holl nerth arni i gyrraedd y pellter ychwanegol ac i gadw ei chywirdeb. Roedd hi'n gallu teimlo'r tensiwn ym mhren yr hen fwa. *Plis paid â thorri*, gweddïodd yn dawel. *Dim ond cwpwl o gynigion ar ôl.* Anadlodd yn ddwfn a rhyddhau'r saeth. Arhosodd y bwa'n gadarn. Hedfanodd y saeth i mewn i'r targed. Cylch du.

Yr ail saeth. Roedd rhaid iddi wneud yn well y tro hwn. Dim meddwl, dim poeni, dim ond greddf a gallu. Clywodd yr hen orchmynion yn ei phen, yn ei chorff, a rywle yn ddwfn y tu mewn iddi – yn ei henaid, mae'n rhaid. Anadlodd yn ddwfn eto a rhyddhau ei hanadl yn araf wrth i'r saeth hedfan, a'i gwylio'n glanio. Y cylch gwyn bach! Dechreuodd Mari deimlo'n orfoleddus, ond mygodd y teimlad hwnnw, a dewis ei thrydedd saeth. Ei saeth olaf. Gadawodd iddi hedfan. Caeodd ei llygad, daliodd ei gwynt ac aros. Rhuodd y dorf. Agorodd Mari ei llygad ac edrych ar y targed. Hyd yn oed o'r pellter hwn, roedd hi'n gallu gweld yn iawn: canol y cylch gwyn bach.

Yna gwenodd.

Rhuthrodd y marsial at y targed, llygadodd y saethau a gwenu'n ôl arni.

'Mae gennym ni enillydd,' cyhoeddodd. 'Gydag un cylch bach gwyn a dau gylch du, yr enillydd yw Mari Owen!'

'Arhoswch!' daeth llais o'r llwyfan.

Trodd pob llygad at yr iarll, oedd yn codi ar ei draed wrth ymyl y brenin.

58

*C*urai calon Mari fel gordd unwaith eto. Oedd yr iarll yn mynd i herio'i buddugoliaeth? Ei harestio hi?

'Gyda bendith ein Mawrhydi, y Brenin Harri VIII, hoffwn wneud y gystadleuaeth ychydig yn fwy diddorol,' cyhoeddodd yr iarll.

Daliodd Mari ei gwynt.

Cododd ei law. Roedd ffon bren ynddi. 'Mae pob saethwr yn gyfarwydd â hollti'r ffon.'

Cymerodd Mari anadl fer. Roedd hi wedi clywed amdano, ond erioed wedi rhoi cynnig arni.

Dyma'r gŵr bonheddig yn gweiddi'n ôl. 'Ydw, f'arglwydd.'

'A tithau, Mari Owen?'

Gwyddai Mari fod pob dim yn dibynnu ar hyn. Pe na bai hi'n ennill y dasg hon, byddai'r iarll yn mynnu nad oedd y llw wedi'i anrhydeddu wedi'r cyfan, a bod angen i dir yr Oweniaid gael ei gymryd oddi arnyn nhw. A'i roi iddo fe. Teimlodd Mari gasineb oer, pur tuag ato, ond llwyddodd i beidio â'i ddangos yn ei hwyneb.

Beth allai hi'i ddweud? *Dydyn ni ddim yn hollti ffyn yn yr unfed ganrif ar hugain?*

'Efallai y gallech chi ddangos i ni … f'arglwydd?' ychwanegodd yn gyflym.

Roedd distawrwydd llethol, yna chwerthiniad creulon. Edrychodd Mari ar y llwyfan. Y brenin oedd yn chwerthin, felly cyn pen dim roedd y dorf yn chwerthin, ond cadwodd yr iarll ei wyneb yn galed.

'Digri iawn,' meddai'n wawdlyd pan dawelodd y chwerthin. 'Marsial!' gwaeddodd.

Rhoddodd y ffon bren i'r marsial, a rhuthrodd hwnnw i'w tharo i'r llawr y drws nesaf i'r targed. Tua dwy fodfedd o led, dyfalodd Mari.

Rhuai'r gwaed yn ei chlustiau unwaith eto, ac roedd ei dicter yn bygwth dod i'r wyneb. Roedd angen iddi bwyllo. Edrychodd ar un darn o wair, a chanolbwyntio arno nes na allai weld dim ond y darn hwnnw. Sylwodd fod rhywun yn gweiddi ei henw.

'Mari Owen!' gwaeddai'r marsial.

'Dere i sefyll ar bwys Bonneville.'

Safodd Mari gerllaw'r gŵr bonheddig.

'Mi fyddwch chi'n saethu yn eich tro pan fydda i'n eich galw. Bonneville, chi'n gyntaf.'

Nodiodd y gŵr bonheddig, ac edrychodd yn gyflym ar Mari gyda'i lygaid oer. Yna trodd i ffwrdd ac ymbaratoi. Tynnodd y bwa.

Clywodd Mari orchmynion y marsial a gwelodd un saeth yn hedfan. Roedd y ffon bren yn dal i sefyll.

Anadlodd yn ddwfn. Ei thro hi.

Camodd ymlaen, yn falch bod ganddi saethau cryf oedd yn medru gwneud twll mewn arfwisg. Petai hi'n taro'r ffon yn ei chanol, byddai'r blaen metel yn ei hollti'n hawdd. *Petai* …

Estynnodd law i'w bag a dewis saeth. Edrychodd drosti i sicrhau bod pob dim yn iawn, yn ôl ei harfer.

Clywodd y gorchmynion, yn atsain pell o'r geiriau roedd hi'n eu dweud yn ei chalon. Rhyddhaodd ei saeth.

Yna daeth ei lwc i ben.

Daeth crac mawr wrth i fwa Mari dorri yn ei hanner. Teimlodd nerth rhan uchaf y bwa'n taro ochr ei phen, ychydig yn uwch na'i chlust, ac yna tawelodd popeth wrth iddi golli ymwybyddiaeth. Llithrodd i'r ddaear.

Curodd ei chalon unwaith, ddwywaith, dair gwaith; yna ffrwydrodd ei byd eto wrth iddi ddod ati'i hun. Roedd hi'n gorwedd ar y gwair, a rhan isaf y bwa yn dal i fod yn ei llaw. Clywodd y dorf yn rhuo. Agorodd ei llygad. Gwthiodd ei hun ar ei heistedd. Gwelodd ddynion yn brysio tuag ati, yn ceisio siarad â hi. Gwthiodd Mari'r dynion i ffwrdd er mwyn gweld. Roedd ei phen hi'n troi, ac ni welai fawr o ddim byd. Teimlodd waed yn llifo i lawr ei boch. Cerddodd ymlaen yn sigledig tuag at ben arall yr arena, yn chwilio am y ffon bren.

Yna, gwelodd y ffon yn gorwedd ar y gwair mewn dwy ran. Fel ei bwa.

Teimlodd yr emosiynau'n byrlymu ynddi: gorfoledd, rhyddhad, cyfiawnder. Trodd i chwilio am yr iarll. Roedd e'n sefyll ar y llwyfan, a'i wyneb yn wallgof.

Tawelodd y dorf wrth i'r brenin godi ar ei draed. 'Wel,' cyhoeddodd. 'Mari Owen, tyrd yma.'

Sychodd Mari'r gwaed o'i boch a cherdded tuag at y llwyfan.

'Mae'n ymddangos, felly,' meddai'r brenin, 'mai ti sydd biau hwn.' Tynnodd god fach o'i boced a'i thaflu i'r awyr. Saethodd braich Mari i'r awyr a'i dal, a gwnaeth hyn i'r dorf weiddi'n frwd. Gwenodd y brenin arni, a gwenodd hithau'n ôl. Roedd y boen yn ei phen fel gwayw. Teimlodd ofn yn sydyn. Gallai deimlo'r iarlles yn syllu arni. Roedd angen iddi ddianc.

'Dwi'n meddwl i ni weld hen ddigon o allu Mari Owen,' meddai'r brenin. 'Mae hi'n feistres bwa hir haeddiannol!' cyhoeddodd i gyfeiliant mwy o gymeradwyaeth. Edrychodd oddi wrth y dorf a thuag at Mari. Roedd golwg ddwys arno.

'Gwrandewch!' ebychodd, a'i frest wedi chwyddo a'i ben yn uchel. 'Mae'n dda gen i gyhoeddi fod y llw a dyngwyd gan deulu'r Oweniaid i'r Tywysog Du wedi cael ei anrhydeddu yma heddiw.' Gwenodd ar Mari, a'i holl rym i'w weld yn ei wên hyderus. 'Bydd eich bwthyn a'ch tiroedd yn aros yn nwylo eich teulu am y genhedlaeth hon. Ac os bydd y cenedlaethau a ddaw yn medru cyflwyno meistri bwa hir mor alluog â chi, bydd y ffarm yn eich meddiant am byth.'

Rhoddodd Mari wên lydan. Doedd dim grym gan yr iarll a'r iarlles bellach. Roedd y brenin wedi rhoi'i air yn gyhoeddus. Moesymgrymodd yn isel, a sibrwd, 'Diolch, Eich Mawrhydi' wrth y brenin. Gwelodd edmygedd yn ei lygaid. Roedd yntau wedi cymryd rhan mewn sawl her a champ cyn iddo syrthio oddi ar gefn ei geffyl a gwneud niwed i'w goes – a'i ben hefyd, yn ôl y sôn.

Edrychodd Mari'n sydyn ar yr iarll a'r iarlles. Roedd gwefusau'r iarll yn un llinell syth erbyn hyn, wedi'u cau'n dynn gan ei dymer wyllt nes eu bod bron yn wyn. Roedd yr iarlles yn edrych o'i cho', ond roedd hi hefyd, yn rhyfedd iawn, yn edrych yn chwilfrydig. Gwyrodd ei phen prydferth i'r ochr, yn astudio Mari'n fanwl. Plygodd yn nes at ei gŵr a sibrwd yn ei glust. Dyma'i lygaid yntau'n culhau. Cododd.

Roedd hi'n bryd i Mari ddianc.

$\mathcal{M}$oesymgrymodd Mari eto a rhuthro o'r arena mor gyflym ag y gallai ei choesau sigledig ei chynnal. Roedd hi wedi taro'i phen yn gas; gwyddai hynny, ond roedd angen iddi symud yn gyflym. Canai'r gymeradwyaeth yn ei chlustiau. Daeth sawl un o'r saethwyr i'w llongyfarch, ac arafodd hynny ei thaith.

Brwydrodd drwy'r dorf, yn chwilio am Morfudd a Rhiannon a Gwern, ac yn arbennig Angharad, y chwaer na chafodd hi fyth mohoni. Roedd Mari'n ysu am ei gweld unwaith eto, er bod ei greddf hi'n dweud wrthi am ddianc unwaith ac am byth.

Yn sydyn gwelodd hi'n gwibio trwy'r dorf. Neidiodd Angharad ati, a bron â'i tharo hi i'r llawr. Gafaelodd Mari ynddi a'i dal yn dynn.

'Wyt ti'n iawn?' gofynnodd Angharad a'i llygaid yn llydan, gan edrych mewn syndod ar y gwaed a lifai o wyneb Mari, yn creu llwybr tywyll ar ei ffrog.

'Dwi'n iawn,' atebodd Mari. 'Dim ond crafiad bach.'

'Dwi mor falch ohonot ti,' meddai, gan wylo o ryddhad a balchder, ac yna roedd Mari'n crio ac yn chwerthin gyda hi. Tynnodd hi'n agos ati, gan feddwl, *Dyma'r tro olaf erioed i mi dy weld di, ferch fach.* Yna ymunodd Rhiannon a Gwern â nhw, ac yn sefyll wrth eu hymyl roedd Morfudd, yn gwenu'n falch.

'Da iawn ti!' meddai, a'i llygaid yn disgleirio.

Gwenodd Mari yn ôl arni. 'Diolch i chi. A diolch i Ifan. Ymddiheurwch iddo 'mod i wedi difetha'i fwa.'

Nodiodd Morfudd. 'Iawn, siŵr. Roeddet ti'n lwcus. Crafiad bach cas, ond dim byd mwy.'

'Dwi'n gwybod,' atebodd Mari.

'Rwyt ti'n mynd, 'te?' aeth yr hen wraig yn ei blaen.

Nodiodd Mari. 'Mae'n rhaid i fi. A'r tro hwn fydda i ddim yn dod yn ôl. Alla i ddim rhoi loes i 'nheulu i eto. Rhag ofn.' Oedodd Mari. Yr unig beth na lwyddodd i'w wneud oedd rhyddhau Glyndwr Owen, ond doedd dim ffordd ganddi i wneud hynny.

Roedd Morfudd yn rhoi'i bag cefn iddi. 'Dyma ti; rho fy siôl i dros y bag, fydd neb yn gweld dim byd.'

Gwisgodd Mari ei bag a thynhau'r strapiau fel ei fod yn gorwedd yn wastad ar ei chefn, yna gorchuddiodd bob dim â siôl Morfudd.

'Diolch i chi, Morfudd. Am bopeth.' Edrychodd ar ei chyndadau. 'Pob dymuniad da. Mi wna i weddïo y bydd eich gŵr yn cael ei ryddhau cyn bo hir,' meddai, yna trodd at y plant, 'eich tad.'

Nodiodd y tri ohonyn nhw, a'u hwynebau'n ddwys. Cododd sŵn o'r arena o'u cwmpas unwaith eto, wrth i dwrnamaint arall gychwyn, yn profi sgiliau eraill.

'Gofala am y crafiad 'na ar dy ben,' meddai Morfudd yn dyner.

Gwenodd Mari arni. 'Mi wna i.' Roedd mellten wedi'i tharo ddwy waith, ond roedd hi wedi bod yn lwcus. Gallai'r bwa fod wedi taro ei llygad arall.

Gan edrych ar ei chyndadau ac ar Morfudd am un tro olaf, rhuthrodd Mari drwy'r dorf. Gwthiai pobl o'i chwmpas, a'i harafu. Yna estynnodd llaw fawr amdani a chydio yn ei braich. Clywodd Mari lais:

'Ble wyt ti'n meddwl rwyt *ti*'n mynd?'

61

Y tu mewn i'r Castell Du, i lawr yn y carchar, rhedodd y ceidwad i lawr y grisiau. Roedd ei wyneb yn goch gan yr ymdrech, ac roedd yn cael trafferth cadw ei ddwylo mawr yn llonydd.

'*Glyndwr*!' bloeddiodd, yn chwifio ei freichiau trwy'r bariau. 'Rwyt ti wedi cael dy achub! Daeth un o'r Oweniaid i'r adwy. Cafodd y llw ei anrhydeddu!'

Teimlodd James y llawenydd yn codi ynddo.

'A wnewch chi byth gredu!' aeth y ceidwad yn ei flaen, a'i lais yn codi'n uwch ac yn uwch. 'Merch oedd hi! *Meistres* y bwa hir!'

Rhegodd Glyndwr mewn syndod, chwarddodd mewn anghrediniaeth a gwaeddodd yn fuddugoliaethus.

'Dwedwch wrtha i. Dwedwch bopeth!' rhuodd Meistr y Bwa Hir.

Adroddodd Aeron ei stori yn ei holl fanylion, y stori y byddai'n parhau i'w hadrodd am ddegawdau eto, ond fyddai dim un o'r troeon hynny'n dod yn agos at y tro cyntaf hwnnw, wrth iddo'i hadrodd wrth y dyn oedd yn credu ei fod e wedi colli pob dim.

Yn ei gell, yn dal yn dynn yn y bariau, yn ymdrechu i weld mor bell ag y gallai, gwrandawai James.

'Dduw mawr,' ebychodd Glyndwr ar ddiwedd y stori, ar ôl iddo daflu o leiaf dwsin o gwestiynau at Aeron. 'Pwy ydy hi, y feistres bwa hir 'ma?'

'Dyna beth mae pawb eisiau ei wybod,' cytunodd Aeron.

Arhosodd James yn dawel yn ei gell, yn gwenu iddo'i hun.

62

*C*ydiodd y llaw yn dynn ym mraich Mari, ac ebychodd hithau. Caeodd llaw wahanol am ei braich arall, a gallai deimlo blaen y gyllell finiog yn gwasgu i mewn i'w hochr.

'Pwy *wyt* ti?' gofynnodd y llais.

Trodd Mari'n ofalus dros ben. Roedd dyn gwallt du yn gwisgo dillad moethus gyda chreithiau di-ri yn dal dagr i'w hasennau. Roedd dyn arall, y dyn ag wyneb fel ci bach a'i heriodd hi ar y llwyfan, yn sefyll yr ochr arall iddi, gan wenu fel petai'r tri ohonyn nhw'n ffrindiau pennaf.

'Os gwnei di sgrechian, mi wna i blannu'r gyllell 'ma yn dy fol di. Deall?' aeth y dyn creithiog yn ei flaen.

Edrychodd Mari i mewn i'r llygaid caled. Petai hi'n ceisio dianc rhag y ddau ddyn yma, roedd hi'n teimlo'n weddol sicr y byddai'r dyn creithiog *yn* ei lladd hi. Er gwaetha'i ddillad crand, roedd e'n amlwg yn ddyn oedd wedi bod i ryfel.

Nodiodd.

'Dwi'n mynd i dynnu'r gyllell o dy asennau di nawr ac rwyt ti'n mynd i gerdded gyda fi fel petai dim byd o'i le,' aeth y dyn creithiog yn ei flaen. Gallai Mari arogli ei anadl afiach wrth iddo blygu i sibrwd yn ei chlust.

'Ble ydyn ni'n mynd?' gofynnodd.

'I'r Castell Du.'

'Mae'r iarlles yn awyddus iawn i gwrdd â ti,' meddai'r dyn arall gyda gwên ddirmygus.

Cerddodd y tri trwy'r dorf. Cawson nhw eu stopio sawl gwaith gan bobl oedd yn dymuno llongyfarch Meistres y Bwa Hir. Gorfododd Mari ei hun i wenu. Roedd hi wedi achub ei chyndadau. Ai taith i'r crocbren fyddai ei gwobr? Roedd angen iddi gredu ei bod hi'n mynd i ddianc. *Bydd yn gyfrwys*, dywedai llais ei thad yn ei phen. Ei llais newydd hi.

Unwaith roedden nhw y tu mewn i furiau'r Castell Du, diflannodd gwên y dynion, a rhoddodd y ddau'r gorau i ymddwyn fel ffrindiau i Mari. Cafodd ei martsio at risiau'r gweision, i lawr i'r carchar, ac i'r oerfel llethol.

'Aeron!' bloeddiodd y dyn creithiog wrth iddyn nhw fynd i lawr y grisiau. 'Un arall i ti.'

Daeth dyn anferth yn gwisgo legins a thiwnig hir i'r golwg. Roedd e'n edrych fel gof, meddyliodd Mari, a'i ddwylo mawr yn llawn creithiau. Agorodd ei geg led y pen.

'Meistres y Bwa Hir!' ebychodd. 'Beth y'ch chi'n ei wneud â hi? Pam ei bod hi fan hyn?' Edrychodd oddi wrth y dynion at Mari, yn methu credu ei lygaid.

'Hi yw'r un a aeth â Zephyr!' brathodd y dyn creithiog. 'Dim gwell na lleidr pen-ffordd. Rho hi mewn cell gyda'r lleidr arall. Yr *arglwydd* honedig wnaeth ddwyn y fodrwy. Mae'r ddau ohonyn nhw ar eu ffordd i'r crocbren,' cyhoeddodd, 'ond mae'r iarll a'r iarlles am gael gair â hi'n gyntaf.'

Trodd byd Mari. Gallai weld Aeron yn ceisio gwrthod y gorchymyn. Fe wyddai'n iawn beth oedd yn aros amdani, ac ysai am gael ei gwarchod hi rhag hynny. Cymerodd y dyn creithiog un cam bygythiol tuag ato, a gwnaeth Aeron ei benderfyniad yn syth.

Cydiodd ym mraich Mari gyda'i law fawr, gan afael ynddi fel petai'n gafael mewn ceffyl gwyllt. Edrychodd y dyn creithiog ar Mari am amser hir.

'Dwi'n siŵr y gwnawn ni gwrdd eto cyn bo hir,' meddai, a'i lais yn annifyr.

Cododd Mari ei phen yn uchel, a llygadu'r dyn nes iddo droi a chamu i fyny'r grisiau. *Paid byth â dangos ofn.* Roedd ei cheffylau wedi dysgu hynny iddi. Ond roedd hi'n crynu gan arswyd y tu mewn.

Fyddai Mari ddim yn eistedd yn ôl a gadael i hyn ddigwydd. Ond am nawr, wnaeth hi ddim gwrthsefyll. Gwyddai fod angen iddi ddewis yn ofalus yr amser iawn ar gyfer brwydro. Gadawodd iddi'i hun gael ei harwain, ond edrychodd o'i chwmpas gan geisio lleddfu ei hofnau fel ei bod hi'n cael cyfle i feddwl. Sylwodd ar bob manylyn: bwa hela byr a chawell saethau mewn cell agored, bwyell a phentwr o goed mewn cell arall. Arfau, cyfleoedd. Aeth ceidwad y carchar â hi heibio i gell wag ar ôl cell wag. Ble roedd ei chyndad, Glyndwr Owen? A ble roedd yr arglwydd ffug a'r lleidr oedd ar ei ffordd at y crocbren?

Arhosodd y ceidwad o flaen y gell olaf, a thynnu'r allweddi o'i boced.

Stopiodd calon Mari. Y tu ôl i'r bariau, yn syllu arni mewn syndod llwyr, roedd James de Courcy.

Syllodd Mari yn ôl arno. Agorodd James ei geg i siarad, yna'i chau drachefn. Sylwodd ceidwad y carchar ddim ar ymateb y ddau wrth iddo agor drws y gell.

'Sa'n ôl!' gwaeddodd ar James, pan edrychodd i fyny. Cymerodd James rai camau yn ôl, yn dal i syllu ar Mari.

'Ffrind i ti!' meddai'r dyn yn swta, gan wthio Mari i'r gell.

Ofnai Mari am eiliad ei fod wedi teimlo'r bag ar ei chefn, ond ddywedodd e'r un gair, dim ond cloi drws y gell a cherdded i ffwrdd.

Safodd Mari a James yn eu hunfan, yn gwrando ar sŵn traed y dyn yn diflannu. Pan oedd yr atseiniau olaf wedi cilio, safodd y ddau a syllu ar ei gilydd, yn ansicr beth i'w wneud na'i ddweud, nes i Mari, gan roi gwaedd fach, ruthro at James a chydio ynddo, a'i ddal yn dynn wrth i'r emosiynau chwyrlïo drwy'i chorff.

'Mi wnest ti fy nilyn i.'

Nodiodd James. 'Ro'n i'n gwybod yn iawn dy fod di'n cynllwynio rhywbeth. Rhywbeth peryglus. Doeddwn i erioed wedi gweld ofn ar dy wyneb di o'r blaen, Mari, ond roeddet ti wedi dychryn yn lân. Ro'n i'n synhwyro dy fod di ddim eisiau fy help i rhag ofn y byddai rhywbeth yn digwydd i fi.'

'Weithiodd hynny allan yn iawn, yn do?'

Chwarddodd James. 'Ro'n i'n meddwl dy fod di'n fy nabod i'n well na hynny. Do'n i ddim yn mynd i adael i ti wneud hyn ar dy ben dy hun.'

'Felly wnes i dy arwain di yma. I'r gorffennol.'

'Wnes i ddim dychmygu hyn!' Difrifolodd James. 'Feddyliais i tybed fydden i'n dy weld di eto. Do'n i ddim yn meddwl mai fan hyn fydden ni … yn ein carchar *ni*.'

Edrychodd Mari yn ôl i fyw ei lygaid. 'Ti'n lleidr nawr?'

'Y sêl-fodrwy, anrheg oddi wrth Mam – cafodd hi'i dwyn oddi ar yr iarll yma,' esboniodd James gan edrych arni'n chwilfrydig.

'Fy mai i oedd e,' cyfaddefodd.

'Ond sut cafodd Mam ei dwylo arni?'

'Wnes i ei chladdu hi yn y bedd. Daeth Parks o hyd iddi a'i gwerthu i berchennog rhyw siop hen bethau, ac yna cafodd ei gwerthu i dy fam.'

'Yr athro Parks? Yn lleidr?'

'Mae e'n lot mwy na lleidr. Mi wna i sôn amdano fe eto,' eglurodd Mari.

Rhwbiodd James ei ben fel petai'r cyfan yn ormod iddo. 'Ond pam claddu'r fodrwy?'

'Ro'n i am iddo fe ei dilysu fel y gallen ni ei gwerthu hi. Roedd angen yr arian arnon ni, ac ro'n i eisiau cael gwared ohoni. Ro'n i'n meddwl bod y fodrwy'n anlwcus.' Edrychodd arno a'i hwyneb yn llawn pryder. 'Doedd dim syniad 'da fi pa mor anlwcus oedd hi. Dyna pam rwyt ti yma. Fy mai i yw hyn i gyd.'

Ysgydwodd James ei ben. 'Wnest ti ddim dal gwn i 'mhen i, Mari. Fy newis i oedd dod 'nôl.'

'Ond doedd dim syniad 'da ti beth oedd yr ochr arall i'r rhaeadr. Falle dylen i fod wedi dweud popeth wrthot ti wedi'r cyfan.'

'Cytuno. Alli di ddechre nawr.'

Nodiodd Mari. 'Iawn. Dim cyfrinachau o hyn 'mlaen. A galli di ddweud popeth sydd wedi digwydd i ti hefyd. Dere, awn ni i eistedd ar y fainc a chadw'n gynnes dan y flanced.' Crynodd. 'Mae'n rhewi mewn 'ma.'

Eisteddodd y ddau ar y fainc gul, gan glosio at ei gilydd i gadw'n gynnes, a dechreuon nhw adrodd eu straeon.

Soniodd Mari wrth James am Parks yn teithio'n ôl ac yn ei ddilyn drwy'r afon, am ei ymosodiad ar Morfudd, un o hynafiaid Seren a roddodd do dros ei phen. Am sut y rhedodd hi ar ei ôl a'i saethu.

'Da iawn! Ti'n gwybod beth … wnes i erioed hoffi'r dyn 'na. Roedd rhywbeth od amdano fe, dan yr wyneb,' meddai James.

'Ie, wel, dyw e ddim dan yr wyneb rhagor. Mae e 'ma yn ein plith ni, i bawb gael ei weld. Gobeithio gall Morfudd gasglu'r pentrefwyr at ei gilydd i fynd ar ei ôl.'

'Ac wedyn?'

Meddyliodd Mari am wybodaeth yr iachawyr am y planhigion oedd yn gwella a'r rhai oedd yn lladd.

'Fe wnân nhw ddelio ag e.' Yna rhwbiodd ei hwyneb a syllu ar

James yn ddigalon. 'O, na, be dwi wedi'i wneud?' Neidiodd ar ei thraed a syllu i lawr arno. 'Wnest ti droi'n un ar bymtheg oed ddeuddydd yn ôl! Roeddet ti i fod i arwyddo cytundeb gyda Man U!' Trodd oddi wrtho. 'Be dwi wedi'i wneud?'

Cododd James a chydio yn ei braich i'w thynnu yn ôl ato. Roedd tân yn ei lygaid. 'Mi wnest ti beth oedd angen i ti'i wneud, Mari! Rwyt ti wedi achub dy gyndadau di! Rhedodd ceidwad y carchar yn ôl i ddweud popeth wrtha i.'

Nodiodd Mari a bywiogodd ei hwyneb am eiliad. 'Dwi wedi gwneud hynny, o leia.'

'Pam wyt ti'n gwisgo'r llygad wydr?' gofynnodd James.

'I guddio,' atebodd Mari, a'i llais fel petai hi'n difaru. 'Ond wnaeth e ddim gweithio. Roedd yr iarlles yn gwybod yn iawn mai fi oedd y lleidr ceffylau.'

Dywedodd hanes y ceffyl wrtho, a sôn am ba mor agos yr oedd hi at gael ei dal, am ymladd gyda'r iarlles ar lawr y stabl, ac am ddianc ar gefn y ceffyl Arab.

Estynnodd Mari ei llaw i gyffwrdd ei wyneb, o dan y crafiad cas ar ei foch. 'Be ddigwyddodd fan hyn?'

'Brioc. Y dyn gyda'r graith,' atebodd James, a'i lygaid yn tywyllu.

Astudiodd Mari ei wyneb. Gallai synhwyro'r un caledwch ynddo ag roedd hithau wedi'i brofi'n ddiweddar, a'r un teimlad bod eu diniweidrwydd plentynnaidd yn diflannu.

'Mae dy un di'n dal i waedu,' sylwodd James.

Gwgodd Mari, a chyffyrddodd yn ei boch gyda'i bysedd. Roedd y gwaed yn dal i lifo, ond yn arafach erbyn hyn. 'Mi dorrodd y bwa.' Teimlodd yn benysgafn wrth gofio iddi daro'i phen. 'Mi *fyddan* nhw'n ein crogi ni – paid meddwl na wnân nhw ddim achos ein bod ni'n ifanc. Dyw hynny'n gwneud dim gwahaniaeth,' meddai, a'i hwyneb yn llawn pryder. 'Mae angen i ni ddianc.'

Cododd Mari ac aeth at y bariau. Cydiodd ynddyn nhw a cheisio craffu ar y celloedd eraill.

'Ydy fy nghyndad i lawr 'ma? Glyndwr Owen?'

Cyn i James allu ei hateb, daeth llais arall o ochr arall y celloedd.

'Ydw, Feistres y Bwa Hir.'

'A phwy wyt ti, ar wahân i achubwr fy nheulu i?' aeth y llais yn ei flaen.

Chwarddodd Mari. 'Mae honno'n stori hir.'

'Nid yw hynny'n rhwystr, feistres. Mae gyda ni ddigon o amser yma.'

Wnaeth Mari ddim ateb. Ble i ddechrau? Faint allai hi ei ddweud wrtho?

'Mi alli di ddechre trwy ddweud wrtha i yn union pwy wyt ti,' mynnodd y carcharor, fel petai'n darllen ei meddwl. 'A beth yn union rwyt ti'n ei feddwl pan wyt ti'n sôn am *achub y cyndadau.*' Caledodd ei lais. 'A ti, yr arglwydd ffug, pam dy garcharu *di*?'

Syllodd Mari a James ar ei gilydd. Doedden nhw ddim yn sylweddoli bod eu lleisiau wedi cario i ben arall y carchar.

'Dewch yn eich blaenau, dwi'n heneiddio bob munud,' meddai'r dyn, yn hanner tynnu coes, ac yn hanner colli amynedd. 'Beth am ddechre gyda chwestiwn rhwydd. Sawl haf wyt ti, feistres?'

'Pymtheg,' atebodd Mari.

'Ha! Wel, nid ti yw fy chwaer goll i, 'te!' chwarddodd. 'Mae honno'n dair ar hugain.'

Tawelodd Mari eto.

'Reit 'te, a pham mai merch bymtheg haf oed yw'r meistr ...' oedodd, '*meistres* bwa hir orau yn y sir?'

'Dwi wedi bod yn ymarfer ers 'mod i'n bump oed,' atebodd Mari'n syml.

'*Pam?* Does dim dynion yn y teulu? Dim meibion?'

Gwern, meddyliodd Mari. Fyddai hi'n ei weld e byth eto? Trodd ei stumog yn glymau o emosiwn poenus.

'Fi oedd yr unig etifedd,' eglurodd. 'Fy nhad oedd, *yw*, Meistr y Bwa Hir. Doedd dim bachgen i gymryd y swydd tan llynedd. Felly cefais i fy hyfforddi. Gan fy nhad.'

'Pwy yw e?' gofynnodd Glyndwr.

Anadlodd Mari'n ddwfn. 'Ei enw,' meddai, 'yw Caradog Owen.'

'Owen arall! O ble mae e'n dod? Dwi ddim wedi clywed amdano fe.'

Syllodd James a Mari ar ei gilydd. Roedd James yn edrych arni, a deallodd Mari'n iawn beth fyddai'r ffordd ymlaen. Dim mwy o gelwyddau, dim mwy o osgoi.

'Mae e'n dod o fferm Nanteos,' meddai'n araf. 'Y fferm Nanteos sydd yng nghysgod y Castell Du.'

Tawelwch. Yna siaradodd Glyndwr. 'Nawr 'te, Feistres y Bwa Hir, rwyt ti'n gwybod bod hynny'n amhosib.'

'Ddim yn fwy amhosib na meistres bwa hir yn ennill y twrnamaint.'

Chwarddodd yntau'n sydyn. 'Digon teg, felly. Esbonia hyn 'te.'

'Amser,' meddai Mari'n syml. 'Dyw James a fi ddim o'ch amser chi. Dwi'n perthyn i chi. Dyna beth roedden ni'n ei feddwl wrth sôn am achub y cyndadau. Chi a Rhiannon ac Angharad a Gwern *yw* fy nghyndadau. Fy ngwaed i yw eich gwaed chi.' Swniai ei llais yn is nag arfer, yn llawn teimlad. 'Dwi'n ddisgynnydd i chi. Ac mae James yn ddisgynnydd i'r iarll a'r iarlles sy'n ein cadw ni yn y carchar 'ma. Ei garchar *e* yw hwn, ond bron i bum can mlynedd i ffwrdd. Ry'n ni wedi dod o'r dyfodol yn ôl i'ch amser chi.'

Roedd rhyw gryndod yn yr aer, yn llawn cwestiynau heb eu gofyn na'u hateb. Yr unig sŵn oedd curiad traed yn cerdded yn ôl ac ymlaen mewn cell. O'r diwedd, rhegodd y dyn mewn rhyfeddod.

'Alla i ddim deall yn iawn, ond mae'n gwneud synnwyr,' meddai. 'Dyna sut roeddet ti'n gwybod bod meistres bwa hir yn dod, Arglwydd James.' Roedd ei lais yn llawn syndod. '*Dyna* sut roeddet ti'n gwybod beth oedd yn mynd i ddigwydd! Dwyt ti ddim yn gallu gweld i'r dyfodol!'

Chwarddodd James. 'Na, ddim yn hollol. Mae 'na lyfr, chwedl goll o'r Mabinogion, sy'n sôn am angel rhyfel â gwallt euraid yn helpu ei theulu i gadw eu gair …'

'Llyfr,' rhyfeddodd Glyndwr, 'yn adrodd chwedl oedd heb ddigwydd yn fy amser i …'

'Yn adrodd fy ffawd bron i fil o flynyddoedd cyn i fi gael fy ngeni,' ychwanegodd Mari.

'Daeth Mari yn ôl i dy achub di,' eglurodd James.

Roedd y ddau o'r dyfodol yn methu gweld y gell ym mhen arall y carchar, lle safai'r dyn yn cydio'n dynn yn y bariau. Roedd e'n feistr bwa hir, yn rhyfelwr, ond llifodd y dagrau cyn iddo fedru eu rhwystro. Syllodd ar waliau'r carchar, ei feddwl yn llawn lluniau o'i deulu'n ddiogel yn eu cartref.

Safodd Mari a James ochr yn ochr, yn edrych i'w gyfeiriad ac yn gwenu, er gwaethaf popeth.

'Sut alla i dalu'r ddyled i chi?' gofynnodd y dyn o'r diwedd.

'Does dim angen i ti,' meddai Mari. 'Dwi'n fyw. Am y tro, o leiaf.'

'Wyt, diolch byth. Mari Owen a'r Arglwydd James de Courcy.' Pwysleisiodd eu henwau'n ofalus, fel petai'n rhyfeddu o'u clywed nhw yn yr un frawddeg. 'Ac yn ffrindiau gorau, mae'n ymddangos ...'

'Ydyn,' cytunodd James. 'A gobeithio 'mod i ddim yn elyn pennaf i ti?'

Trodd Mari at James a chodi'i haeliau.

Daeth sŵn chwerthin o gyfeiriad cell Glyndwr. 'O, do, mi wnes i addo dinistrio'r de Courcy nesaf y cawn i 'ngafael arno ... efallai y bydd angen i fi dorri'r addewid hwnnw.'

Estynnodd Mari ei llaw a chydio yn llaw James. Roedd ei lygaid yn llawn pethau na ellid eu dweud. Ddim fan hyn. Ddim nawr. Roedd tawelwch eto, heblaw am sŵn diferion araf y dŵr yn disgyn o'r nenfwd ac yn ymgasglu'n bwll ar y llawr carreg, fel curiad drwm.

'Felly dwedwch wrtha i,' meddai Glyndwr o'r diwedd, 'sut ar wyneb y ddaear wnaethoch chi lwyddo i deithio yn ôl trwy amser? A sut ydych chi'n bwriadu cyrraedd yn ôl?'

Clywyd sŵn o'r grisiau. Arhosodd pawb yn dawel. Symudodd Mari a James ar wahân ac aros.

Daeth dau ddyn i'r golwg. Agorodd ceidwad y carchar ddrws y gell. Yna, mewn cwmwl o felfed a les ac arogl lafant, camodd yr Iarll a'r Iarlles de Courcy i mewn yn hunanbwysig.

Cerddodd yr iarlles at Mari a'i hastudio'n ofalus.

'Ro'n i'n iawn!' ebychodd, a'i llygaid yn culhau'n flin. 'Ti sy 'na!'

'Meistres bwa hir,' poerodd yr iarll, yn gwgu.

'Meistres bwa hir a lleidr!' llefodd yr iarlles. 'Dyma'r lleidr unllygeidiog a ddygodd Zephyr!'

'Ond mae ganddi ddwy lygad,' sylwodd yr iarll, gan gamu'n nes.

'Gawn ni weld!' gwaeddodd yr iarlles. 'Brioc, Cranog, cydiwch yn ei breichiau.'

Roedd Mari'n gwybod beth oedd i ddod. Daeth y ddau ddyn ati. Brwydrodd yn eu herbyn ond roedden nhw'n gryfach na hi, a gafaelodd y ddau ynddi â'u dwy law, a'u bysedd yn gwasgu am ei breichiau.

'Gadewch lonydd iddi!' gwaeddodd James.

Symudodd y dyn creithiog un llaw oddi ar fraich Mari er mwyn ceisio taro James â chefn ei law. Rhwystrodd James yr ergyd â'i fraich. Gollyngodd y dyn arfog ei afael ar Mari a throdd, gan dynnu dagr o'i wregys.

'Ti'n mynd i amddiffyn dy ffrind bach di?' brathodd.

Daliodd James ei dir, y gynddaredd yn berwi y tu mewn iddo. Ond gwyddai'n iawn na fyddai Brioc yn oedi cyn defnyddio'i gyllell. Yn wir, byddai'n mwynhau'r profiad, felly cadwodd ei ddyrnau wrth ei ochr a llwyddo i aros yn dawel.

Rhoddodd Mari'r gorau i frwydro. Doedd hi ddim yn awyddus i herio'r dyn creithiog mewn unrhyw ffordd, ond roedd yr ysfa i wthio'r iarlles yn galed allan o'i chell bron yn ormod iddi. *Dewisa dy frwydrau'n ofalus*, dywedodd y llais yn ei phen. Roedd ei hanadl yn fyr ac yn ansefydlog a brwydrodd i beidio â gwylltio wrth i'r iarlles estyn ei bys a phrocio'i llygad. Ei llygad wydr. Er mwyn cael golwg well, estynnodd yr iarlles ei llaw i ddal pen Mari a phrocio'i llygad â bysedd ei llaw arall. Eiliadau yn ddiweddarach, neidiodd llygad ffug Mari o'i thwll a bownsio ar y llawr carreg. Rholiodd i gornel y gell o dan y fainc.

'Ha!' sgrechiodd yr iarlles gan ryddhau Mari. 'Llygad ffug! Ro'n i'n iawn! Hi yw'r lleidr ceffylau ag un llygad!' Trodd at ei gŵr yn fuddugoliaethus. 'Roedd hi'n edrych mor gyfarwydd!' Edrychodd ar ei dwylo'n llawn atgasedd. Roedden nhw wedi'u gorchuddio gan waed Mari.

'Ych a fi! Afiach. Rydyn ni wedi gweld hen ddigon. Mae hi'n euog, a bydd hi'n cael ei chrogi!' cyhoeddodd, cyn cerdded yn bwysig o'r gell.

Dilynodd yr iarll hi, gan siarad â cheidwad y carchar ar ei ffordd allan.

'Cadwch hi dan glo. Dim bwyd na diod i'r un ohonyn nhw.' Trodd yn ôl at Mari a James. 'Gaf i sgwrs â'r ddau ohonoch chi ymhen diwrnod neu ddau. Os byddwch chi'n dal i allu siarad, hynny yw …' ychwanegodd, gan edrych yn gynllwyngar ar Brioc.

Gwenodd hwnnw'n greulon. Nodiodd yr iarlles ei chymeradwyaeth.

'Anfonwch air at y crogwr,' gorchmynnodd yr iarll wrth Aeron. 'Bydd ganddo ddau aderyn bach i'w lladd gydag un rhaff.' Oedodd. 'Tri, o bosib …'

65

'Mae'n ddrwg gen i, Feistres y Bwa Hir,' galwodd Glyndwr Owen ati pan oedden nhw ar eu pennau eu hunain drachefn.

Nodiodd Mari. Roedd hi'n cael trafferth siarad. Roedd hi'n crynu – gan gynddaredd, syndod ac yn fwy na dim, annhegwch. 'Diolch,' llwyddodd i'w ddweud.

'Mi wnân nhw dalu am hyn,' meddai'i chyndad trwy'i ddannedd, 'rywsut neu'i gilydd.' Roedd ei eiriau'n hofran trwy'r carchar fel bygythiad tywyll.

Cerddodd Mari o gwmpas ei chell. Yn ôl ac ymlaen fel anifail mewn caets. Gwyliodd James hi. Roedd e'n deall yn iawn. Ddywedodd e'r un gair, dim ond sefyll yn y tywyllwch.

O'r diwedd, rhoddodd Mari'r gorau i gerdded a chydiodd yn y bariau ac edrych allan. Yna trodd yn ôl at James.

'Ti'n iawn?' gofynnodd James. Doedd e erioed wedi'i gweld hi gyda'i chreithiau yn y golwg, ond roedd e'n edrych arni heb gilio'n ôl. Gadawodd Mari iddo edrych arni. Doedd dim cyfrinachau rhwng y ddau erbyn hyn.

'Ydw,' atebodd. 'Dwi wir ddim yn gwybod sut wnes i lwyddo i reoli fy hun pan oedd y fenyw 'na'n crafangu amdana i.' Ochneidiodd yn hir a rhwbio'i breichiau fel petai'n golchi rhyw fudreddi oddi arnyn nhw.

'Beth amdanat ti? Roedd hi'n edrych fel taset tithe'n ei chael hi'n anodd rheoli dy dymer hefyd.'

Nodiodd James yn ddwys. 'Ro'n i'n gallu rhagweld sut byddai pob dim yn gorffen. Allen ni ddim ymladd yn eu herbyn nhw. Roedd mwy ohonyn nhw na ni. Roedd cyllyll a chleddyfau gyda nhw. Dim ond dwylo oedd 'da ni.'

Ysgydwodd Mari ei phen. 'Dyw hynny ddim yn hollol wir.'

Cododd ei ffrog a thynnu'r gyllell o'r strap ar ei choes. Daliodd y gyllell i'r golau gwan, nes bod y metel oer yn disgleirio.

Cododd James ei aeliau. 'Gwell na dim.'

Estynnodd i'w siaced a nôl y garreg fach finiog. Cydiodd ynddi'n dynn yng nghledr ei law fel bod yr ochr finiog i'w gweld rhwng ei fysedd.

'Defnyddiol,' sylwodd Mari.

Tynnodd ei siôl a'i bag cefn a thynnu'i chatapwlt a'i cherrig ohono.

'Defnyddiol iawn,' cytunodd James.

'Yr anrheg orau roddaist ti i fi erioed,' atebodd Mari. Cuddiodd y catapwlt yn y dillad roedd hi'n eu gwisgo o dan legins gwlân y saethwr. Cadwodd y cerrig yn ddiogel yn y boced bitw yng nghefn ei dillad tyn.

Gwisgodd ei bag cefn a'i siôl unwaith eto, a gwnaeth yn siŵr fod y bag wedi'i guddio'n llwyr.

'Mi fyddan nhw'n ein crogi ni, ond pwy a ŵyr beth sydd gan y dyn creithiog ar ein cyfer ni cyn hynny. Mae angen i ni ddianc. Nawr,' meddai Mari'n ddifrifol.

'Mae gen i syniad,' meddai James.

Gwrandawodd Mari'n astud.

'Grêt,' meddai o'r diwedd, 'ond mae e'n eitha peryglus a dim ond un cyfle gawn ni. Mae'n rhaid i ni gael hyn yn iawn.'

Eisteddodd James a Mari ochr yn ochr yn eu cell, yn aros. Ond ddaeth neb. Roedden nhw ar eu pennau eu hunain. Doedd dim modd dweud wrth Glyndwr Owen am eu cynllun, rhag ofn bod Aeron gerllaw, a rhag ofn i rywun eu clywed.

Er gwaetha'u nerfau a'u hofnau, roedden nhw'n cysgu pan ddaeth sŵn traed oriau yn ddiweddarach. Neidiodd y ddau ar eu traed, a'u curo ar y llawr i gael eu gwaed i lifo'n iawn unwaith eto.

Gwthiodd James ei wyneb at y bariau i weld. 'Aeron, ceidwad y carchar. Yn dod â bwyd,' sibrydodd.

Roedd Mari wedi cydio yn ei chatapwlt a'i cherrig yn barod ac wedi symud i'w safle. Gallai deimlo'i chalon yn curo'n drwm yn ei brest eto. *Paid â gwylltio*, dywedodd wrthi hi'i hun. Ond cerddodd y ceidwad i ben arall y cyntedd. Roedd e'n siarad â'r Meistr Bwa Hir Glyndwr Owen. Cadwodd y ddau eu lleisiau'n dawel, fel petaen nhw ddim eisiau i neb eu clywed, ond yna cododd Glyndwr ei lais yn flin.

'Mae'n rhaid i ti wneud rhywbeth,' clywodd Mari e'n dweud.

'Bydda i'n cael fy nghrogi!' llefodd y ceidwad. 'A fydd e'n newid dim byd. Wnân nhw byth ddianc. Rwyt ti a fi'n gwybod y gwir, er mor greulon yw e. Mewn gwirionedd, maen nhw wedi marw'n barod. A byddi dithe hefyd os nad wyt ti'n ofalus.'

Edrychodd Mari a James ar ei gilydd, a'u llygaid yn llawn emosiynau cymysg, yn crynu gyda'r holl densiwn.

Ond ddaeth y ceidwad ddim atyn nhw. Tawelodd sŵn ei gamau i lawr y coridor.

'Falle daw e 'nôl â bwyd i ni,' sibrydodd Mari, yn chwythu ar ei dwylo i'w cadw nhw'n gynnes.

'Falle,' adleisiodd James.

Ond llithrodd y munudau heibio a daeth hi'n fwy ac yn fwy amlwg nad oedd ceidwad y carchar yn mynd i ddychwelyd.

Yn oerach, yn fwy llwglyd ac yn fwy sychedig nag erioed, disgwyliodd Mari a James yn y gell dywyll. Roedden nhw wedi blino'n lân, felly gorweddodd y ddau ar y fainc gul, yn dal ei gilydd yn dynn i gadw'n gynnes ac i gysuro'i gilydd. O'r diwedd, syrthiodd Mari a James i gysgu, ond cwsg llawn hunllefau oedd hwnnw.

66

Deffrôdd Mari i sŵn camau traed eto. Doedd dim modd gwybod, ond roedd hi'n *teimlo* fel petai hi wedi gwawrio. Eisteddodd i fyny a sibrwd yng nghlust James.

'Dere! Deffra. Mae rhywun yn dod!'

Saethodd James ar ei eistedd a gwthio'i wallt o'i wyneb.

Roedd Mari'n rhynnu gan oerfel, ac roedd hi'n methu teimlo'i bysedd. Rhwbiodd ei dwylo gyda'i gilydd, er mwyn ceisio cael y gwaed i lifo. Tynnodd y catapwlt o'i legins a gosododd gwpwl o gerrig yng nghledr ei llaw. Cuddiodd ei dwylo y tu ôl i'w chefn.

Ymddangosodd ceidwad y carchar, yn edrych yn gysglyd, gyda hambwrdd a dwy fowlennaid o rywbeth tebyg i uwd.

'Bore da,' meddai'n gryg. 'Dyw gadael i chi lwgu ddim yn teimlo'n iawn i fi. Alla i ddim ei wneud e. Yn enwedig i Feistres y Bwa Hir,' ychwanegodd.

Edrychodd Mari a James ar ei gilydd. Roedden nhw'n teimlo'n flin dros y dyn am ei fod mor garedig wrthyn nhw. Am yr hyn roedden nhw ar fin ei wneud. Ond roedd rhaid iddyn nhw ddilyn rheolau gwahanol os oedden nhw am oroesi.

'Diolch,' meddai James. 'Rwyt ti mor garedig. Ry'n ni mor ddiolchgar.' Roedd James eisiau cadw sylw'r dyn. 'Be sy gyda ti i ni, 'te? Mae e'n gwynto'n hyfryd. Uwd?'

Nodiodd Aeron. Plygodd i lawr a gwthio'r ddwy fowlen gynnes o dan y bariau. Symudodd James draw wrth i Mari dynnu ei chatapwlt o'r tu ôl i'w chefn ac anfon carreg tuag at y ceidwad. Doedd dim amser ganddi i anelu'n iawn, felly saethodd yn reddfol â llaw sigledig. Gwibiodd y garreg trwy'r bariau a chwalu'n ddarnau ar y wal gyferbyn.

Cafodd y ceidwad sioc. Sythodd ac edrych o'i gwmpas dan regi. Roedd Mari wrthi eisoes yn rhoi carreg arall yn y catapwlt. Yn reddfol eto, saethodd ei hail garreg. Trawodd hon y ceidwad ar ei dalcen. Syrthiodd.

Estynnodd James ei freichiau rhwng y bariau a chydio ynddo wrth iddo syrthio, gan ei ddal yn erbyn y gell. Roedd e'n drwm, a chafodd James drafferth i'w ddal. Estynnodd Mari i boced y dyn. Gafaelodd yn yr allweddi. Dechreuodd breichiau James grynu dan yr holl ymdrech.

'Dalia fe,' gorchmynnodd Mari, gan symud at y clo a cheisio agor drws y gell gyda phob allwedd. 'Rhaid i fi wneud yn siŵr mai dyma'r set iawn o allweddi. Falle fod mwy ganddo fe.'

Rhoddodd gynnig ar un allwedd, yna un arall, yna un arall eto, heb ddim lwc. Curai ei chalon fel gordd wrth iddi roi cynnig ar yr allwedd olaf. Neidiodd y clo ar agor. Ochneidiodd James wrth iddo ollwng y dyn a gadael iddo syrthio'n bentwr ar y llawr.

Gwthiodd Mari'r drws ar agor, ac aeth allan gyda James. Llusgodd y ddau y dyn i mewn i'r gell, taflu'r flanced drosto a'i gloi i mewn.

'Dere!' sibrydodd Mari.

Aeth y ddau at y celloedd gwag oedd yn cynnwys y fwyell a'r bwa a saeth – arfau'r gwyliwr. Roedd Mari'n dal i deimlo'n benysgafn oherwydd y diffyg bwyd a dŵr, ond roedd hi wedi anghofio am y briw ar ei phen erbyn hyn. Cydiodd hithau yn y bwa a'r saethau a chymerodd James y fwyell. Rhuthrodd y ddau i ben arall y carchar, at gyndad Mari.

Astudiodd hi'r dyn yn ofalus: tal, cadarn, gwallt a barf golau, a llygaid glas deallus. Yn union fel ei thad. Teimlodd hiraeth amdano'n sydyn.

'Helô, Feistres y Bwa Hir,' meddai Glyndwr, gan edrych arni'n chwilfrydig.

Gallai Mari weld yr emosiwn yn ei lygaid, a'i fod e'n ei hadnabod hi wrth iddo'i hastudio'n llawn rhyfeddod. Agorodd ei geg er mwyn ei holi; yna clywodd y tri sŵn camau'n dod i lawr y grisiau yn y pellter.

'Bydd yn barod i redeg,' sibrydodd Mari.

'Ro'n i'n bwriadu gwneud!' Gafaelodd Glyndwr yn ei flanced a chodi rhywbeth oedd yn edrych fel potel ddŵr wedi'i gwneud o groen anifail o'r fainc wrth i Mari fustachu i agor y clo.

'Dere! Agora!' ymbiliodd. Ddwy allwedd yn ddiweddarach, agorodd y clo. Cydiodd Glyndwr yn yr handlen, ei throi a gwthio drws y gell ar agor.

Rhedodd y tri ohonyn nhw at ddrws y twnnel. Roedd hwnnw ar

glo. Rhoddodd Mari gynnig ar yr allweddi eto, a'i phanig yn cynyddu wrth i sŵn y traed agosáu. Doedd yr allwedd gyntaf ddim yn ffitio. Bob ochr iddi, safai Glyndwr a James, a'u coesau ar led, yn barod am yr hyn oedd yn dod i gwrdd â nhw.

Trodd yr ail allwedd yn y clo.

Bu bron i Mari grio gan ryddhad. Gwthiodd y drws gwichlyd ar agor. Rhuthrodd y tri drwyddo. Clodd Mari'r drws y tu ôl iddyn nhw.

Ymbalfalodd yn ei bag cefn yn y tywyllwch, cydiodd yn ei thortsh a'i droi ymlaen. Camodd ei chyndad yn ôl, gan agor ei lygaid led y pen mewn syndod. Symudodd ei law tuag at y golau'n chwilfrydig, ond rhewodd pan glywodd weiddi o ochr arall y drws derw trwchus. Nodiodd ei ben, a'i lygaid yn dywyll a dwys. *Rhaid i ni fynd.*

Gwibiodd Mari, James a Glyndwr drwy'r twnnel yng ngoleuni sigledig y tortsh a dod allan i ganol glaw ysgafn y wawr lwyd.

Trodd y dyn at Mari a James. 'Diolch i'r ddau ohonoch chi.' Gwenodd ar Mari. 'Rwyt ti'n Owen go iawn, Feistres y Bwa Hir.'

Edrychodd Mari arno, ar ei wyneb cyfarwydd. Wrth reddf, cofleidiodd y dyn, yna teimlodd ei freichiau yntau'n cau amdani, yn ei gwasgu'n dynn. Ni allai hi atal y dagrau rhag llifo i lawr ei boch. Symudodd o'i afael a sychu'i dagrau o'i llygad.

'Ble ei di?' gofynnodd hi iddo.

'I guddio tan i'r holl lanast yma ddiflannu,' atebodd, a daeth rhyw galedwch tywyll dros ei wyneb. 'Gofalwch am eich gilydd,' meddai, gan daro'i law gref ar fraich James. 'Cadwch eich arfau gyda chi. Mae taith hir o'ch blaen!'

Nodiodd James. 'Iawn. Pob lwc.' Cydiodd yn llaw Mari. 'Dere.'

Syllodd Mari ar ei chyndad am un eiliad arall wrth iddo ruthro i fyny'r bryn tuag at y Bannau gwyllt; yna trodd James a hithau a rhedeg.

Cyn pen dim roedden nhw dan orchudd y Goedwig Ddu.

'Maen nhw'n siŵr o ddod ar ein holau ni gyda chŵn,' rhybuddiodd Mari. 'Wnawn ni byth ddianc rhagddyn nhw. Yr unig obaith sydd 'da ni yw mynd ar hyd y nant, croesi a gobeithio y byddan nhw'n methu ein dilyn ni, yna mynd tuag at Sarn Helen.'

'Syniad da.'

Ar ôl pum munud, daeth y ddau at y nant, neidio i mewn, cerdded trwy'r dŵr a dod allan yr ochr draw. Rhedodd James a Mari ar hyd y llwybr cul, gydag un wrth gwt y llall.

Yn sydyn daeth atsain cyfarth y cŵn o'r pellter trwy'r coed. Edrychodd y ddau ar ei gilydd yn fud ac yn llawn arswyd, cyn rhuthro yn eu blaenau. Roedd rhedeg gyda'r fwyell a'r bwa a'r saethau yn eu harafu, ond roedden nhw'n gwybod nad oedd ganddyn nhw lawer o ddewis. Bum munud yn ddiweddarach, daeth sŵn y cŵn unwaith eto, ond yn bellach i ffwrdd y tro hwn, efallai'n dilyn llwybr i'r cyfeiriad anghywir.

'Mae angen i ni ddringo'r bryn cyn bo hir,' mynnodd Mari a'i gwynt yn ei dwrn. 'Mae'n *rhaid* i ni groesi'r nant eto.'

Nodiodd James. 'Gobeithio bod y cŵn yn rhy bell i ffwrdd i ddod ar ein holau ni.' Croesodd y ddau'r nant cyn dod o hyd i lwybr arall trwy'r goedwig, yn arwain i fyny ochr y dyffryn, tuag at y man lle roedd Sarn Helen yn torri ar draws y tir uchel.

Roedd rhaid iddyn nhw redeg mewn tawelwch unwaith eto, a sŵn eu hanadl yn llenwi'u clustiau. O'r diwedd, a'r ddau ohonyn nhw'n meiddio gobeithio eu bod nhw wedi llwyddo i ddianc, daethon nhw o'r goedwig ac at y tir gwastad. Symudon nhw o un goedlan i'r llall i gysgodi rhag y glaw a chuddio rhag y cŵn. Roedd ganddyn nhw tua hanner milltir cyn cyrraedd y goedwig drwchus oedd yn cuddio'r rhaeadr, pan glywson nhw'r bleiddgwn unwaith eto. Yn llawer agosach y tro hwn.

Yna llamodd dau gi o'r goedlan ddau gan llath y tu ôl iddyn nhw.

'Mae angen i ni sefyll a brwydro,' ebychodd Mari. 'Wnawn ni fyth redeg yn gyflymach na nhw.'

Stopiodd y ddau, ochr yn ochr, yn anadlu'n drwm. Yna trodd y ddau i wynebu'r bleiddgwn, oedd ganllath a hanner i ffwrdd erbyn hyn, ac yn agosáu bob eiliad.

Gosododd Mari saeth yn y bwa. Curai ei chalon yn galed wrth i'r cŵn gau amdanyn nhw, yn ysu am waed. Anadlodd yn ddwfn a safodd yn llonydd. Roedd y cŵn bum deg llath i ffwrdd. Roedd tri deg llath yn bellter digon agos i allu saethu'n gywir gyda'r bwa bach – digon o amser i roi un cynnig arall arni.

'Mi wna i gymryd yr un ar y dde,' meddai wrth James, heb dynnu ei llygad oddi ar y creadur.

'Iawn,' atebodd, gan symud i'r neilltu.

Rhedodd y cŵn tuag atyn nhw, yn ddannedd miniog ac yn lafoer i gyd. Anelodd Mari. Pan oedden nhw ugain llath i ffwrdd, rhyddhaodd y saeth.

Daeth sgrech fawr, a gwelodd Mari gorff un o'r cŵn yn syrthio o'i blaen, a'r saeth yn ddwfn yn ei fron.

Wrth ei hochr, neidiodd James i'r awyr. 'Fan hyn! Dwi fan hyn! Dere amdana i!' rhuodd. Roedd yr ail gi bron â'u cyrraedd. Yna ar yr eiliad olaf, camodd James i'r ochr a phlymio'r fwyell i mewn i gorff y ci, a'i fwrw oddi ar ei draed. Udodd yn iasol, rholiodd, cododd, ac yna, wrth i James godi'r fwyell unwaith eto, baglodd yn drwsgl a syrthiodd, yn bentwr o gyhyrau ac esgyrn a dannedd.

Edrychodd Mari a James ar ei gilydd â chymysgedd o arswyd a rhyddhad, yna dechreuon nhw redeg eto. Rhuthrodd y ddau tuag at y goedwig i chwilio am guddfan. Byddai'r helwyr y tu ôl i'r cŵn, roedden nhw'n gwybod hynny. Edrychai Mari dros ei hysgwydd yn aml, ac eiliadau'n ddiweddarach, gwelodd bedwar dyn ar gefn ceffylau yn gwibio dros y bryn, yn carlamu dros y tir gwastad tuag atyn nhw.

Gwelodd James nhw hefyd. Wnaethon nhw ddim edrych yn ôl eto. Gallai'r ddau weld y coed o'u blaenau, dim ond tri chan llath i ffwrdd. Ond roedd y marchogion yn agosáu, a'u carnau i'w clywed ar y ddaear oer.

'Cyflymach,' ochneidiodd Mari wrth iddyn nhw redeg, a'u cyhyrau'n llosgi. Er ei bod hi'n chwim, roedd James yn gynt, ond arhosodd yn ôl gyda hi. O'r diwedd roedden nhw yn y coed, dim ond canllath o flaen yr helwyr.

Clywson nhw'r gweiddi rhwystredig, blin. Byddai angen i'r dynion ddisgyn oddi ar gefn eu ceffylau i'w dilyn nhw. Doedd dim modd marchogaeth drwy'r goedwig hon – roedd hi'n rhy drwchus. Rhedodd Mari a James yn eu blaenau, gyda'r brigau'n taro'u hwynebau a drain yn crafu eu crwyn wrth iddyn nhw wthio trwy'r tyfiant. Gallen nhw glywed y dynion yn rhegi ac yn gweiddi ac yn torri trwy'r canghennau gyda'u cleddyfau.

Gwelodd James a Mari lwybr drwy'r coed. Roedd yn gul, ond roedd modd teithio hyd-ddo. Cyflymodd y ddau. Roedden nhw'n ifanc ac yn heini, ond doedden nhw ddim wedi bwyta nac yfed ers dros ddeuddeg awr. Roedd adrenalin yn rhoi nerth iddyn nhw, ond am ba hyd?

Ac yna, camodd Anthony Parks o'r clawdd.

Daeth Mari a James i stop. Y tu ôl iddyn nhw roedd yr helwyr. O'u blaenau, gelyn pennaf Mari.

Gosododd Mari saeth yn ei bwa.

'Cerwch o 'ngolwg i, Parks, neu mi wna i'ch saethu chi.'

Rhoddodd y dyn wên wawdlyd. 'O, dwi'n meddwl ein bod ni wedi hen sylweddoli nad oes gen ti mo'r stumog i ladd unrhyw un,' atebodd.

Yna, tro Mari oedd hi i wenu. 'Efallai ddim, Parks, ond mi alla i'ch rhwystro chi.'

Chwarddodd Parks eto, a cherdded tuag atyn nhw fel petai ei geiriau'n meddwl dim iddo. O gornel ei llygad, gwelodd James yn codi'r fwyell.

'O, plis, Arglwydd James, rho dy degan newydd i lawr,' crechwenodd Parks. 'Dwyt ti fawr dewrach na hi.'

Meddyliodd Mari am Morfudd, Angharad, Gwern a'u mam. Doedd neb yn mynd i'w gwarchod rhag y dyn yma.

Marcio. Tynnu. Rhyddhau.

Gyda chlec erchyll, glaniodd y saeth yn ddwfn yng nghoes Parks. Syrthiodd i'r llawr, yn sgrechian mewn poen a chynddaredd. Roedd hynny'n ddigon i'w atal am y tro, ac efallai am byth.

Daeth sŵn yr helwyr ar eu traws, oedd yn agosáu atyn nhw nawr.

Edrychodd Mari a James o'u cwmpas. Gallai'r ddau ohonyn nhw weld cysgodion y dynion yn gwau trwy'r goedwig, bum deg llath yn unig oddi wrthyn nhw. Cydiodd Mari yn y saethau oedd yn weddill, a rhedodd James a hithau heibio i Parks, oedd yn gwingo mewn poen ar y llwybr, gan regi a sgrechian arni.

Lledodd y llwybr a chyflymodd y ddau, ond dyna wnaeth yr helwyr hefyd.

Gallen nhw glywed y camau trwm, y canghennau'n torri a gweiddi'r dynion. Ac yna daeth y cyfarth. Mwy o fleiddgwn. Yn agosáu'n gyflym.

Rhuthrodd Mari a James yn eu blaenau i fyny'r bryn, a'u cyhyrau ar dân. Dechreuodd y goedwig ddilyn y llethr tua'r chwith a daeth fflach o arian i'r golwg – y nant.

Plymiodd y ddau drwy'r llwyni drain, yn poeni dim am y crafiadau a'r gwaed. Daeth sŵn carnau'r ceffylau'n taranu, a chredai Mari fod yr helwyr wedi'u cyrraedd nhw. Trodd Mari a James i'w hwynebu – James gyda'i fwyell yn barod, a Mari gyda'i bwa.

Ond yn carlamu allan o'r goedwig roedd y ceffyl Arab. Mae'n rhaid ei fod e wedi ymgartrefu yng nghanol y coed.

Ochneidiodd y ddau mewn rhyddhad, cyn troi a neidio i mewn i'r nant. Tasgodd y ddau drwy'r dŵr tuag at y rhaeadr.

'Mae hyn yn haws,' anadlodd Mari. 'Mae'r cerrynt yn mynd â ti yn dy flaen. Nofia dan y dŵr a chadwa dy ben o dan y nenfwd carreg.'

Nodiodd James. Doedd dim amser i'w wastraffu'n siarad.

Daeth sŵn y gweiddi a'r carnau'n nes. Gwibiodd ceffyl a chi o'r goedwig. Daeth ci arall wedyn, a throi tuag atyn nhw, yn cyfarth yn erchyll.

Cydiodd Mari yn llaw James, ac edrych i'w lygaid. Edrychodd yntau yn ôl arni hi, yn llawn bywyd ac yn llawn angerdd. Syllodd hi arno am eiliad arall; yna gollyngodd ei law.

Gollyngodd y ddau eu harfau.

'Wela i di ar yr ochr arall.'

69

Aer, golau, glaw meddal yn disgyn. Dim bleiddgwn. Dim helwyr. Dim ond adar yn trydar ac yn curo'u hadenydd wrth i Mari a James gamu o'r dŵr.

Plygodd y ddau drosodd, a'u breichiau ar eu coesau, gan sugno'r aer i'w hysgyfaint nes i'w hanadl arafu unwaith eto, yna codi ac edrych ar ei gilydd. Gwelson nhw bob manylyn o'r wynebau y buon nhw'n edrych arnyn nhw trwy gydol eu bywydau. Pob brycheuyn haul, pob crafiad.

'Yr arogl 'na …' meddai Mari.

'Be?' gofynnodd James.

'Arogl petrol. Dim ond awgrym.' Gwenodd Mari, a chamodd tuag at James a'i dynnu i'w breichiau. 'Ry'n ni wedi cyrraedd adre,' meddai, ei hanadl yn gynnes ar ei wddf. 'Ry'n ni wedi cyrraedd!'

Tynnodd James yn ôl oddi wrthi, ac edrychodd i'w hwyneb, yn

llawn bywyd, ac yn llawn rhywbeth arall hefyd, rhyw fath o oleuni newydd. Yna tynnodd hi'n agos ato a'i chusanu. Nid ar ei boch, ond ar ei gwefusau.

Oedodd Mari am eiliad. Doedd yr holl ofnau, yr ansicrwydd a'r peryglon, a phob dim arall ddim yn bwysig. Doedd dim byd arall yn bwysig ond y foment hon. Eu moment *nhw*. Cusanodd Mari James yn ôl wrth i'r dŵr lifo o'u cwmpas.

Roedd sŵn sblashio gwyllt y tu ôl iddyn nhw yn sydyn. Trodd y ddau, yn barod i wynebu'r hyn oedd wedi'u dilyn o'r unfed ganrif ar bymtheg.

Ond yr hyn a ddaeth o'r dŵr oedd y ceffyl Arab.

Chwarddodd Mari'n hapus. Estynnodd gledr ei llaw tuag ato. 'Dere. Ti'n saff nawr, yn fan hyn. Gyda ni.'

Rhoddodd James ei fraich am ysgwydd Mari.

'Falle na fydd angen i ti werthu dy gaseg wedi'r cyfan ...'

70

Gorchmynnodd yr heddlu fod pawb yn cwrdd yn y Castell Du. Roedd mwy o le yno. Roedd teulu'r de Courcy yn falch o hynny; byddai ganddyn nhw rywfaint o reolaeth dros y digwyddiadau, neu dyna roedden nhw'n ei gredu, beth bynnag. Y castell oedd eu gwarchodfa. Ac roedd angen y castell arnyn nhw. Roedd eu hunanhyder wedi'i ysgwyd. Roedd rhai pethau na allen nhw eu rheoli. Roedd yna rai gwyrthiau a rhyfeddodau na allen nhw ddim eu prynu.

Safai Auberon de Courcy o flaen y lle tân mawr, yn llygadu'r dorf fechan oedd wedi ymgynnull yno. Eisteddai Anne de Courcy gyda James ar soffa fach werdd. Roedd hi'n dal llaw ei mab yn dynn, dynn yn ei llaw hi, fel petai hi byth am ei gollwng. Edrychai ar ei mab bob nawr ac yn y man fel petai hi'n methu'n lân â chredu ei fod e yno. Gwenodd James yn ôl arni, a gwasgodd ei llaw.

Roedd e'n edrych yn flinedig ac yn oer, ond yn rhyfedd o lonydd, fel y mae rhai sydd wedi goroesi perygl mawr yn gallu bod. Eisteddai ei chwaer, Alis, ger y tân, yn edrych yn nerfus ar ei thad a'i brawd.

Eisteddai Caradog ac Elinor Owen bob ochr i Mari ar soffa biws o felfed moethus. Roedden nhw'n edrych yn flinedig, yn llawen, yn ffyrnig o amddiffynnol ac yn fwy na dim, wrth eu boddau.

Swatiai Gwern ym mreichiau Mari, yn ei chynhesu hi. Gwenodd i fyny ar ei chwaer ac edrych o gwmpas yr ystafell a'i lygaid mawr yn llawn chwilfrydedd.

Roedd Mari'n teimlo'n wirion o hapus a blinedig. Roedd yr elfen ddidrugaredd honno oedd wedi ymddangos ynddi pan oedd ei hangen arni wedi'i chuddio'n bell y tu mewn iddi erbyn hyn.

Roedd Mrs Baskerville, yn dal i wisgo'i ffedog a'i golwg benderfynol, yn hofran wrth y drws, yn ceisio'i gwneud ei hun yn anweledig. Doedd dim byd yn mynd i'w chadw hi o'r ystafell.

Eisteddai Seren Morgan mewn cadair esmwyth, yn astudio Mari a James yn dawel. Safai'r plismon lleol, PC Griffiths, a'i draed soled ar y llawr pren, a'i freichiau y tu ôl i'w gefn, i'r chwith i'r Iarll de Courcy. Roedd y ddau uwch-dditectif oedd yn gyfrifol am y chwilio am Mari Owen a James de Courcy yn sefyll bob ochr iddo: DI Williams a DC Evans.

'Felly, os dwi'n deall yn iawn,' dechreuodd DI Williams yn ei lais trwynol, 'wedi holi'r ddau ohonoch chi ar wahân, dyma'r stori: rhedodd Mari Owen a'r Arglwydd James i ffwrdd bedair noson yn ôl. Fe gysgoch chi yn yr awyr agored yn y mynyddoedd, am eich bod chi mor hoff o gysgu yn yr awyr agored.' Wrth ddweud hyn, cododd y ditectif ei aeliau ac edrychodd o gwmpas yr ystafell dderbyn foethus, yn llawn melfed, brocêd, rygiau Persiaidd a phaentiadau olew …

'Yna, ar y pumed diwrnod, fe wnaethoch chi benderfynu eich bod chi wedi achosi digon o boendod i'ch teuluoedd, a dod yn ôl. Daeth Seren Morgan o hyd i chi'n cerdded ar hyd y ffordd gyda cheffyl Arab du ar dennyn gwlân, y ddau ohonoch chi mewn gwisgoedd budr, yn llawn gwaed a chrafiadau fel petaech chi wedi bod mewn gornest baffio.' Cododd Williams ei ysgwyddau, yn gwrthod coelio gair o'r stori.

Cytunodd Mari a James ag amnaid yr un.

'Ond yn ôl i'r dechre. Eich diflaniad chi,' aeth y ditectif yn ei flaen, a'i lygaid yn symud o'r naill i'r llall.

Ddywedodd yr un ohonyn nhw'r un gair. Yr iarlles siaradodd.

'Pam mynd?' gofynnodd mewn llais digalon. Ysgydwodd law James, fel petai gwneud hynny'n mynd i ddatgelu'r gwir. 'Pam?'

Roedd James yn edrych yn anghyfforddus dros ben. Trodd deuddeg pen tuag ato. Roedd Gwern hyd yn oed yn disgwyl ateb ganddo.

O'r diwedd, rhoddodd ateb tawel. 'Dwi'n methu dweud. Methu dweud.'

'Yn methu? Neu'n gwrthod?' gofynnodd Williams. 'Mae angen i ti ateb – i dalu am yr holl boendod rwyt ti wedi'i achosi, heb sôn am yr amser rwyt ti wedi'i wastraffu.'

'Stopiwch!' gwaeddodd Mari. 'Peidiwch â'i feio e.'

'Na!' cytunodd yr iarlles mewn llais oeraidd. 'Peidiwch â beio fy mab i!' Pwyntiodd at Mari. 'Beiwch hi! Mae hi'n ddylanwad drwg arno fe. Wedi bod erioed!'

Neidiodd Elinor Owen ar ei thraed. 'Rhag dy gywilydd di. Paid ti â meiddio rhoi'r bai ar fy merch i!'

'Byddwch yn dawel! Plis. Stopiwch!' Cododd James de Courcy ar ei draed. Edrychodd Gwern o'r naill i'r llall a'i lygaid yn pefrio. Roedd gweld yr oedolion yn gweiddi'n gymaint o hwyl.

'Dwyt ti'n gwybod dim byd,' meddai James wrth ei fam.

Syllodd yr iarlles arno'n gegrwth. Agorodd ei cheg i ddweud rhywbeth, ond cydiodd yr iarll yn ei braich a rhoi edrychiad i'w rhybuddio.

'Rhedeg i ffwrdd er mwyn cael antur wnes i a Mari. Mae mor syml â hynny. Does dim byd arall i'w ddweud.'

'Nac oes, wir!' cyhoeddodd yr iarlles, gan ei hysgwyd ei hun oddi wrth ei gŵr. 'O hyn ymlaen, dydych chi ddim yn cael gweld eich gilydd.'

'Mae hynny'n siŵr o'u cadw nhw'n ddiogel yn eu cartrefi,' meddai Seren yn goeglyd.

Trodd yr iarlles arni. 'Beth fyddech chi'n ei wneud, 'te?'

'Mi fydden i'n gadael iddyn nhw fod yn rhydd. Gadael iddyn nhw ddilyn eu tynged eu hunain,' atebodd.

Cododd yr iarll ei aeliau, bron at linell uchel ei wallt. 'Beth ar y ddaear yw ystyr hynny?' gofynnodd yn sych.

Ond gwenu wnaeth Seren. *Gwelai'r* darluniau ym meddwl yr iarll wrth i amser fynd yn ei flaen: portread newydd yn hongian yn y neuadd: y ferch benfelen brydferth, rhan ohoni'n wrach, rhan ohoni'n farchoges, rhan ohoni'n feistres bwa hir; yr iarlles ag un llygad … Yn yr union ystafell dderbyn hon, *gwelai* hi James a Mari yn eu chwedegau, yr un mor gariadus ag erioed, yn sgwrsio'n fywiog gyda'u pump o blant.

Chwyrlïodd y darluniau cyn diflannu. Edrychodd Seren ar y James a Mari ifanc. Meddyliodd tybed oedd ganddyn nhw unrhyw syniad beth oedd o'u blaenau? Gwelodd y cariad yn eu llygaid pan welodd hi nhw'n teithio ar hyd y ffordd, ond doedd hi ddim yn siŵr a oedd yr un ohonyn nhw wedi'i gydnabod. Meddyliodd wedyn y byddai'r ddau ohonyn nhw'n hollol iawn yn byw heb boeni am ddim ond heddiw.

71

*C*yhoeddodd yr heddlu fod achos y ddau blentyn coll wedi cau. Dychwelodd Mari a James at eu rhieni, yn oer, yn llwglyd ac yn llawn crafiadau, yn amlwg yn dweud celwydd am rywbeth ac yn cadw cyfrinach, ond yn ddim gwaeth. Doedden nhw ddim wedi torri unrhyw gyfreithiau.

Soniodd Mari a James yr un gair am Parks. Mae'n debyg ei fod wedi marw yn ôl yn yr unfed ganrif ar bymtheg. Heb antibiotics, fyddai ei friw ddim yn gwella'n iawn, yn fwy na thebyg. Fyddai Morfudd ddim wedi ceisio ei wella. Roedd digon o niwed wedi'i wneud. Roedd angen i rai cyfrinachau gael eu cadw.

Gorchuddiodd Mari a'i rhieni'r bedd yn y goedwig gyda tharpolin mawr tan iddyn nhw benderfynu beth i'w wneud ag e. Roedd Mari o'r farn y dylen nhw adael i'r arglwydd huno mewn hedd, ond rhoddai Dr Phillipps a'r amgueddfa bwysau arnyn nhw i barhau â'r cloddio.

Cuddiodd Mari ei thrysorau: y darnau aur a roddodd y Brenin Harri VIII iddi, a'r feillionen â'r pedair deilen – ei ffefryn. Gwasgodd y ddeilen i'w chadw. Weithiau byddai'n codi'r feillionen a'i dal yng nghledr ei llaw, a byddai digwyddiadau'r diwrnod yn dychwelyd i'w meddwl: y ferch ifanc gyda'r gwallt golau a'r llygaid glas yn dymuno'n dda iddi gyda'i gwên swil.

Arwyddodd James ei gytundeb gyda Manchester United. Oherwydd eu hofnau bod eu mab yn mynd i'w gadael am byth, cytunodd ei rieni – ar un amod. Petai James yn sefyll ei arholiadau TGAU ymhen rhai wythnosau, gallai adael yr ysgol a chwarae pêl-droed yn llawn-amser. Cyhyd ag y mynnai. Nes iddo fynd yn rhy hen. Byddai'r Castell Du a'i etifeddiaeth yn aros amdano.

Yn nhir gwyllt pum can acer yr Oweniaid, rhedai'r haid o ferlod mynydd Cymreig a'r ceffyl Arab yn rhydd. Daeth ffioedd y ceffyl Arab ag incwm da i'r fferm. A Mari Owen a James de Courcy … roedden nhw hefyd yn gwybod beth oedd ystyr rhyddid a gwerth bywyd.

Arhosodd y llyfr yn ddiogel yn yr Amgueddfa Genedlaethol. Chymerodd hi fawr o amser i Dr Phillipps godi'r chwe deg mil o bunnoedd a sicrhau dyfodol fferm Nanteos a theulu'r Oweniaid.

Aeth Mari i edrych ar y llyfr bob nawr ac yn y man. Credai nad oedd dim byd arall ar ei chyfer hi ynddo, a'i fod wedi gollwng ei afael arni o'r diwedd.

Ond yng nghrombil y Bannau, dal i lifo roedd Afon Amser.